Col O. Broox

A vörös története

novum ⬟ pro

Ez a könyv
e-könyvként
is elérhető

www.novumpublishing.hu

© 2023 novum publishing

Minden jog fenntartva,
beleértve a mű film,
rádió és televízió, fotómechanikai
kiadását, hanghordozón és
elektronikus adathordozón való
forgalmazását, valamint kivonat
megjelentetését, illetve az
utánnyomását is.

Nyomtatva az Európai Unióban
környezetbarát, klór- és savmentes,
fehérített papírra.

ISBN 978-3-99131-964-1
Lektor: Varga Mónika
Borítókép:
Pravin Chakravarty | Dreamstime.com
Borító, tördelés & nyomda:
novum publishing

www.novumpublishing.hu

Climate neutral
Print product
ClimatePartner.com/16547-2201-1002

Előszó

Vörös

A három tisztaszín egyike, mely a legerősebb kapcsolatokat és legszenvedélyesebb érzelmeket szimbolizálja.

A vér színe, az élők jogosultsága.

Jaden W. Colt

Ülök az ágy szélén és azt teszem, amit mindig teszek, ha van időm: hibázok. Rá gondolok. Mit csinálhat, mit gondol? Látta? Tudja? Boldog? Mit érezhet? Vagy neki ez az idény is olyan volt, mint az eddigi összes többi?

Hátam mögé nézek. Egy gyönyörű nő fekszik az ágyamban. Körülötte hófehér, vastag takaró. Egy békésen alvó gyönyörű arc, címlapra való idomok, mely bizsergeti vágyaimat. Sötétbarna, hosszú dús haja pontosan annyira takarja az arcát, hogy kívánatos ajkai tökéletesen láthatóak legyenek. Ő is egy csodálatos, de jelentéktelen nő az életemben.

Nem vette észre, hogy felébredtem. Sosem veszik észre. Rendre én kelek fel hamarabb. Rossz alvó vagyok, ami, ahogy öregszem, egyre rosszabbá válik. Évek óta nincs szükségem beállítani az ébresztés funkciót a telefonomon, már arra sem emlékszem, milyen dallamot állítottam be hozzá.

Rápillantok a telefonomra, reggel 6:03, még sötét van odakint. Halkan felállok, majd odasétálok az ablakhoz és csodálom a londoni decembert. Kint hideg van, szinte érzem a bőrömön a szállodaszoba melege ellenére is. Az épületek és az utca fényei színezik a tájat. Szállingózik a hó, de oly ritkán, mely biztosít afelől, hogy ma sem fogja fehérbe borítani a várost. Az utcákon kevés autó halad el, csend van. Csend, már ha ez a fogalom létezik egyáltalán Londonban.

Tíz perc alatt halkan összeszedem a holmimat, felöltözök és indulok edzeni. Számomra sosincs pihenés. Mind az elmémnek, mind a testemnek, mind a lelkemnek szüksége van a mozgásra. A sport az én mindennapom pszichiátere. Ma választhatok az edzésnemek közül, hiszen nemrég újra megvédtem a címem, most már ötszörös világbajnoknak mondhatom magam.

A címvédésem után az év fennmaradó részében az edzőm, Ray engedékenyebb, ami nem jelenti azt, hogy alacsonyabbra teszi a lécet, csupán csak én választhatok, milyen formáját választom a kínzásnak. Futni fogok, futni akarok. Ez a kedvencem. Ray követ engem, biztonságos, nyugodt távolságból. Sosem zavar, nem kérdez. Futás alatt a zene az én igazi társaságom, illetve a gondolataim. A gondolataim, melyek Vele kapcsolatosak, a terveim, melyek miatta vannak. Bár mellette más jövőről álmodoztam, de sajnos nincs mellettem. Elevenen emlékszek minden boldog és fájdalmas emlékre, melyek azóta is szüntelenül váltják egymást a fejemben és a szívemben, mióta megismertem.

Feladataim sokasága miatt ritkán vagyok egyedül. Csak ilyenkor tudok őszintén a legmélyebb érzéseimmel foglalkozni és azzá válni, aki emlékeiben újra élheti a csodát, amiről rajtam kívül csak egy ember tud. Szeretnék a való életben is olyan boldog lenni, mint ahogy az emlékeimben voltam, de ez az idő még nem jött el az életemben.

A szállodai szobában maradt lány sorsát a testőröm, Frank intézi a szokásos módon. Annyi ilyen estém volt már a közel 15 éves pályafutásom alatt, hogy protokollt találtunk ki rá. 9:00-kor ébreszti a szobába rendelt reggelivel, majd illedelmesen aláíratja vele a titoktartási szerződést. Telefonjából kitöröltet minden gyanús képet, videót, ami velem kapcsolatos és taxit hív neki. Ha rajtam múlik, többé nem látom, de ha mégis, gyakran meg sem ismerem. Vannak az egyéjszakás kalandjaim között olyan nők, akik ellenkeznek, vannak a sírós fajták, vannak a dacos, „nekem ez nem jelentett semmit" típusú nők és vannak a zsarolós félék. A mai, mint utólag kiderült, sírt. Sajnálatot éreztem. Mélyen a szívemben a legtöbbjüket sajnáltam. Bár nem értem, hisz felnőtt nőként, mégis mit hisznek? Miért engedik meg maguknak azt a valótlan gondolatot, hogy én, jelenleg a világ legismertebb és most már az egyik legsikeresebb autóversenyzője, egyben hercegük is vagyok fehér lovon? Rajonganak értem, akit egyáltalán nem ismernek. Rajonganak Jaden W. Colt-ért, aki egy, a médiának kialakított szereplő. Egy kitalált személyiség a sportágért és az üzleteimért. Hibátlannak és vonzónak tűnök minden képen, videón. Ha a közönség tudná, hogy egy-egy ilyen kép mögött akár 100 kattintás is állhat, mire elkészül az a bizonyos kép, amit közösen a marketing menedzseremmel kiválasztunk, majd a közösségi médiában lévő oldalaim kezeléséért felelős öcsém feltölti a világhálóra. Közel sem vagyok tökéletes. A gardróbom tele van rám szabott nadrággal, pólóval, zakókkal. Ha csak azok közül a ruhák közül választanék, amik valóban a boltok polcain lennének, akkor semmit nem adnának el a támogatóim abból, amit rám aggatnak. Alig vagyok 170 cm magas. A magasságom kedvez a szakmámban, viszont átokként ül a magánéletemen.

A médiában eddig eltöltött idő alatt szinte tökéletesre fejlesztettem a karaktert, akit alakítok. Amennyiben kedvezőtlen kérdést kapok, egyszavas választ adok. A kizökkentett riporter stílust változtat, ami mindkettőnknek kedvező kimenetelt kínál. Amennyiben mégsem így tenne, az legtöbbjük állásába kerülne. A médiában mindenki pótolható, és ezzel legtöbbjük tisztában van. A maradékukkal pedig nem találkozok még egyszer. A sportágban eltöltött idővel és a megszerzett sikerekkel elértem, hogy tiszteljenek és megfelelő mértékben tartsanak tőlem, ami számomra, az idő előrehaladtával egyre kedvezőbb feltételeket nyújt. Ezzel elérem a célom és megkapom a rám nézve, vagyis inkább a terveimre nézve kedvezőbb kérdést, melyre szívélyesen, ömlengve, szeretetteljesen válaszolok. Mindenki megelégedésére. Nagyon kedves vagyok a médiával, hiszen tudom, hogy szükségem van rájuk. Minden érzelem megjátszott, amit a kamera vesz. Az elmúlt években talán háromszor volt rögtönzött, önálló gondolatom előttük, de tanultam belőlük és jó ideje csak a szerepemet játszom. Az évek során megtanultam manipulálni a média dolgozóit, minden nyilatkozatom bizonyos témák felé irányított, ami számomra aktuálisan megfelelő. Manipulálok. A vezetésen kívül ez az egy, amihez valóban értek. Mindkettő tanult tulajdonság és mindkettőt egyazon cél hajtja, hogy minden idők legsikeresebb autóversenyzője legyek. A röpke kalandjaim főszereplői azt a férfit akarják, akit a képernyőről ismernek és arra a pár órára meg is kapják. De én nem az az ember vagyok. Én más vagyok.

Pár héttel ezelőtt hivatalosan is ötszörös bajnok lettem. Egyike azon 3 személynek, aki elmondhatta magáról, hogy minden idők legsikeresebb profi autóversenyzője. A célom egyértelmű volt, a 6. világbajnoki cím elérése. Amikor erre gondolok eszembe jut Ő, aki már fél évvel ezelőtt gratulált a világbajnoki címemhez. Akkor is hitetlenkedve figyeltem bátorságát és határozottságát az eredményeimmel kapcsolatban, hiszen én sem lehettem benne biztos, de úgy tűnt, ő igen.

Több, mint egy év telt el aközött, hogy életemben először megláttam őt és a között, hogy odamentem hozzá és bemutatkoztam neki. Hosszú, változatos, várakozásokkal teli évem volt. Legelső alkalommal egy üveg korlát mellett állt az egyik legjobb barátom, Ryan privát bulijában Los Angelesben, ahol a meghívottak között csak ismert média személyiségek: modellek, zenészek, színészek, politikusok és hozzám hasonlóan kiemelkedő eredményekkel bíró sportolók voltak. Egyedül állt, az óráját nézte. Nem úgy tűnt, mintha várna valakire, inkább, mint aki gondolkodik és figyel. Másként viselkedett, mint a vendégsereg. Egyike volt azon jelenlévőknek, akit nem is ismertem fel. Először arra gondoltam, hogy biztosan egy új üdvöske a filmiparban, de a viselkedése és az öltözete másról árulkodott. Nem akarta felhívni magára a figyelmet, nem voltak harsány mozdulatai, nem láttam mű mosolyt, ahogyan azt megtanítják az előadóművészeknek. Figyelt, határozottan az volt az érzésem, hogy figyel. Festett vörös hosszú haja hullámokban esett a vállára, hosszú zöld overallt viselt, érzékien nyitott dekoltázzsal. Gyönyörűnek tűnt és természetesnek. A mozdulatai finomak voltak, nőiesek, ösztönösek. Figyeltem egy darabig, azon tűnődve, hogyan kellene abba az irányban elindulni, amerre Ő van. Gondolataimból kizökkentett az egyik rég nem látott cimborám azzal, hogy megpaskolta a hátam és csevegést kezdeményezett velem. Amikor újra a lány irányába néztem, már nem állt a korlátnál. Keresni kezdtem a szememmel, de a magasságomból adódóan arról a helyről, ahol én álltam esélyem sem volt megtalálni őt. A magasságom mindenben akadályoz, kivéve a vezetésben. A videókon, képeken senki sem olyan, mint a való életben. A képek színe, árnyalatai manipulálhatóak és a rögzítés szöge alapján akár 180 cm is lehetnék, de nem vagyok. Ilyen esetekben, mint a lány keresése igazán jól jönne az a bizonyos 10–15 cm, amire tinédzser korom óta vágytam. Hiába. Csalódottan vettem tudomásul, hogy sehol sem találom a lányt.

Őszintén elmondhatom magamról, hogy ritkán veszek észre nőket a tömegben, mindez az életvitelemből fakad. Hírnevem miatt általában meg sem kell mozdulnom az ismerkedéshez, hisz az eddigi esetek jelentős többségében a nők mindig képesek voltak odajönni hozzám valami ürüggyel. Kivétel nélkül mindegyik rajongva, túlbuzgón meséli el gondolatait azzal kapcsolatban, hogy miért drukkol nekem, vagy hogy miért viseli ugyanazt a márkájú ruhát, órát vagy cipőt, amit én is. Könnyed beszélgetés indítás, melynek a célját mindkét fél tudja. Rajtam áll, hogy folytatjuk-e vagy sem. Fiatalabb koromban sem esett nehezemre a csajozás, de egy kezemen meg tudom számolni, hogy hány nőhöz kellett odamennem életemben. Az ismertség előnye, hogy mindig van kalandom, a hátránya, hogy legtöbbször azok közül választok, akik kezdeményeznek nálam. Kevesebb energiabefektetés. Jelenleg a munkám az elsődleges cél, majd ha ez megváltozik, akkor következik a család.

A parti nagy részében minden ismerőssel váltottam pár kötelező mondatot, majd meghallgattam a legújabb nyers zenei anyagot, amit a házigazda, Ryan mutatott meg nekem a háza stúdiójában. Nagyon tetszett az anyag, évek óta ismeri az ízlésemet és mindketten őszintén elégedettek voltunk az eredménnyel. Ryan és a felesége, Monica az USA egyik legismertebb házaspárja volt. Még azelőtt ismerkedtem meg Ryannel, mielőtt összejöttek volna Monicával. Régi jó barátom volt, nagyon sok élmény összekötött minket. Kirándulások, koncertek, bemutatók, versenyek. Hasonlóan küzdelmes úton haladt végig, hogy elérje a céljait, mint amit én jártam be. Kevés embert tartok érdemesre a barátságra, de Ryan az egyik ilyen. Hasonló értékrenddel bírunk, annyi a különbség, hogy Ryan már elköteleződött a magánéletben, ami az eddigi ismereteim alapján nála holtáig tart majd. Miután kijöttem a házból visszamentem a haverjaimhoz, akikkel érkeztem, majd kis idő múlva a tömegben meglöktek. Utálom, ha indokolatlanul hozzám érnek, de dühömnek nem volt ideje kiteljesednie bennem, mert arra lettem figyelmes hátrafordulás közben, hogy azt mondja egy mély női hang „Pardon". Annyira gyorsan történtek a dolgok, hogy fel sem fogtam mi történik. Egy 40-es kigombolt ingű, illuminált állapotban lévő jól ismert politikus dülöngélt mellettem és véletlenül hozzám lökte Őt. A zöld overallos lányt. Ő volt, aki azt mondta „pardon". Brit, állapítottam meg magamban. Csak mi, britek nem használjuk ilyen esetben a „bocsi" kifejezést. Mire kapcsoltam és felismertem a lehetőségét annak, hogy beszélgetésbe keveredjek vele, megint eltűnt. Egy pillanatig abban reménykedtem, hogy ez az incidens az ő részéről nem volt véletlen és így akart a közelembe férkőzni, hiszen hasonló „ismerkedésben" volt már részem, de hazafelé induláskor rá kellett jönnöm, hogy csak én vágytam erre a forgatókönyvre. Ő más.

Két hónappal később New Yorkban hasonló partira voltam hivatalos, ahol egy ismert brazil modellel volt randevúm. Imádom a brazil nőket, szinte mindet imádok bennük, ők az én gyengéim. Végül is a vér összeköt minket, öcsémnek mindig ezzel magyaráztam a brazil hölgyek utáni vágyakozásomat. Már hetek óta fűztük egymást és ez a parti kiváló alkalmat adott az első nyilvános találkozásra. Minden szükséges kedvező körülmény meg volt hozzá: este, nyár, koktélok, hatalmas nyitott terasz, forró hangulat. A csillagok állása kedvezett nekünk. A fejemben öszszeállt, előre eltervezett mozzanatok optimálisan alakultak és a vártaknak megfelelően nagyon jól éreztem magam a modell társaságában. Személye tökéletesen megfelelt az igényeimnek egy rövid, megfelelési kényszer nélküli, üde kalandhoz. Egy-két koktél után már hozzám ért, közelebb hajolt, félreérthetetlen jeleket küldött felém, üzenve nekem, hogy tudjam: „szabad a pálya". Ekkor hirtelen a semmiből megint megláttam Őt. Szinte el sem hittem, hogy őt látom. Hófehér overallt viselt. Ragyogott az esti fényben. Olyan volt, mint egy tökéletesre csiszolt gyémánt, tündökölt. Nem számítottam rá, hogy valaha újra látom, pláne nem a kontinens másik végén. Furcsa érzés vett hatalmába, egyszersmind ki is zökkentett a flörtből. Próbáltam úgy tenni, mintha mi sem történt volna, annak érdekében, hogy a társaságom ne vegye észre, de tudtam, hogy számomra megváltozott az este. Jelenléte megzavart és borította a terveimet. Ismeretlen helyzetbe kerültem. Az esetek többségében mindent képes vagyok kézben tartani és nekem kedvező módon irányítani. Váratlan választás elé kerültem. Két lehetőségem volt. Vagy gyorsan lelépek a modellel és nem hagyom, hogy továbbra is megzavarjon az Ő jelenléte vagy nem tudom, mit tegyek. Saját magam is csak hitetlenkedni tudtam bizonytalanságomon. A pályán ezred másodpercek alatt tudok dönteni, itt meg megbénulok és fogalmam sincs, hogy mit tegyek. Idegen terepre tévedtem, ami járatlan volt számomra. A józan eszemre hallgattam és a könnyű pályát választottam. Ittam még egy koktélt a modellel, majd a szállodaszobámba kísértem. Távozásomkor visszanéztem, hogy látom-e még. Éppen távolodva sétált el messze tőlem, de megállapítottam, hogy a hófehér overall alatt egy nagyon izgató test lapul. Overall. Miért? Rejtély.

Két verseny között gyakran látogattam el az USA-ba, hogy az ottani barátaimmal személyesen is tarthassam a kapcsolatot. A versenyzés, a média felügyelete, edzés, a csapattal való jó viszony ápolása és az üzleti tevékenységek mellett ritkábban tudok személyesen találkozni az amerikai kontinensen élő barátaimmal. Leggyakrabban csak telefonon tartjuk a kapcsolatot. Most, hogy már kétszer láttam a lányt, kicsit sürgetőnek érzetem, hogy Ryan legújabb partiján is részt vegyek. Szerettem volna gratulálni Ryan lemezbemutatójának sikeréhez személyesen is, de más is motivált. Vajon ott lesz-e Ő?

A parti estéjén izgultam. Tudtam, hogy mit szerettem volna felvenni, melyik inget, melyik cipőt, amiben talán magasabbnak tűnök majd, de készülődés közben minden ruhadarabomat kétszer is lecseréltem. Hihetetlen izgatottság hatalmasodott el bennem. Nem emlékszem, mikor volt ilyen utoljára az életemben, pláne nő miatt. Próbáltam arra gondolni, hogy előfordulhat, hogy ott sem lesz. Hiába taktikázok, ez nem egy egyszereplős történet. Öltözködés közben mosolyogtam magamon, majd a tükörbe néztem és újra magabiztosnak éreztem magam. A gyermeteg megingásomnak sem hagyom, hogy kizökkentsen és letereljen a célhoz vezető utamról. A célom most Ő. Amint megcsap a motiváció szele, azonnal hajthatatlanná, túlbuzgóvá, már-már elviselhetetlenné válok. Ezen nemes tulajdonságom a pályán kiválóan működik és sikerhez vezet, de a magánéletemben egyáltalán nem. Miközben a gondolataimba mélyedtem őszintén újra és újra felkacagtam mókás viselkedésemen és vissza is vettem az első szettet.

Korán érkeztem, ami tőlem nem megszokott hiba volt. Évek alatt jómagam is felvettem azt a bizonyos későn érkező jó szokást, amit minden híres ember felvesz azért, hogy megvárakoztassak mindenki mást. De ma nem tudtam önmagam lenni. Korai érkezésemet azzal magyaráztam, hogy szerettem volna Ryannel és a feleségével hármasban beszélgetni, mert sosincs rá időnk. Elhitték. Vagy úgy tettek, mint akik elhitték.

30 perccel később özönleni kezdtek a meghívottak, én viszont csak egy embert vártam. Bánatomra nem találtam sehol, pedig direkt úgy helyezkedtem, hogy az egész helyszínt jól átláthassam. Nagyon dühös voltam magamra, amiért nem voltam őszinte Ryanékkel. Őszintétlen voltam egy buta kis terv miatt, ami csak az én fejemben létezett. Megfogadtam, ha még egyszer látom a lányt, nem engedem, hogy eltűnjön előlem. A fejembe mászott. Másoknak ehhez hónapok, évek kellenek, neki elég volt két alkalom, szavak nélkül. Ő valóban másként hat rám, mint amihez szoktam. Csalódottan nézelődtem tovább.

Akkor este kék overallt viselt. A ruhája anyaga csillogott az esti fényben. Vártam. Heteket vártam, hogy újra láthassam. Büszkeség töltött el, amiért végül bejöttek a számításaim. Nem hiába a taktikai sportban eltöltött 15 év. Összegyűjtöttem minden bátorságomat és elhatároztam, hogy odamegyek hozzá. Fogalmam nem volt róla, mit fogok neki mondani. Fejben már lejátszottam tízszer vagy százszor ezt a beszélgetést, de most elindultam végre, hogy megismerjem. Lassú voltam. Én, a regnáló világbajnok autóversenyző pilóta... lassú. Nem akartam hinni a szememnek. Egy általam is ismert zenész odament hozzá és vitt neki egy pohár italt. Azt hittem, felrobbanok a dühtől az esemény láttán. Annyira felidegesítettem magam, hogy homályosan kezdtem látni és úgy éreztem, mintha szaggatna a valóság. Későn indultam. Nem is láttam eddig nála sosem italt. Vajon ismerik egymást vagy a másik férfi is már hónapok óta az alkalomra várt? Nem volt időm gondolkodni. Alig telt el két perc, a férfi otthagyta Őt és vitte magával a lánynak szánt poharat is. Elmosolyodtam és megkönnyebbültem. A pulzusom nyugodni kezdett. Ez most nem jött össze, gondoltam magamban. Milyen igaz, hogy a legszebb öröm a káröröm. Majd újra kétségek kezdtek gyötörni. Mi van, ha nekem is csak ennyi jut? Két perc? Az elég egyes pályákon egy gyors körre, de arra, hogy meggyőzzem, hogy érdemes velem több időt tölteni, arra határozottan kevés. Minden bátorságomat elveszítettem és kiment az erő a lábamból. Ki lehet ez a nő? A zenész jóképű fehérbőrű, gazdag és sikeres és nem kell magasított cipőt viselnie, ha ismerkedni akar. Ezzel szemben és egy ecuadori anyától és brazil származású apától születtem Londonban és határozottan cipőmagasítót kell hordanom. A siker és csillogás engem is körülvesz, de a viselkedéséből nagyon úgy tűnik, hogy Őt ez egyáltalán nem befolyásolja.

Zavaromban a telefonomat kezdtem babrálni, majd újra az Ő irányába néztem. Ekkor egy biztonsági ember ment oda hozzá, majd rövidebb beszélgetés után együtt távoztak.

Ennyi... konstatáltam magamban. Elszalasztottam az esélyt. Az egyetlen alkalmat, amire heteket készültem. Emiatt az elvesztegetett lehetőség miatt repültem több ezer mérföldet. Emlékszem, milyen nevetséges magyarázattal álltam elő a csapatomnak az utazásom indokával kapcsolatban. Senkinek sem beszéltem a lányról. Arról a lányról, aki hosszú évek óta végre igazán felkeltette a figyelmemet. Én magam sem értettem teljesen a helyzetet, amibe magamat hajszoltam. Eszembe jutott, hogy esetleg öcsémmel, Jasonnal megosztom a terveimet és az érzéseimet az ismeretlen lánnyal kapcsolatban, de nem akartam reménytelen idiótának tűnni előtte. A csapatom többi tagjáról nem is beszélve. Inkább maradok az „egyéjszakás kalandok" veteránja mindannyiójuk szemében, mint egy álmodozó idióta, aki nem mer odamenni egy nőhöz. Hitetlenkedve álltam és bosszantóan csalódott voltam. A parti további részében nagyon rosszul éreztem magam, de senkinek nem engedtem, hogy észrevegye rajtam. Még kétszer láttam aznap este, de egyik alkalom sem volt kecsegtető a megközelítésére. Egyik alkalommal úgy sétált, mint aki élvezi az őszi szellőt és lassan, figyelmesen körbetekintett a társaságon, ekkor nagyon messze esett tőlem. Második alkalommal egy ismerős színésszel társalgott, akitől pár perc múlva elbúcsúzott és már sehol sem volt. A partikon általában az emberek mások társaságát keresik, ha másért nem is, akkor kényszerből, hogy ne legyenek egyedül. Ő viszont éppen ellenkezőleg viselkedett.

Vendég. Ő is csak egy vendég. A házigazda nem lehetett, mert Ryanék voltak azok, akkor következésképp Ő is ugyanolyan vendég volt, mint jómagam is. Ezt a tényt csak másnap a repülőn fogtam fel, miközben a heti tervezetemet olvastam. Megállapítottam, hogy ismét sikerült gondolkodás nélkül viselkednem, ami az eddigi kapcsolataimban is jellemzett. Ki is lehet valójában a lány? Ryan tudja és biztos vagyok benne, hogy segíteni fog nekem. Elhatároztam, hogy amint lehet, elkérem tőle a partira meghívott vendégek névsorát.

Ryan semmit nem kérdezett, másnap már küldte is a vendéglistát. Mindkettő partiról, amin megjelentem ebben az évben. Ismert engem, tudta, ha valamit nem akarok elmondani magamtól, azt akkor sem fogom, ha rákérdez. Nem kérdezett semmit. Annyit írt, hogy reméli megtalálom, akit keresek.

Magam kezdtem a kutatómunkába. Bár tisztában voltam vele, ha odaadom a névsort öcsémnek, Jasonnak, aki a közösségi oldalaimért felelt, akkor neki ez a feladat 5 percbe sem telt volna, de még mindig nem akartam beszélni róla senkivel. Izgultam, mint egy gyerek, amikor nekiláttam a keresésnek és kihúztam a neveket, akiket ismertem. Gyorsan elkezdett fogyatkozni a névsor, szinte mindenkit ismertem, ha nem is személyesen, de legalább látásból. 22 név maradt összesen. Elővettem a laptopomat és beírogattam a neveket. Mind a 22 névre azonnal képekkel reagált a legismertebb közösségi oldal és a legnépszerűbb kereső portál is. Egyik sem stimmelt. Nem értettem. Többször átolvastam a neveket, hol ronthattam el. Újra és újra leellenőriztem magam, de Őt sehol nem találtam. Szomorúnak éreztem magam és önmagamat hibáztattam, amiért ilyen nevetséges, felesleges dolgokra pazarlom az energiámat, mikor nekem ennél sokkal, de sokkal fontosabb teendőim lennének. Úgy éreztem, mintha az összes csillag a találkozásunk ellen dolgozna. Nem jellemző rám, hogy feladjam a dolgokat, de most a tehetetlenség súlya annyira nyomta a mellkasom, hogy a kanapémon hátra kellett dőlnöm. Hittem benne, hogy még lesz esélyem és megtalálom őt. Ahogyan teltek a percek, az önvád erősödött és nem értettem miért hagytam, hogy egy előttem lejátszódott egyértelműen elutasító jelenet ennyire lebénítson. Miért nem mentem oda hamarabb én? Mi lett volna, ha csak 3 perccel hamarabb indulok? Felőröltem magam a saját gondolataimmal. Hiszen nem ismerem, nem tudok róla semmit, lehet, hogy egy perc után én hagynám ott őt, meg sem várnám a százhúsz másodpercet. Elhatároztam, hogy nem érdekel a továbbiakban. Minden jel arra utal, hogy ezt nem érdemes folytatnom. Ha Én érdekelném Őt, könnyen megtalálna, Ő biztos tudja, hogy ki vagyok. Brit angolt beszélt, ismernie kell országa egyik nemzeti hősét. Az elmúlt években megannyi címlapon szerepeltem, mint „nemzeti hős". Három világbajnoki címem volt, amivel minden addigi brit rekordot megdöntöttem az autósportban. Ezt a magabiztos, céltudatos nemzeti hőst most egy vöröshajú szépség kibillentette az elérhetetlenségével. Engem. Kínomban már csak nevetni tudtam a helyzetemen és félrelöktem a laptopot.

Másnap elhatároztam, hogy teljesen kizárom az életemből a lehetőségét is, hogy találkozzak vele. Csak a feladatomra, a versenyre koncentráltam. 15 pont előnyöm volt 3 futammal az idény vége előtt. Ha a következő 2 versenyen dobogóra állok, akkor akkora pontelőnyöm lesz, hogy a csapattársam, aki a 2. helyen áll a jelenlegi összetett pontversenyben, már matematikailag nem fog tudni megelőzni. Az élet ismét bebizonyította, hogy nekem csak és kizárólag egy feladatom van és időpazarlás más jelentéktelennek tűnő problémákkal foglalkoznom. A mostani magánéletembe tökéletesen bele tudom illeszteni a röpke kalandjaimat, melyek közel sem okoznak annyi gondot, mint egy vonzó vörös hajzuhatag.

Négy héttel később megnyertem a negyedi világbajnoki címemet és ezzel saját rekordomat döntöttem meg brit versenyzőként. Élveztem a velejáró felhajtást. Mint minden népszerű sportoló, nekem is jelentős bevételem volt a reklámokból, amihez a média ingyenes promóciót biztosított. Az utolsó versenyre nem is készültem igazán. Teljesen lekerült a vállamról az egész évi nyomasztó teher, hogy újra megvédjem a világbajnoki címet. Ryan felhívott, hogy meghívjon ünnepelni, de nemet mondtam neki. Kihátráltam a személyes találkozás elől, nehogy véletlenül találkozzak Vele. Ryan ismét bebizonyította úriember mivoltát, a vendéglistáról nem kérdezett semmit.

Karácsony előtt a szponzori megjelenések kötelezőek. Világbajnokként éppen csak elkezdtem pihenni, az idei munka második felvonása csak most kezdődik. Zsúfolásig megtelt a naptár a támogatóink meghívásaival, melyekre illett elmenni, tudva, hogy mennyi pénzt öntenek a csapatomba, hogy világbajnokok lehessünk immáron negyedjére egymás után.

Időközben továbblépésként újra hagytam, hogy levegyenek a lábamról, így ünnepelni már az éppen aktuális partneremmel, Juliával érkeztem minden partira.

Külön megkértem a menedzseremet, hogy minden USA-ban rendezett partit töröljön a teendőim listájáról. Fáradtságra hivatkozva lemondta a felkéréseket, míg az európai meghívásoknak eleget tettem. Két hét alatt tizenegy megjelenés, kettő fotózás és egy bemutató. Ez várt rám december tizedike után.

Az egyik fő szponzorunk egy ismet divatház volt, mely évente, rendszeresen karácsony előtt egy héttel, hatalmas felhajtást rendez az általuk támogatott hírességeknek, ezzel is növelve saját ázsió-jukat a résztvevők szemében. A legfontosabb újságok és televízió csatornák is képviseltetik magukat, a még nagyobb hírverés érde-kében. Legalább ezer híres ember jelenik meg kísérőikkel együtt. Ígéretükhöz híven hatalmas bálteremben tartják a rendezvényt, lesz élőzene, tánctér. Már a meghívó kézbevételekor magam előtt láttam, hogy a csillárok valóban aranyozottak lesznek és a fel-kínált pezsgőben aranypor fog lebegni, ami csakis a legdrágább kristálypohárban csilloghat majd. A hírességek bemutatása és bevonulása megközelíti egy piros szőnyeges rendezvény körüli bonyodalmakat. A divatház rendszeresen változtatja a rendezvény helyszínét, mellyel próbálja az érdeklődők izgalmát fenntartani, ezért idén Rómába szervezik meg az eseményt. Sokáig gondol-kodtam, hogy a jelenlegi partnerem kísérjen-e el a programra, míg végül amellett döntöttem, hogy adhatok neki egy esélyt. Egy esélyt arra, hogy bizonyítson. De mit is? Nem szeretem őt. Nem is fogom soha. Ha édesapám hallaná a gondolataimat, felpofozna. Nem ilyennek nevelt. Csodálatos gyermekkorom volt, szeretetben nőttem fel és általuk a mai napig abban élek. Minden támogatást megkaptam az életben. Talán a minden nem a megfelelő szó. Kevés arra, hogy kifejezze, mit is kaptam tőlük igazából. Rám áldozták a saját életüket. Nem utaztak el édesanyámmal nászútra sem, mert már úton voltam. Feláldozták értem az álmaikat, az én mesebeli terveim sikerének reményében. Az eredményeimnek hála próbá-lok visszaadni nekik annyit, amennyi tőlem telhet, de ezek csak anyagiak, illetve megvehető élmények sokasága. Másra vágynak. Már mást kívánnak nekem. Látom rajtuk, de nem mondják ki, hogy azt szeretnék, ha családom lenne. Saját családom. Unokát akarnak tőlem. Próbáltam nekik évekkel ezelőtt elmagyarázni a saját álláspontomat, melyet csendesen elfogadtak, többet nem kérdeztek erről. Szerencsés vagyok, talán a legszerencsésebb a világon, hiszen a szüleim úgy szeretnek, ahogy vagyok, de érzem rajtuk, hogy ők tudnak valamit, amit én még nem.

Elvittem magammal Julia-t, adtam neki egy esélyt, hogy tün-dökölhessen mellettem egy ilyen nagyszabású rendezvényen. A divatház kitett magáért. Életemben ekkora felhajtást nem láttam még. A helyszín megválasztása tökéletes volt. Hatalmas bálterem, aranyszínben úszó díszlet, márvány burkolat. A legfelső tízezer álma. Limuzinok sora várakozott meghatározott sorrendben. Napokkal a rendezvény előtt megkaptuk a programot. Ki mikor érkezik, mennyi időt tölt a fotósok előtt, mielőtt leül a meghatározott székre, ahol az előre egyeztetett vacsorát elfogyasztja. Ha tizennyolc évesen tudtam volna, hogy ilyen helyeken kell feszengenem, soha nem vállaltam volna ezt az életet. Távol áll tőlem ez a közeg, de ennyi idő után már megszoktam és elfogadtam, hogy az álmommal ez is együtt jár. Kirakat életet élek, amit nem szeretek, de ezt az életet választottam és helytállok. A feladás és a kihátrálás nem az én műfajom. Ha a körülöttem lévők végig tudják csinálni, akkor végig tudom csinálni én is. Mosolyogva, ahogy a viselkedéstanárom tanította. A gondolataimból kizökkentett Julia, aki megkérdezte, hogy biztosan nem készülhet-e rólunk közös fotó? Mutattam neki a programfüzetet, melyen egyértelműen le volt írva, hogy én mikor vonulok végig és ő mikor indulhat utánam. Kikötésre került, hogy egy képen mind a ketten nem szerepelhetünk. Ehhez a bevonuló folyosón kialakított díszlet adott tökéletes támpontot, hogy meddig lehet közeledni egymáshoz, hogy véletlenül se lehessünk rajta egy képen. Julia nem tudta, de ez az én kérésem volt. Tiszteletben tartották a kérésem, még a programfüzetembe is leírták. Közöltem Juliával, hogy a szabályokat be kell tartani, ez nem egy teraszos parti New Yorkban. Gondolataim azonnal New Yorkra és az ottani koktélos estére sodródtak, mely eszembe juttatta a lányt, aki ott, akkor, azon az estén fehér overallt viselt. Miért ennyire nehéz megszabadulnom az emlékeimtől és a vágyaimtól?

A rendezvény pontosan olyan unalmas volt, mint előre sejthető volt. Már bántam, hogy elhoztam Juliát, mert vele kellett maradnom az asztalnál és még csak kinyújtózkodni sem tudtam kimenni, nemhogy beszélgetni másokkal. Ezen a partin nem sok ismerőst láttam. Az asztalnál három másik pár ült, akik közül csak egyiket ismertem személyesen, egy olasz focista volt a kedvesével. A srác a csapatával az előző kiírásban megnyerték a szuperkupát és első helyen végzett az olasz bajnokságban is.

Gyönyörű feleségével érkezett, boldognak tűntek. Talán azok is voltak. Vajon hogyan csinálják? Színjáték, mint amit én csinálok vagy őszintén boldogok? Mennyivel kell ügyesebbnek lenni az életben, hogy minden összejöjjön? Karrier és szerelem is egyszerre. Juliára pillantottam, aki ragaszkodott ahhoz, hogy egymáshoz öltözzünk. Hosszú egyenes középbarna haja volt, hatalmas őzike szemekkel. Gyönyörű volt. Magas és vékony, de nőiesen vékony. Ha filmet rendeznék és egy tüneményes, okos lányról szólna, aki a naplóját írogatja, akkor ővele játszatnám el. Nem volt hibája, előzékeny volt velem és türelmes. Mégis kevésnek éreztem. Bosszankodtam magam miatt, az érzéseim miatt. Szeretném én a jó és kedves lányt szeretni, úgy, ahogyan megérdemli, de képtelen vagyok rá. Julia hirtelen megzavart a gondolataimban. Táncolni akart. Táncoltunk. Az este végére már nagyon megbántam, hogy kitettem ennek a rendezvények a kapcsolatunkat. Sok hűhó semmiért. Arra gondoltam, hogy ennél többet én ennek a lánynak nem tudok adni. El kell őt is engednem, hogy néminemű becsületet érezhessek magammal szemben. Bár már kételkedek abban is, hogy van-e nekem egyáltalán olyanom.

Miután vége lett a római kiruccanásunknak megkértem Juliát, hogy fejezzük be a viszonyunkat és ne húzzuk egymás idejét. Sírva fogadta kérésemet, ő ugyanis elhitte színjátékomat. Mindenfélével megvádolt és csúnyán beszélt velem, amit csendben viseltem. Hasonlítottak már minden fajta állathoz és illettek már kellemetlenebbnél kellemetlenebb jelzővel is. Az egyéjszakás kapcsolataimat Frank zárja le. Ezeket a 2–3 hónaposakat meg én. Már megtanultam, hogy csak csendben kell maradni, felesleges bármit mondani, mert úgysem érzem át, amit ők érezhetnek. Tiszteletben tartom őket annyira, hogy hadd lehessenek mellettem azok, akik igazából. Sírnak, kiabálnak, dobálóznak, káromkodnak. A reakcióikat már megszoktam és mint általában, most is felvetődött bennem, hogy ha nem változtatok ezen, akkor olyanná válok az életben is, mint a pályán. Szörnyeteggé alakulok. Amikor Martin a csapatfőnököm először kiabálta a fülembe egy végtelen esélytelen verseny megnyerését követően a szörnyeteg kifejezést, szinte sértőnek találtam. Csak a hangsúly és az utána következő szavai, melyek adrenalinnal voltak átitatva biztosítottak róla, hogy ez a világ legnagyobb bókja tőle. A becenév rajtam ragadt, még a családom is egyetértett vele. Immáron több, mint tíz éve viselem ezt a jelzőt, ami az évek folyamán büszkévé tett, de a magánéletem nem egy és ugyanaz a karrieremmel. A magánéletben nem ilyen akarok lenni. Én herceg akarok lenni. A királylány hercege. Meg akarok küzdeni a sárkánnyal és el akarom nyerni a királylány szívét. De fogalmam sincs, hogy hol a királylány és térképem sincs hozzá.

Egy utolsó meghívásom volt még két ünnep között Londonban. Juliával már 2 hete szakítottam, így egyedül érkeztem az óragyártó cég partijára, mely sokkal közelebb állt az én világomhoz, mint a római rendezvény. Csendesebb volt, félhomály, rengeteg ismerős arc, állófogadás. Bármikor le lehetett lépni, senki észre sem vette volna, mert nincs hely, amit foglalnom kell. Éppen egy kollégámmal beszélgettünk a jövő évi fejlesztésekről, amikor megláttam Őt. Megint. Mit kereshet itt? Elterveztem, hogy egy ideig nem megyek miatta Amerikába, erre itt van a szülővárosomban. Egyszerre voltam izgatott, mint egy kisfiú, aki megkapta a régen áhított kiskutyáját és dühös, mert nem tudom, mi tévő legyek. A kollégám odanézett, ahova bámultam, mert félbehagytam a mondatomat, amit én észre sem vettem.

– Ismered? – kérdezte Tom.

– Nem – választom zavartan. Te igen?

– Nem. Sosem láttam azelőtt – válaszolta Tom.

Mire visszanéztünk, már továbbállt, mint mindig. Sötétlila overallt viselt, a haja kiengedve. Most sem volt időm rendesen megfigyelni, mert csak másodpercekig láthattam. Olyan, mint egy árny. Pár perc múlva újra megláttam. Ugyanazzal a biztonsági emberrel beszélgetett, mint NewYorkban, amikor fehér ruhában volt. Ekkor jutott eszembe, hogy Ryan buliján lévő biztonsági emberek is hasonló ruhákat viselnek, mint ez a férfi. Elgondolkodtatott, hogy lehet-e összefüggés vagy ezek csak a véletlen művei. Gondolataimból Tom zökkentett ki.

Amikor újra a szemem elé került éppen a házigazdával, Ben Stone-nal beszélgetett kedélyesen. Úgy tűnt, régóta ismerik egymást. Ben cége évek óta jelentős támogatást nyújt az egész autósportnak. Figyeltem őket egy darabig, majd felbátorodva elindultam feléjük. Arra jutottam, hogy miért ne mehetnék oda hozzájuk, hiszen Bent régóta ismertem és semmi veszítenivalóm nem volt. Ahogyan igyekeztem feléjük, a számomra már idegesítően gyakran megjelenő biztonsági ember sietett oda hozzájuk és mindketten sietősen távoztak vele. Kész, vége. Ennyi volt. Egyértelműen bebizonyítottam, hogy én vagyok a világ leglassabb embere. Ez hivatalos, rekordkönyvekbe való tény. Gondolataimba mélyedve elmosolyodtam és elindultam a pult felé. Eszembe jutott, hogy a telefonomat annál az asztalnál hagytam, ahol Tommal beszélgettem és hirtelen visszafordultam, amikor is nem figyeltem kellően és meglöktem a hátam mögül érkezőt.

– Pardon, nem figyeltem – mondtam berögzülten.

Meghűlt bennem a levegő. Ő állt velem szemben.

– Minden rendben van – mondta és elmosolyodott.

Néztük egymást. Egy épkézláb köszönésre sem voltam képes, annyira hirtelen történt minden. Erre az eshetőségre nem volt írott szövegem. Mindig arra készültem, hogy odamegyek hozzá, nem pedig arra, hogy fellököm. Most láttam először közelről. Gyönyörűbb, mint gondoltam. Zöld szeme van, csodálatos, amilyet még nem láttam. A vörös hajával együtt olyan, mint egy mesebeli királylány. A bőre makulátlan volt és éreztem, hogy édes illat veszi körül, ami még vonzóbbá tette. A lila overall tökéletesen állt rajta, mintha csak rá szabták volna. Alacsonyabb volt, mint én, a magassarkú cipő ellenére is. Hibátlan alakja volt, számomra az egész nő hibátlan volt. Próbáltam valamit kinyögni a számon, de nem sikerült. Mire felocsúdtam és elkezdtek forogni a fogaskerekeim, hirtelen a hátam mögé nézett, az arcáról eltűnt a kedves mosoly és elindult.

– Ne haragudj, de mennem kell – mondta.

Meg akartam kérdezni, hogy hová megy, de már elsietett. Meglepően gyorsan és kecsesen tud mozogni abban a magassarkúban.

Hazaérve beleomlottam az ágyba és arra gondoltam, hogy ki kell derítenem ki ez a lány. Hiába próbáltam elkerülni, az élet mégis úgy alakította, hogy Őt hozza el hozzám. Ezek makacs tények, állapítottam meg magamban és mosollyal az arcomon aludtam el. Eltelt a szilveszter és ezzel együtt fellendült az újévi autó fejlesztési munkálata. Szimulációs feladatok, edzés, gyárlátogatás. Gyorsan eltelt az előző év. Mindig egyre gyorsabban telik. Édesapám mindig azt mondja, hogy ahogy öregszem, ezt egyre inkább így fogom érzeni. Megállapítottam, hogy öregszem.

Az idény márciusban kezdődik, így még azelőtt el kell utaznom az USA-ba, mielőtt elkezdődik a turbófokozat. Februárban Ryanék otthon voltak, így akkora időzítettem az utazást. Egy hetet töltöttem el náluk, közben rengeteg más ismerősömmel letudtam LA-ben a kötelező találkozásokat. Ryanéknél jön az első baba. Monica, Ryan felesége gyönyörűbb, mint valaha. Csodálatos szőke haj, kék szemek, mint Ryan női változata. Nem csodálom, hogy lassan 8 éve imádják egymást és most jön egy kisbaba. Együtt örültem velük a hír hallatán és végre nem kellett megjátszanom magam. Őszinte a kapcsolatom velük és igazán jól érzem magam a társaságukban. Ryannel egy szponzori találkozón ismerkedtünk meg, ahol láttam rajta azt a feszengést, amit az ilyen rendezvények okoznak egy kezdő feltörekvő tehetségnek. Nemhiába, az élet minden területén folyamatosan tanulni és fejlődni kell. Ismertem a zenéjét és kedveltem is, így odamentem hozzá beszélgetni. Öt évvel volt fiatalabb nálam, Jasonnal egyidős, így rengeteg közös témánk volt már akkor is. Tíz év telt el és még soha nem hazudtam neki. De mégis, egyszer, amikor mentegetőztem, hogy hamarabb mentem hozzájuk. Bűntudatom volt emiatt. Abszolút megbízok benne, miért ne mondhatnám el végre valakinek, hogy meg akarok ismerni egy lányt, főleg, ha a másik biztosan ismeri is azt az illetőt. Ha van valaki, aki önzetlenül segítene nekem ezen a világon a családomon kívül, az Ryan.

Egyik este Ryanék tengerparti házának teraszán beszélgettünk a hűvös Los angelesi februárban. Puha kanapékkal volt teli a teraszuk, hozzájuk illő plédekkel. Monica minden esetben ragaszkodott a kényelmes és praktikus bútorokhoz, ezalól a terasz helyisége sem volt kivétel. A terasz padlója igazi fa deszkával volt lefedve, ami a tavalyihoz képest újszerű volt, biztosan nemrég cserélhették le, miután ez az éghajlat igencsak kedvezőtlenül befolyásolta a fa időtállóságát. Monica a terhesség miatt minden nap nagyon fáradt volt, így mindig hamarabb feküdt le aludni, mint mi Ryannel. Nem történt ez most sem másként. Amikor Monica bement lefeküdni előtte elköszönt tőlünk.

– Jó éjt fiúk!

– Jó éjt! – mondtam.

Ryan felállt, odasétált hozzá és még egyszer megcsókolta. – Jó éjt szerelmem! – mondta kedvesen neki Ryan.

Némán néztem őket és tudtam, hogy eljött az idő, végre értem, mit akarok a jövőben. Már a bajnoki cím sem érdekel jobban annál, minthogy én is így érezzek valaki iránt. Mellettem ül a szerelmem, feláll, elköszön és már akkor annyira hiányzik, hogy inkább utána megyek még egy csókért. Éreztem, hogy erre vágyok én is.

– Ez kellene neked is! – mondta Ryan, miközben visszaült a korábbi helyére.

Döbbentem néztem rá. Ryan minden egyes kalandomról tudott és tudta az álláspontomat a család fronton is. Mégis, mintha a fejembe látott volna. Nem hiába, ő a legjobb barátom.

– Gondolat olvasó vagy – nevettem.

– Megtaláltad? – kérdezte nyugodtan.

– Kit? – kérdeztem vissza. Hirtelen nem értettem, mire céloz.

– Aki miatt kérted a vendéglistát – noszogatott tovább Ryan.

Ingattam a fejem. Nem is tudtam, mit is mondhatnék zavaromban.

– Nem – nyögtem ki végül, mintha nem is lenne annyira fontos.

– Akarsz róla beszélni? – kérdezte kíváncsian.

– Nem nagyon – válaszoltam.

– Jaden, azért tehetnék mégiscsak egy megjegyzést ezzel kapcsolatban? – nagyon úgy tűnt, hogy Ryan most nem adja fel.

– Van más választásom? – kérdeztem, mintha már meg is adtam volna magam.

– Te is tudod, hogy nincs – nevette el magát. A lényeg, hogy azért nem találtad meg, mert szerintem, akit te kerestél, ő nincs rajta. Mármint a listán.

– Ki? – kérdeztem megdöbbenve. Ki nincs rajta?

Ryan mosolygott.

– Akkor mégiscsak akarsz róla beszélni? – Ryan szinte dörzsölte a tenyereit.

– Honnan tudod kit keresek? – kérdeztem meglepetten.

– Mert ismerlek. Tudom, hogy kikkel állsz felületes viszonyban, sok könnyű nőcskével, mert azt gondolod, hogy ez elég. Persze elég, másnap reggelig. De azt is tudom, hogy ott legbelül, az a Jaden, aki titkon családra vágyik, akit én is imádok és a házamba engedek, aki tudja a legféltetebb titkunkat a nejemmel, amit mindenki elől titkolnunk kell, tudom, hogy milyen típusú embert kereshet annyira, hogy nem beszél róla senkinek. A te esetedben talán kockás zászlónak is hívhatnánk – nevetett fel. De a lényeg, hogy te olyan embert keresel, aki más, mint az átlag. És – emelte fel a hangját – én tökéletesen tisztában vagyok azzal, ki az, aki más, mint a többi vendég az estélyeimen. Ami az igazsághoz hozzátartozik, hogy neki még csak fogalma sincs róla, hiszen neki ez a természetes. Talán pontosan emiatt imádom én is annyira őt. Miatta még azt is elnézem, hogy talán, ha nevezhetjük így, őszintétlen voltál velem szemben.

Hallgattam Ryan-t, nem volt értelme mentegetőznöm.

– Nem tudom, hogy segítek-e azzal, ha megválaszolom neked a fel nem tett kérdésedet – mondta lassan.

– Nem értelek – mondtam döbbenve.

– Nem is egyszerű ez a helyzet nekem sem. Ugyanis, akit keresel nincs rajta a vendéglistán, mert...

– Nem is vendég, ugye? – kérdeztem vissza hirtelen.

– Nem. Nem az – mondta.

Hallgattam.

– Akkor ki ő? – kérdeztem újra.

– Erről nekem nem szabad beszélnem – Ryan habozott.

– Velem?– erőltettem tovább a beszélgetést.

– Senkivel – mondta határozottan.

– Ryan! Tudnál nekem segíteni?– kérleltem.

– Most nem tudok – mondta elszomorodva.

– Miért nem? – Csodálkoztam. Minek kecsegtet a lehetőséggel, ha nem tud segíteni. Hiszen ismeri. Annyit kell tennie, hogy megadja a nevét, a többit intézem magamnak.

– Elég a neve – tettem hozzá.

–Ígéretet tettem neki és titoktartás kötelez rá, hogy nem adhatok ki róla semmilyen információt – magyarázta halkan Ryan.

– Tessék? – kérdeztem. – Ennek semmi értelme – folytattam.

– Nehéz elmagyarázni. Őt akkor ismertem meg, amikor Monicával járni kezdtünk. Nagyon szoros a barátságunk, sokat segített már nekem és Monicának is. Teljes biztonsággal állíthatom, hogy a továbbiakban is bármikor számíthatunk rá. A világ legrendesebb embere. Annyira önzetlen, hogy szerintem a szótárban miatta létezik ez a szó. Nem te vagy az első, aki szeretné őt megismerni, de neked is csak annyit tudok mondani, hogy ha tudni akarod a nevét, akkor azt Tőle fogod megtudni. Nem kért tőlem soha egyebet, csak azt, hogy ne beszéljek róla senkinek. Ennyit tudok most mondani neked. Nem szeretném elárulni. Értessz engem?

Döbbenten hallgattam, hogy a legjobb barátomnak évek óta titka van előttem, ami nem is zavarna, de egyértelműen fontosabb számára az a nő, mint a mi barátságunk. Csak bámultam magam elé.

– Soha nem hallottam tőled senki olyanról az elmúlt években, akiről így nyilatkoznál.

– Így van. Már a kapcsolatunk elején kölcsönösen megegyeztünk, hogy nem adjuk ki egymást mások előtt, csak, ha mindketten hozzájárulunk. Viszont amikor nem reagáltál semmit a vendéglistát követően, sejtettem, hogy RR-t keresed.

– Van oka erre a névtelenségre? – érdeklődtem.

– Bizonyos értelemben igen. – válaszolta Ryan.

– RR? Mi az az RR? – kérdeztem.

– Óh. Az egy poén. Az egyik munkahelyén így nevezték a háta mögött. Még neki is tetszett, így ráragasztottam én is – mosolygott Ryan.

– És mit jelent? – feszegettem tovább a beszélgetést.

– Talán ezt elmondhatom – nevette. RR, mint Red Rush.

– Tényleg találó – nevettem fel. Most már biztos, hogy ugyanarra a nőre gondolunk – mondtam.

– Jaden! Most nincs az Államokban, de ha visszatér, akkor találkozni fogtok. Megígérem. De Ő ezt soha nem tudhatja meg, mert akkor elveszítem Vele szemben a hitelemet. Kérlek Jaden, ha arra kerül sor, amit mindketten remélünk, akkor viselkedj olyan barátként velem szemben, ahogyan most én veled szemben. Ígérd meg! – Ryan nagyon határozott volt, hallani lehetett, hogy nem csak játszik.

– Miért segítenél, ha ezzel bajba sodrod magad? – kérdeztem halkan.

– Mert már évekkel ezelőtt találkoznotok kellett volna! – Ryan hangsúlyt váltott és hangosabban beszélt. Mintha bármit is bizonyítania kellene. – Amit azonnal tudtam, amikor megismertem őt. Évek óta bűntudatom van, hogy nem teszek semmit. Értetek. Monica egyetért velem és Monicának nagyon jók a megérzései. Nemsokára apa leszek. Nehéz döntéseket kell meghoznom. Ez is egy ilyen döntés nekem. Nem tudom, mikor, de azt tudom, hogy ígéretet tettem neked, hogy találkozni fogtok. Onnantól neked kell tenned azért, hogy megismerd. De nem lesz egyszerű, amit már gondolom, te is sejtessz.

– Akkor mégis miért? – hallgattam a legjobb barátomat, aki most bizonyította be, hogy a legjobb barátom az egész földön.

– Mert azt kívánom neked, ami nekem van – Ryan visszatért a nyugodt hangsúlyhoz.

– Megígérem, hogy nem árulom el a titkot.

– Köszönöm! Monica sem tudhat róla. Kérlek! Még egy valamit szeretnék neked mondani, vagyis inkább javasolni, már ha egyszer tényleg eljuttok oda, hogy szóba áll veled. Hinned kell neki! Bármit mond, igazat fog mondani, még ha nem is fogod mindig így érezni.

Bólintottam. Az volt az érzésem, hogy Ryan nem véletlenül titkolta el előlem őt és biztos vagyok benne, hogy ez utóbbi jó tanács is segítségemre lesz. Remélem.

Aznap este már csak a gyermek neveken viccelődtünk, hogy kinek melyik tetszik.

– A fiú nevek jobbak – állapítottam meg.

– Persze, mert már annyi nővel volt dolgod, hogy szinte az összes jó nevet kizárod miattuk – nevetett Ryan.

– Nem mindenki olyan szerencsés, mint te! – mondtam pimaszul.

– Reméljük a következő nevet, amit megismersz, nem dobod ki az ablakon – mondta Ryan keresztbe tett ujjal.

– Reméljük – mondtam.

Márciusban elkezdődött az újabb idény. Az újonnan fejlesztett konstrukció megbízhatónak tűnt és a formám is tökéletes volt. Mióta eljöttem Ryanéktől, nem ismerkedtem senkivel. Átgondoltam, mit szeretnék és ahhoz nincs szükségem kudarcra ítélt kapcsolatokra. Érzem, hogy türelmesnek kell lennem és Ryan ebben megerősített. Várni fogok. Csak egy dolog bizonytalanított el, hogy Ryan semmi támpontot nem adott arra vonatkozóan, hogy meddig is kell várnom. A Los Angeles-i utazásom részlegesen levette a terhet a vállamról. Jól esett megosztani a problémámat Ryannel. És bíztam a közös tervünk sikerében. Sokkal jobban ment az edzés, könnyed egyszerűséggel tudtam tartani a versenysúlyom. Minden idény eleje nehezen indul számomra. Az évad első negyede után szoktam feleszmélni, hogy mi is a feladatom, de a mostani idény első 4 futamát olyan nemes egyszerűséggel nyertem meg, hogy el sem hittem. Elérkezett a május és vártam nagyon Ryan jelzését, de csak a szokásos telefonhívásokat bonyolítottuk le. Én nem kérdeztem, ő nem mondott semmit Róla. Monica június végére volt kiírva és már nagyon készültek az új családtag érkezésére. Elmesélte, hogy a munkája miatt egy időre a New York-i házukba költöznek, így ott alakították ki a gyermekszobát, melyről képeket is küldött.

– Irigyellek – sóhajtottam mélyet, miközben ábrándoztam az életéről.

– Köszönöm Jaden! – válaszolta Ryan.

– Tudjátok már a nevét? – kérdeztem izgatottan. Tisztában voltam vele, hogy nagyon nem tudnak dűlőre jutni ebben a kérdésben.

– Igen, de még senkinek nem szeretnénk elárulni – mondta bocsánatkérő hangsúllyal.

– Megértem. Nem is faggatlak erről, majd tudni fogom, ha már tudnom kell – nyugtattam meg.

– Köszönöm!

– Várom, hogy hívjatok, akkor biztosan odarepülök megnézni titeket!

– Ez a minimum haver!

Letettem és arra gondoltam, hogy bárcsak már én is neveken gondolkodhatnék. Ryan rendes ember, és megküzdött mindenért, amije van. Azokban az időkben amikor Monicával megismerkedtek nagyon sok kezdeti nehézségen mentek keresztül, de szerelmük erősebb volt mindennél. Sem a média, sem a roszszindulatú „jóakarók", sem a csábító kísértés nem gyengítette meg kettejük kapcsolatát. Minden nap erősebbek lettek együtt, tökéletes párost alkottak. Vajon én valaha képes leszek ilyen kapcsolatra? Lesz olyan nő, aki akkor is hiányozni fog, ha mellettem van? Vajon tényleg érdemes kergetnem az árnyat vagy ő csak egy képzelet marad?

Még a karrierem legelején volt egy szerelmi kapcsolatom. Vanesszának hívták, pár évvel idősebb volt, mint én. Akkor azt hittem, tökéletes. Minden nap úgy tett, mint aki bebizonyítja, hogy szeret. Arról is biztosított, hogy miatta vagyok ilyen sikeres újonc, mert egy sikeres férfi mögött mindig egy erős nő áll. Állandó kísérőmmé avanzsálódott, bárhova is mentem. Imádtam vele megjelenni, büszke voltam rá, hisz okos, intelligens üzletasszony volt. Értem, a sikereimért a munkáját is átszervezte. Annyira boldog és szerelmes voltam, hogy nem vettem észre, a magától értetődőt, hogy nincs tökéletes kapcsolat. Hittem, hogy a miénk kivételes. Igazi rózsaszín ködben éltem. Abban a bizonyos rózsaszín ködben, amit egy szerelmes férfi elhisz egy önző, manipuláló nőnek. Az első év után tűnt fel, hogy kezdenek lemaradozni a barátaim, majd a családom következett. Vakságban szenvedtem és elhittem neki minden egyes szavát. Ezzel magyarázom, hogy nem vettem észre a nyilvánvaló jeleket, hogyan manipulált és nyomott el az élet minden területén.

Ő volt az a nő, akinek hagytam, hogy kiabáljon velem, hogy eljátszhassa a sértődöttet, elhitette velem, hogy mindent feláldoz az én sikereimért. Nagyszerű színésznő lett volna, de erre csak későn eszméltem rá. Ryan egyszer felhívott, hogy szeretne vele úgy találkozni kettesben, hogy Vanessza nincs velem. A találkozón Ryan szembesített azzal, hogy Vanessza hányszor csalt meg és mennyi pénzt csalt el tőlem mindenféle hazugsággal. Bizonyítékokat sorakoztatott fel Vanessza ellen. Akkor, ha csak pillanatokra is, de gyűlöltem Ryant, hogy ezt megtette velem. Idővel az élet őt igazolta és nem büntettem tovább a hírvivőt. Ryan barátként viselkedett egy nagyon kritikus helyzetben és megvédett a további sérülésektől. Jól tettem, hogy megbíztam benne és éreztem, hogy mindig is bízni fogok. Jó pár év telt el azóta és talán én is adhatok magamnak egy másik esélyt a boldogságra. Meg kell szabadulnom a Vanessza nevű bőröndömtől, mielőtt végérvényesen szörnnyé változok. Hiszen nem minden nő Vanessza.

A május is eltelt és a hónapban rendezett mindkét futamon dobogós helyezést értem el, amivel tetemes előnyre tettem szert. A munka frontján kifogástalan eredményeket értem el. Könnyű évad volt, talán az eddigi legkönnyebb. Lassan 36 éves koromra megtanultam győzni. Veszíteni már kisgyermekként megtanultam. Rettenetesen dühített, ha veszítettem. Vergődtem, kiabáltam, csapkodtam. Olyan lehettem akkor, mint most azok a lányok, akikkel szakítani szoktam. Már nem zavar, ha 2. vagy rosszabb helyezést érek el. Tökéletes békében vagyok, egyensúlyban érzem magam. Mindig nyerni akarok, de meghalni nem. Édesapámnak nagyon sok bölcs mondata cseng a fejemben, amiket gyermekkorom óta ismételget. Halkan, tisztán, ahogyan senki más nem beszél velem.

„Kisfiam! Mindig hozz okos döntést! Az életed a legfontosabb kincsed, egyetlen kupa sem adhatja vissza azt!"

Imádom apámat. Ezt a tanácsát négyévesen hallottam tőle először, amikor még gokartos koromban forró fejjel ütköztem. Akkor még számításba sem jött, hogy valaha is megelégedjek a 2.

hellyel. Ez több, mint 31 éve volt. Édesapám szavai a legmegnyugtatóbbak voltak számomra. Soha nem beszélt sokat, sőt, inkább keveset. Négy éves koromban kezdtem ezt a sportot, mely az ő álma volt. Minden angol versenyen részt vettem. Édesapám gőzerővel dolgozott, hogy finanszírozni tudja a kezdeti szárnycsapásaimat, majd, amikor szponzorokat szerzett, akkor elindultam az európai versenyeken is. Németországban, Franciaországban, Olaszországban. Eredményeimmel kimagasodtam korosztályomból, illetve az egyedi bőrszínem miatt mindenki azonnal tudta ki vagyok. Szerencsém volt, apukám jó munkát végzett, mint apa és mint menedzser is. Egyszer sem voltunk szponzor, ezáltal pénz hiányában a karrierem során. Egyenes volt az utam és egyirányú. Előre! Nekem csak egy feladatom volt: nyerni. Bizonyítani, hogy minden munka, amit értem tett, nem volt hiábavaló. A célom egy volt, hogy minden családtagom által feláldozott év és önös álom sikerré kovácsolódjon általam. Megtettem, ahányszor képes voltam rá. Győztem. Jason 5 évvel később ugyanezen az úton indult el, de ő nem olyan volt, mint én. Ő bulinak tekintette és hobbiként kezelte a versenyzést. 16 évesen felhagyott a versenyzéssel és mérnöknek kezdett tanulni. Utólag igazolódott, hogy akkor ott ez volt a legjobb döntés részéről.

Június 25-én Ryan sírva hívott fel.

– Megszületett és gyönyörű, mint az anyja – motyogta elcsukló hangon.

– Kislány lett?– kérdeztem. Ryanék nem szerették volna előre tudni a gyermek nemét.

– Igen. Charlotte Monica Baker. Emellett döntöttünk – sírt Ryan.

– Gratulálok az újszülött gyermekedhez! – mondtam meghatódva. Ryan ritkán sírt. Meghatott az elérzékenyülése.

– Jövő héten hivatalos eseményt tartunk, ha felocsúdtunk, akkor szólok, mikor, hol. A július 4-i hosszú hétvégén tartjuk, amikor te is ráérsz.

– Rendben. Addig nyerek egy futamot Charlotte tiszteletére!

– Ámen tesó!

Boldogság. Ez az egyetlen szó, ami eszembe jutott.

Két nap múlva Ryan üzent, hogy július 2-án estére tegyem magam szabaddá. Az év kellős közepén jártunk, az idényközi nyári szünet előtt, amikor minden napra két program is jutott, de mindent sutba dobva a menedzseremnek jókora mennyiségű feladatot adva, július 2-án délben már New York-ban voltam.

New York a kedvenc városom mind közül. Ott otthon érzem magam. Manhattan magával ragad engem. Mind a zsizsegés, mind a lendület. Én is ilyen vagyok, ezért is imádom. Elfoglaltam a szállást, majd gyorsan útra keltem átvenni az ajándékokat, amiket eleve New Yorkba rendeltem. Rettenetes hőség volt, így a szokásos álruha nagyon zavart, de nem akartam, hogy megállítsanak minden méteren, így inkább szenvedtem.

Miután visszaértem a szállásra a testőrömnek jeleztem is, hogy ő visz el Ryanékhez, mert kibírhatatlan a hőség odakint.

Miután lezuhanyoztam, elkészültem, Ryan hívott.

– Baj van? kérdeztem.

– Nem. Miért? – kérdezte Ryan.

– Mindjárt kész vagyok, lehet hamarabb megyek, ha nem baj.

– Nem. Gyere nyugodtan, örülni fogunk.

– De miért is hívtál?

– Csak szólni akartam, hogy eljött a nap.

– Tessék? Milyen nap?

– Az a bizonyos nap, amiről beszéltünk. Aktuális még, ugye? Mostanában nem olvastam rólad semmit a pletykarovatban. Csak szólni akartam, hogy biztosan jó ruhába gyere – nevetett Ryan.

– HA-HA-HA. Nem hoztam annyi váltóruhát, hogy válogassak, két napra jöttem – próbáltam nyugodtnak tettetni magam.

– Nem akartam, hogy itt szembesülj vele. Pár napja szólt, hogy visszajött. Nem akartam hamarabb szólni neked, nehogy túlgondold – magyarázta Ryan.

Ryannek igaza volt. Hajlamos voltam rástresszelni a számomra fontos dolgokra és ez igenis nekem most számított. Ryan, ha nem is mondta, sugallta, hogy egy esélyem lesz. Akaratlanul is mosolyra húzódott a szám. Kezdtem azt a feszültséget érezni, mint az autóban a rajt előtt. Ez pedig csak jót jelenthet. Otthon érzem magam.

Ahogyan ígértem hamarabb érkeztem. Fehér ingben, amit rám szabtak, divatos farmerben és hozzá illő színes Nike cipőben. Ennél átlagosabb már nem is lehetnék, gondoltam magamban. Ryanék, tőlük szokatlanul, családias, baráti partit rendeztek. Nem volt sem színkód, sem semmiféle felhajtás. A meghívottak csak a legközelebbi rokonokból és barátokból álltak. Eddig mindig a stylistom szerint öltözködtem az ilyen partikon, de most önmagam vagyok, aki a legjobb barátjához érkezett. Ezért nem mondta hamarabb Ryan, hogy pontosan ez történjen. Ryan számító – állapítottam meg. Amikor megérkeztem még csak Ryan családja volt jelen. Átadtam az ajándékcsomagot, amit készítettem. Márkás babaruhák és anya-apa-baba összeöltözős ruhaszett, amit a szponzorommal magam terveztettem és gyártattam le, csak nekik. Nagyon örültek az ajándékoknak, elmesélték, hogyan indultak a kórházba, Ryan mennyire aggódott, Monica milyen hősiesen viselkedett, majd, hogy mindketten titokban kislányt szerettek volna és hogy ezzel az álmuk valóra vált. Még a sztorit is felváltva adták elő, mint egy igazi pár. Elkezdtek érkezni a vendégek. Szombat volt, sokan lemondták a hosszú hétvégés foglalásukat Ryanék miatt. Aki számított Ryan ismerősei közül mindenki megjelent. Én csak egyet tehettem: vártam és vártam. Sokkal nehezebben teltek el ezek a percek vagy órák, mint az ígéret óta eltelt hónapok. Annyira izgultam, hogy egy pohár whisky mellett döntöttem. Ryannek is vittem egyet, hogy koccintsunk az egészségükre. Ryan nagyon boldog volt, majd kiugrott a bőréből örömében. Én ettől az érzéstől mérföldes távolságokban voltam, már majdnem ki is nyilvánítottam csalódottságomat, amikor kisétált Monicával a teraszra Ő. Fehér ujjatlan kisruhában volt, mint egy nyári angyal. Először láttam a formás lábait, így már nem kellett tovább a képzeletemre hagyatkoznom. Kedélyesen csevegett Monicával, látszott, hogy nagyon jóban vannak és az is, hogy teljesen más gesztusokat használt a mai napon, mint eddig. Önfeledten mosolygott és megölelte Monicát. Ryan nem hazudott, ami az ő feladata volt, azt teljesítette.

Ruhában volt, valami megváltozott, de csak nézni tudtam, gondolkodni nem.

Ryan figyelt engem, amit észre sem vettem. Majd arra figyeltem fel, hogy hangosan kacagni kezd.

– Tiéd a pálya! – veregette meg a vállam Ryan és továbbment más ismerősökkel is koccintani.

Monicát elhívták mellőle, ekkor láttam, hogy odalép hozzá egy ismert amerikai rapper, aki rendszeresen együtt dolgozik Ryannel. Látszólag egyoldalú ismerkedésnek tűnt és a gyanúm beigazolódott, ugyanis alig 2 perccel később már a lány egyedül indult el az italos pult irányába. Annyira hevesen vert a szívem, hogy azt hittem kiugrik a helyéről. Elindultam felé. Ő a pult felől hátrafelé fordult és közvetlen rám nézett. Véletlen lett volna? Megálltam. Nem is értem miért, hiszen futnom kellene hozzá, nem megállni. Elmosolyodott. Gőzöm sem volt, most mit kéne tennem. Ezt a mosolyt vajon nekem szánta vagy egyszerűen csak kineveti a bénázásomat? Mit gondolhat? Vagy lehet valaki másra mosolygott, aki mögöttem áll? Nézzek hátra megnézni vagy sem?

Észrevette, hogy teljesen leblokkoltam. A kezével alig láthatóan intett, majd visszafordult a pulthoz. A fa nem tud úgy égni tűzben, mint én akkor és ott. Hihetetlen, hogy mennyire meg tud bénítani. Még a vak is láthatta, hogy nekem intett. Tényleg nekem intett? Végül is már volt két ütközésünk. Ha eszembe jut a londoni esetlenségem, legalább 10 centivel alacsonyabbnak érzem magam. Mire elindultam egy másik férfi is odament hozzá, ekkor láttam először Őt önfeledten nevetni. Hirtelen rossz érzésem támadt, de az újabb férfi is csak pár percig mulatott mellette. Ez biztos valami előre kigondolt ismerkedési forma nála. Pár mondatból felméri, hogy akar-e ismerkedni vagy sem. Nagyon kevés az a pár perc, nagyon kevés. Főleg, ha meg sem bírok szólalni – emésztettem magam. Miután újra egyedül maradt a bár felé sétált vagy a látottak alapján inkább menekült. Egy flakonos vizet kért, amit már én is hallottam. Végre elindult a lábam. Megvártam, míg elindul a pulttól és elé álltam. Megállt előttem. Mosolygott. Ekkor odalépett a biztonsági ember, akit már többször láttam együtt Vele és átnyújtott egy cetlit Neki. Elolvasta, majd a cetlit visszaadta a biztonsági embernek. Még mindig előttem állt. Csak remélni tudtam, hogy nem ketyeg máris az a pár perc. Ekkor a kezét nyújtotta.

– Jamie – mondta.

– Jaden – válaszoltam. Legalább a nevem eszembe jutott. Tapsvihar volt a fejemben.

– Igen, tudom. Jaden W. Colt, minden idők legsikeresebb brit autóversenyzője, aki, ha az idei évet így folytatja, akkor beáll harmadikként a legjobbakhoz.

Néztem, hallottam, hozzám beszél, tudja ki vagyok. Vajon honnan tudja ezeket? Követi az életem? Kezdtem tartani attól, nehogy egy drukkert küldjön Ryan a nyakamra. De Ryan tudta, hogy nem szeretem a mániákus drukkereimet, ergo ő biztosan nem lehet az.

– Úgy tűnik sokat tudsz rólam – válaszoltam.

– Nem. Ez nem igaz – ingatta a fejét. Tudom a neved és hogy mivel foglalkozol. Őszintén szólva semmit sem tudok rólad.

Meglepett a válasza, hisz igaza volt. Semmit nem tud rólam. Ezek csak tények, amik fent vannak az interneten is. A földön jár. Ez tetszik.

– Rólad lehet bármi mást tudni azon kívül, hogy Jamie vagy? Elnevette magát.

– Ennél ma már ketten is sokkal jobb szöveggel jöttek – nevetett tovább –, pedig alig fél órája érkeztem, pillantott rá az órájára.

Belátom semmit nem ért a készülődésem, de az biztos, hogy az a pár perc letelt és még itt vagyok mellette, ebből merítek erőt.

– W., mint West? Igaz? Nem tudom eldönteni, hogy ez vezeték vagy keresztnév.

Újabb döbbenet. Senki sem tette még fel nekem ezt a nyilvánvaló kérdést. 15 éve reflektorfényben élek és ezt a kérdést még egy túlbuzgó, mindent tudó riportertől sem hallottam még.

– Vezetéknév. Nem használom, mert a West névnek kiváló múltja volt már az autósportban. A Colt név viszont velem ír történelmet.

– Nagyon ésszerű döntés volt. Bólogatott.

Eszembe jutott édesapám, amikor eldöntöttük, hogy apai nagyanyám vezetéknevével szeretnék versenyezni, nem pedig az övével. Nagyon fájt neki, de a döntést az autósport múltja miatt, meg kellett hozni. A család minden tagja egyszerre vette fel a Colt nevet.

– Hol az overall?– kérdeztem.

Felhúzta a szemöldökét, kérdőn rám nézett és tetőtől talpig felmért. Úgy éreztem magam, mint egy divat modell, akin minden egyes négyzetcentimétert átnéznek. Csak azt nem kérte, hogy forduljak körbe. Bár megtettem volna, ha kéri.

– Overall – kezdte. – Otthon vannak, szépen sorban, vállfán, szín szerint. Szünetet tartott – Ezek szerint csak azért jöttél elém, mert most már tudod, hogy nincs műlában? – kérdezte, miközben kacagott.

Nem tudtam mit tegyek, annyira szégyelltem magam, át sem gondoltam, hogy ennek a kérdésnek milyen vonzatai lehetnek. A nevetése viszont vitt magával és nevettem én is. Szégyenemben inkább eltakartam az arcomat, hogy ne lássa, mennyire nevetségesnek tartom magam.

Ilyen kérdésekre és kontrákra egyáltalán nem számítottam. Borzalom, hogy tudtam annyi buta nővel a semmiről beszélgetni évekig csupán csak a szexért, és amit az jelképezett. Elszoktam már attól, hogy valódi emberként társalogjanak velem a nők.

– Korábban, amikor láttalak mindig overallt viseltél, gondoltam van oka – próbáltam magyarázkodni.

– Értelek, nem kell magyarázkodni – nevetett tovább. – Komolyra fordítva a szót, az overallban dolgozni szoktam, most viszont barátként jöttem együtt ünnepelni Ryanékkel. Az elmúlt időszakban nagyon sok minden történt és itt és most megünneplek mindent – mondta.

– Nagyon sok kérdést tudnék most feltenni, de ha már ünneplünk, nem iszunk valamit?

– Szívesen. Tequila?

Nekem mindegy volt, mit szeretne inni, csak velem igyon. Már megbántam a whisky-t, de reméltem a tequila nem teszi tönkre az esténket.

A pultnál kértünk két tequilát, majd koccintottunk.

– Mire igyunk? – kérdeztem.

– A boldogságra, az új életre és a hitre, ami soha nem hagy magunkra.

Csak néztem, nézni akartam folyamatosan. A szemeit, a haját, az orrát, az ajkait. Gyönyörű volt. A mosolya pedig még szebbé tette. Észrevette, hogy bámulom és még jobban elmosolyodott.

– Ne engem nézz! Fogyaszd el a tequilát!

– Vagy a kettőt egyszerre.

– Nem fog menni. Higgy nekem, van pár év tapasztalatom – nevette.

– Mivel foglalkozol? – kérdeztem.

– Hétköznapi foglalkozásom van és nem is akarlak untatni vele, itt nincs sem gombos kormány, sem aerodinamika, sem sebesség. Orvos vagyok.

– Orvos? Ez nem jutott volna eszembe.

– Igen, valahogy senki nem néz annak, aki vagyok. Példának okáért az előtted lévő úriember, aki ide bátorkodott jönni hozzám, pornósztárnak nézett. Mondjuk ez egyben hízelgő és borzasztóan degradáló is, mármint nőként, de nagyon megnevettetett. Mindezek ellenére, biztos vagyok benne, hogy ez a duma bejön a nők egy bizonyos önértékelési gondokkal küzdő részének, mert ha minden alkalommal pofon vágnák vagy elküldenék melegebb éghajlatra, ahogyan én tettem, akkor egy idő után abbahagyná. Bár úgy látom, inkább próbálkozik tovább és a távolba mutatott az imént említett úriember felé.

– Igazad van, sokkal meggyőzőbb, ha egy férfi fellök – jegyeztem meg gúnyosan.

Utalva a londoni találkozásunkra.

– Igen, emlékszem. London, karácsony után. Az volt az utolsó vállalt munkám rendezvényen – mosolygott. Ha jól emlékszem, csak úgy ömlött belőled a szó – gúnyolódott.

Az arcomat ismét a kezeimmel takartam és nem bírtam ki röhögés nélkül.

– Ne égess már! Ha tudnád milyen nehéz a padlóról felállni – jegyeztem meg.

– Segítsek? – és úgy tett mint, aki a kezét nyújtja.

– Te ezt élvezed, ugye?

– Lehetek őszinte?

– Parancsolj! – mutattam magam elé.

– Nagyon – nevetett tovább.

– Komolyra fordítva a beszélgetést fonalát – próbáltam a lehető legválasztékosabban beszélni előtte, úgy, hogy nem nevetem el magam – Mit csinálsz konkrétan ilyen rendezvényeken?

– A szokásossá vált, bevált dolgokat. Figyelem az embereket. Ki hogyan viselkedik. A házigazdák mindent megtesznek, hogy botrányba ne keveredjenek, így felkérik a cégem, hogy biztosítsuk a helyet. Az általunk felügyelt partikon csak speciális jeget használhatnak, ami elszíneződik, ha bármilyen kémiai szerrel találkozik, illetve törhetetlen poharakat – koccintotta meg körmével a tequilás poharát. – Ezen kívül, ha valami gyanús viselkedést tapasztalunk, akkor közbelépünk, mielőtt dráma történhetne.

– Például?

– Mit figyelünk? Kézremegés, túlzott testi reakció, indokolatlan vetkőzés, agresszív viselkedésformák. Minden, ami tiltott szerek alkalmazását feltételezi. A helyszíneken több kamera van, hogy ha gyanúsat látunk több szögből megvizsgáljuk a helyzetet. Van egy álcázott mentőautó, ahol drogokra gyorstesztet tudunk végezni, illetve, ha bármilyen beavatkozást kell végezni, akkor készen álljunk rá és megvan hozzá minden felszerelés.

– Ryan sosem beszélt arról, hogy ilyen cég is dolgozik neki.

– Nem mondtam, hogy nekik is dolgoztunk, az ugyanis szerződésszegésnek számítana. Mr. Bakert visszatartja a titoktartási szerződés. Nem beszélhet róla, sem arról, hogy kik biztosítanak, sem arról, hogy mikor. Mi sem adunk ki semmilyen információt azokról, akik alkalmaznak minket.

– Régóta működik a cég?

– Évek óta. Nem sokkal azután találtam ki, amikor megismerkedtem Ryannel és Monicával.

– Hogyan ismerkedtetek meg?

– Éppen egy hasonló buliban voltunk, mint ez, az akkori barátommal. Ryannel jól ismerték egymást, általa ismerkedtünk össze. A partin volt egy srác, aki vagy nem ismerte a határt az élvezeti szerekkel szemben vagy új szerrel próbálkozott, aminek az lett a következménye, hogy összeesett és a helyszínen újra kellett éleszteni.

– Úristen, Ryan sosem mesélte – lepődtem meg.

– Ez nem egy olyan téma, amit az ember a limonádé mellett megtárgyal.

– Értem. Mi történt?– kérdeztem kíváncsian.

– Megkezdtem az újraélesztést, Ryan és egy pincér srác segítségével. Mire kiért a mentő, addigra a srác stabil állapotba került. A házigazda okkal tartott a botránytól, így a hivatalos jelentésbe epilepsziás roham került be.

– És overallban kényelmesebb újraéleszteni – nevettem el magam.

– Bingó, ügyes vagy! – mosolyodott el.

– Iszunk még egyet? – kérdeztem.

– Le akarsz itatni? – kérdezte mosolyogva.

– Azt mondtad, van mit ünnepelni és még a sztoriba bele sem kezdtél.

Megint végigmért. Teljesen zavarba ejtően tud nézni.

– Gyere! – intett, majd a pulthoz mentünk.

Kikértünk még egy kört, majd még egyet.

– És milyen szuperhősnek lenni? – kérdezte.

– Minek? – kérdeztem vissza meglepetten.

– Tudod, szuperhősnek, akinek a gyerekek hisznek. Te vagy a világ leggyorsabb embere, ez majdnem olyan menő, mint Batmannek lenni.

– Honnan tudod, hogy nem én vagyok Batman?

– Kizárt dolog. Mégis mennyi az esélye, hogy két Batman így találkozzon? Egy bababulin? Röhejes lenne – nevette el magát.

– Szóval te vagy az. Tudtam, hogy az orvoslás duma csak valami álca – de már annyira nevettünk, hogy a pultos is rajtunk nevetett.

– Akarsz játszani? – kérdezte.

– Attól függ mit? – kíváncsivá tett. Bármit mond, benne kell lennem, tudtam nagyon jól.

– Fogadjunk, ha most leöntelek ezzel a vízzel – mutatott a kezében lévő vízre, akkor két percen belül a mögötted álló sárga inges férfi idejön, hogy megvigasztaljon.

– Két perc? Az sok, annyi idő alatt hárman is segítségedre sietnek. Mialatt feléd indultam onnan – mutattam a helyre, ahol Ryannel beszélgettem, az kb. 20 méter, ketten is megelőztek – magyaráztam indokaimat.

– Kocsival gyorsabb lett volna, mi? – kacagott.

– Hé! Te nagyon pimasz vagy! – állapítottam meg. Nem emlékszem, mikor élveztem ennyire egy vicces nő társaságát. Valójában lehet, hogy még sosem volt ilyenben részem. Másként viszonyult hozzám, nem úgy kezelt, ahogyan megszoktam. Igazán üdítő volt.

– Én? Teljességgel ki van zárva. Az nem lehet – ingatta a fejét jobbra, balra, miközben nevetett.

Vicces, szép, jó fej. De arról fogalmam sincs, hogy csak szórakozásból ilyen vagy a férfit is látja bennem? Általában két mondat után el tudom dönteni, melyik lány hány másodperc múlva fog kezdeményezni nálam, de Jamie nem kezdeményez. Tudnom kellett, mit akar.

– Két perc az sok – állapítottam meg.

– Nem biztos, nem mindenki szeret feldúlt nőkre vadászni. És nem arról van szó, hogy bárki, hanem hogy a sárga inges – folytatta Jamie a gondolatmenetét.

– 90 másodperc – mondtam.

Mélyet sóhajtott.

– Az szinte lehetetlen. Mire felméri a helyzetet, összeszedi magát, kevés. És fennáll a lehetősége, hogy még nálad is lassabb – nevetett gúnyosan Jamie.

– Rendben. 91 másodperc. – mutattam rugalmasságomat sandán. – És utána, ha idejön, mi lesz? – kérdeztem kíváncsian.

– Visszajössz megmenteni, mi más? Vagy hagyod, hogy azzal az ízléstelen sárga ingessel beszélgessek tovább?

Nevetnem kellett. Tetszett, hogy játszani akar. Jól érezte magát. Szemmel látható volt, de nem tudom, hogy lát-e úgy férfiként, mint én Őt nőként. És ezt meg kell tudnom minél hamarabb. Én nem csak ennyit akarok tőle, ami most van. Tetszik, amit látok, tetszik, amit hallok, de én ennél sokkal, de sokkal többet akarok. Mellette repült az idő, rápillantottam a telefonra, hogy a stoppert beállítsam és már több, mint egy órája el sem mozdultam mellőle, elhatároztam, hogy csak akkor játszok, ha van miért.

– Mi a tét?– kérdeztem.

– Tét? Erre nem is gondoltam. Meghívlak egy újabb tequilára – vagyis Ryan meghív egyre. Fájdalomdíjként, ha veszítesz.

– És ha nyerek?– kérdeztem.

– Már ha ez egyáltalán lehetséges – húzta el annyira a szavakat, amennyire lehetett, akkor ihatunk mást is.

– Ez nagyon kevés – állapítottam meg.

– Úgy érted legyen kettő tequila? Nem lesz az sok? – kérdezte olyan ártatlanul, amennyire csak tudta.

– Nem inni akarok veled, az már megtörtént, többször is. És nincs az az alkohol mennyiség, amivel ráveszel arra, hogy itt hagyjalak minden ok nélkül. Esélyt adva bárkinek is, hogy a közeledbe jöjjön – mutattam körbe a helyszínen. – Ha játszunk, akkor játszunk rendesen.

Megleptem. Láttam rajta, hogy keresi a szavakat. Végre magamra leltem. Bátor voltam és merész, és láthatólag ez nagyon tetszett neki.

– Mire gondolsz? – nézett rám kérdőn.

– Ha 91 másodpercen belül nem jön ide, velem töltöd ezt az éjszakát.

– Nem – mondta határozottan. Kevesebbet kell kérned. Inkább a két tequila irányába gondolkozz, hiszen ez csak egy játék. – Nem sértődött meg, barátságos maradt, viszont elutasított. Ami őszinte volt, hisz végig a szemembe nézett, miközben hozzám beszélt.

– Nekem ennyi minimum kell egy vízzel való leöntésért cserébe – makacskodtam.

– Mit kérnél, ha vörösborról lenne szó? – nevette el magát.

Én viszont nem nevettem. Olyan erővel próbáltam nyugodt maradni, mint verseny közben. Ez vagyok én, ha tetszik tetszik, ha nem, nem. Szuggerálni próbáltam, hogy végre komolyan vegyen és megtudjam a választ a fel nem tett kérdésemre.

Neki nem kellett megfeszítenie egyetlen izmát sem, hogy nyugodt maradjon ebben a szituációban. Természetes volt számára, hogy határozottnak kell lennie és kiállnia a saját álláspontja mellett. Akkor villant át először, hogy nem szeretnék ellene versenyezni. Soha. A határozottsága megingat.

– Nem muszáj játszanunk – jelentette ki.

– De én kíváncsi vagyok, mit reagál a sárga inges – mondtam ártalmatlanul.– Mi a kevesebb? – kérdeztem óvatosan, mert nem állt szándékomban elijeszteni, de azt sem szerettem volna, hogy felhagyjon a jó kedvével és visszavonulót fújjon.

– Nem tudom. És a flakonos vizet nézte a kezében. Gondolkodott.

Kizökkentettem és ezt nem akartam. Jobb volt, amikor önfeledten nevetett. Hibáztam. Ez nem egy verseny. Nem kellett volna ilyen hirtelen letámadnom.

– Rendben, kitaláljuk utána, indítom a telefonomon a stoppert és öntheted a vizet, felkészültem – mondtam halkan. Annyira közel hajoltam a füléhez, hogy éreztem a haja édes illatát. Legszívesebben ott maradtam volna és közelebb és közelebb hajoltam volna, míg hozzá nem érek, de most nem lehet. Ha többet akarok, akkor most be kell érnem kevesebbel.

Pillanatok alatt megtörtént a megrendezett incidens, majd 76 másodperc múlva már a sárga inges vigasztalta. Ahogy néztem a jelenetet, nem hittem a szememnek. Megdöbbentett, hogy tudott erre rávenni, minden ígéret nélkül. Veszedelmes hatással van rám. Nem csak rám, ahogy látom, mindenki másra is. Még csak rá sem lehet jönni, hogyan csinálja.

Természetesen nyert, de én nem állítottam meg a stoppert, csak 96 másodpercnél. Ha már játszunk, akkor játszunk az én szabályaim szerint – gondoltam és visszamentem hozzá.

Mutattam neki a stoppert és bámult rám.

– Az nem lehet, mondta – miközben megdöbbenve nézett rám. Nem jutottam el fejben az 6x15 ms-ig és annak kevesebbnek kell lennie 90-nél. Nem szoktam tévedni – kérdőn nézett a telefonra.

– Most mi történik?– kérdezte a sárga inges férfi.

– Lejárt az időd, mondtam határozottan és utat mutattam neki.

Úgy nézett ránk, mint az idiótákra, amivel valahol mélyen egyet is értettem.

Jamienek ismét sikerült kettő percen belül kiiktatni a következő próbálkozót. Ott álltunk egymás mellett, én személy szerint vizes ingben, ő pedig maga elé nézett. Éreztem, hogy az eddigi tequila nem lesz elég.

– Meghívhatlak egy utolsó tequilára? – kérdeztem óvatosan.

Vett egy mély sóhajt és elmosolyodott.

– Elismered, hogy nyertem? – kérdezte ellenállhatatlanul. Olyan érzésem volt, hogy bármit tesz, bármit mond, minden ellenem van. Legyőz. Úgy győz le, ahogy senki más. Erőből.

– Ügyes voltál, legközelebb hat másodpercet kapsz – mondtam neki nevetve.

Megittuk a következő tequilát, majd összeszedtem minden bátorságomat.

– Biztos vagy benne, hogy nem akarsz többet tőlem, mint ez? – mutattam az üres tequilás pohárra – El sem hiszem, hogy ezek a szavak elhagyták a számat.

Nem válaszolt. Csak nézett rám a két gyönyörű szemével, mely még jobban csillogott a tequilától, de nem tudtam kiolvasni semmit. Nem ér hozzám. Nem birizgálja a haját. Nem akar közelebb hajolni. Semmilyen jelet nem küld. Nem tetszem neki, ez annyira nyilvánvaló, csak nem akar elküldeni. Próbál kedves lenni. Én meg erőlködök itt, miközben minden jel ugyanarra mutat. Szörnyen érzem magam. Mégis miért gondolom azt, hogy minden nőnek bejövök? Az a sok egyéjszakás kaland teljesen leterelt a valóság útvonaláról.

Talán Ryan szólt neki, hogy ne küldjön el? Nem tenne ilyet. Megígérte, hogy köztünk marad a tervünk.

– Örülök, hogy megismertelek Jamie! – nyújtottam határozottan kezet felé.

Akkor láttam először a szemében azt, amire egész este vártam. A tekintet, ami egyértelműen azt jelentette, hogy ennek itt és most még nincs vége.

De már nem hátráltam ki. Kezet nyújtott felém és bólintott. Én vissza sem néztem. Ő pedig nem szólt utánam.

Nem is tudom, mi ütött belém, egyszerűen ott hagytam. Én. Egy egyetemes idióta vagyok. El sem küldött. Nem akart elküldeni. Nem mondott semmit. Elmenekültem. Féltem az elutasítástól, ezért inkább feladtam, mint egy kisgyerek, ha vesztésre áll. Én egyszerűen ebbe beleőrülök. Miért rontottam el? Időt akart. Utólag persze egyszerű, mint az egyszeregy. Hova siettem? Meg sem vártam a válaszát. Nem is válaszolt. Csak nézett engem. Ekkor megfordultam, de már a pultnál beszélgetett egy újabb idegennel. Tíz perccel később is ugyanazzal a faszival beszélgetett. Ekkor éreztem igazán dühöt magam irányába. Még le is itattam egy idiótának. Nem bírom ezt nézni.

Bementem a házba, Monica épp jött kifelé. Megetette a kicsit, most ráér a vendégekkel foglalkozni. Kedvesen csevegtünk pár mondatot, majd odajött Ryan, aki le sem tudta tagadni, hogy mennyire szán, hogy nem vagyok amellett, aki mellett lennem kéne. Nem kérdezett semmit. Szavak nélkül is értette, hogy ez nem fog menni. Megint megveregette a vállam, de nem úgy, mint pár órával ezelőtt.

Mikor visszamentem a teraszra, egyedül volt. Ugyanolyan vizes flakont tartott magánál, mint amivel leöntött.

Csak a lábam vitt. Semmi értelme nem volt, de visszamentem mellé és nem mondtam semmit.

Oldalra fordultam és láttam, hogy mosolyog. Ekkor felém tartotta a telefonját. 28 perc 45, 46, 47 másodperc. Folyamatosan haladt az idő. Nem értettem. Néztem rá.

– Akkor nyomtam le, amikor itt hagytál – mosolygott úgy, ahogyan csak ő tudott.

Csak néztem. Alig tudtam megszólalni. Kínomban nevetni kezdtem.

– Hihetetlen vagy. Hiszen még én sem tudtam, hogy visszajövök – mondtam határozottan.

– Én biztos voltam benne, hogy visszajössz – mondta határozottan és engem nézett. Figyelt, hogy mit reagálok az akciójára. Éreztem, ahogyan látja a gondolataimat, érzi, hogy teljesen megbénít. Majd elmosolyodott és beleivott az üvegbe.

Jobban ismert, mint én magam. Játszott. Amikor már azt hittem vége a versenynek, akkor jöttem rá, hogy most kezdődik. És végre megkaptam a választ, amire egész este vártam.

Az este folyamán eddig 4x gondoltam arra, hogy meg kell csókolnom, de ez volt az a pillanat, amikor tudtam, hogy most vagy soha. Nézett rám és rázta a fejét.

– 28 perc pontosan elég volt arra, hogy minden lehetséges buktatót átgondoljak. Elfogadod a feltételeket, amiket csak később tudsz meg vagy sem? – nagyon határozottan kérdezett.

– El – nem is gondolkodtam. Ezen nem lehetett mit gondolkodni.

– Ennyi? Mi van, ha sorozatgyilkos vagyok? – mosolygott.

– Kizárt dolog, már tisztáztuk, hogy Batman vagy – mosolyogtam rá, mint a kisgyerek, amikor már tudja, hogy fagyit fog kapni.

Őszintén nevettünk. Majd elindult elbúcsúzni Ryanéktől.

Semmit nem mondott, megvártam ott, ahol álltam addig is. Azon gondolkodtam, neki vajon milyen feltételei lehetnek? A sajátjaimat tudtam, de vele szemben nem is akartam használni. Fel sem merült. Visszajött és intett, hogy kövessem.

– Szólnom kell a biztonsági emberemnek, hogy hova megyek.

– Ellentmond a feltételeimnek, hogy kiadjam a lakcímem. Meg tudod másként oldani?

Bólintottam.

Felhívtam a biztonsági emberemet, hogy hagyjon magamra. 15 év alatt még nem kértem ilyet. Mindig tudta hol vagyok, kivel vagyok. Hallgatott, majd annyit kérdezett: Biztos vagyok-e benne, illetve egy kódot, ami igazolja, hogy nem vagyok veszélyben.

Megadtam a kódot és visszaküldtem a szállodába.

Egy limuzinnal érkeztünk a város leggazdagabb környékén lévő patinás lakáskomplexus garázsába. Ismertem az épületet. Egyik barátom itt lakik.

Többször kellett kódot megadni, mire eljutottunk épület bejáratához. Extra biztonságos épületnek tűnik. Nagyon vigyáz a biztonságra, le a kalappal előtte. A kódokhoz a telefonját használta, kvázi, mint ujjlenyomat olvasó rendszert. Profi megoldás.

Lifttel eljutottunk az utolsó előtti szintre. Kinyitotta a lakás ajtaját majd belépett. Követtem. Felkapcsolta a fényeket, de csak a hangulatvilágítás tompa fénye világított. Modern lakás, mint a legtöbb – gondoltam magamban. Nagyszerű kilátás, tágas terek, világos pasztellszínek, dióbarna bútorok. A nappali egyik részében még dobozok is voltak. Nemrég költözhetett ide.

– Négy napja vettem át a kulcsait. Még ki sem pakoltam, csak a legfontosabbakat – mondta.

– Messziről költöztél ide? – tettem fel egy teljesen értelmetlen kérdést.

– Kettő emelettel lentebbről – jött a válasz a szokásos kacagásával együtt.

– Eladtad? – kérdeztem.

– Nem – Ez itt a negyedik lakásom. Mindig abban lakok, amelyik legfelül van.

– Befektetés?

– Igen. Az elmúlt években elég sokat dolgoztam ahhoz, hogy megteremtsem a jövőmet. Az egy háztömbben lévő lakásokkal sokkal kevesebb a gond, mintha a város több pontjára kellene figyelnem.

Igaza volt. Átéreztem. Londonban nekem 4 lakásom volt, összevissza. Igaz nem én foglalkoztam velük. Hármat még csak meg sem néztem, mióta megvettem.

– Kérem a telefonodat, mondta kedvesen és nyújtotta a kezét.

Átadtam neki. Odarakta az övé mellé a konyhapultra, ahol a töltő is hevert. Tetszettek a dolgai. Védett házban van, finoman elveszi az egyetlen kép- hang- vagy videórögzítésre alkalmatos eszközömet és egyetlen mozdulattal biztosít róla, hogy ami itt történik, az itt is marad. Eszembe jut, ahogy az egyéjszakás kalandjaim hányféleképp próbáltak velem közös szelfit készíteni. Egy sem készült el.

Levette a cipőjét és rám nézett. Nekem ennyi elég volt ahhoz, hogy tudjam ő onnan egy lépést nem fog felém megtenni. Lassan odasétáltam hozzá közben végig a szemébe néztem. Tartotta a szemkontaktust. Én elnevettem magam, de amint odaértem tudtam, hogy most meg fogom csókolni.

Végre megérintettem. Először a haját simítottam hátra, ami puha volt és eszméletlenül jó illatú. Egész este éreztem az illatát. Édes illata volt, mámorítóan édes. Végig simítottam az arcát, lassan, minden pillanatát ki akartam használni annak, amit ad, amíg nem lök el. Még mindig nem voltam biztos, hogy meddig enged elmenni. Még közelebb hajoltam, hogy megcsókoljam, és éreztem a lélegzetének gyorsulását, hogy ő is legalább annyira vágyik rám, mint én rá. Megcsókoltam, amilyen finoman csak tudtam. Újra, újra és újra. Az arcáról levettem a kezeimet és magamhoz húztam a derekánál fogva. Nem csak látványra volt tökéletes a teste, érzésre is. Annyira szenvedélyesen és finoman csókolt vissza, hogy el sem hittem, hogy ez velem történik, hogy én ezt átélhetem, annyi szörnyen jelentéktelen kaland után. Nem értem, miért értem be azokkal a nőkkel, mikor van sokkal jobb is. Ehhez az érzéshez kellett Jamie. Minden tetszett benne az arca, a haja, az alakja, tetszett, hogy még magassarkúban is alacsonyabb, mint én. Ahogyan játszott, ahogyan mozog, ahogyan beszél és ahogyan nem. Minden.

Lelassultak a csókjaink, mert nem tudtam mi az, amit megtehetek és mi az, amit nem. Nála gondolkodnom kellett, nehogy elrontsam. Nem hagyhattam, hogy a hormonok azonnal elborítsák az agyamat. Simogattam az arcát, csókolgattam a nyakát. Nézni akartam és csókolni egyszerre. Belenéztem a szemébe és éreztem, hogy még nem tudja, hogyan tovább.

Magamhoz húztam, amilyen közel csak lehetett, az ajkunk szinte összeért. Nem tolt el, semmit nem tett, amivel megingathatna.

Megcsókoltam, most már annyira hevesen vert a szívem, biztos voltam benne, ha innen visszatáncol azt nem élem túl. Annyira vágytam rá. Olyan közel húztam magamhoz, hogy érezhette, hogy minden készen áll a következő lépésre. Finoman fentebb húztam a ruháját, olyan lassan, amilyen lassan csak tudtam, de le akartam tépni róla. Ismét lassítottunk a csókolózásban, majd, amikor abbahagytuk megfogta a kezem és maga után húzott a hálószobába. Ott újra néztem, a gyönyörű arcát, végigsimítottam a testét lefelé, majd felfelé húztam a ruháját és már csak a fehérnemű maradt rajta. Hibátlan. Nekem mindenképp. Ő elkezdte kigombolni az ingemet én pedig már meg is szabadultam minden ruhadarabomtól.

– Gyors vagy – jegyezte meg kissé meglepetten.

– Igen – ebből élek – mondtam halkan.

– Gondolom nem ez az első egyéjszakás kalandod. ugye? – kérdezte sejtelmesen.

– Neked még nem volt? – kérdeztem vissza.

És ő nemes egyszerűséggel rázta a fejét. – Szóval nyugodtan irányíthatsz – mosolygott. Nem kellett kétszer mondania. Annyira imádtam mindent, amit mond, ahogy mondja. Most már legalább tudtam, miért nem küldözgetett jeleket. Tényleg időközben döntötte el, mit is szeretne. Nem egy számító nőszemély, aki levadász engem. Most ő a vad.

– Védekezel? – kérdezte.

– Persze, ezt senki másra nem bízom. – mondtam.

Magamhoz húztam, hogy a meztelen bőre az enyémhez érhessen. Annyira felizgatott, hogy képtelen voltam tovább várni. Miközben csókoltam a nyakát óvatosan felemeltem, majd az ölembe húztam a testét és az ágyra fektettem. Annyira finom volt mindene, az illata, a bőre selymessége. Mámorító volt minden egyes érintése. Tökéletesen csókolt, semmi durva erőszakos mozdulat, amikhez a türelmetlen elődjeitől már régen hozzá szoktam. Minden pontosan abban az ütemben haladt, ahogyan az a leginkább felajzott engem. Talán túlságosan is. Éppen a fülét kezdtem csókolni, mikor felnyögött és finoman, de határozottan magához húzott. Értettem a jelzést.

– Lassan! – suttogta.

Olyan finoman hatoltam belé, ahogyan csak képes voltam rá. Össze kellett szednem minden koncentrációmat, nehogy idő előtt vége legyen. Azonnal felnyögött a kéjtől. Jól csináltam, gondoltam magamban. Semmi esetre sem szerettem volna fájdalmat okozni neki. Éppen csak belelendültem, amikor ritmikusan rázkódni kezdett és olyan egyértelműen nyögött, ami csak egyet jelenthet. Lassítottam, megsimogattam az arcát és a szemébe néztem. Láttam már rengeteg megjátszott orgazmust. Igazából egyik sem érdekelt, mind csak hazudni akart. De ezt nem lehetett megjátszani. Így nem. Mellkasára tettem a kezem, érezni akartam, ahogy dübörög a szíve az orgazmustól. A sikerélmény annyira feltöltött, hogy úgy éreztem egy pillanatig enyém a világ. Újra magasabb tempóra kapcsoltam és neki sem kellett sokkal több idő a következőig. Már nem kellett ellenőriznem. Elmondhatatlan milyen boldogság ez egy férfinak, ha ez a tökéletes nővel történik meg. Nem is egyszer, többször is. Szerettem volna ezeket az orgazmusokat úgy megélni, ahogy egy igazi pár teszi.

– Hadd vegyem le – suttogtam a fülébe.

Soha nővel nem szexeltem óvszer nélkül. Édesapám annyi rémtörténetet beszélt ezzel kapcsolatban, hogy megígértem neki, hogy csak ha az igazival leszek, akkor nem fogok védekezni.

– Vigyázol rám? – kérdezte.

– Bízhatsz bennem! – nyugtattam meg.

Egy mozdulattal később már újra benne voltam most én nyögtem fel, nem tudtam visszafogni magam, mert nagyon közel voltam a végjátékhoz. Az óvszer levétele után olyan érzésem volt, hogy ezt soha nem akarom vele abbahagyni. Gyorsítani kezdtem, aminek hamar meg lett a hatása. Hirtelen görcsösen megfeszült, hangosan nyögött, amit már nem tudott az élvezettől halkabban megtenni, ami nekem elég volt. Az utolsó pillanatban sikerült megóvnom őt, ahogyan megígértem neki.

Percekig feküdtünk egymás mellett. Egy szó sem hagyta el a szánkat. Csak pihegtünk. Ilyen érzés az, amikor valami tökéletesre sikerül. Elkezdte simogatni a kezem, amit én egy finom szorítással viszonoztam. Amint erőm engedte felé fordultam és átöleltem. Csókoltam mindenhol, ahol csak értem.

– Csikizel – mondta.

– Direkt csinálom – válaszoltam nevetve.

Később elment zuhanyozni, én pedig felhúztam az alsóneműm és kimentem a konyhába inni. Annyira kiszáradtam, hogy egy kanna víz is kevés lett volna. Kinyitottam a hűtőt, hátha találok valamit. Házi limonádé behűtve gyümölcsökkel. Kiváló. Kivettem a hűtőből, majd a pultra tettem. Kerestem két poharat.

Észrevettem, hogy csak fából készül dekoratív poharai vannak. Biztos nem voltak az üvegpoharak a legfontosabbak tárgyak között – mosolyogtam magamban.

Kitöltöttem az italokat és a zuhany hangja el is halkult. Pár perc múlva megjelent egy fehér szűk topban és egy szürke Jordan nadrágban. Ha van tökéletes nő a világon, akkor ő az, pontosan ebben a ruhában.

– Látom feltaláltad magad – jegyezte meg kedvesen.

– Igen, csak üvegpoharakat nem találtam, remélem ezek nem csak díszek- mutattam a kezemben lévő poharakra.

– Nincsenek üvegpoharaim. – Kicsit félek tőlük.

– Még nem találkoztam olyan emberrel, aki fél az üvegpoharaktól.

– Ez a nagy titkom, bogaras vagyok – válaszolta nevetve.

– Mesélsz magadról? – kérdeztem.

– Nem tudsz már jóval többet is rólam, mint amennyit kellene kb. négy óra ismerkedés után? – kérdezte ellenállhatatlan mosolyával.

– Mindent tudni akarok rólad – nyögtem ki. Hihetetlen, milyen hatással van rám. Máskor én azonnal úgy teszek, mint aki alszik, csak beszélgetni ne kelljen velük. Érzem, hogy a legtöbb nő hozzám akar bújni, de nem reagálok rá semmit. Nem akarok folytatást velük, csak annyit, amennyinek indult a kapcsolat. Rövidebb 1–2 hónapos kapcsolatokat is alig bírok ki a kiszemelt nőkkel. Érdekesek, szépek, de semmi. Semmit nem érzek, amit éreznem kellene.

Most viszont érzem. Most minden más.

– Kérdezz nyugodtan, de egy kérdés neked és egy nekem – válaszolta.

Újabb játék. Tetszik, ahogyan kezeli a kapcsolatunkat. Kapcsolat. Bárcsak azzá válhatna.

– Mesélj a családodról – kértem.

– Rövid vagy hosszú változat érdekel?

– A hosszú.

– Mégis meddig akarsz itt maradni? – nevetett.

– Ameddig engeded – válaszoltam.

Odavittem neki a limonádét és hellyel kínáltam a saját kanapéján.

– Édesanyám olasz származású matek-fizika szakos tanárként dolgozott. Édesapám brit származású, mérnök ember. Fiatalon ismerkedtek össze. Édesapám 25 éves volt, édesanyám 20, amikor összeházasodtak. Kezdetben Londonban éltek, majd Németországban, Svájcban, végül Olaszországban telepedtek le. Nagyon szerettek volna gyermeket, ezért is volt a sok költözés. A hosszú évek alatt számos híres nőgyógyászt felkerestek, hátha tudnak segíteni nekik, hogy lehessen saját gyermekük. Több, mint 10 év keserves próbálkozás után mindkettőjüket meddőnek nyilvánították. Igaz, az okot senki nem tudta pontosan meghatározni. Állítólag nem passzoltak össze. Ez volt a válasz. Mással biztosan egyből sikerülne. 10 sikertelen lombik program után feladták a kísérletezgetést. A 15. házassági évfordulójukon édesapám újra megkérte édesanyám kezét, hogy biztos-e abban, hogy így, vele együtt gyermektelenül szeretné-e leélni az életét. Igent mondott. Mindketten lemondtak a gyermekről a másikért. Az igaz szerelem iskolapéldája.

Mély levegőt vett és folytatta.

– Édesanyám olyan sok hormonkezelésen vett részt, hogy 39 évesen már maradoztak el a menszeszei. Nagyon nehéz időszakot éltek át, mert még az az apró remény is elszállt, ami addig megvolt, hogy talán, Isten akaratából sikerüljön a gyermekáldás. Édesanyám hithű katolikus volt, édesapám pedig azzá vált mellette.

– 42 évesen már egyáltalán nem is jelentkezett menszesze. Kínozta a menopauza összes tünete. Egy reggelen édesapám megfigyelte, hogy anya nagyon rosszul van, rettenetesen sajnálta, hogy tehetetlenül nézi a szenvedését. Elvitte villásreggelizni, amit anya imádott. A kedvenc reggelizőjük felé sétálva anya útközben elájult, apa gyorsan elkapta és rohant vele be a kórházba. A doktor felállította a diagnózist, anya 15 hetes terhes volt. Velem.

Annyira gyönyörűen mesélte el a történetet, hogy megkönnyeztem. Nem is tettem úgy, mintha nem érintett volna meg a történetük szépsége. Csodálatos szülők gyermeke. Igaz szerelem gyümölcse.

Megállt a mesélésben. Látta, hogy a történet hatása alá kerültem. Várt egy kicsit.

– Elmondásuk szerint sírtak, amikor megtudták a hírt. Édesapám ekkor már 47 éves volt. Mondanom sem kell, mindent megkaptam, amire szükségem volt az életben. Ha őszinte akarok lenni, nekem nem is anyukám és apukám volt, hanem inkább nagyszüleim, akik imádtak. Felhőtlen gyermekkorom volt. Persze már jól kiforrott rigolyás emberek között nevelkedtem, de ez mind segítette az életutamat – nevetett, miközben mesélt.

– Anyukám nem ment vissza dolgozni. Velem foglalkozott egész nap. Szerencsémre mindkettőjük matek iránti érzékenységét örököltem, így az iskola nagyon könnyen ment. Az alsó 4 osztályt 2 év alatt végeztem el, mert már mindent megtanultam otthon édesanyámtól. Visszanézve, ami nekem játéknak tűnt, az kőkemény tananyag volt, csak szerencsés voltam, mert nekem volt a legjobb tanárom így fel sem tűnt, hogy tanulok. A suliban persze nem szerettek a többiek, de ezzel nem tudtam túl érzékenyen foglalkozni, mert unalmas volt a suli. Felsőben magántanulóvá váltam. Így már 15 évesen leérettségiztem és készültem az egyetemi felvételire.

Bámultam, figyeltem, levegőt sem mertem venni, nehogy félbeszakítsam.

– Most te jössz – mondta. Kezdd el a történeted.

– Az enyém nem annyira izgalmas, mint a tiéd, folytasd kérlek.

– Szeretném tudni, hogyan vélekedsz a jelenlegi belpolitikai helyzetről? – tette fel olyan komolyan a kérdést, amennyire csak lehetett.

– Öhm... – Már tudom miért utáltak a suliban, ha te már alsóban ilyen mondatokkal idegesítetted a többieket – gúnyolódtam.

– Elhiheted, ilyeneket műveltem – miközben bőszen bólogatott. A szüleim szerették egymást, műveltek voltak és öregek. Nem a hipp hopp ment otthon és nem a haverok jártak át iszogatni. Minden legszebb emlékem, ami velük összeköt úgy kezdődik, hogy éppen egy izgalmas könyvet olvastunk. Mert persze mi más is lehetett volna a legjobb hobbi 2 nyugdíjas mellett? – Te jössz!

– Tökéletes anya, tökéletes apa, majdnem tökéletes gyerekek – mondtam röviden.

– Miért, mi a baj a tesóddal? – tette fel gúnyolódva a kérdést.

– Most elkaplak.

Magamhoz húztam és megcsikiztem a szemtelensége miatt. Próbált védekezni, de nem hagytam. Hallani akartam a könyörgését, hogy hagyjam abba. Nevetett, egyre hangosabban. Én pedig nem engedtem a szorításból. Ölelni akartam, mindig ölelni. Nevettünk. Majd hagytam kiszabadulni.

Nem is tudom, mikor nevettem ennyire őszintén utoljára. Annyira természetes volt minden perc, amit vele töltöttem. Nem megjátszott, nem megrendezett. Két átlagos ember voltunk, akik nagyon élvezték egymás társaságát.

Amikor a könnyeket is kitöröltük a szemünkből, közelebb mentem hozzá. Érinteni akartam, simogatni, de csak finomam, hogy ne zavarjam meg.

– Mesélj a kapcsolatodról a családoddal – kért újra.

– Édesanyám egyszerű ember, egyszerű, de nagyszerű erkölcsi értékekkel. Nem láttam tőle egyetlen esetben sem, hogy tiszteletlenül bánt volna édesapámmal vagy felemelte volna vele szemben a hangját. Igazi feleség volt, annak ellenére, hogy apám nagyon szélsőségesen képes viselkedni. Félre ne érts, nagyon jó és példamutató ember ő is, csak másként. Tőle tanultam meg küzdeni. Akkor is küzdött, ha tudta, hogy veszíteni fog. Mindig azt mondta, hogy a kitartás elnyeri jutalmát. „Egyetlen egy esetben veszítesz fiam biztosan, ha feladod." Ezzel a mondással keltem és feküdtem egész életemben. Be kell látnom, igaza van az öregnek – mosolyogtam. Családomban nagyon erős a hit, ez az egyik legerősebb összetartó erő közöttünk. Illetve az őszinteség. Mindig arra tanítottak, ha hazudok az nagyobb bűn, mint ami miatt hazudok. Gyermekként ittam a szavaikat és versengve öcsémmel, minél jobban meg akartam felelni az elvárásaiknak. Felnőttként látom, milyen eredményes is a módszerük. Öcsémmel nagyon jó viszonyt ápolok, tudunk a másik minden lépéséről. A versenyzés nem tetszett neki annyira, mint nekem. Azzal magyarázta a sport abbahagyását, hogy ő nem érzi azt a motivációt, mint amit rajtam lát. Mérnöknek készült, végül menedzser lett. Ő foglalkozik a közösségi média oldalaimmal, amit hibátlanul csinál, ezzel hatalmas terhet vesz le a vállamról. A közösségi médiában való folyamatos jelenlét csak az Ő segítségével valósulhat meg. Márpedig az üzlet szempontjából erre szükségünk van.

Megálltam. Miközben beszéltem, észre sem vettem, hogy olyan titkokat osztok meg magamról és a családomról, amiket kevesen ismernek. Hallgatott engem, figyelt. Ő sem akart megzavarni engem. Úgy tűnik ebben (is) hasonlítunk.

– Most te folytatod – dobtam vissza a láthatatlan labdát.

Mély levegőt vett, nem ellenkezett.

– Készültem az orvosira, valahogy itt hagytam abba.

– Igen – válaszoltam, mutatva, hogy tovább, tovább.

– Olaszországi képzés nem jött szóba, voltaképp európai sem. Rengeteg kutatómunka, telefonhívás és utazás után apáékkal úgy döntöttünk, hogy az USA-ban kellene tovább tanulnom, ha el akarom érni az álmomat, hogy kiváló orvos lehessek. A képzési rendszerek úgy tudtak a két kontinens között évveszteség nélkül összefonódni, ha mégis Olaszországban kezdem a tanulmányokat, mert utána kevesebb papírmunka átkerülni ide az USA-ban lévő képzésbe. Édesapám ekkora már elfogadta, hogy nem leszek sportoló, pedig évekig kitartóan versenyeztetett, de mindhiába. Hiányzott a tűz és ezt egy gyermek érzi. A szülő pedig elfogadja.

Meg akartam kérdezni, hogy mit sportolt, de nem akartam kizökkenteni. Úgy tűnt nem annyira könnyű beszélni a múltjáról.

– 15 évesen felvételiztem az egyik olasz egyetemre, amely kapcsolatban áll a New York -i orvosi képzéssel. Maga a képzésrendszer, teljesen eltérő, így évekre előre kellett terveznem, hogy a lehető legjobban járjak, időveszteség nélkül. Az előzményeimre tekintettel az olasz egyetem lehetővé tette, hogy minél hamarabb elvégezhessem az ottani egyetemet, így 3 kőkemény év következett, melyben dupla tananyagot kellett tanulni, dupla gyakorlati képzéssel. Fel sem tudom fogni, hogy voltam rá képes, de valahogy megcsináltam. Az egyetem abban a városban volt, ahol laktunk, így anyáék mindig mellettem voltak. 19 évesen átjelentkeztem a New York-i képzésbe, mert Olaszországban sikeresen lediplomáztam, ami feltétele volt a New York-i képzésnek. Mivel 19 évesen jelentkeztem, azonnal visszadobták a jelentkezésemet. Több európai és amerikai pszichológiai teszten kellett átesnem, hogy belássák, alkalmas vagyok a jelentkezésre, nem pedig egy csaló. A papírok elintézése és egy rendkívüli különbözeti vizsga várt rám az életkorom miatt. Amerikában átlagosan 26 évesen lesznek orvosok az emberek.

Most én vettem mély levegőt. Megdöbbentettek az adatok. Rám nézett. Szinte könyörgött a szeme, hogy nem kezeljem ezen adatok birtokában másként, mint eddig. Rámosolyogtam, amit viszonzott.

– Beszereztük a szükséges amerikai könyveket, feladatlapokat, hogy készülni tudjak. Szüleim ebben az időszakban nem tudtak a tananyagba besegíteni, de végig mellett álltak. Az egy nehezebb időszak volt az életünkben. 19 éves voltam és a tanuláson kívül érdemben mást nem nagyon csináltam. Az olasz egyetemről szereztem ismerősöket, de ezek felületes kapcsolatok voltak. Egyetlen barátom volt, akiről viszont tudtam, hogy biztosan Olaszországban marad. Ő velem ellentétben a sportolást választotta. Mellesleg az édesapja volt édesapám legjobb barátja, így kisgyermek korom óta az életem része volt. Olyan volt, mintha lenne egy nem vérszerinti öcsém. A költözés gondolata rémisztő volt. 19 évesen már eléggé felnőtt fejjel tudtam gondolkodni és beláttam, hogy a szüleim nem lesznek addig velem, amíg szeretném, tekintettel a hatalmas korkülönbségre. Ekkor kicsit meginogtam, hogy otthon hagyjam-e őket. Mindenkit, aki számít nekem. Ők annyi energiát, támogatást és biztatást adtak, nem akartam csalódást okozni nekik azzal, hogy meghátrálok az eredeti tervtől. Az egész utca tudta, hogy Jamie New Yorkba készül. Éjt nappallá téve tanultam, hogy bizonyítsak minden szerettemnek. Nem telt el úgy nap, hogy ne hozzák tudtomra, mennyire bíznak a tudásomban, a tehetségemben. A szemükben, mondataikban, érzéseikben én voltam a legokosabb és legtehetségesebb lány a Földön. Minden nap ennek kellett megfelelnem. Minden nap, érted?

Nézett rám. Láttam, hogy újra éli a pillanatokat. Ezért volt anynyira izgalmas, amit mond, mert nem színezi a történteket, nem veregeti a mellkasát, hogy ilyen könnyű volt, meg olyan könnyű volt neki az eddigi élete, hanem őszintén beszél az akkori vívódásairól.

– A legjobb barátommal naponta beszéltünk telefonon, ha tudtunk össze is futottunk. Akkoriban már neki sokat kellett utazni a versenyek miatt és a találkozások sajnos egyre csak ritkultak. Olyan volt, mintha az öcsém lenne és rosszul esett, hogy a tanulás mellett már egyre kevesebb időm volt vele foglalkozni. Nem tudom milyen szeretni egy igazi testvért, de őt biztosan úgy szeretem. 4 évvel fiatalabb, mint én, de koravén és edzett, ami nekem nagyon sokat segített egész életemben.

– Eljött a különbözeti vizsga hete és szüleimmel New Yorkba utaztunk. Kimondhatatlan, hogy mennyire nehéz volt a tesztsor. Számítottam rá, hogy nem a logikus, egyszerű kérdéseket fogják a nyakamba önteni, de ennyire nehéz tesztsorra nem számítottam. Az írásbeli volt olyan kérdés, ahol tudtam, hogy minden válasz, amit megadtak rossz. Nem tudtam, hogy mit tegyek. Rengeteg kétértelmű kérdés volt. És a kérdések nagy rész úgy kezdődött, mit tenne, ha...

– Kettő nap múlva volt a szóbeli elbeszélgetés, ami nem is a protokoll része, de az én helyzetem speciális volt. Reszketek, ha visszagondolok. Olyan tétellistát tettek elém, amik nem is voltak kiadva, mint téma.

– Hivatalos, pecséttel ellátott papírokat adtak a kezembe, melyekre végezhettem a kidolgozást. Kerekedő szemekkel olvasom: Fő téma: Evolúció.

– Bosszantó volt. Elméletileg már végzett orvosként ültem be a felvételire, erre adnak egy olyan témát, ami mindent lefed. Nevetségesnek éreztem, hogy elvégeztem az orvosi egyetemet Olaszországban, hogy az evolúcióról beszélgessek New-Yorkban. Majdnem felálltam az asztaltól, de inkább csak hátra dőltem, nyugodtan és vártam, hogy hozzám szóljanak.

– Három vizsgáztató volt. Feltűnt nekik, hogy semmit nem írok. Láttam, hogy elkönyvelték a végkifejletet.

– Kihívtak, leültettek magukkal szemben és kérdezték a téma címét.

Felolvastam pontosan azt, ami a papírra le volt írva: Evolúció. – Két szélen 40–50 közötti nő ült, középen az elnök, egy idősebb férfi. A középen ülő idősebb 60-as, ősz hajú és formára nyírt szakállú férfi jelezte, hogy kezdhetem és elkérte a kidolgozásomat. Mutattam a lapot, hogy üres, nincs mit átfutni. Felhúzta a szemöldökét.

– Vettem egy mély levegőt és elmondtam az evolúció fogalmát. Csendben vártam. Ők is vártak. Pár kínos és csendes perccel később megkérdezte a középen ülő vizsgáztató, hogy mi a véleményem az evolúcióról, amire visszakérdeztem, hogy azt az embert kérdezik, aki a felvételire készült vagy azt, aki Olaszországban katolikusként nevelkedett. A vizsgabiztos elmosolyodott. Széttárta a karjait, majd hátradőlt és a mellkasán összekulcsolta a kezeit. Ezt követően a témától eltérő kérdéseket kaptam. Végig csak az az egy ember kérdezett. Rákérdezett az ultrahang működési elvére, majd az ionizációról kérdezett, végül a mágnesességet taglaltuk. Érdeklődött, hogy mi a véleményem szuperman repülési képességéről és hogy a pókember mennyire sérti az igazi fizika szabályait? Igen – bólogatott közben. Ugyanis egy kötetlen beszélgetésbe bonyolódtam, mint később kiderült a legdörzsöltebb fizikatanárral az egyetem akkori életében. Akit a háta mögött mindenki csak hóhérnak hívott, mert lebilincselő, megnyerő modora ellenére olyanokat kérdezett, amikre a tanulók 5% tudott válaszolni, miután a kérdéseire a válaszok csak az előadásokon hangoztak el, a tankönyvben nem szerepeltek. – Jamie kis szünetet tartott.

– A többi vizsgáztató egy szót nem szólt, csendben hallgatták a diskurzusunkat. Közvetlen és zavartalan beszélgetés volt, amiben akkor már régen nem volt részem azon a tudományos szinten. A 60-as professzor ránézett a két kollégájára, majd felállt, odajött elém és kezet nyújtott. Felálltam és én is kezet nyújtottam felé. A teremben akkora csend támadt, hogy a legyek is abbahagyták a repülést.

Amikor kimentem a vizsgáról láttam, hogy a szüleim legalább 10 évet öregedtek. Felvilágosítottam őket, hogy összességében jónak ítélem meg a bent történteket. Nem akartam elmondani, hogy mi történt, csak ha sikeresen zárul a vizsga.

Két hét múlva pont a legjobb barátoméknál limonádéztunk, amikor apa futott befelé az ajtón. Levelet lobogtatott a kezében. Izgatottan feltéptem és hangosan felolvastam, mi áll benne.

„Örömmel tudatjuk, hogy elfogadtuk jelentkezését... de befejezni már nem tudtam a mondatot, mert édesanyám és édesapám körbevettek és közösen magukhoz öleltek. A legjobb barátommal szokásos módon ökölpacsiztunk, mint mindig, ha egyikünk teljesíti a kötelezőt. Az ő apja olaszként, mindig fel volt készülve egy kis ünneplésre, így durrant a pezsgő és két koccintás között nevetve sírtunk örömünkben.

– Csodálatos volt, egyben egy fájdalmas pillanat is akkor, ott. Egyértelműen eldőlt, hogy nekem mennem kell és haladnom a kitűzött célom felé. Amikor hazaindultunk, többször visszanéztem a legjobb barátomra és a szüleire, mert tudtam, hogy ez a közösen eltöltött több, mint 10 év miattam most véget ér. Az óvó, biztonságos életemet feláldozom az ismeretlenért.

Csak hallgattam, ahogy beszél, és az utána következő csendet, amit megteremtett vele. Nem tudom, hogyan tudnám a napfelkeltét megállítani, de ha parányi lehetőségem lenne rá, akkor megtenném. Csak vele, csak mellette jobban érzem magam, mint bárkivel eddig. Azt is merem kockáztatni, hogy jobb vele, mint magamban. Minél több időt töltök el a társaságában, annál jobban azt érzem, hogy húzni akarom magamhoz, nem pedig eltolni. Már el is felejtettem, hogy ilyen érzés is létezik. Jamie eddig az egyetlen nő az életemben, aki mellett nem érzem magam kivételesnek, ami megnyugtat, mert nem kell bizonyítanom semmit.

– Nem kérsz inni vagy enni esetleg valamit? – zökkentett ki.

– Limonádé! – kiáltottam, mint egy gyerek.

Leszállt a kanapéról majd a konyhaszigethez ment tölteni mindkettőnknek. Figyeltem, mennyire szexi alakja van. Nem teltem be a látvánnyal és mohón követtem a szememmel a mozgását.

A limonádé közben elfogyott, így elővette a citromot, lime-ot, narancsot és elkezdte darabolni azokat. Szorosan mögé álltam és pult jobb és bal oldaláról lopkodni kezdtem a gyümölcsöket. Arrébb pakolgattam, majd visszatettem a helyére, de mire érte nyúlt volna elgurítottam messzire. Abbahagyta a kezében lévő citrom szeletelését és nekem dőlt. Az arcából kisimítottam a haját és akkor láttam, hogy mosolyog.

– Ha nem hagyod abba ezt a viselkedést, akkor nem csak vizet fogok rád locsolni – mondta.

– Én ebben a helyzetben nem fenyegetőznék, mert minden adott egy újabb csikizéshez – suttogtam a fülébe, miközben olyan szorosan öleltem magamhoz, amennyire csak tudtam. Hallottam, ahogy mély sóhajt vesz, mint aki megadja magát és újra nekilátott a gyümölcsök darabolásához. Ezt követően belehelyezte őket a kancsóba, vizet töltött rájuk és betette hűlni a hűtőbe. Végig kísértem a folyamatot, mentem mögötte, szorosan átölelve miközben sétált a hűtőhöz és nem engedtem el. Bezárta a hűtő ajtaját és megfordult az ölelésemben, így már szemben álltunk egymással. Lábujjhegyre pipiskedett, majd megcsókolt. Finoman, hosszan.

– Köszönöm, hogy segítettél nekem ezekben a nehéz percekben – nézett rám a gyönyörű szemeivel, melyek mosolyogtak rám.

– Bármikor – mondtam és lassan visszacsókoltam.

Annyira szép volt és annyira jól esett a spontán csókja. Úgy éreztem magam, mint egy tini, aki a szerelmével van. Nem akarok semmit nélküle csinálni. Egyszer volt ilyen jellegű kapcsolatom, még 25 évesen. Akkor éreztem hasonló vonzalmat. De kihasználtak és a karriert választottam az új, örökké tartó szerelmemnek. Az eltelt években nem is találkoztam olyan nővel, aki ezt a tini énemet képes lett volna felszínre hozni. Többnek próbáltam esélyt adni, de ez a fajta kielégíthetetlen vonzalom, ami a kapcsolatok elejét jellemzik nem volt meg egyikben sem, így idő előtt véget ért egytől-egyig mind. Most viszont pár óra után érzem, amire vártam. Remélem ő is ugyanezt érzi.

– Te jössz! – mondta. Mesélj valamit!

– Mire vagy kíváncsi? – kérdeztem.

– Mindenre, ami egy éjszakába belefér – kacsintott.

Határozottan éreztem, hogy én nem egy éjszakát akarok vele eltölteni. Eddig sem egy éjszakát terveztem vele, most biztos vagyok benne, hogy életem legnagyobb hibája lenne hagyni, hogy ez egy éjszakás kapcsolat legyen. Végre érzek valamit, amit régen éreztem vagy amit még lehet, hogy sohasem. Ezt nem hagyom elveszni. Az kudarc lenne számomra.

– Munka? – kérdeztem.

– Legyen, válaszolta. Hogyan semmisíted meg a csapattársaidat? – tette fel ezt a kritikus kérdést úgy, mintha csak az időjárásról érdeklődne. Ő nem azt kérdezi, melyik a kedvenc győzelmem vagy melyik év a legkedvesebb nekem, vagy a triviális, hogy milyen világbajnoknak lenni. Nem. Afelől érdeklődik, hogy hogyan válok minden évben a csapat első számú pilótájává bármilyen profi, tehetséges srácot is raknak mellém. Ügyes lány.

Körmével kocogtatta a poharát, láttam rajta, hogy rájött, ingoványos területre sodort.

– Jobb vagyok – mondtam egyszerűen.

– Nyilvánvaló – nevetett. – Az egész mezőny tele van zsenivel. Oda valóban csak a legjobbak kerülnek be. Két-három évente hatalmas tehetségeket szerződtetnek melléd és te úgy leiskolázod őket, hogy azt is megbánják, hogy édesapjuk 4 évesen gokartot mert nekik venni – folytatta.

Igaza volt. Ez taktika volt. Édesapám megtanított rá, hogy bajnok csak akkor lehetek, ha nem barátkozok. Csak magammal kell törődnöm.

– Egy csapatsportban játszok egyéni versenyzőként. A végén egy győztes lehet és az én akarok lenni. Ezen szándékomat ki is mutatom minden adott helyzetben. Nem hagyom, hogy akár csak egy pillanatra is elhiggyék, hogy van esélyük. Olyan magabiztos, sebezhetetlennek tűnő pszichológiai hadviselést folytatok ellenük, amit nehéz elmagyarázni. Évek alatt tanultam bele ebbe a folyamatba és hatalmas rutinná vált az életemben. Folyamatosan csinálom, pihenés nélkül. Belemászok a fejükbe és ott akarok maradni, amíg fel nem adják, mindezt úgy, hogy állandó kételyben tartom őket. Sohasem lehetnek biztosak benne, hogy amit épp teszek vagy mondok, azt valóban miattuk teszem-e, vagy sem. A nyilatkozataimat manipulálom. Bármi történjen a pályán, előre tudom, mivel gyengíthetem őket, anélkül, hogy konkrétumokat mondjak. Több lépéssel előttük járok. Hetekre előre tudom, milyen általuk elkövetett hibára fogom felhívni a figyelmet a nyilatkozataimban. Ezek a folyamatok ismétlődnek, majd egyre gyakoribbá válnak és egy ponton nyerek. Ez minden ellenféllel szemben máskor jön el, de eljön. Mindig. Eddigi életem során már annyiféleképpen próbáltak hátba támadni, hogy könyv sorozatot tudnék róla írni. Mindenre képesek, hogy megtörjék a stabilitásomat, mert nem tudják, hogy mindezt lehetetlenné teszem abban a pillanatban, amikor aláírják a szerződést. Az újak mindig elölről kezdik a próbálkozást és én már többedszer találkozok ugyanazokkal a módszerekkel. Tapasztalt róka vagyok. Ez a legnagyobb fegyverem.

– És még gyors is vagy. Nyerő kombó. Erre születtél – állapította meg.

– Nagyon úgy tűnik – mondtam.

– Most kicsit kínosnak érzem a tényt, hogy nem neked drukkolok – nevetett.

– Nem nekem drukkolsz? – döbbentem meg.

– Nem. Sajnálom. Ne haragudj! – a hangja őszinte volt.

– Kinek drukkolsz, ha nem vagyok indiszkrét? – kérdeztem.

– Olasz vagyok – válaszolta nemes egyszerűséggel.

– Óh, gondolhattam volna – sóhajtottam fel. – Akkor a fiatal olasznak drukkolsz, aki mindemellett még olasz autót vezet – állapítottam meg gúnyosan.

– Okos fiú vagy – mondta és megsimogatta a vállam.

– Alex Giordano. Nagyon veszélyes, kiismerhetetlen figura – állapítottam meg.

– Igen, nem az a tipikus divatmajom, aki fel akarja hívni magára a figyelmet. Remélem jövőre jobb autót kap, hogy legyen esélye megvernie téged.

– Neki drukkolsz ezek után is?

– Persze. Ez csak egy éjszaka, neki pedig évek óta drukkolok. De nem tudom mit aggódsz, neked már 5 vb címed van.

– Csak 4, javítottam ki.

– Jaden, ahogyan idén vezetsz, mindenki, aki nézi a közvetítéseket tudja, hogy te már most 5x-ös bajnok vagy – mondta határozottan és megsimogatta a hajam.

Megdöbbentem a higgadtságán és a magabiztosságán. Hazudhatott volna, hogy nekem drukkol, de nem tette. Őszinte volt és még csak nem is esik rosszul, hogy nem értem rajong. Ez az éjszaka tényleg más. Tele meglepetésekkel és a bennem lévő érzések is újak, vagy olyan régen volt hasonló, hogy már feledésbe merültek.

– Hogy ment a beilleszkedés New York-ban?

– Beilleszkedni nem volt nehéz, New York visz és magával ragad, ha hagyod. Imádok benne mindent, még a büdös metrókat is – kuncogott. A szeretteimmel való kapcsolat tartása volt nehéz, minden más játszi könnyedséggel ment. Apáék jöttek, amikor csak tudtak, de apát kötötte a munkája Olaszországhoz, így nem tudtak annyit velem lenni, mint amennyit szerettek volna. A gyakorlatok és a továbbképzések miatt semmire sem volt időm. A legjobb barátommal nem is találkoztunk abban az első fél évben, de skype-on szinte minden nap beszéltünk.

– Karácsonyra nem tudtam hazamenni, mert az ünnepek miatt kevesen dolgoztak, így újoncként és egyedülállóként szinte minden nap dolgoznom kellett. A szüleim megváltoztatták a tervezett programjukat és úgy döntöttek, hogy meglátogatnak, még ha csak órákra is találkozunk 2 műszak között. A rossz időjárás miatt nem szállt le NewYork-ban a repülő, így Miamiban landoltak, ahol autót béreltek és elindultak hozzám. Végül sohasem érkeztek meg.

Elcsuklott a hangja. Nem akartam hinni a fülemnek. Hallottam, hogy lassan és mélyen veszi a levegőt, hogy valahogy visszatartsa könnyeit.

– A rendőrök hamar megtaláltak és tájékoztattak az autóbalesetről, melyet egy szabálytalanul közlekedő autós okozott, aki szintén a helyszínen életét vesztette. Egy rossz döntés, három élet.

Mély levegőt vett, de nem nézett rám.

– Elviselhetetlenül fájdalmas volt. Azóta minden karácsonykor dolgozok, mert talán úgy nem gondolok rájuk egész ünnep alatt.

Hosszú szünetet tartott, én közben megfogtam a kezét.

– Nem volt élő rokonom – folytatta –, így végül a család, akivel jóban voltunk, mindenben segítettek. Temetés, hagyatéki eljárás, ingatlanok, minden. Senkim sem volt, csak ők. Szüleim egykék voltak, a nagyszüleim már régen nem éltek. Csúsztatni akartam a képzésemben, de a legjobb barátom lebeszélt róla, azt mondta, hogy az nem old meg semmit. Beláttam, hogy igaza van és értelmetlen lett volna abban a kritikus helyzetben felelőtlen, elhamarkodott döntést hoznom. Otthon minden papírmunkát elintéztek, csak egyszer kellett hazautaznom, a temetésre. Onnantól kezdve minden nap tartottuk a kapcsolatot a családdal.

– A tragédia után – folytatta – a 20. születésnapomon ellátogattak hozzám mindhárman és átadták az ajándékukat. A doboz kicsi volt, azt hittem egy könyv lesz benne, de nem az volt. Egy dokumentum volt, amiben kérvényezik az örökbefogadásomat. Egyszerre volt fájdalmas és felemelő. Mondták nekem, hogy nem kötelező elfogadnom, de mindhárman úgy érezték, hogy ezt fel szeretnék számomra ajánlani. Gondolkodás nélkül elfogadtam. Gyermekkorom óta ismertek, szerettek és én is őket. Persze ők nem a saját szüleim voltak, de szerették volna, hogy a családjuk része legyek és nekem szükségem volt rájuk.

Azt mondják, hogy a családot nem lehet megválasztani. Ennek függvényében én merem állítani, hogy ez nem igaz. Én megválaszthattam és ennek már jó pár éve – hosszú idő után egy kedves mosolyt láttam az arcán. Az új apukám az én pénzügyi tanácsadóm. Mindent intéz, ami ingatlannal, befektetéssel kapcsolatos. Minden banki tranzakciómat ellenőrzi, nehogy probléma legyen. Pótmama istenien főz és soha nem az anyám akart lenni, hanem a barátnőm, így ő a legjobb barátnőm. Ami pedig a legjobb barátomat illeti – szünetet tartott, – hivatalosan is az öcsém lett – tárta szét a karját mosolyogva.

Hosszú csend következett. Ha előre megtervezem a beszélgetés fonalát sem mertem volna ilyen nehéz témákra terelni a szót, de a mai este mindent felrúgott. Feldolgozhatatlannak éreztem a kapott információkat, mert nem tudtam mi a helyes, mit vár, hogyan reagáljak vele szemben. Csak nyeltem egyet, hogy megszakadjon végre az a csend, ami körülvett minket. Megfogtam a kezét és kicsit magamhoz húztam. A feje a vállamra dőlt és én a homlokát csókoltam. Később még jobban magamhoz öleltem és simogattam a haját. Azt éreztem, hogy egész életemben vigyázni szeretnék rá. Mellette lenni, hogy soha semmi bántódása ne lehessen.

– Nem használsz neveket – állapítottam meg halkan.

– Nem.

– Miért nem? Annyira jó lenne neveket társítani a jellemekhez. Felsóhajtott.

– Az öcsém híres sportoló lett. Az egyik legjobb abban a szakágban, amiben ő versenyez – magyarázta.

– Tényleg? – csillant fel a szemem.

– Igen, és ti ketten már többször találkoztatok egymással, ha jól tudom beszélgettél is már vele. Ezek miatt nem szeretnék neveket említeni. Sajnálom – mondta félve.

– Nem árulod el ki az?

– Nem szeretném kiadni a családom. Ők az én családom. Ne haragudj, hogy nem válaszolok erre a kérdésedre, érzem, hogy nagyon kíváncsi vagy – mosolygott. Miattuk nem mondtam meg a vezetéknevem, ugyanis felvettem az övékét is. Tiszteletből. Ha elmondtam volna, azonnal az öcsémre asszociáltál volna, ebben biztos vagyok.

Sajnos a válaszával nem lehetett vitatkozni. Őket ismeri, engem pedig nem. Még nem állok a fontossági létra legtetején. Talán egyszer. De, ami a legfontosabb, egyre több és több közös van bennünk, ami bíztatott a folytatást illetően.

– Tisztellek, amiért így viselkedsz – kezdtem. Az én dolgomat igencsak megnehezíted – gúnyolódtam, de példaértékű vagy számomra – nyugtattam meg és nem kérdeztem többet a családjáról.

– Mi volt életed legnehezebb döntése? – váltott hirtelen témát.

– A legnehezebb döntésem? Talán a saját csapatomat választani egy akkoriban sokkal jobb csapat ajánlata ellenében. Megérzés volt, hogy az akkor csúcson lévő csapat majd zuhanórepülésbe kezd és én az egyik feltörekvőt választottam. Utólag bejött, de évekig szenvedtem a döntésem miatt. 5 éven keresztül a fejemet fogtam, hogy miért nem éltem az ölembe hulló lehetőséggel, annyira kilátástalan volt a helyzet a csapatomnál. Eleinte pokoli csapattársaim voltak, ami nagyon megnehezítette az életemet. El sem tudom mondani, hányszor fordult meg a fejemben, hogy felhagyok az álmommal. De valami mindig vitt, a szívem, az eszem vagy a hitem. Nem tudom, de minden nehézség ellenére maradtam. A csapattársaim sokkal tapasztaltabbak voltak én pedig kezdő. Csak a mentális erőmnek köszönhetem, hogy túléltem azokat a fejlesztő éveket. Mindent kritizáltak, mindennel bántottak. Senkinek neveztek, majd, ha kicsit jobban szerepeltem, egyből mázlista lettem. Egy nagyon agresszív mentális hadviselés áldozatává váltam az első hónapokban, években. Annyira sok álmatlan éjszakám volt miattuk, hogy előfordult, hogy 3 napig nem aludtam és úgy mentem ki a pályára vezetni. Szakemberhez kellett fordulnom.

Mesélés közben remegett a kezem. Észrevette és kezébe zárta a kezeimet.

– Ez is kellett ahhoz, hogy az legyél, aki ma vagy – nyugodt hangon beszélt hozzám, de csak távolról hallottam a hangját – És a legfontosabb, hogy akik akkor a mélybe toltak, azokra most a legmagasabb fokról nézhetsz le. Meg kell bocsátani és megköszönni nekik, hogy segítettek neked sporttörténelmet írni – állapította meg határozottan a tényeket.

Néztem és hallgattam. A remegés elmúlt és tetszett az álláspontja. Megnyugtatott, pedig ez sosem könnyű. Még magamat is nehezen csitítom le.

– Meg amúgy is, mit tudnak azok felmutatni az autósportban? Pontosan annyit, mint én – nevetett. Semmit. Gondolj arra, hogy ők azt mesélik majd az unokáiknak, hogy ők lehettek a TE csapattársaid. Te pedig meg sem fogod őket említeni. Mert annyira jelentéktelenek lesznek számodra.

Újra magamhoz öleltem, annyira szorosan, hogy ne kelljen azt mondanom neki, hogy köszönöm a szavait, mert akkor elsírom magam. Miután engedtem az ölelésből, az arcához hajoltam és megcsókoltam. Forrón, finoman. Ő viszonozta. Nem tudom, meddig tartott, de tökéletes volt. Éreztem, hogy minden egyes csók egyre közelebb visz hozzá. Egyértelműen tudtam, hogy folytatni akarom vele és nem csak ma. Be kell bizonyítanom, hogy többet érdemlek egyetlen éjszakánál.

– Te jössz – mosolyogtam.

– A családomnak hála semmi gondom nem volt a további években, elvégeztem a képzést és a traumás sérültek intenzív terápiáját választottam. Leginkább koponyasérültekkel foglalkozok. Heti átlag 120 órát dolgoztam évekig, egyszerre több kórházban, hogy minél hamarabb, minél nagyobb gyakorlatot szerezzek. Egy időben LA-ben éltem, ott elvégeztem a sportpszichológiát, ezzel segítettem legtöbbet az öcsém karrierjében. Nagyon fiatalon kiemelkedett korosztályából, de mentálisan még gyerek volt, így a család úgy döntött, hogy ha nekem nem fáradtság, akkor profi szinten kellene képezni. Imádtam ezt az időszakot. Bár ő biztosan nem ezt mondaná – kacagott –, de ha addig nem, akkor onnantól kezdve mi biztosan testvérekké váltunk. Sosem képzeltem volna, hogy ekkora segítséget nyújt egy stabil, megbízható, segítőkész ember egy profi sportoló életében. Azt gondoltam, erre ott a család, de nem. Szükség van szakemberre, aki most egyben a család is volt.

– Akkor ez lehetett akkoriban, amikor Ryannel megismerkedtél.

– Igen – mondta kissé meglepve – Gyanúsan jól követed a fonalat – jegyezte meg gúnyosan. Levegőt sem mertem venni, nehogy lebuktassam Ryant.

– De közben is rengeteget dolgoztam – folytatta. Szükségem volt rá, hogy meglegyenek a gyakorlati óráim a szakvizsga tételéhez, ugyanis nem titkolt tervem volt, hogy hirtelen egy gyors második szakvizsgát is szeretnék szerezni. Nagyon sok papírmunka, még több munka és tanulás, de engedélyezték.

– Miért volt erre szükséged? – kérdeztem és közben láttam magam előtt, hogy mit művelhetett a kollégáival szemben, mint „red rush".

– Kiemelt kórházi pozícióhoz megadott számú ledolgozott óra, kórházban eltöltött év, legalább 2 szakvizsga és meghatározott számú saját publikálású orvosi cikk kellett. Szerettem volna minél hamarabb eljutni abba a pozícióba, ahol jól érzem magam. A további fejlődés érdekében. Ha kicsiként úgy nősz fel, hogy folyamatosan kétszer annyit teljesítesz, mint az átlagos emberek, akkor egy idő után ez olyan természetessé válik számodra, mint a levegővétel. Eljutsz odáig, hogy el sem tudod képzelni az életed másként. Rengeteg, koránt sem építő jellegű, negatív kritikát kaptam a viselkedésemmel kapcsolatban. Törtetőnek tituláltak, majd egy idő után mindenki rájött, hogy ez nem törtetés, egyszerűen én nem vagyok képes csak így, 120%-on dolgozni. Megtanulták és idővel el is fogadták, hogy fejlődni akarok minden egyes nap. Tanulni és tenni a mindennapokban a közjóért egy olyan felelős pozícióban, ami az én mentalitásomnak kedvez. Ez az állás itt van New York-ban és jelenleg betöltetlen.

– Emellett az életmód mellett, hogy volt időd bármi másra?

– Kapcsolatokra gondolsz?

Bólintottam.

– Alkalmazkodással lehetséges volt, de egy idő után már nem akartam tovább alkalmazkodni. Finoman szólva meggyőztek a viselkedésükkel arról, hogy én ezt ne akarjam.

– Mi történt?

– Röviden? Mindkétszer ugyanaz. Az utolsó kérdésükre nemmel válaszoltam.

– Hoppá – csúszott ki kicsit hangosabban a számon. A meglepettségemet nehéz lett volna titkolni.

– Mit rontottak el?

– Ugyanazt. Meg akartak változtatni. Szerintem, ha komoly szándékaid vannak valakivel, akkor nem az a megoldás a megtartására, hogy meg akarod változtatni.

Bólogattam. Közben arra gondoltam, hogy mekkora szerencsém van, hogy két ilyen balek volt előttem, akik felismerik a kincset, de nem tudnak vele mit kezdeni.

– Sikerült az állás?

– Na ez egy nagyon kényes és hosszú sztori, ami miatt kicsit el is bújtam a világ elől.

– Igen? Kb. 5 vagy 6 hónapra?

Megint rám nézett, én pedig nyilvánvalóan lebuktam.

– Te mégis ezt honnan tudod? – tette fel szikrát szóró szemekkel a kérdést.

– Nem voltál sehol. Ha ott vagy, az feltűnik, de ha nem vagy ott, az kezdett frusztrálni – próbáltam magabiztosnak tűnni. Méregetett egy darabig, látszott rajta, hogy nagyon gondolkodik a válaszomon.

– Az intenzív terápiás vizsgám már 4 éve sikerült – folytatta zavartalanul. A nőgyógyászaton viszont olyan feltételeket szabtak, amikbe nem mentem bele.

Kérdőn néztem rá.

– Nem voltam hajlandó magzatelhajtást végezni egy vizsga kedvéért. Vallásra hivatkozva ezt megtehetem vizsgával a zsebemben, de a vizsgához kérhetik. Amikor a vizsgára jelentkeztem, még nem volt kötelező feltétel, időközben változtattak rajta.

– Direkt?

– Igen. Ez a második NEM utórengése volt. Az egyik legelismertebb idegsebész volt itt New York-ban, de Klinika Igazgatónak hívták Chicagóba. Azt akarta, hogy vele menjek, de én nem akartam. Dühös lett a visszautasítás miatt és minden kapcsolatát megmozgatva elérte, hogy az én gyakorlati vizsgám egy terhesség megszakítás legyen. Tudta, hogy ezt nem teszem meg.

– Az élet mindenekelőtt – Ebben hiszek. A hitem miatt nem vagyok rá képes. És nincs az munka, ami miatt az elveimet feladjam.

– Nem értesz egyet az abortusszal? – kérdeztem.

Ugyanis nekem erről határozott véleményem volt és én támogattam a nem kívánt terhességek megszüntetését, ha az anya önmagától dönt így. Az a saját teste, hadd rendelkezzen felette. Rengeteg esetet láttam, ahol mindenki sérül, ha nem kívánt gyermek jön a világra. Az anya, apa, testvér és a gyermek maga. Persze vannak ellenpéldák, de ha az isten lehetővé tette, hogy ez megoldható legyen, akkor minden nőnek legyen választási joga.

– Én? Nekem nincs ítélkezésem az abortuszt kérőkkel szemben. Nekem magával a munkával van bajom. Felőlem mindegy ki, mit csinál, de én nem akarok hóhér lenni. És legfőképp, ne kötelezzenek rá! – Jött a válasz. Korrekt volt, őszinte. Megértettem, hogy ez számára valóban egy személyes ügy.

– Az első NEM is bosszút állt?

– Bizonyos formában igen, de nem tettem meg neki azt a szívességet, hogy foglalkozzak vele. Nem vettem magamra az apró gyermeteg bosszúit. Ő megsértődött azon, hogy olyan álomvilágot kínál, amit nők milliói szeretnének, de én mégsem vagyok hajlandó tapsikolva elfogadni.

– Mit akart?

– Hogy üljek a lelátón és drukkoljak neki.

– Egy sportoló és egy orvos. Ismerem őket? – kérdeztem, de a választ sejtettem.

– A sportolót minden bizonnyal – bólogatott.

– Egyre több a közös ismerőseink száma.

Nagyot sóhajtottam. – Véletlen lenne, hogy eddig elkerültük egymást? – kérdeztem.

– El sem tudod képzelni, hogy mi már hányszor találkozhattunk volna – jött a válasz. Hátradőlt a kanapén és a plafont kezdte el bámulni, mintha a lehetőségek végtelen sorát számolná.

– És most mi változott?

– A cetli.

– Nem értem. Mi állt rajta?

Jamie nevetni kezdett.

– „Ne küldd el, kérlek!" – ennyi állt rajta. Ryan küldte – tette hozzá.

Ryan nem bízta a véletlenre. Ismert mindkettőnket. Biztosra akart menni.

– Ryan évek óta ismer. Ismeri a családom, ismeri a hozzájuk fűződő kapcsolatomat. Elég jól ismer ahhoz, hogy tudja, mit szoktam tenni átlagos körülmények között és változtatni akart rajta. Célja volt. Én meg kíváncsi voltam, hogy miért te és miért most. Ezért változott. Most, hogy beszélgetünk róla, egyre biztosabb vagyok, hogy kihasználta a kíváncsi, zseni énemet – kacagott fel.

– Gondolom ezt ő előre eltervezte. Kihasznált minden infót, amit tud rólunk és végig csinálta – Ryanre jellemző húzás – állapítottam meg.

– Te tudtál a tervéről? – kérdezte.

Nem tudtam volna neki hazudni, de ígéretet tettem Ryannek, hogy nem adom ki.

– A tervéről nem tudtam. Inkább sejtettem, hogy tervez valamit.

– Ezek szerint korábban már beszéltetek rólam.

– Pár mondatot és azt is inkább én, ha nagyon őszinte akarok lenni. Kérdésekkel bombáztam, de a titoktartásra hivatkozva még a nevedet sem említette meg. Csak jelezte felém, hogy tudja, kiről beszélek.

Végül is ez is az igazsághoz tartozott. És talán nem kevertem bajba Ryant. Gyorsan terelni akartam a témát, nehogy tovább kérdezősködjön.

– Mit tettél utána? A sikertelen vizsga után? Legalább jól beolvastál az exednek?

– Én? Kérdezte szinte nevetve. Örülök, hogy nem része az életemnek, nemhogy még felvegyek vele bármilyen kapcsolatot. Élje csak nyugodtan az életét és ne tudjon rólam semmit. Annál rosszabb nincs, ha valaki fontos neked és az a valaki teljes közönynyel viszonyul hozzád. Nem tartok haragot, hiszen azzal én nem jutok előrébb. Továbbléptem és Afrikába mentem önkéntesnek.

Kikerekedett a szemem. Nem először az este folyamán.

– Tessék? – kérdeztem döbbenten.

– Igen, jól hallod – mosolyodott el kedvesen. Az elmúlt hónapokat Szudánban és Ghánában töltöttem. Ott nem kérték a szakvizsgát. Örültek minden önzetlen segítségnek. Csodálatosan feltöltődtem és boldoggá tettek azok a hónapok. Itt a rohanásban elfelejtem értékelni a csodákat. Ott megtanultam, hogyan kell ezt jól csinálni. Elvetni a magokat és énekelni hozzájuk, hogy meginduljon, növekedjen, fejlődjön, ahogyan azt egy magnak tennie kell. Törődni minden Isten által adott kinccsel. Nem pedig egy gyorsétteremből rendelni valami szemetet, majd türelmetlenül ülni a lakásban és szitkozódni, hogy késik a rendelés. – Itthon vihar ült a lelkemben, ott békére leltem – mély sóhajt vett.

– Egyre jobban csodállak – mondtam. Imádtak ott téged, nem tévedek, ugye?

– Kölcsönösen imádtuk egymást, főleg a gyerekekkel. Ők voltak az én tanáraim. Bölcsebbek, mint bárki hinné. Csak velük kellene lenni és érezni, amit éreznek. Annyira meghatóan képesek szeretni. Észre sem veszik, hogy legtöbbjük nyomorban él, mert szeretik egymást. Ez nekik ott elég. Itt meg... – nem fejezte be, csak legyintett.– Egy életünk van és azt hasznosan kell eltölteni – folytatta.

– És te maximálisan ki is töltöd tartalommal – állapítottam meg.

– Júniusban Brazíliába mentem – folytatta –, mert a családom épp ott tartózkodott. Hosszú idő után internethez jutottam és elolvastam az e-mailjeimet. A szakvizsga bizottság meghirdette a szóbeli időpontokat június végére. Nem is értettem, hogy én miért kapok ilyen e-mailt, hisz a gyakorlati vizsga sikertelen volt. Fel is hívtam a szervezőt, hogy tévedés történt. Ekkor tájékoztattak róla, hogy sikeresnek minősítették a vizsgámat. Négy, általam megjelölt oktatókórház közül, mind a négy együttesen igazolta, hogy végeztem ilyen beavatkozást és a bizottság elfogadta, tekintettel a névsorra, akik aláírták a dokumentumot. Több, mint 100 orvos sajátkezűleg írta alá és állt ki mellettem, a tudtom nélkül.

– De nem végeztél, ugye?

– Nem, soha – rázta a fejét.

A vizsgára 2 hetem volt, így a családommal együtt tanultam. Ők kérdeztek, én válaszoltam. Így valamennyi időt együtt tudtunk tölteni, de a programok, amiket fél évig szerveztek nekem, lemondásra kerültek.

– 25-én volt a vizsga, aznap, amikor Charlotte született.

Izgatottan néztem rá és mutogattam, hogy folytassa már.

– Sikerült. Újabb mély sóhajt vett. 30-án pedig beadtam a jelentkezésemet arra a pozícióra, amire vágytam.

– És?

– Már vasárnap van, ugye?

– Szerintem már biztosan, de miért?

– Mert ma 12:00-kor írom alá a szerződést és keddtől vezető beosztást kapok a legjobb New York-i kórházban – mondta izgatottan.

– Akkor tényleg van mit ünnepelni – mondtam, miközben tapsoltam.

Hirtelen rossz érzésem támadt, hisz Ő egy ideig biztosan ide lesz láncolva és elfogott az a szomorú érzés, hogy mégsem lesz folytatása a kapcsolatunknak. Elkeserített ez az érzés. Próbáltam visszatérni a tapsolós énemhez, de nem sikerült. Észrevette. Megint.

– Elérted a céljaidat és az elveidet sem kellett feladni hozzá – összegeztem a hallottakat halkan.

– Igen. A hitem és az elveim hátrányát a munkamorállommal, amit mindeddig képviseltem, képes voltam előnnyé alakítani. De tudnod kell rólam, hogy annak ellenére, hogy inkább magányos farkasnak vagy inkább kívülállónak tűnhetek fel az emberek szemében, ott, a munka folyamatában én igazi csapatjátékos vagyok. Mindig lehet rám számítani és soha nem hátrálok meg semmilyen feladattal szemben. Akkor is segítek, ha nem kérik, mert az orvoslás az csapatmunka. Soha nem szabad egyedül hagyni senkit! Ahhoz, hogy jó orvos legyek mindenkivel jóban kell lenni. Az orvosokkal, szakszemélyzettel, mindenkivel. Én még a takarítóknak is előre köszönök. Szükség van mindenkire ahhoz, hogy elérjük a közös célunkat, hogy emberéleteket mentsünk. Csak mellettük és csakis velük együtt vagyok én is jó orvos. Hiányukban elvéreznék. Ez már nem az egyetem, ahol egyedül kell kitölteni a tesztlapot. Ez a való élet és nincsenek megadva a válaszok a kérdésekre. Neked kell tudni a megfelelő választ, magadtól. Ezért kell a csapat, akikkel pótoljuk egymás hiányosságait. Együtt képesek vagyunk kiadni egy egészt. Képzeld csak el, mi lenne, ha a takarító nem takarítja ki időben a műtőt, ha a diszpécser lassan végezné a munkáját, ha a nővérek tényleg csak kávézgatnának, ahogyan azt sokan gondolják, vagy ha nem ugranánk azonnal a gépek riasztó hangjára? Akkor annak nagy ára lenne. Élet. Életek. Mindenkire szükség van. Egy csapat vagyunk és én ebben nagyon jó vagyok.

– Ryan szerint a legönzetlenebb ember a világon.

– Sokan gondolják ezt, jó pár évvel azután, hogy megismerik a valódi énem – mosolygott. A természetemből fakad, pusztán csak saját magamat kell adnom ahhoz, hogy az emberek biztonságban érezzék magukat mellettem. Ez mindenkinek jót tesz. A legnagyobb vészhelyzetben is nyugalmat árasztok, ezt mondják rólam. És ezt a hidegvért édesapámtól örököltem. A hősömtől, aki mindig mindenkinek segített. Rengeteg barátja volt, rengeteg ember dicsőítette a mérnöki képességeit. Olaszországban rendszeresen államfőkkel is találkozott. Soha senkitől nem kért segítséget, szeretett adni. És én ilyen lettem. Ezt láttam, ezt tanultam és ezt tartottam a boldogsághoz vezető útnak. Miatta vagyok az, aki miatt 100-an aláírták a papírt. A tudtom nélkül. Kérnem sem kellett. És ezzel mind a 100 ember tökéletesen tisztában van. – Isten azt adja, amit megérdemlünk. Kérnünk sem kell – állapította meg.

– Nem akarom, hogy vége legyen az éjszakának – nem is gondolkodtam, egyszerűen mondtam, amit éreztem.

Percekig csak simogatta a kezem. Nem mondott semmit. Nem is nézett rám.

Majd felállt és megállt előttem. Finoman hátradöntött miközben lassan beleült az ölembe. Annyira szexi volt minden mozdulata, hogy már nem érdekelt semmi, csak hogy újra az enyém legyen. Az arcomhoz hajolt és megcsókolt. Finoman, puhán. Hagytam és élveztem minden érintését. Az esetek szinte száz százalékában a kalandjaim kezdeményeznek nálam. Hiszen tudom, hogy ők sokkal jobban akarnak engem, hisz trófea vagyok a szemükben. Szinte kivétel nélkül mind úgy gondolta, az a helyes, ha kissé erőszakosan letámad, bizonyítva, hogy már nem tud tovább várni. Eleinte nagyon élveztem a helyzetet, nagyon jót tett az önbizalmamnak, de mára megszokottá vált és csak a nők cserélgetése okozott változatosságot. A szex mindegyikkel szinte ugyanolyan volt. Üres. Ő nem támadott le, figyelt rám, éreztem, hogy kényeztetni akart. Nem éreztem magamat trófeának. A világ legszerencsésebb emberének éreztem magam azzal, hogy ez a csodálatos nő most engem akar. Csakis engem. Újra. Az ajkai keresték az én ajkaimat játékosan, táncot járva az utolsó ép idegszálamon. Annyira izgatóan viselkedett, hogy egyre türelmetlenebbül vártam a következő akcióját. Életemben nem harcoltam még így a saját vágyaimmal szemben. Akartam őt. Lassan az ajkaimról az arcomra vándorolt, majd a nyakamat csókolgatta, míg el nem érte a fülemet. Szorosan az ölembe húztam, már alig bírtam magammal. Nem bírtam tovább a várakozást és lassan lehúztam a felsőjét, majd én is csókolgatni kezdtem a nyakát, melleit, a hasát egyre lejjebb és lejjebb. Szépen lassan kibújtattam a nadrágjából, lehúztam a bugyiját és én is megszabadultam az alsóneműtől. Visszaült az ölembe és ő irányított. A behatolás sokkal lassabb volt, mint ahogy én csináltam, szinte minden milliméterét éreztem, hogy egyre mélyebben benne vagyok. Megfeszült a testem az érzéstől, amit elért nálam. Miközben lassan mozgott szorosan magamhoz öleltem és csókoltam, ahol értem. Gyorsítani akartam, de nem hagyta. Élvezte, hogy irányíthat és élvezte, ahogy egyre nehezebb helyzetbe kerít. Uralta a helyzetet, határozottan, de gyengéden, a lehető leggyengédebben, ahogy egy nő tehette. Hamar eljött az érzés, hogy muszáj változtatnom, mert ez így nagyon hamar véget fog érni. Vadul csókolni kezdtem, harapdálni a vállát, majd a nyakát, amire kéjesen nyögni kezdett. Megvagy – gondoltam. Meg tudtam törni az uralmát és átvehettem az irányítást. Arra a tempóra váltottam, ami számomra a legkedvezőbb volt és vártam a csodát. Nem kellet sok idő, hogy elérjen a csúcsra. Annyira intenzív orgazmusa volt, hogy szinte sikított. Próbált csendben lenni, de innentől kezdve nem hagytam neki. Ez az együttlét sokkal bensőségesebb és érzékibb volt, mint az előző. Mindketten magabiztosak voltunk, ráéreztünk, mit élvez legjobban a másik és magunk elé helyeztük a partnerünk igényeit. Biztos voltam benne, hogy ez már nem csak szex. Ez sokkal több annál.

Miután vége lett, még sokáig ölelkezve ült az ölemben. Amikor megpróbált megmoccanni, nem engedtem, hanem szorosabban öleltem. A vállamról felemelte fejét, az arcomat a kezei közé fogta és a szemembe nézett. A legszebb nő a világon – gondoltam magamban. Mindketten tartottuk a szemkontaktust, olyan volt mintha szavak nélkül beszélgettünk volna. Majd megcsókolt. Hosszan. Tökéletes volt.

– Menjünk aludni – hívogatott. A fáradtságtól már nem is emlékeztem arra, hogyan botorkáltam el az ágyáig, de arra emlékszem, hogy hozzá bújva aludtam el.

Amikor felkeltem már világos volt és nem volt mellettem az ágyban. Egyszerre voltam boldog és kétségbeesett. Meghallottam a zuhany hangját, miközben próbáltam összeszedni magam. Nem is hallottam, hogy felkelt. Nem emlékszek olyanra, hogy ha valakivel együtt töltöttem az éjszakát, ne én szálljak ki először az ágyból. Gondoltam rá, hogy csatlakozom hozzá, de nem mertem. Nem tudtam, hogy megtehettem-e? Haragudna vagy örülne? Nem kockáztattam. Kisétáltam a konyhába, hogy hidratáljam a szervezetem. Rettenetesen sokat kivett belőlem ez az éjszaka. Öregszem, állapítottam meg. Ahogy kinyitottam a hűtőt és megláttam a limonádét a tegnapi spontán csókja jutott az eszembe, amitől hirtelen melegség öltötte el a lelkem.

Hallottam a hajszárítót, majd pár perc múlva a fürdőszoba ajtó záródását. Visszamentem a szobába.

Egy fehér törülköző volt köré csavarva, a vörös haját öszszefonta.

– Jó reggelt – mondtam.

– Jó reggel neked is! – mosolygott vissza rám.

Odamentem hozzá és hátulról megöleltem, de nem reagált rá befogadóként. Hallottam, hogy olyan mély levegőt vesz, mintha víz alá készülne.

Megrettentem és hirtelen elengedtem.

– Készülnöm kell – mondta közömbösen.

– Rendben – válaszoltam. Kavarogtak az érzéseim. Az előbb a konyhában még álmodoztam, most pedig olyan, mintha egy láthatatlan vödör jeges vizet borítottak volna a nyakamba. Gyorsan megkerestem a ruháimat és felöltöztem a nappaliban.

Pár perc múlva megjelent egy csodálatos világoszöld nyári szettben. Ismertem a ruha tervezőjét. Amikor bemutatták ezt a ruhát, akkor a modellen nem tűnt ennyire telitalálatnak a darab. Ez itt most tökéletes volt.

– Kérsz valamit? – kérdezte. Kávét, teát?

Annyira feldühített a teljes közönye, hogy legszívesebben megráztam volna, hogy mi ütött belé? Mégis mi változott meg azalatt a rövid idő alatt, amíg aludtunk?

Zúgott a fejem. Néztem őt, majd bámultam a kilátást a nappalijából. Percekig csendben voltunk.

– Ennyi? – kérdeztem. A válasszal tökéletesen tisztában voltam.

– Felkelt a nap – mondta.

– Hogy jutok ki? Majd a telefonomhoz sétáltam és húzni kezdtem a cipőmet.

Elmondta, hogyan tudok észrevétlenül távozni.

Az ajtókilincsre tettem a kezem és megbénulva álltam. Ha elmegyek, akkor biztosan vége. Mit tehetnék, hogy ne legyen így? Nem vagyok neki elég jó. Nem tudtam meggyőzni az ellenkezőjéről. Ő viszont megfűzött engem és gyűlöltem érte.

Visszanéztem rá.

– Egy utolsó búcsú ölelés? – kérdeztem akaratlanul.

Ingatta a fejét, nemleges választ adva ezzel. Ki sem tudta mondani, hogy nem. Furcsa érzés keltett hatalmába. Látszott rajta, hogy ő sem ezt akarja, de nem tartóztatott.

Ez még jobban feldühített. Két ember ugyanazt akarja és mégis enged elmenni. A nevét sem tudom. Szentségeltem magamban.

– Látlak még valaha? – kérdeztem.

– Nem hiszem – válaszolta. – Ahhoz nagyon nagy tragédiának kellene történnie, hogy mi újra találkozhassunk. Rám sem nézett, miközben beszélt.

Most én ingattam a fejem és becsaptam magam mögött az ajtót.

Nincs nap, hogy ne gondoljak rá. Több, mint öt hónap telt el azóta. Kezdetben nagyon dühös voltam, aztán szépen lassan átváltozott az érzés haraggá. Vajon az összes eddigi kalandom is ugyanezt érezte, mint én? Megérdemeltem volna? Tiszteljem jobban a kapcsolataimat? Eltervezte, vagy csak a véletlen alakította így? Lehet megbántottam az egyik barátnőjét és most visszaadta? Ezer megválaszolatlan kérdés, amire nem tudom meg soha a választ, csak akkor, ha valami nagyon nagy tragédia történik. Nem akarok nagy tragédiát az életembe, inkább maradok válasz nélkül és zárom be véglegesem a szívem.

Az első hetekben annyira nyomasztott a csalódás, hogy teljesen megszüntettem a kapcsolatomat a külvilággal. Csak a kötelező köröket futottam le. A társaság helyett inkább a magányt választottam. Minden dühömet a versenyben éltem ki, amivel tovább növeltem a pontelőnyömet. Jóval az idény vége előtt behozhatatlan előnyre tettem szert és életem legkönnyebb idényét könyvelhettem el, amikor is ötszörös világbajnoknak mondhattam magam. Minden idők három legsikeresebb autóversenyzőjének egyike lettem. Ezzel mintha üzentem volna neki, hogy minden a legnagyobb rendben. Sőt még ilyen jó soha azelőtt nem is volt, mint miután ő hagyott elmenni engem.

Pár hét múlva újra elkezdtem a kalandozásokat. Mind jelentéktelenebb volt az előzőnél. Egyre rosszabbak. Sikerem és nőügyeim miatt a bulvárlapok zöme hetekig velem foglalkozott. Gyermeteg módon reméltem, hogy látja ezeket a cikkeket és legalább fele annyira fáj neki, mint nekem az elmúlt hetek. Eszembe jutott, mit mondott az első exéről, hogy kicsinyes bosszúkat állt, amiket fel sem vett. Én is ezt tettem. Nekem számított, ő pedig nagy valószínűséggel még csak nem is foglalkozik vele. A gyerekes bosszúm egy idő után még belőlem is szánalmat váltott ki saját magammal szemben. Utólag, ha lehetett volna visszacsinálom az egészet, de a média nem így működött. Megkértem Jasont, hogy most szüneteltessünk rólam mindenféle híreszteléseket.

A nő, aki most az ágyamban fekszik tökéletes. Csak nem nekem. Aki nekem tökéletes, az még csak látni sem akar. Ryannel azóta is többször találkoztunk, de soha nem kérdezett Jamie-ről én pedig nem mondtam neki semmit róla. Ígéretet tettünk egymásnak Jamie-vel, hogy ami köztünk történik, az köztünk marad. Betartottam a szavam.

Egy alkalommal, amikor Ryannel találkoztunk, képeket mutatott Charlotte-ról. Az egyiken Jamie játszott vele. A szívem úgy kalapált, hogy szerintem Ryan is meghallotta és rám nézett. Nem mertem a szemébe nézni. Nem tudom, hogy direkt csinálta-e, vagy csak véletlen volt. Szerettem volna elkérni tőle a képet, de nem találtam értelmét. Minek is nekem az? Álmodozni egy álomról? Felesleges lenne kergetnem. Lehet, hogy mindent félreértettem. Csak játék volt csupán? Ő valóban egy éjszakát akart és ünnepelni. Ezzel szemben én már az első percben többet akartam. Ő betartotta a szavát, de én akkor is fel vagyok háborodva. Saját csapdámba estem. Végre egy nő, aki nem hazudik és ez fájt a legjobban. Amikor Jamie-re gondoltam egyszerre éreztem dühöt magam iránt, gyűlöletet Jamie iránt és azt a fájdalmat, amit a megvalósulatlan ábrándom váltott ki belőlem.

Rengetegszer visszajátszottam a történteket és nem találtam benne hibát. Számomra tökéletesen alakult, akkor miért nem folytattuk? Legalább vágott volna hozzám valami indokot, de semmi ilyen nem történt.

„Felkelt a nap." Amikor erre a mondatára gondolok mindig olyan, mintha újra és újra hasba szúrnának. Ha folytatni szerette volna bármikor is ezidáig, könnyen megtalálhatott volna. De ilyen nem történt és ahogy telik az idő, egyre biztosabb voltam benne, hogy nem is fog.

Edzés után leültünk Jasonnal és átbeszéltük az év hátralévő programjait, majd a következő első negyedévét. Mindig jól előre tervezek, legalább kettő, de legtöbbször három lehetséges opciót is felvázolva, ha bármi közbejön, tudjuk időben reagálni.

A hónapok repültek és eljött az új autó bemutatásának ideje. A tavalyi olyan jól sikerült, hogy a mezőny csak a hátsó lámpámat nézhette, ezzel viccelődtek a mérnökök. Idei évben rengeteg szabályváltozást eszközöltek a szervezetnél az aggasztó klímaváltozás miatt. A szabályok nagyrésze miatt az autó károsanyag kibocsátását maximalizálták, ami miatt a tavalyi autó mehetett a múzeumba.

Dacára a változásoknak az autó tökéletesen működött. Jobban teljesített a pályán, mint a szimulációkor. Mindenki nagyon elégedett volt.

A tesztelések során kiderült, hogy az olasz istálló is félelmetesen jó autót tervezett idénre, ami egyben volt motiváló és aggasztó.

Élvezetes idényre számítottam, ahol úgy tűnik az ellenfelem a fiatal Alex Giordano lesz. Jamie-re gondoltam. Eszembe jutottak a mondatai, ahogyan elnézést kért, hogy Alexnek drukkol. Mindez jobban motivált, mint bármi más. Rohamosan teltek a hónapok és szinte fej-fej mellett haladtunk Alexszel a tabellán. Vagy ő vagy én nyertünk. Pályafüggő volt. Ahol sok volt a kanyar, az az ő autójuknak kedvezett és az ő vezetési stílusának, ahol a végsebesség számított, ott pedig én voltam minimális előnyben. A többiek jelentősen lemaradva követtek minket. Szétszakítottuk a mezőnyt és kétesélyessé alakítottuk a világbajnokságot nagyon rövid időn belül. Sajnos a csapattársam sem igyekezett segíteni, hogy pontokat lopjon az ellenféltől, miután tudta, hogy az idény végén lejár a szerződése, nem volt feltüzelve, hogy bizonyítson, inkább biztonsági autózásra törekedett. Hozta a kötelezőt.

Alex csapattársát rég ismertem, nagyon tehetséges volt, de Alex mellett eltörpült. Viszont hajtott, ahogyan csak bírt, így sokkal nagyobb taktikai fegyvert szolgáltatott a konstruktőri versenyben, mint az én csapattársam.

Alex közel 10 évvel volt fiatalabb, mint én. Alig volt magasabb nálam. Tipikus olasz, barna szempár, vékony orr, divatosan vágott sötétbarna haj, borostás arc. Feltűnően jóképű fiatal srác volt, aki vonzotta külsejével a médiát és a rajongókat. Szponzorai az egyszerűség jegyeit emelték ki rajta. Sosem volt túlaggatva ékszerekkel vagy rikító kiegészítőkkel. Idegesítően egyszerű, hétköznapi figurát játszott, aki mindennek ellenére is feltűnő jelenség volt. Nem volt a közösségi oldalakon fent túlbuzgó módon, pont annyira, hogy fenntartsa az érdeklődést a rajongók körében. Mégis majdnem annyi követője volt, mint nekem, aki 10 évvel több ideje száguldoztam. Volt benne valami megfoghatatlan. Érezhető volt a veleszületett tehetsége, de nem számítottam rá, hogy ekkora ellenféllé tud válni. Az eddigi ellenfeleim voltaképp a csapattársaim voltak, akiket minden módszerrel meg tudtam semmisíteni. Vele viszont semmi nem kötött össze a kötelezőkön kívül. Nem vitte túlzásba a barátkozást sem, bár a volt csapattársaival és a jelenlegivel is remekül kijött, de információm szerint munkán kívül nem tartotta velük komolyabban a kapcsolatot. Sajnáltam, hogy nem figyeltem jobban a nyilatkozatait a korábbi években. Felkészületlennek éreztem magamat vele szemben, pedig 5 éve vívjuk a csatát. Ahogy belelendültünk az idénybe, egyre többször nyilatkoztattak közösen minket. Kíváncsi volt a média, milyen hatással vagyunk egymásra, mit hozunk ki egymásból a kamerák előtt. Én hoztam a szokásos előre kigondolt mondataimat és jó hangulatban feleltem a kérdéseikre, amiket mindig olyan témával zártam, amire akartam, hogy a ráharapjon a média. Így mindenki jól járt. Alex más volt. Röviden, tömören beszélt. Gyakran csak egy szavas választ adott. Nem tűnt feszültnek, de látszott, hogy ő semmilyen fogási felületet nem biztosít a média számára. Először azt gondoltam magamban, hogy tanulnia kell még ezt a műfajt.

Hétről hétre nyilatkoztattak minket és egyre jobban zavart, hogy a kritikus kérdésekre is higgadtan felel. Rákérdeztek arra, ha hibázott és érzelemmentesen elmondta, hogy aznap is maximumot hozta ki magából. Ami nyilvánvalóan nem igaz, mert súlyos pontokkal fizetett a hibáiért, de olyan meggyőző volt, hogy szinte el akartam hinni neki. Elbizonytalanított. Tényleg az volt a maximum? Lehet, hogy volt valami baj a kocsival és nem is az ő hibája volt? Én, aki olvassa az emberek jellemét, nem tudtam eldönteni, hogy magának falaz vagy a csapatának. Egy idő után csak azzal foglalkoztam, hogyan lehetne ellene pszichológiai hadviselést folytatni. Nyilatkoztam. Félreérthetetlenül, nevek nélkül. Csalásra, a szabályok kijátszására hívtam fel a figyelmet. Hibás döntésekre céloztam és arra, hogy a végén úgyis az nyer, akinek több pontja lesz.

Az utolsó 5 futamon már nagyon feszült volt a helyzet. Pár ponttal vezettem, egyáltalán nem volt eldőlve semmi, fellélegezni sem volt időm. És ez a fiatal fiú a világbajnoki címéért harcol év eleje óta ugyanazzal a nyugalommal. Kizökkenthetetlen, pedig már mindent bevetettem. Semmilyen külső nyomás nem látszik rajta, hisz úgy tesz, mint akinek nincs veszítenivalója. Ő csak nyerhet. Aki veszíthet, az én vagyok. Vagy én leszek a sportágban minden idők legeredményesebb pilótája vagy ő lesz először világbajnok. Tetemes teherrel keltem és feküdtem, aludni nem tudtam. Öcsém maximumra járatta a kétségeimet Alex szabályos autójáról az interneten. Mindenki éjt nappallá téve dolgozott, hogy utolsó futamokra hibátlan autóm legyen. Alex pedig ugyanúgy sétált végig a paddockban, mint tavaly.

Három futammal a vége előtt pontegyenlőség lépett fel, amikor az újságírók ugyanarról faggattak minket órákon keresztül. Az első órában még csak-csak válaszoltunk, de ez nekem, mint harcedzett veteránnak is kibírhatatlan volt. Alex megkapta újra az esélylatolgató kérdést és akkor először megváltozott. Nevetni kezdett.

– Úgy érzem magam, mint egy Rorschach teszten. Ott 10 féle tintapacát mutogatnak és én 10x mondom el, hogy tintapacát látok a képen. Itt is ugyanaz a kérdés, ugyanaz a válasz. Hiába változtatják meg a szavakat, az értelme ugyanaz. A Rorschach-teszt viszont eredeti, nem holmi utánzat. Szóval a válaszom a feltett kérdésre: tintapaca.

Megfagyott a levegő.

Próbáltam fürkészni az arcát, de semmi. Nyugalom. Ennyi. Hihetetlen, hogy ennyi idő után szembesülök vele, hogy sokkal intelligensebb, mint a legtöbb pilóta. Ez az oka, ezért nem beszél. Nem akarja felfedni a valódi arcát. Akkor éreztem először, hogy el is veszíthetem a vb-t.

Az izgalmas idény utolsó előtti futama következett, amire Alex több ponttal érkezett, mivel az előző versenyt megnyerte, én csak a 2. lettem. Muszáj volt nyernem. Éreztem magamban mindent, ahhoz, hogy megnyerjem a futamot. Az élről indultam, ahonnan csak veszíteni lehet.

A futamot magabiztosan vezettem, de a 42. körben az előre beharangozott eső megérkezett. A csapat folyamatosan a radarokat figyelte, hogy mennyi eső jön még, hisz alig csepergett az eső. Azon vitáztunk, vajon érdemes-e abroncsot cserélni. Végül úgy döntöttünk, hogy nem cseréljük le. Alex kiment átmeneti esőgumiért, amit a szinte száraz pálya azonnal elkezdett zabálni és lassulni kezdett. A hátránya hirtelen egyre nőtt, amit rádión folyamatosan közöltek velem. A másodikról a 6. helyre csúszott vissza, de ekkor sokkal erőteljesebb eső vette kezdetét. Nem tudtuk, meddig tart és megint elkezdett csökkeni az intenzitása, de Alex gyorsult, már a 4. helyen volt 1 kör alatt. Úgy döntöttünk, hogy kint maradunk még egy kört. A pálya második felében elkezdett szakadni az eső. Nagyon nehezen értem körbe és rengeteg időt veszítettem. Mialatt bementem abroncsot cserélni, azalatt Alex az első helyre került. Annyira haragudtam magamra, hogy miért kockáztattam feleslegesen. Próbáltam annyira gyorsan menni, amennyire csak tudtam, de egy előttem haladó lekörözött még szárazpályás abroncsokkal próbálkozott és ez lassításra kényszerített. A legfontosabb, hogy pályán kell maradnom, csak ez járt az eszemben, erre koncentráltam. Elhaladtam a lekörözött autó mellett, de éreztem, hogy hirtelen meglöktek hátulról és hatalmas lendülettel pörögtem a pályán egyenesen a sóderágyba. Fel sem tudtam fogni mi történhetett. Az autóm olyan sérüléseket szenvedett az ütközés következtében, hogy fel kellett adnom a mérkőzést. Ha az eredmény így marad, akkor Alex már ma világbajnok lesz. Ez a gondolat nyomasztott minden pillanatban a leintésig. Annyira dühös voltam mindenre, mindenkire. Melyik csapat kockáztatja meg a szárazpályára alkalmas gumit még 3 körrel az eső megjelenése után is? Ki az a pilóta, aki ennyire felelőtlenül dönt egy ennyire kiélezett világbajnoki harcban, hogy felvállalja a felelősséget, hogy majd ő eldönti helyettünk?

Sétálva menetem vissza a boxomhoz. Nem is emlékszem semmire. Senki sem mert mondani semmit nekem. Pár perc múlva Martin, a főnököm jött oda hozzám és csak annyit mondott, hogy versenybaleset volt. Ezerszer visszanézték. Tudtam, hogy versenybaleset volt, de ha Alex ma győz, akkor ez nekem sokkal nagyobb veszteség, mint annak, aki okozta a balesetet.

Ingerülten néztem a boxomból a hátralévő köröket. Az eső elállt a pálya felszáradt és Alex könnyedén nyert egy jókor elvégzett kerékcserével.

Alex Giordano világbajnok lett. Legyőzött engem. Az egyetlen dolog, aminek örülni tudtam az az volt, hogy sokkal hamarabb adhattam interjút, mint a többiek, még akkor, amikor nem tudtam, hogy elveszítettem a világbajnoki címért vívott csatámat. Hatalmas felhajtás volt az eredményhirdetésnél és utána is. Mindenki egyenpólót viselt Alex csapatában, hatalmas 1-es számmal. Utalva az első vb címre. Én pedig a szobámban ültem és kamerákon követtem a folyamatot édesapámmal és öcsémmel. Nem tudtam mit mondani. Hajszálon múlt a dicsőség és idén egy fiatal olasz felé billent a mérleg nyelve. Dühös voltam. Dühös a pilótára, aki kipörgetett, dühös magamra, hogy nem mentem ki egy körrel hamarabb kereket cserélni. Dühös voltam Jamie-re, aki most biztos ugrál örömében, hogy a kedvence világbajnok lett. Gyűlöltem. Őt gyűlöltem a legjobban az egész napban. Benne van a fejemben, életem mindkét legnagyobb csalódása hozzá köt. Gyűlöltem magam, hogy még mindig nem vertem ki a fejemből.

A következő hetekben minden a vereségemről szólt. Jól betanult válaszokat adtam a médiának. Gratuláltam a győztesnek, kitértem arra, hogy milyen izgalmas évet zártunk és hogy jövőre visszavágok. Azon is gondolkodtam, hogy abbahagyom az egészet és visszavonulok. Hátra volt az utolsó futam, amikor már semmi nem motivált. Alex nem jött oda hozzám személyesen és én sem mentem oda hozzá. Nem bírtam. Lehet kicsinyes, de nem tudtam volna őszintén gratulálni neki, még nem álltam készen rá. Láttam egyszer, hogy felém indul, de meggondolta magát. Jobb is. Még rosszabb lett volna, ha ő jön ide hozzám, sajnálkozva.

A futam előtt ismét Jamie-re gondoltam. Nem tudom miért, de már nem gyűlöltem. Eszembe jutottak a mondatai, felidéztem az illatát és ez most megnyugtató volt. A verseny izgalmas lett, pedig tét nélküli volt és Alex előtt az első helyen végeztem. Büszke voltam magamra, hogy nem adtam fel, hogy képes vagyok harcolni. Biztos voltam benne, hogy a következő évben versenyezni akarok Alex ellen. Miután kiszálltunk az autóból, akkor mentem oda hozzá gratulálni. Tisztelettel fogadta, ő is gratulált nekem.

– Izgalmas év volt, jegyezte meg.

Én pedig sok sikert kívántam neki a jövőhöz és megjegyeztem, hogy megérdemelten nyert. Fájtak a saját szavaim, de végtére is, ez volt az igazság. Hetek teltek el, mire felocsúdtam az év történéseiből. Mazochista módon százszor visszanéztem a balesetet, ami miatt veszítettem, de ez nem okozott megkönnyebbülést számomra. Úgy határoztam, hogy túllépek. Jason az idény alatt megismerkedett egy gyönyörű nővel, Veronicával, aki eleinte az asszisztense volt, de hamar egymásba szerettek. Alig 6 hónapja voltak együtt, amikor karácsonykor bejelentették az eljegyzésüket a családnak. Mindenki nagyon boldog volt. Őszintén örültem a boldogságuknak és a hír hallatán fel is ajánlottam, hogy állom az egész esküvőt.

– Ez visszautasíthatatlan ajánlat, mondta Jason és könnyes szemmel megölelt.

Az volt abban az évben a legjobb napom. Az én kisöcsém a világ legboldogabb embere.

Ryan azonnal felhívott a kiesésem után és biztosított róla továbbra is a barátom marad még így is, hogy már nem vagyok regnáló világbajnok. Ha mástól ilyet hallottam volna, letiltom az illetőt, de Ryan ismert és tudta, hogy csak egy ilyen beszólással tud felvidítani. Igaza volt. Ryanék élete továbbra is jól alakult és megbeszéltük, hogy amint tudom, meglátogatom őket.

Egy hétre utaztam hozzájuk újból. Negyedévente meglátogattam őket, de mindig csak futólag. Most több időm volt velük lenni. A kisasszony rengeteget nőtt. Futott össze-vissza körülöttem. Minden játékát meg akarta nekem mutatni. Hozott egy macit, aminek, ha megnyomta a hasát akkor nevetett a maci, így Charlotte is nevetett és nekem is nevetnem kellett. Monica üdítővel kínált, addigra már Charlotte az ölemben ült és egy könyvet lapozgatott, amiből olvasnom kellett neki.

Monica és Ryan összenéztek, de nem mondtak semmit.

– Mi a baj? – kérdeztem.

– Baj? Semmi – mondta Monica. – Csak Charlotte még a nagyszüleivel is csak kb. fél óra múlva kezd el egyáltalán ismerkedni, neked meg 5 perc alatt már az összes repertoárját bemutatta – nevetett.

– Mert imádnivaló vagyok – mondtam mosolyogva, miközben a kislányt néztem és úgy tettem, mintha neki mondanám. Charlotte megint felkacagott. – Egy tündér – állapítottam meg. Monica el kezdett nevetni, mire Ryan pisszegésre intette.

– Történt valami? – kérdeztem.

– Semmi – mondta Ryan erőteljes hangsúllyal.

Éreztem némi feszültséget Ryan és Monica között, ami idegen volt tőlük, így inkább tovább bohóckodtam Charlotte-tal.

Ryan elvitte lefektetni Charlotte-ot, kicsit kettesben maradtunk Monicával. Mosogattunk.

– Valami baj van köztetek?

– Nem – döbbent meg Monica. Miért? – kérdezte.

– Csak Ryan annyira erőteljesen leállított.

– Értem már miért kérdezed – nyugodott meg Monica – Nincs semmi baj, csak Ryan nem szereti, ha hibázgatok. Tudod milyen – mentegetőzött Monica.

– De miért? Mit hibáztál? – kérdeztem.

– Mert azt hitte, hogy el fogom szólni magam – halkan beszélt.

– Mivel kapcsolatban? – feszegettem tovább a kérdést, mert Monica viselkedése eltért a megszokottól.

– Ryan nem szeretné, ha elmondanám – ismét halkan beszélt.

– Monica! – kezdtem türelmetlen lenni.

– Semmi, tényleg semmi, csak előtted nem mondjuk ki Jamie nevét. Amikor az öledben ült Charlotte és ahogy játszottál vele – szünetet tartott, – pontosan olyan volt, mint amikor Jamie ide látogat. Amikor meghallja Jamie hangját Charlotte annyira fut felé, hogy majdnem elesik. Nem akarta Ryan, hogy szóba hozzam előtted. Nem akarunk ebbe belefolyni. Ennyi – magyarázta.

– Nincs mibe belefolyni – zártam le a témát határozottan.

Szóval éli életét és eljárogat babázni. Vajon mondott nekik valamit? – indultak azonnal útjára a gondolataim.

– De előtte sem beszélünk rólad – Monica hirtelen folytatni kezdte. Nem érdekelte, hogy én lezártnak tekintettem a beszélgetést – Fogalmunk sincs, hogy mi történt vagy hogy történt-e bármi is közöttetek. Mi csak annyit tudunk, hogy nem vagytok együtt, mert akkor tudnánk róla. Hónapokig reménykedtünk, hogy csak titkoljátok a kapcsolatotokat, mert tényleg bíztunk benne, hogy összetartoztok, de amikor a bulvárban minden héten más nővel cikkeztek rólad, feladtuk a reményt.

– Tudsz róla, hogy van valakije? – bukott ki belőlem a kérdés, amit soha nem lett volna szabad feltennem.

Ryan visszajött és a beszélgetés annyiban maradt.

Később Monica küldött egy egyszavas üzenetet: nincs.

Monica a tudta nélkül feltépett minden sebet, amit Jamie okozott. Mindig, amikor úgy érzem, hogy talán már elfelejtettem, jön egy ilyen véletlen beszélgetés mint ez, mosogatás közben. Ryan ismer, Monica ismer. Szerintük is összetartozunk. Szerintem is hozzám tartozik. Folyamatosan azt érzem, hogy nem tudok valamit, ami annyira fontos, hogy gátat szab a kapcsolatunknak. Hiába töröm a fejem egy épkézláb magyarázat sem jut eszembe. Jamie józan gondolkodású és szereti a munkáját, de biztos voltam benne, hogy a munka nem állhatott volna közénk. Talán az egyik ex, a sportoló. Lehet annyira elvette a kedvét, hogy nem hajlandó egy hasonló kapcsolatba belevágni? Meg tudtam volna győzni, hogy én annyit repülök, amennyit csak kell, hogy vele lehessek, de esélyt sem kaptam erre. Más oka van. Biztos voltam benne. Mint ahogy abban is, hogy Ryanék többet tudnak, mint én.

Újra felmentem, idén már századjára az összes közösségi média felületére, hátha megtalálom őt, de nem jártam sikerrel. Most sem. Semmilyen infóm nincs róla. Egy kép, annyi sem. Ekkor eszembe jutott a kép, amit Ryan mutatott nekem korábban. Hirtelen gondolattól vezérelve ráírtam Monicára, hogy küldje már el azt a képet, ahol Jamie Charlotte-ot fogja.

Monica azt válaszolta, hogy van annál jobb kép is.

Olyan lassan teltek el a másodpercek, mire megkaptam a képet, hogy elkezdtem járkálni izgalmamban. Végre megérkezett a kép és megnyitottam.

Azon az estén készült a kép, azon a bizonyos estén, Charlotte bababuliján. Egymás mellett álltunk, egymást néztük mosolyogva és olyan boldognak tűntünk, mint senki más. Ragyogott mindkettőnk és Monicáék ezt látták. Meg is örökítették. Nem csodálkozom, hogy hitetlenül állnak azelőtt, hogy ennek nem lett folytatása. Fantasztikus kép volt. Visszajöttek a már rég elfeledett pillanatok is. A képet nézve elnevettem magam, amikor a sárga inges fickót kiszúrtam rajta. Szegény, mit gondolhatott rólunk. Vajon nevettem azóta egyszer is annyira őszintén, mint akkor? Megköszöntem a képet és elmentettem magamnak. Ezzel nem szegtem meg a szabályokat. Szükségem volt rá, hogy legyen valami emlékem róla és arról az éjszakáról. Most már tudom, hogy képtelen leszek elfelejteni, de már nem is akarom. Megtalálom őt, határoztam el magamban. Eddig egyszer ott hagytam, mielőtt válaszolni tudott volna, majd a következő alkalommal rácsaptam az ajtót. Nem vagyok jó a lezárásokban – állapítottam meg.

Az új év nehezebben indult, mint az előző. Alex bizonyítani akart nagyon a szurkolóinak és az autóm fejlesztése sem úgy sikerült, ahogy vártam. Időközben egy harmadik csapat is beleszólt a pontok űzésébe, így 5 futam után csak az 5. voltam, igaz ebben volt 2 kiesés is, melyeket technikai gondok okoztak. Az új csapattársam, Parker is előrébb volt, mint én, de miatta nem aggódtam. Az autó megbízhatósága miatt viszont igen. Ha nem hozzuk rendbe, akkor hamar elszállnak a visszavágási esélyek idén. A 6. futamot Londonban rendezték a hazai pályámon, ahol mindenképp bizonyítani akartam. Az időmérő jól sikerült, az első helyről vághattam neki a küzdelemnek, miközben Alex csak a 4. helyen végzett. Kicsit fellélegezve indultam a rajtnál. Mégis már az első körben mögöttem volt, ami annyira felidegesített, hogy elrontottam a 11. kanyar kijáratát, így a kigyorsítást is később kezdhettem meg. A következő Weber kanyar előtt már olyan közel volt hozzám Alex autója, hogy szó szerint tolt le a pályáról és minden esélye megvolt a tempókülönbség miatt, hogy megelőzzön engem. Nem hagyhattam. Pont annyi helyet hagytam neki, amennyi még szabályos, de nem ad neki lehetőséget az előzésre, ekkor éreztem, hogy megcsúszok. Hatalmas sebeséggel ütköztünk egymásnak a nagytempójú kanyarbejárat előtt. Én az ellenkező oldalon, a sóderágyban kötöttem ki. Fel sem fogtam, mekkora ütés ért minket, csak, arra gondoltam, hogy szálljak kifele a kocsiból. Akkor láttam, hogy hatalmas felfordulás van. Leng a piros zászló mindenfelé. Megfordultam és a látvány felfoghatatlan volt. Alex kocsija kettészakadt. A pilótafülkét is tartalmazó rész betonfalba ütközött. Annyira vert a szívem, hogy nem is tudtam gondolkodni és elindultam az irányába. A felfordulásban összevissza futottak az emberek, integettek egymásnak, hogy mindenki menjen oda. Hirtelen elém állt egy pályaőr, hogy amerre én indultam nem lehet elhagyni a pályát és fáradjak a kijelölt út felé. Még mindig nem fogtam fel, hogy mi történt. A következő kép, amire emlékszem, hogy a boxban mindenki a közvetítést nézi és türelmetlenül várta az információt Alex állapotáról. Levegőt is alig kaptam. Miért nem mondanak semmit? Miért késik a mentés? Miért nem csinálnak valamit? A boxban teljes döbbenet volt. Mintha senki sem mert még levegőt sem venni. A mindig zajos paddock néma volt. Percek teltek el, mire kimentették a rommá tört autóból Alexet és a mentőautó elvitte az orvosi megfigyelőbe. Ez annyit jelentett, hogy életben van. Bizakodtunk, hogy nincs nagyobb baja. Ennél pokolibb, mint hogy sérülést okozhatok valakinek, vagy esetleg rosszabb, nem is létezik a világon. Egy banális megcsúszás a kanyarban és meg is halhatunk. A videón a balesetet ismételték újra és újra. Pokoli volt végignézni. Egy szerencsétlen összecsúszás a pálya adottságai miatt kb. 300-as tempónál. Én itt vagyok, de mi lehet Alexszel? Már régen megbántam, hogy annyira agresszíven védekeztem ellene és arra gondoltam, lehet, hogy már soha nem lesz alkalmam bocsánatot kérni tőle.

Hallottuk a mentőhelikopter hangját, ami semmi jót nem sejtetett. Hátramentem a szobámba és imádkozni kezdtem. Édesapám futott utánam.

– Hogy vagy fiam? – kérdezte.

Nem tudtam mit mondani. A baleset óta több, mint 15 perc telt el és senki sem tud semmit. Hallgattam. Ekkor hatalmas dörömbölést hallottam az ajtóból. Szinte szét akarta verni.

A főnököm, Martin volt az. Láttam rajta, hogy teljesen le van sápadva.

– A hivatalos jelentés szerint a baleset óta Alex még tért magához.

– Bármi mást mondanak? – kérdezte apám.

De a választ már nem hallottam. Zúgott a fejem, le kellett ülnöm, mert a lábaim rogyadoztak. A teher elviselhetetlenné vált, szinte levegőt sem tudtam venni, kapkodtam utána, mint egy fuldokló.

– Jól vagy fiam? – kérdezte apám, de a hangja nagyon távolinak tűnt, aztán minden elsötétedett.

Pár perc múlva tértem magamhoz és egy pillanatig reménykedtem, hogy mindez csak egy rossz álom volt. A körülöttem lévő nyüzsgés és a halálra vált arcok tudatosították, hogy ez nem álom. Ez a valóság.

Több, mint 3 óra múlva adták ki a következő hivatalos közleményt, amiben kritikus, intenzív terápiát igénylőnek jelölték meg Alex állapotát. Ekkora már a szüleim londoni házában voltunk az egész családdal együtt. Nem bírtunk a verseny helyszínén maradni.

Édesapám bíztatott, hogy amíg nem jön gyorsan egy újabb közlemény, addig minden percnek örülni kell.

Mardosott a bűntudat, szinte felemésztett. Ezerszer viszszagondoltam minden egyes kormányfordításomra, minden akkor foganó gondolatomra és megbántam minden akkor hozott döntésemet.

Több, mint tíz éve vagyok az autósportban, eddig két haláleset történt a pályán. Azok az események is úgy az emlékezetemben vannak, mintha tegnap történtek volna. Emlékszem olyan volt, mintha az idő megállna és hirtelen fázni kezdtem volna a boxutcában. Mintha a halál hideg szele didergetett volna meg. Akkor nem voltam érintett, most viszont igen. A családom reménykedik, én viszont folyamatosan a legrosszabbra számítok. Estére a hivatalos közleményben arról adtak tájékoztatást, hogy Alex kb. 72 G-vel csapódott bele a betonfalba.

– Reméljük tévednek – mondta édesapám.

Senki nem feküdt le aznap éjjel, mindenki virrasztott.

Elena Jamie Giordano Potter

Hideg New York-i február, kint szakad a hó. A mai nap egy igazi feketenap. Reggel 8:00 óta 14 sérült érkezett az osztályunkra. Síelni induló busz megcsúszott az úton és a megengedettnél nagyobb tempóban közeledő autó, ami mögötte haladt, már nem tudta kikerülni azt. Tömegszerencsétlenség. Az autó mind az 5 utasa a helyszínen meghalt. A busz megpördült, majd oldalára borult. 43 utasból 8 életét vesztette, 21 könnyebben sérült, a többiek pedig elfoglalták az osztályunk üres ágyait. Volt többszörös medence és végtagtörött, volt súlyos hasi és mellkasi sérült, és voltak a koponyasérültek. Utóbbiaknak volt a legkevesebb esélyük arra, hogy innen élve hazamenjenek. Mindent megtettünk értük, de van, amin már mi sem tudunk segíteni. Ahogyan a friss laborleleteket nézegetem, meghallom a hatos ágy riasztóját. A riasztó hangjára beindul az ismerős folyamat, gurul az újraélesztő kocsi, a nővérek papucsainak egyedi hangja siet hozzá, hozzá, aki a hatos ágyon van. Én pedig sprintereket megszégyenítő reakcióidővel és gyorsasággal teszem meg azt a bizonyos 10 métert. A gépezet beindult, mindenki tudja a dolgát. Másfél éve irányítom a csapatomat és a kezdeti nehézségek ellenére, ma már mindenki úgy dolgozik, ahogy én. Igaz, többen lemorzsolódtak a kihívás miatt, de akik maradtak, azokra az életemet is rájuk bíznám. Az újraélesztés sikeres volt, de nem tudjuk mikor és melyik ágy riasztója fog legközelebb jelezni. Csendre ma sem számítunk.

Alex imádja a londoni pályát, már nagyon várta a verseny napját. Gyermekkorában nagyon sokat versenyzett itt és rendszerint a dobogó tetején áll. Tavaly fantasztikus versenyzéssel tudott itt nyerni.

Ez a londoni versenyhétvége is olyan, volt, mint máskor. Reggeli után szokásos módon bejelentkezett nálam és megígértette velem, hogy ha dolgozok, ha nem, nézni fogom a versenyt. A reggeli telefonhívások, mindig az ő időszámítása szerinti voltak reggeli órákban, de itt New York-ban más volt az időszámítás. Jelen esetben hajnali háromkor csörrent meg a telefonom. Nagyon feszült volt a hangja, ennek oka, hogy az előző napi időmérő nem sikerült úgy, ahogyan tervezte.

– Minden rendben lesz bajnok, ne izgulj! Lerajtolsz mindenkit, hátradőlsz és vezetsz a célig. Te vagy Alex Giordano – mondtam. A regnáló világbajnok!

– Arra célzol, hogy direkt rontottam el az időmérőt, hogy legyen egy kis esélye a többieknek? – nevetett.

– Biztos vagyok benne – mosolyogtam.

– Akkor tudod a dolgod. Tudod, hol a helyed?

– Persze főnök, persze. Mindent tudok. Hat éve csinálom.

– Helyes. Hívlak, ha végeztem!

– Ok! És Alex... – folytattam.

– Igen?

– Tudod, a szokásos rizsa: Bízom benned!

– Persze, persze. Te, hogy vagy amúgy?

– Hajnali 3-kor? Mikor veled beszélgetek alvás helyett? Istenien – nevettem. Vigyázz magadra!

– Te is!

Imádtam Alexet. Életem legnehezebb időszakaiban végig mellettem volt. Soha nem kellett kérnem, tudta, hogy mit kell tennie. Kisgyermek volt, amikor először találkoztunk. Az utcánkba költöztek, miután Alex gokartozni kezdett. A gokartja építését apám végezte. A szülők már régebb óta ismerték egymást, így az egymáshoz való átjárás napi rutinná vált. Én már 8 éves voltam és már 4 éve gokartoztam, így Alex állandóan rajtam lógott. Már akkor érződött, hogy hihetetlen bátor és nagyon jók a reflexei. Édesapám megtanított nagyon sok trükkre, hogyan lehet a reflexeket fejleszteni, így szerettem volna átadni a tudást Alexnek. Alex apukája is autóversenyző volt korábban, de nem tudott kilépni a másodpilóta szerepből, így világbajnokságot nem nyert. A terv világos volt, ha ő nem is, majd Alex világbajnok lesz. Mind a nevelése, mind a taníttatása eszerint történt. Mégis a legfontosabb dolog Alexszel kapcsolatban az volt, hogy őt nem csak világbajnoknak nevelték, ő annak is született. Korosztályos versenyeket rendre megnyerte. Apával rendszeresen elkísértük szinte az összes versenyére. Alex apja, Lorenzo, mint menedzser, apám, mint mérnök és én pedig, mint egy másik versenyző, más kategóriában, együttesen alkottuk a mi kis csapatunkat. Mindez Alex 10 éves koráig. 14 éves koromban már nem akartam versenyezni, csak a tanulással foglalkozni, édesapám kénytelen volt elfogadni, hogy tényleg nem akarok versenypilóta lenni. Nem akartam sohasem, de ez a program annyira összekötött az édesapámmal, hogy érte bármire hajlandó voltam. Miután felhagytam a versenyzéssel még két évig kísértem Alexet, mint „rokon" a versenyekre.

A versenyeken nem csak Alex sikereinek örültünk, hanem lehetőség volt sok új titánnal megismerkedni. Az egyik legkedvesebb ismerősöm, akivel rendre találkoztunk, majd kapcsolatunk szinte barátsággá avanzsálódott Jason W. Colt volt. Mike, az apukája mindig nagyon vicces sztorikat mesélt így egy idő után Mike papának becéztük Alexszel. Jasonnal az első pillanattól kezdve megértettük egymást, miután ő is csak a családja miatt csinálta ezt az egész hercehurcát. A bátyjára istenként tekintett, aki azokban az időkben, már a magasabb kategóriában versenyzett. Jason eleinte nagyon hitt abban, hogy lehet olyan jó, mint a bátyja, de egy-két év után rá kellett jönnie, hogy Alex jobban hasonlít a bátyjára, mint ő. És Ő pedig sokkal jobban hasonlít rám. Más utak motiválták, nem a versenyzés útja. Kedveltem Jasont.

Mégsem a gokartos évek voltak a legmeghatározóbbak az Alexszel való kapcsolatomban, hanem azok az évek, amikor a versenyekre való mentális felkészítésével foglalkoztunk. 16-18 éves korukra már csak a legkiválóbb srácok kerülnek tűzközelbe. Már nem csak a tehetség, a szponzori háttér és a reflexek számítottak, hanem legtöbbször a mentális erő. Rengeteg óra, pszichológiai teszt, próbatétel elé állítottam Alexet, hogy a legkülönbözőbb szituációkban tudjon nyugodt maradni. Ez volt a kulcs. A nyugalom. Mindig azt mondtam neki, hogy ha a kapcsolatban a közöny a legfájóbb, akkor a versenyben az ellenfél nyugalma a legidegesítőbb. Így utólag belátom, hogy jobban sikerült a felkészítés, mint gondoltam. Egy masszív gépezet lett a pályán. A magánéletben ugyanaz a kis mezítlábas danolászó kisgyerek volt, akit megismertem.

Az öcsém. Az én kisöcsém. Mérhetetlenül büszke voltam rá. Élete első 4 évétől eltekintve ismertem. Tisztában voltam azzal, hogy élete során miken ment keresztül, mennyi áldozat, köny- ny és újrakezdés van amögött, amit elért és akivé ezáltal válni tudott. Világbajnokká.

A rajtot sikerült elcsípnem a közvetítésből és örömmel vettem tudomásul, hogy bejött a jóslatom, csak esélyt akart adni a többieknek. Miközben mosolyogva figyeltem, hogyan halad a második helyen, sürgős konzíliumhoz hívtak. Hozzávetőlegesen 15 percig voltam távol, de mire visszaértem, a verseny állt. A közvetítés bal felső sarkában a piros zászló szimbóluma látszódott. A kommentártorokat felhangosítva hallottam, hogy milyen csúnya baleset történt és hogy nem véletlen, hogy nem ismétlik a felvételeket. Jadent mutatta a kamera, ahogy a boxban áll és feszülten figyeli a monitort. Jaden. Mély sóhajt veszek. Ha őt látom, összeszorul a szívem. Nehéz szavakat találni arra, amit kivált belőlem a látványa. Ő az én „mi lett volna, ha" történetem főhőse. Akaratlanul is megráztam a fejem. Nem szabad rá koncentrálnom. Pillanatok alatt kiderült a közvetítésből, hogy Alexet érte komolyabb baleset. Döbbenetes képsorok követték a kommentátorok nyilatkozatát. Nem akartam hinni a szememnek. Alex kocsijából jóformán semmi sem maradt. Úristen Alex!

Azonnal telefonáltam apának, aki nem vette fel. Majd felhívtam Alex csapatfőnökét Johnatant, ő talán többet tud mondani. Hat éve ismertem Johnatant. Minden évben többször találkoztunk Alex miatt. Ő nem más, mint egy nagyon kedves, jámbor zseni.

– Mit tudtok? – kérdeztem hadarva.

– Kritikus állapotban van, nem tért még magához – mondta Johnatan.

Alig fogtam fel a szavait, nem akartam elhinni, hiszen pár órája még nevetve tettük le a telefont.

– A mérnökünk szerint legalább 61 G-vel ütközött – tette hozzá.

Mély levegőt vettem. Egy ekkora erejű becsapódás egy átlagos embert azonnal megölne. Alex edzett, de akkora gyorsulásnál neki is jóval kisebbek az esélyei. 61 G, hihetetlennek tűntek a szavai. Lorenzó hívott közben és gyorsan elköszöntem Johnatantól.

– Mondj valami biztatót, kérlek! – könyörögtem Lorenzónak.

– E.J.! – Gyere ide, te vagy az egyetlen, aki nekünk segíteni tud – csuklott el a hangja.

Lorenzó vigasztalhatatlanul sírt a telefonban.

– Indulok – feleltem.

Felhívtam a kórházigazgatót és vis majorra hivatkozva már 30 perccel később taxiban ültem és a JFK felé tartottam. Londonba hamarosan indult egy gép a telefonom szerint, igaz nem tudtam van-e rajta szabad hely, de sürgettem a taxist, hogy ez a fuvar rendkívül fontos.

Szerencsére minden iratomat mindig magamnál hordom, így a kórházban lévő váltásruha, laptop és telefonom képezte a poggyászomat ezen a repülőúton. Szerencse a szerencsétlenségben, hogy elértem a gépet és rövid időn belül Alex felé tartottam.

Tisztában voltam vele, hogy ez lesz életem leghosszabb repülőútja.

Gyorsan végiggondoltam, milyen sérülésekkel kell majd számolnom, hogy mi a protokoll ezekben az esetekben. Imádkoztam, hogy mire Londonba érek ne történjen az állapotában rosszabbodás és ne kelljen semmi életmentő műtétet végrehajtani rajta, mert ezek a tényezők nagyban befolyásolják a túlélési esélyeit.

Túlélés. Amikor az orvos visszaváltozott testvérré bennem és felfogtam miről is van szó, szét akart szakadni a mellkasom.

Csak a baleset képeit láttam magam előtt nyitott és csukott szemmel is. Jaden és Alex. Mindketten csak véletlenül hibáztak. Egymásra csúsztak, mert mindkettő bajnok típus. És ez lett az eredmény. Jaden. Nagyon nehéz helyzetben lehet. Mit érezhet vajon? Mit csinálhat? Látom magam előtt az arcát, amit a kamera mutatott. Megrendült volt és szomorú. Mérhetetlen lelki fájdalmon mehet keresztül, amit a bizonytalanság csak hatványoz, már ha ez egyáltalán lehetséges. Csak remélni tudtam, hogy vigyáznak rá. Egy ennyire komoly és kiszámíthatatlan helyzetben mellette kell lenni, segíteni mindenben, hogy feldolgozhassa a feldolgozhatatlant. Érte is elmondtam egy imát.

Nem kellene Jadenre gondolnom. El kellene már múlnia. Lassan eltelik 2 év és még mindig hatással van az életemre. Ugyanaz a szorító érzés, mint akkor, amikor hagytam elmenni. A fájdalom a mellkasomban és az a bizonyos gombóc a torkomban. Nem könnyű elfelejteni valakit, akit rendszeres nézek a tévében. Akiről tavaly egész évben hallgattam a családomat tanácskozni. Talán valahol meg is érdemlem ezt a szenvedést azért, amit tettem. Bárki mással, de Alex legnagyobb ellenfelével hiba volt megtennem azt, amit mégis megtettem. Hatalmas hiba, ami minden egyes nap újra és újra büntet.

Jaden. Ha rá gondolok mindig elöntenek az emlékek. Egyszerűen minden vonzott benne, mióta először megláttam élőben. A tartása, a mozgása, ahogyan nevetett. Minden. Emlékszem egyszer véletlenül nekilöktek és én elnézést kértem, de rá sem néztem, inkább továbbmentem. Már akkor tudtam, hogy soha nem szabad még csak a közelébe sem kerülnöm. Ellenállhatatlan vonzalmat éreztem a lénye iránt. Aztán amikor ő jött nekem, és ahogyan akkor rám nézett, a mosolya, a gyermeteg viselkedése, hogy nem tudott megszólalni, éreztem, hogy menekülnöm kell tőle. Akkor is úgy tennem, mintha valami jelzést kaptam volna és gyorsan otthagytam. Amikor Ryanéknél előttem megállt, már tudtam, hogy elvesztem. A szemei, ahogyan nézett engem, ott abban a pillanatban egy sérült vaddá alakultam át. Vele nem kellett több egy percnél, hogy tudjam, mit szeretnék tőle. Őt magát. Úgy ahogy van. De elengedni és a hátát nézni, ahogy távolodik, az volt a legjobb és egyben legfájdalmasabb döntés egész életemben. Ha van olyan, hogy az ember szíve meghasad, akkor én azt átéltem, akkor reggel, ott a lakásomban, amikor kiment az ajtómon. Zokogni tudtam volna, de az eszem megnyugtatott, hogy a családom érdekében ez a megfelelő döntés. Egymilliószor lejátszottam magamban a történteket. Ezerféleképpen tettem fel magamnak ugyanazt a kérdést, hogy biztos, hogy jó döntés-e hagyni elúszni ezt a lehetőséget, ami lehet az életben csak egyszer adódik. A válasz mindig ugyanaz volt: Alex az első. Nem kezdhetek viszonyt a legnagyobb ellenfelével. Ez nem lenne fair senkivel szemben sem. Még Jadennel szemben sem. És a családom nem azért küzdött annyit Alexért, hogy az én szánalmas, érzelgős döntésem bekavarjon a karrierjébe és esetleg kockára tegye azt. Alex volt az első, nélküle nem tudtam elképzelni az életemet. Jadennek pedig biztosan csak egy szokásos egyéjszakás kaland voltam, címlapok nélkül. Vajon emlékszik még rám egyáltalán? Nem tudom. Honnan is tudhatnám. Ahogy informálódtam a lapokból, nagyon hamar továbbállt. Nem is tudom, mit képzeltem. Ugyanolyan dilettáns nőszemély voltam mellette, mint bárki más. Képes volt előhozni belőlem azt ént, amiről nem is tudtam, hogy egyáltalán létezik bennem. Beálltam a sorba és egy lettem a sok száz nő közül, akit könnyedén az ujja köré tudott csavarni. Ezek a gondolatok mindig egyre rosszabbak voltak és hihetetlen fájdalommal töltötték el a szívem. Szánalmasnak éreztem magam és bűntudatom volt amiatt az este miatt. Hányingerem volt magamtól. Bár tudtam, hogy ha visszamehetnék a múltba, akkor sem lennék képes másként viselkedni vele, mert ott és akkor, ha csak órákra is, de boldog voltam vele. Legalább azok az órák maradjanak meg nekem, ha soha többé, semmi hasonló nem is jut nekem egész életemben. Jaden karaktere abszolút tökéletes nekem. Az elmúlt több, mint másfél évben gyakran eszembe jut a mondata, amivel a folytatásra célzott, de az eszem azt súgja, hogy nem gondolhatta komolyan a folytatást. A kisördög viszont sosem alszik. Ki tudja, mi lett volna, ha...

Tavaly, amikor Alex világbajnok lett, az egyik szemem sírt a másik nevetett. Fájt a lelkem amikor Jaden nyilatkozott. Láttam a tekintetében azt a fájdalmat, amit akkor, amikor hagytam elmenni. Nem tudom elfelejteni azt, ahogyan akkor nézett rám. Vissza akartam menni az időben és megállítani, de ez nem így működik. Az eszem azt mondja, hogy jó döntést hoztam Alexért, a családomért. És az idő engem igazolt. Mindenféle bonyodalom nélkül megmérkőzhettek egymás ellen és Alex nyert.

Londonba este 9-re érkeztem. Közben Lorenzó leírt minden instrukciót, hogyan jutok el a kórházba, ahol már várni fognak engem. A szövetség megnevezett Alex első számú orvosának, amivel teljhatalmat kaptam. Amikor megérkeztem, Lorenzóék még nem voltak ott, de a személyzet várt rám, ahol azonnal a zsilipbe vezettek, átöltöztem és az intenzív osztályra mentem.

Alex külön elszeparált szobában feküdt. Úgy tűnt, hogy csak alszik. Pár horzsolás látszódott rajta, semmi más. De ez nem csak alvás volt. Gépi lélegeztetésben részesült.

Elkértem a képalkotó felvételeket, labor eredményeket, minden addig elvégzett vizsgálatot. Szerettem volna látni, elemezni, nyomon követni az eddig történteket. Pillanatokon belül orvossá változtam és 120%-osan csak az adatokra koncentráltam.

Az eredmények átlagosak voltak, semmi kritikus adat, de ez az ő állapotában bármikor megváltozhattak volna.

Megvizsgáltam Alexet, majd nekiültem a kontroll vizsgálatok menetrendjének megtervezéséhez. Az osztályvezető odajött hozzám. Egy 50–60 közötti magas, fekete hajú, mély hangú, tapasztalt úriember volt. Megnyugtató hangnemben beszélt.

– Kedves Kollegina! Sok jót hallottunk magáról. Kísért már korábban ilyen beteget? – kérdezte.

Úgy tettem, mintha nem venném észre, hogy a fiatal koromra célozgatna.

– Az elmúlt másfél év adatait tudom önnel megosztani, mióta a saját osztályomat vezetem. Kb. 1700 koponyasérült ellátását végeztem és több, mint 5000 esetben voltam szakmai konzulens New York-ban.

A doki szeme kikerekedett a döbbenettől.

– New York-ban sokan laknak – mondtam nyugodt hangnemben.

– Mik a tervei? Meddig érdemes várni? – kérdezte. Erre a kérdésre már nem tudtam teljes lelki nyugalmat tettetni. Ezek azt hiszik, hogy vége? Kik ezek az idióták? Dehogy van vége, csak most kezdődik – gondoltam magamban.

– Betartjuk a protokollt. Ha gondolja, nyomtatok magának egyet – feleltem közönyösen.

Olyan ingerülten csattogott el a papucsában, hogy öröm volt hallgatni.

Lorenzónak igaza volt, tényleg kellettem ide.

Elkészítettem a kezelési tervet és leadtam a kéréseket időrendi sorrendbe az ápolóknak. Jeleztem, hogy minden vizsgálat és mintavétel csak az én jelenlétemben lehetséges. Minden alkalommal kérjék az aláírásomat.

Lorenzóék megérkeztek.

Kisírt szemmel Lorenzó és Sofi. Nem akartam őket sem hitegetni, sem lelombozni.

– Három nap – kezdtem – három nap kell ahhoz, hogy a képalkotó vizsgálatok érdemi eltérést mutassanak, amennyiben az állapotában nem lesz változás. Az ionokat folyamatosan ellenőrizzük. Cardiorespiratorikusan kompenzált állapotban van.

Hallgattak. Az orvosi zsargont már jól ismerték.

– Mit nyilatkozol a szövetségnek? – kérdezte Lorenzó. Lorenzó magas, 185 cm magas, mára már jócskán kikerekedett ember volt. Sűrű sötétbarna haja és borostás arca volt, kicsit habókosnak tűnhetett elsőre, de Lorenzó minden volt, csak habókos nem. Céltudatos, optimista, mazochista ember volt, aki mindig jó illatú volt.

– Az igazat. Kritikus állapotban lévő, stabil beteg, aki intenzív terápiát igényel. 3 óránként. Ahogyan a szerződés írja.

– Többet fognak várni ettől – jegyezte meg Lorenzó.

– Várhatják – forgattam a szemem.

– E.J! Légy őszinte kérlek! – Lorenzó megemelte a hangját.

E.J. Gyermekkorom óta így ismertek. Elena Jamie rövidítése. Szüleim kreatívak voltak. Több, mint 20 évük volt kitalálni egy normális nevet erre megkaptam édesanyámtól az Elenát, apámtól a Jamie-t.

– Ez az őszinte válaszom. Minden percnek, órának örülni kell. Az első 24 óra a legkritikusabb. Ha ezalatt nem kell komolyabb beavatkozást végezni, akkor egy pillanatnyi fellélegzés belefér. Gondoskodni kell a stabil állapotról és el kell kerülni egy esetleges agyoedema esetén a beékelődést. 72 óra után kontroll képalkotó.

– Ezt még hallgatni is rossz – motyogta Sofi. Sofi Lorenzó mellett egy manöken volt. Régen elmúlt ötven éves, de negyvennek sem tűnt, sosem. Alex rá hasonlított. Minden vonása gyönyörű volt és felejthetetlen.

– Ezért kezdtem azzal, hogy 3 nap – közöltem tárgyilagosan.

– És mit csináljuk mi 3 napig? – kérdezte Lorenzó.

– Mindenképp csendesíteni kell az internetet. Nyilatkozatot nem szabad kiadni. Alex ügyeit át kell szervezni.

– Lemondani? – kérdezte Lorenzó.

– Átszervezni – nyomatékosítottam. – Remélem adtam nektek három napnyi munkát.

– E.J.! Köszönjük, hogy itt vagy nekünk – simogatta meg a karom Sofi.

– Itt van rám a legnagyobb szükség, de most dolgoznom kell – sürgettem távozásukat.

– Intézzünk neked bármit, szállást vagy ruhát? – kérdezte Sofi.

– Nem kell. Intézem magamnak – nyugtattam őket. Kisebb gondotok is nagyobb annál, hogy ilyenekkel foglalkozzatok – gondoltam magamban.

– Biztos? – kérdezte Lorenzó.

– Biztos – feleltem.

Szofi még indulás előtt közelebb lépett hozzám és megigazította az orvosi köpenyem gallérját. Kisgyermekkorom óta ismerem őt, évek óta a nevelőanyám, mégsem tudom elviselni, ha hozzám ér. Egyáltalán nem esik jól senkitől a túlzott közeledés vagy a számomra indokolatlan érintés. Már megtanultam nem kimutatni a frusztrációmat, amit ilyen helyzetekben érzek. Most is tűröm és várom, hogy végre a helyére billenjen az a fránya gallér.

A saját osztályomon nem viselek köpenyt, itt is csak azért, mert rám aggatták, ugyanis ebben a kórházban így illik. És én nem akarok azonnal kitűnni a közegből, még ha különbözöm is tőlük.

– Szeretünk E.J.! – mondták együtt.

– Bontsatok meg egy üveg italt és próbáljatok meg aludni – javasoltam.

Ez a nap nagyon hosszúra sikerült. Bevitettem egy fotelt a váróból Alex szobájába és mellette virrasztottam egész éjszaka. Végig imádkoztam, hogy az ő riasztója ne csengjen.

Hajnali 5 körül éppen elbóbiskoltam, amikor jöttek vért venni. Kérték hozzá az aláírásomat, amit én megköszöntem nekik. Tisztelem azokat, akik tisztelnek engem. Erősen megkordult a gyomrom, akkor jöttem rá, hogy 16 órája semmit nem ettem. A nővérpulthoz léptem és érdeklődtem, hogyan lehetne valami ennivalóhoz jutni. Friss csapat volt, a hajnali váltás. Nagyon kedvesek voltak és tájékoztattak a büfé nyitásáról és arról, hogy van az épületben szendvics automata is.

Illedelmesen megköszöntem a tájékoztatást, majd magamhoz vettem a bankkártyámat és az automatát választottam. Vettem egy íztelen szendvicset meg egy kávét és egyedül a kihalt váróban elfogyasztottam. Visszafelé eltévedtem, ennek köszönhetően egy csokiautomatával találtam magam szemben. Elfogadta a kártyát és vettem 10 csokit.

Visszaérve a nővérpulthoz leraktam a csokikat és jó munkát kívántam nekik. Kérdezték, hogy miért kapják és én elmeséltem, hogy nálunk ez így működik. Apró ajándékokkal lepjük meg a munkatársainkat, hogy mindig érezzék, hogy fontosak. Ez nem csak egy munkahely, hanem egy második család, aki törődést igényel. Nagyon meghatódtak és elmesélték, hogy az itteni orvosok is nagyon rendesek, de ez a családias hangulat nem jellemző. Megköszönték még egyszer az ajándékomat és én visszamentem Alexhez és vártam, hogy ne riasszon a monitorja.

Gyorsabban telt el a nap, mint gondoltam. A szakdolgozóknak annyira a szívébe loptam magamat, hogy gyakran segítséget kértek tőlem más beteggel kapcsolatban is, így nem csak Alexszel foglalkoztam, hanem 12 másik emberrel is. Feloldott, megnyugtatott és motivált. Ezt okozza nekem a munka. Imádom a munkám. Este újra megjelentek Lorenzóék és be akartak menni Alexhez. Ez elméletileg tilos volt, de a szakápolók rendesek voltak és elfordultak, mintha semmiről sem tudnának.

Bezsilipeltettem és bekísértettem Alexhez őket. Én úgy tettem, mintha dolgom lenne, mert egyszerűen nem akartam ott lenni és nézni a fájdalmukat. Ők nem ezt érdemlik. Senki sem érdemli ezt.

A zsilipben vártam rájuk, ahol Lorenzo telefonja folyamatosan rezgett. Le akartam némítani, amikor láttam a hívó nevét. Mike W. Colt. Jaden apja.

Remegett a kezem. A hívás véget ért. Négy nem fogadott hívás Mike-tól. A telefon képernyőjén ez szerepel. Apa biztos nem képes vele beszélni ebben a nehéz helyzetben. Mike és Lorenzó kapcsolata a Alex és Jason gokartos évei miatt sokkal jobb volt, mint bármelyik másik versenyző szüleivel. Legutóbbi infóm szerint nincs közöttük semmilyen konfliktus. Alex mesélte, hogy Mike személyesen megkereste a világbajnoki cím megnyerése után és amikor gratulált neki, szinte felemelte, annyira magához szorította. Mike tudta, hogy Jason sosem lesz olyan tehetséges, mint a bátyja és ahelyett, hogy a Jasont folyamatosan megverő Alexszel szemben ellenségeskedett volna, mindig jó tanácsokkal látta el. Elmesélte, hogy egyes kanyarokat Jadon hogyan oldott meg korábban, és hogyan nyert a különleges taktikáival. Alex imádta hallgatni az öreget és én is. Képes volt arra, amire édesanyám, mesélve tanítani.

Újra rezgett a telefon. Mike volt.

– Halló!

– Sofi te vagy az? – kérdezte izgatottan Mike.

– Nem, E.J. vagyok – válaszoltam.

– E.J.! Drága E.J.! Jó hallani a hangod! Lorenzót próbálom elérni, de nem veszi fel nekem. Tudom, hogy nagyon ingerült lehet, de mi is azok vagyunk. Azzal is tisztában vagyok, hogy nagyon aggódik a fiáért, de én is az enyémért. Mondj valamit kérlek!

– Alex stabil állapotban van, de nem mondhatok többet – jelentettem hivatalosan.

– Miért nem? – kérdezte aggódva.

– Kötelez a titoktartás – válaszoltam.

– Te vagy az orvosa? – hallottam a meglepődést a hangjában, de nem sértett meg vele. Neki biztosan még mindig ugyanaz a 16 éves kis fruska vagyok, mint az emlékeiben.

– Igen – válaszoltam kedvesen.

– Akkor a legjobb kezekben van. Tudnál bármi bíztatót mondani? – Mike semmit sem változott. Elragadó volt és rögtön kapcsolt.

– Mike, lediktálom a telefonszámom, kb. 20. perc múlva fel tudnál hívni? Most nagyon nem alkalmas.

– Persze, Köszönöm, hogy felvetted – válaszolta.

– Ez csak természetes – mondtam.

Szüleim tágas nappalijában ültem Jasonnal, édesanyámmal és Veronicával. Ahelyett, hogy az öcsém nyári lagziját tervezné a családom és boldogan beszélgetnénk, ahelyett csendben ülünk elmélyedve a gondolatainkba. Apa folyamatosan próbálja Lorenzót elérni, de sikertelenül. És még csak hibáztatni sem lehet érte. Valószínű mindenki más is így tenne. Kinek lenne kedve a fia lehetséges gyilkosának apjával beszélni, még ha jóban is voltak eddig.

Apa gyorsan berohan a szobába tollat és papírt kér, és diktál. Egy telefonszám, mégpedig egy New York-i, a körzetszámból adódóan.

Elköszön a telefonban, majd leül mellém.

– Lorenzó nem vette fel, de E.J. felvette helyette – hadarta izgatottan.

– E.J.? – moccant meg hirtelen tesóm. Csak nem? – kérdezte izgatottan.

– De bizony. Ő a hivatalos orvosa Alexnek – válaszolta apám.

– Mit mondott? – kérdezte hevesen Jason.

– Ugyanazt, ami a hivatalos közleményben van, de megadta a számát, hogy fél óra múlva hívjam vissza – mutatta édesapám a cetlit.

– Ez akár még jót is jelenthet – lelkesedett Jason – Milyen volt a hangja? Ideges volt? – kérdezett tovább Jason.

– Nem, kifejezetten nyugodt volt – válaszolt apa.

– Felcsillant a remény, hátha mégis valahogy meghallják odafent a mi imánkat milliárdnyi ima közül – folytatta Jason.

– Ki az az E.J.? – kérdeztem.

– Nem emlékszel rá? – kérdezte Jason. Minden versenyen ott volt, amikor Alexszel gokartoztunk. Ő is sokáig versenyzett – magyarázta Jason.

– Igen. Évekig versenyzett veletek, majd más irányt választott. Miután felhagyott a versenyzéssel még évekig Alexszel tartott a versenyekre, de E.J. végül orvos lett – folytatta apám.

– Ezer éve nem láttam E.J.-t – mondta az öcsém. Tudsz valamit róla apa?

– Nem sokat. Ismered Lorenzót. Nem sokat beszél és azt is csak tőmondatokban. Lorenzó szerint okos, tehetséges és kiváló orvos lett. Nemhiába ő jött Alexhez, a szervezet bárkit le tudna szerződtetni. Bármilyen világhírű orvost ide hozathattak volna – jegyezte meg apa magabiztosan.

– Emlékszel, amikor egy esős versenyen elővette a sakk készletet, hogy ne unatkozzunk. Emlékszel papa? Hányszor is papa? – nevetett Jason.

Megváltozott a légkör. Határozottan jót tett a családunknak, hogy édesapám hívását fogadta egy számomra ismeretlen.

– 5x, mutatta apám, 5x vert meg. Ha maradt volna a versenyzésnél, tuti megvert volna mindenkit már a legelején, fejben – kuncogott kínjában édesapám.– E.J. volt az egyetlen, aki a versenyekre is könyvet hozott. Nem is értem, hogy abban a zajos forgatagban, hogy volt képes koncentrálni és olvasni. Elképesztő tulajdonságai voltak már akkor is. És versenyzőnek sem volt utolsó. Hihetetlen pályaismerete volt, amit Alex kamatoztatott – mesélte apám.

– Igen, nagyon korán jelét adta, hogy egy kis különc zseni. Alexszel rendre ugrattuk is emiatt – emlékezett vissza Jason.

– Én arra emlékszem, amikor azon a nagyon forró olasz versenyen a portugál srác összeesett. E.J. ért oda hozzá legelőször.

Azonnal tudta mit kell csinálni egy ájult emberrel – folytatta történetét apa. Különleges volt már gyereknek is, ha fiú lett volna, kvalitásai miatt igazi tehetség lett volna és biztosan marad a versenyzésnél – állapította meg apám.

– Ez az E.J. lány? – kérdeztem meglepve.

– És nem is akármilyen, ha jól sejtem – kuncogott édesanyám.

– Te is ismered? – kérdeztem édesanyám. Én miért nem ismerem? – lepődem meg.

– Akkor te már a magasabb kategóriákban voltál. Nem volt időd eljönni Jason versenyeire – jegyezte meg keserűen édesapám.

– Megpróbálom felhívni, mondta apa, azzal tárcsázni kezdett.

Felvette, mutatta apa.

Sokáig E.J. beszélt. Apa csak egy szavas válaszokat hallatott.

– Értem, persze, reméljük, igen, igen, tökéletesen egyet értek – mondta apa kisebb, nagyobb szünetekkel.

Apa is elkezdett kérdezgetni, de nem nagyon bírtam sem hallani, sem nézni a jelenetet, inkább kimentem a konyhába inni valamit.

Apa utánam jött.

– Nem adhatnám át Jadennek a telefont, csakhogy őt is meg tudd nyugtatni egy kicsit? – kérdezte apám a telefonban E.J.-t.

Hallottam, hogy a telefonban csend van és jeleztem apának, hogy ne erőltesse. Nem szeretnék bajt. Ők lehet ezer éve jóban vannak, de én egyáltalán nem ismerem és nem hiszem, hogy most fogok Alex ismerősének a szívébe belopózni.

Apa gyorsan reagált és megköszönte a tájékoztatást.

– Mit mondott? – kérdeztem.

– Voltaképp az orvosi titoktartást betartva beszélt. Elmondta, hogy a legkritikusabb 24 óra eltelt és ez mindig 50 %-ra emeli az esélyeket. A következő mérföldkőnek a 3. nap végét említette. Állítólag a 72. órában elvégzett vizsgálatok eredményeitől függ a hosszútávú kilátás. Véleménye szerint tisztán látja a dolgokat és nem bíztatni akar. Lorenzóék nagyon kikészültek, azt mondja velük nehezebb. Alex legalább csendben van – Humóránál van – tette hozzá apa. Megkért minket arra, hogy hírzárlatot tartsunk. Ne nyilatkozzon senki, ne jelenlen meg semmilyen poszt, semmilyen kép, Ha bármilyen kötelező megjelenésed van, jobb lenne áttetni és ha reklámoznod kellene valamit, azt jobb lenne módosíttatni. A csend a legfontosabb jelen esetben. Azt mondta, csak így védhetünk meg a legtovább. Ha szerencsénk van, a támadók csak akkor tudnak lecsapni, ha már minden rendben lesz és pórul járnak.

– Úgy néz ki E.J. mihelyettünk is gondolkodik – mondta Jason. Jobb is, ha nekállok az időzített hirdetések törlésének és ideje a naptárat is elővenni.

Úgy éreztem, hogy a családom nagyon hatása alá került ezeknek a híreknek. Kezdett a szín visszatérni az arcukba, öcsém teljesen fellelkesült, hogy végre feladata van, apa és anya pedig egymás kezét fogták. Hirtelen megszólalt apa telefonja.

– Igen – persze adom – válaszolta apám.

– E.J. az – nyújtotta felém apám a telefonját. – Azt mondta, mégiscsak akar veled beszélni.

Vettem egy mély sóhajt és beleszóltam.

– Helló, itt Jaden.

– Minden rendben lesz Jaden! – mondta a nyugodt hang, amit bármikor megismertem volna ezer közül is.

Megbénultam. A hang, ez az a hang. Biztos vagyok benne. Elkezdtem újra szédülni, nem hittem el, nem azt, amit hallok, hanem a hang, amit hallok. Képtelen voltam megszólalni. Nem tudom, mennyi ideig nem adtam ki hangot, másodpercek vagy percek voltak talán, de hallottam, ahogy ő egyenletesen veszi a levegőt a vonal másik oldalán. Jamie. Jamie az. E.J. nem más, mint Jamie. Forgott velem a világ. És minden kérdés hirtelen megválaszolásra került. Kis idő be telt, mire végre megszólaltam.

– Szia – suttogtam. Annyira halkan beszéltem, hogy abban sem voltam biztos, hogy meghallotta.

– Szia – mondta olyan megnyugtató és kellemes hangon, ahogy a történeteit adta elő.

Felbátorodtam. Ha bármiféle gyűlöletet érezne is velem szemben Alex miatt, akkor nem akart volna velem beszélni. Annyira felerősödött bennem az az érzés, hogy találkoznom kell vele, hogy elfelejtettem átgondolni mire készülök.

– Szeretnék odamenni, még a kórházban vagy? – kérdeztem. Olyan mély levegőt vett, hogy szinte hallani lehetett, ahogyan meggyötörtem ezzel a kérésemmel.

Persze, mire is számítottam. Ebben a tragikus helyzetben pont rám van szüksége.

Tragikus helyzet. Jamie búcsú szavai zúgtak a fejemben: „akkor találkozunk, ha valami nagyon nagy tragédia fog megtörténni." Igaza volt. És ezt a tragédiát én okoztam.

– Igen, a kórházban vagyok – mondta halkan. Este kilenctől a médiának 20 méteres biztonsági zónában kötelező elhagynia a kórház bejáratát, amit a biztonsági emberek felügyelnek. Ha autóval jössz, akkor a bejáratnál szállj ki, de valaki kísérjen el, mert az autó nem maradhat a mentőbejárónál. Csak a te nevedet engedélyeztetem a kórházba való belépésre.

Határozottan és tárgyilagosan beszélt. De engem ez már nem érdekelt, mert tudtam, hogy találkozunk. Beleegyezett, bár ez messze nem az a találkozás lesz, mint amire régóta vágyok, de most nem is ez a legnagyobb problémánk.

Letettem a telefont és tájékoztattam a családomat, hogy engem beengednek és személyesen is tudok E.J.-vel beszélni. E.J. Nagyon koncentrálnom kell, nehogy elszóljam magam, hogy én más néven ismerem. Apa ragaszkodott hozzá, hogy elkísérjen, így Frank a testőröm nem fért be a kétüléses sötétszürke sportautómba.

Édesapám mindaddig nem kérdezett semmit, amíg kettesben nem maradtunk az autóban.

– Ismeritek egymást? – kérdezte.

Csodálkozva néztem rá. Nem szerettem volna hazudni apámnak, de az igazat nem mondhattam el, mert az a mi titkunk volt Jamie-vel. Látta rajtam, hogy gondolkodok a válaszon.

– Amikor hallgattad E.J.-t olyan arcot vágtál fiam, mint aki szellemeket lát. Soha nem láttalak még ilyennek – magyarázta meg apa a kérdését.

Végül is majdnem. Csak nem láttam, hanem hallottam – gondoltam magamban. Kínomban talán még mosolyogtam is.

– Nem akarok hazudni, valóban ismerem E.J.-t. de én Jamie-nek ismertem meg – válaszoltam.

– Igen, igen. Elena Jamie. Elena az anyukája után, Jamie az apukája után – mesélte édesapám.– Nem tudták eldönteni, hogyan is nevezzék majd, Elenának vagy Jamie-nek, így ragadt rá az E.J. Lorenzó a múltban többször is mesélte, hogy E.J., vagyis ha neked jobban tetszik Jamie, – folyamatosan kihasználta mind a kettős kereszt, mind a kettős vezetéknevéből adódó bújócska lehetőségét.

– Hogy hívják pontosan? – kérdeztem.

Apukám meglepődött.

– Azt hittem, vagyis az látszott rajtad, mintha nagyon is jól ismernéd – kis szünetet tartott –, de akkor tévedtem, – vonta le a következtetést apám, miután egy ilyen triviális kérdést tettem fel.

Jól ismerem – gondoltam magamban, csak tényleg nagyon jól bújócskázik.

– Elena Jamie Giordano Potter.

Apám hangján ez volt a legszebb név, amit valaha hallottam.

Miután megérkeztünk a kórházhoz, valóban védett területen tudtam kiszállni az autóból. A biztonságiak kiváló munkát végeztek. Köszöntem a kinti szakembereknek, akik a kocsimmal voltak elfoglalva, így rám sem hederítettek. Nem számítottak rám, különben nem jutok be azonnal az épületbe.

A kórház aulájában egy portás üdvözölt és jelezte, hogy menjek vele. Beszálltunk a liftbe, majd egy sötét, alig megvilágított váróba kísért. Csend volt. Szinte észrevétlenül maradhattam ott a gondolataimmal. Jamie. Találkozni fogok vele. Izgultam, mint egy kisiskolás az első tanítási nap előtt. Bűntudatom volt, hogy az iránta érzett érzelmemből fakadó izgatottságom szinte elfojtotta az Alexszal szembeni bűntudatomat. Először csak álldogáltam, majd leültem. Végül járkálni kezdtem. Elsétáltam a folyosó olyan részéhez, ahol voltak ablakok és bámulni kezdtem az éjszaka fényét, mely a kórház ablakából is melegnek tűnt, hiszen London legyen akármilyen rideg, hideg, esős és ködös, nekem akkor is a szülővárosom marad.

Valami kizökkentett, de nem tudtam mi, csak furcsa érzésem támadt. Mintha valaki nézne.

– Szia! – hallottam meg a hangját. A szívem kalapált összeviszsza. Próbáltam nyugodt maradni, de ha csak a hangja ezt váltja ki belőlem, mi lesz később. Lassan megfordultam. Ott állt tőlem pár méterre orvosi ruhában. Neki még ez is jól áll – gondoltam magamban. A kék ruha tökéletesen passzolt a hajához és a szemeihez. Mintha egy orvosi katalógusból lépett volna elő. Vagy mintha eleve miatta lennének ilyen orvosi ruhák.

– Szia, válaszoltam. Közelebb akartam lépni hozzá, de nem mertem.

Percek teltek el. Én kínomban csak kifelé bámultam az ablakon. Egyikünk sem tudott mit mondani. Még a szokásos kínos időjárásról sem tudtunk beszélni. Pedig az két vadidegen ember között is képes hidat képezni, mi pedig egyáltalán nem vagyunk vadidegenek.

Ő volt a bátrabb, így odajött hozzám. Nagyon közel jött és belenézett a szemembe.

– Jól vagy Jaden? – kérdezte. Nem tudom most ki kérdezte ezt Jamie, az én Jamie-m vagy egy orvos.

– Nem – jött az egyszerű, őszinte válaszom. Nem tudok aludni.

– Üdv a klubban – nevette el magát. Hirtelen már mellettem állt és együtt néztünk ki az ablakon.

– Te hogy vagy? – tettem fel a világ legértelmetlenebb kérdését, de folytatni akartam a beszélgetést.

– Érzéseim jelen esetben távol állnak az ideálistól – mondta úgy, ahogy megszoktam tőle. Nem változott semmit – gondoltam magamban. Ugyanaz a nő, aki akkor is percek alatt levett a lábamról. Ha nem beszélt, csak nézett, akkor azért, ha pedig beszélt, akkor meg azért. Rabja vagyok ennek a nőnek – gondoltam magamban.

– Mikor aludtál utoljára? – kérdeztem.

– Utoljára New York-ban aludtam szombat este – válaszolta. Azóta csak dolgozom. Először az osztályomon kezdtem a munkámat, majd láttam a balesetet és tíz perc múlva hívtak, hogy induljak ide. Vasárnap este 9 óta vagyok ide bezárva, viszont megnyugtat a gondolat, hogy minden úgy történik itt, ahogyan történnie kell, a felügyeletem alatt.

– Mindenkinek szüksége van pihenésre – mondtam olyan lágyan, amennyire csak képes voltam, mert nem akartam beleszólni a dolgaiba, de aggódni aggódtam érte.

– Megkértem pár embert, hogy próbáljon meg nekem egy kiadó lakást keresni, de kevesen akarják kiadni olyannak, aki nem szeretné bemutatni a személyigazolványát. És jelen esetben kevés ember van Londonban, akinek a Giordano név nem mond semmit. Szállodába ugyanezért nem megyek. Szóval míg nem találunk egy olyan embert, akinek van egy szabad lakása a környéken és nem nézi miattad az autóversenyt itt Londonban, addig én a kórházban dekkolok.

– Én tudok valakit, aki nem kér személyigazolványt tőled.

– Tényleg? – Nézett rám hosszú idő után újra.

– Persze. Nekem jelenleg 4 üres lakásom van Londonban befektetés céljából. Az egyik elég közel a kórházhoz. Nem ígérem, hogy New York-i látképet kapsz, de azt igen, hogy nem kérek tőled személyigazolványt.

Ingatta a fejét, láttam az arcán, ahogyan vívódik, miközben döntést kell hoznia.

– Szerintem van elég gondod, nem akarok még egyet okozni.

– Ez nekem egyáltalán nem gond, örülnék neki, ha Alexszel minden rendben lenne és ahhoz egy 100%-os Jamie kell.

Újra rám nézett. A szemei csillogtak. Nagyon fáradtnak tűnt, csak most vettem észre rajta, hogy már alig állhat a lábán.

– Ha tényleg nem okoz ez neked problémát, akkor nagyon hálás lennék. Remélem nem sokáig bitorlom a lakásodat.

– Szeretnél már ma este is odamenni? – kérdeztem.

– Nem. Ma nem. Sok minden vár még ma rám. De holnap, ha minden jól megy kora este már szívesen lefürödnék meleg vízzel – nevetett kínjában. Tudom, hogy a hideg víz nagyon jót tesz az embernek, de jóból is megát a sok – mosolygott kissé fáradtan.

Arra vágytam, hogy megsimogassam és hogy magamhoz öleljem. De tudtam, hogy nem lehet. Most nem. Nem akartam semmilyen konfliktust vagy kellemetlen pillanatot közöttünk, sokkal jobban alakult a találkozás, mint amire számítottam.

– Holnap hívni foglak, kérlek vedd majd fel miss Elena Jamie Giordano Potter.

– Látom Mike és Jason kiadták a kis titkaimat – mosolygott.

– És még csak kérnem sem kellett – nevettem. A családom úgy áradozott rólad, mint a rajongók a kedvenc együttesükről.

– Sok kellemes emlék köt hozzájuk – mondta halkan.

– Őszintén remélem, hogy ezek az emlékek gyarapodni fognak – szinte már suttogtam. Minden erőmet össze kellett szednem, hogy ne hajoljak túl közel hozzá, hogy ne érintsem meg az arcát. Csak néztük egymást.

– Vigyázz magadra! – mondta.

– Az a fontos, hogy te vigyázz magadra és Alexre is! Beszálltam a liftbe és az ajtó bezárult.

Csörgettem apát, hogy jöjjön vissza a bejárathoz, addig az aulában vártam. Alig 2 perc múlva már az autóban tartottunk vissza a házunkba.

Édesapám figyelt engem, várta, hogy megszólalok-e önként, vagy sem. De a gondolataim máshol jártak, most képtelen voltam édesapám kíváncsiságával foglalkozni. Csak Jamie járt a fejemben. Segíteni akartam neki mindenben, amiben csak tudok. Elemi erővel hatott rám az érzés, hogy végre, ennyi idő után tudom ki ő. Nincs több bújócska. Kaptam az élettől még egy esélyt és azzal élnem kell. Engem nem tántorít el, hogy ő Alex nővére.

– Mire gondolsz fiam? – kérdezte apám, bár szerintem tudta. – Alex, hogy van?

Alex, úristen. Alex. Több, mint egy órát töltöttünk együtt Jamie-vel, de Alexről nem is igazán beszéltünk. Mardosott a bűntudat miatta, de tudtam, ha bármi fontos dolog lett volna, Jamie megemlítette volna.

– Az állapota változatlan, de biztos vagyok benne, hogy Jamie volt a legjobb választás erre a feladatra – mondtam határozottan. Képtelen vagyok E.J.-nek hívni. Nekem Ő Jamie marad. Az a Jamie, akit nem tudok elfelejteni, nem akarok elfelejteni és soha nem is fogok elfelejteni.

– Van pár fontos elintéznivalóm – mondtam. Jamie el szeretné került a nyilvánosságot és én felajánlottam az ötödik úti lakásomat, ugye nem baj apa? – kérdeztem.

– Fiam, már hogy lenne baj. Nagyon jól tetted. Vigyáznunk kell rá, hogy jó viszonyban maradjunk Lorenzóékkal, bárhogyan is alakul a helyzet. Tudniuk kell, hogy emberek vagyunk és úgy is kell bánnunk a családjukkal.

Apa sejt valamit. Nem véletlenül válaszolta ezt. Máskor, ha bármelyik haveromnak felajánlottam a lakásomat, azzal kezdte, hogy nem bízik bennük, és nem is ismerjük elég jól ahhoz, hogy ilyen felajánlásokat tegyek feléjük. Édesapám mindig szülőként viselkedett velem. Féltett még 30 évesen is, nehogy belekeveredjek valami balhéba. Odáig képes volt elmenni, hogy a lakásaimba házirendet írjon a vendégeim számára.

Nem hiába az apám, gondoltam magamban, valamit sejt, de nem kérdez rá.

Az autóban felhívtam a londoni gondnokomat, hogy holnap délre legyen tökéletes állapotban a lakásom és vásároljon be mindenből, ami hétköznapokhoz kell. Innivaló, ennivaló, kávé, Tisztálkodási eszközök. Egyértelműsítettem, hogy egy doktornő fog beköltözni és szigorú titoktartás vonatkozik mindenre.

Aznap este kicsit könnyebben aludtam. Elalvás előtt csak Jamie-re tudtam gondolni. A hangjára a telefonban. Akárhányszor felidézem magamban gyorsabban kezd verni a szívem. Rettegtem, hogy mi fog történni, ha találkozunk, hogyan fog rám nézni, hogyan fog velem beszélni, egyáltalán szóba áll-e velem, vagy időközben meggondolja magát és be sem fognak engedni a kórházba. Minden egyes mozzanat, ami ahhoz vezetett, hogy újra találkozhassak vele, egyre jobban felőrölt. Ezek percek voltak, de nagyon nehéz percek. Aztán jött és olyan érzés fogott el, amit nehéz szavakba önteni. Nem akart szembesíteni a tettemmel, hogy mit okoztam valójában, nem zúdította rám a családja összes haragját, ő csak felőlem érdeklődött. Az én, hogy létem érdekelte. A legmerészebb álmomban sem hittem volna, hogy ha meglát, akkor neki ez lesz a legfontosabb kérdése. De utólag kiderült, hogy igen. Márpedig, ha őt ez érdekelte, akkor ugyanazt kell érezni, mint amit én érzek iránta. Amikor felajánlottam a lakásom és elfogadta, az jóformán csendes beleegyezés volt részéről a további találkozásainkat illetően. Életemben először biztos voltam, hogy sosem veszítettem el őt. Egyszerűen csak hamarabb találkoztunk, mint ahogyan kellett volna. Csak rá gondoltam és arra, hogy holnap újra láthatom. Végre. Elővettem a józanabbik eszem és elhatároztam, hogy most nem leszek rámenős és nem állítom válaszút elé, hanem türelmesen és nyugodtan kivárom a megfelelő időt. A nekünk megfelelőt. Boldog voltam. Úgy éreztem magam, mint akkor ott, nála, mielőtt fel nem kelt a nap. Elővettem a telefonom és aznap utoljára megnéztem a képet, ami kettőnkről készül. A mellkasomra tettem és így aludtam el.

Már több, mint 50 óra telt el a baleset óta és szerencsére Alex állapotában nem történt semmilyen negatív irányú változás. Egy újabb kisebb fellélegzés. A holnap esti vizsgálatok még távolinak tűntek, de minden egyes órával közelebb és közelebb jutunk ahhoz a kritikus 72 órához.

Amikor Mike felhívott és kérte, hogy nyugtassam meg Jadent, nem akartam elutasítani, de szerencsére nem is kellett. Nem szerettem volna sem beszélni, sem találkozni Jadennel ebben a helyzetben. Nem sikerült vele lezárni a múltat és még a közelében sem jártam annak, hogy esetleg közömbösen tudjak vele viselkedni. De, amikor eszembe jutott, hogy mennyire kétségbe lehetnek esve, ha Mike megkért erre a szívességre, előtört belőlem a vágy, hogy még egyszer beszélhessek Jadennel, nagy valószínűséggel utoljára. Ha csak egy mondat erejéig. Miután rájön ki vagyok, öszszerakja a kirakóst és biztosan kinyomja a telefont. A vele töltött éjszakáról soha nem beszéltem senkinek. Nem is tudtam volna. Azt mondják, hogy érdemes a bennünket emésztő eseményeket megosztani mással, de ebben az esetben egy kártyavár dőlt volna össze és szó sem lehetett róla. Maradjanak azok a kártyák a helyükön én pedig megbirkózom az általam kreált problémákkal.

Nem sokkal a Jadennel történt este után meglátogattam Ryanékét. Monicának nagyon sok szülészeti kérdése volt és nem szerettük volna ezt telefonon megbeszélni. Boldogan mentem át és látogattam meg őket. Charlotte gyönyörűen fejlődött. Monica remekül helytállt a kezdeti nehézségek ellenére is. Ryan nagyon sokat dolgozott, nem sokat tudott érdemben segíteni, de Monica szülei minden nap a segítségükre siettek. Nagyon kellemes délutánt töltöttünk el együtt. Monica aggályait sikerült szertefoszlatnom és megnyugtattam, hogy minden rendben zajlik körülötte. Minden, amiket megél, természetes folyamatok. Éreztem, ahogy kövek zúdultak le a válláról, annyira bizonytalan volt saját magával kapcsolatban. A nappaliban ültünk, melyről minden ismeretlen meg tudta volna állapítani, hogy újszülött babás család házába lépett be. A házat babaillat árasztotta el. A bútorok világosak voltak és puha, bababarát szövettel fedettek. A falak tele aggatva Charlotte babafotóival és ha még ennek ellenére is kérdések vetülnének fel a látogatóban, hogy hol is jár, arra ott voltak a csörgők és a cumisüvegek szerte szét a padlón.

– Minden újdonsült anyuka kezdő, ugyanúgy, mint ahogyan a gyerekek a járást vagy a biciklizést, ugyanúgy a minden anyuka a nulláról kezdi az anyaságot – magyaráztam neki.– Rengeteg biztatás, támogatás és segítség kell mindegyikhez, hogy sikerüljön ezek jól csinálni – folytattam. Senki sem úgy születik, hogy ezeket magától azonnal jól tudja. Rengeteg eséssel, borulással és sírással tűzdelt az út, ami a célig vezet.

– Olyan jól esik hallani a véleményed Jamie! – ezeket mindennap szívesen hallanám tőled – jegyezte meg Monica.

– Egy idő után elég unalmas lenne – viccelődtem.

– Annyira hálás vagyok neked Jamie, amiért eljöttél ma hozzánk. Nem is tudod, hogy a szavaid mennyit segítettek nekem. Végre nem azt érzem, hogy rossza anya vagyok.

– Monica, hidd el, te nem vagy rossza anya, és biztosíthatlak róla, hogy te képtelen lennél annak lenni – bíztattam.

– Köszönöm – hálálkodott.

– Sziasztok! – köszönt be Ryan.

– Hazaértél drágám? De jó! Ez a nap egyre csak jobb lesz – mondta Monica és Ryanhez rohant megölelni.

– Miről maradtam le? – kérdezte Ryan meglepetten.

– Jamie eljött és megváltoztatta a világomat. Végre tudom, hogy mindent jól csinálok – mesélte Monica.

– Akkor az, hogy én ezt naponta ezerszer elmondom neked, úgy tűnik nem elég – viccelődött Ryan. – Jamie, úgy tűnik jöhetnél többet is mert Monica hetek óta nem ugrott így a nyakamba.

– Eddig is volt két jó okom idejönni, most, hogy három van, mindenképp többször jövök! – ígértem meg.

– Várunk szeretettel – mondta Ryan.

Charlotte felkelt és Monica elvonult. Ryannel kettesben maradtunk. Forró nyári napon a teraszon jegesteát ittunk. Ryan kicsit furcsának tűnt, de gondoltam neki sem lehet könnyebb ez az időszak, mint Monicának.

– Hogy vagy? – kérdeztem.

– Én jól. Köszönhetően annak, hogy a saját boldogságom érdekében megfelelő döntéseket hozok, ami a családomnak is megfelelő. Ellentétben veled.

Hidegzuhany. Nem tudom, mit tudhatott Ryan, lehet Jaden dühében mindent elmondott neki? De mi van, ha nem? Mi van, ha csak pont beletrafált?

Vártam, ennyiből még semmi nem derült ki számomra és nem akartam bonyolítani a dolgot.

– Nem áldozhatod fel a saját boldogságodat Alex sikeréért – tette hozzá. Egy életed van Jamie és azt magaddal és a döntéseid következményével kell leélned. De persze, ha neked ez így rendben van, akkor szeretnélek megdicsérni. Ügyes vagy Jamie!

Ha eddig nem tudtam volna eldönteni, hogy miről is beszél Ryan, akkor most egyértelművé tette. Ő azt akarta, hogy Jadennel együtt legyünk. Ezért írta a cetlit, presszionálva engem, hogy ha valóban a barátomnak tartom, akkor hallgatok rá és megteszem, amit kér tőlem. Ez esetben, hogy ne küldjem el Jadent. Nem is küldtem el. És mi lett belőle? Szenvedés, szenvedés, szenvedés. Ezzel azonban még mindig jobban együtt tudok élni, mint azzal, hogy kockára teszem Alex eddigi munkáját, a szüleink eddigi fáradozását. Mégis milyen karácsonyok, milyen szülinapok lettek volna azok? Biztos voltam benne, hogy a vége az lett volna, hogy elveszítem a családomat újra. És én ezt nem akartam.

– Köszönöm, hogy megosztottad a gondolataidat – mondtam.

– Ne gúnyolódj Jamie! Nem áll jól neked – mondta dühösen Ryan.

– Nem gúnynak szántam. Egyszerűen csak megköszöntem, hogy elmondtad az őszinte véleményedet. Egy barát nem kertel, nem habozik, nem hazudik. Tisztellek és örülök, hogy a barátom vagy – mondtam.

Ryan felém nézett, méricskélt egy darabig és tudta, hogy ennyi. Belőlem semmit nem szed ki, tőlem soha nem fog megtudni semmit. Bár lehet, hogy mindent tud.

– Ne haragudj, de el kellett mondanom neked, amit ezzel kapcsolatban érzek. Én csak azt akarom, hogy boldog életed legyen, amit megérdemelsz – magyarázkodott.

Ryanre néztem és odanyújtottam a kezem, amit ő megfogott és erősen, de fájdalmatlanul megszorított. Kedveltem Ryant és nem áldoztam volna fel a barátságunkat azért, amit mondott. Még csak nem is haragudtam rá, mert bizonyos értelemben tökéletesen igaza volt.

Soha többé nem hozta fel a témát és még csak Jaden neve sem hangzott el sem Monica, sem Ryan szájából előttem. Ígéretemet betartva, minden hónapban találkoztam velük. A viszonyunk nemhogy romlott volna, egyre erősebbé vált. Azt mondják, ha az embernek gyermeke lesz és megváltozik az élete, akkor lemorzsolódnak a felszínes kapcsolatok. A miénk bizonyította, hogy nem felszínes és soha nem is lesz az.

Délután egy körül hívott egy idegen szám, londoni hívószám, megdobbant a szívem.

Felvettem és Jaden szólt a telefonba.

– Szia! Elkészült a lakás, este mikor mehetünk érted?

Nagyon magabiztos volt, semmi tétovaság. Jaden általában mindig nehezen kezdett bele a beszélgetésbe, de most nyugodt volt és ez engem is megnyugtatott.

– Este 6 megfelel? – kérdeztem vissza.

– Igen. Este 6.

– Szia!

– Szia!

Nem is kérdezett semmit mást, szinte közömbös volt. Én ezt nem értem. Vagy én értettem félre minden eddigi jelzését vagy a legnagyobb színész a világon. Nem volt jó érzésem.

Öt perc múlva újra csöngött a telefonom. Jaden volt az, újra.

– Szia! Ne haragudj, hogy az előbb annyira gyorsan letettem, de aluljáróban voltam és alig hallottam valamit, semmi térerő nem volt – magyarázkodott. – Hogy vagy?

– Köszönöm jól. Eddig minden a tervek szerint alakul. Mondtad, hogy a kórházból jöttél amikor a hívást kaptad, ugye jól emlékszem? – kérdezte.

– Igen, miért? – kérdeztem meglepődve.

– Akkor jó. Csak szólni akartam, hogy meg ne lepődj, de öcsém menyasszonyát, Veronicát ráállítottam, hogy vegyen neked minden fontosabb ruhát, amire itt a napsütéséről híres Londonban szükséged lehet – kuncogott, miközben beszélt.

Hiányzott ez a kuncogás.

– Esőkabát? – kérdeztem nevetve. Nem kell nektek ilyennel foglalkozni, majd én intézem magamnak, nagylány vagyok – tettem hozzá.

– Tisztában vagyok vele, de te koncentrálj a saját feladatodra és legalább Veronica is hasznosnak érzi magát – jegyezte meg Jaden.

– De nem kell sok minden, remélem nem kell sokáig itt maradnom.

– Attól még, hogy Alex felépül, nyugodtan maradhatnál – hagyta nyitva a mondatot.

– Jaden! Nézz már körül légyszíves, esik! Mégis ki akar itt hosszabb távon maradni? – kérdeztem szinte nevetve.

– Erre nincs frappáns válaszom és őszintén megmondom, hogy tökéletesen együtt érzek édesapáddal, hogy lelépett Olaszországba. Ha lehetőségem lesz rá, megyek én is – kuncogott.

– Ahhoz először is találkoznod kellene egy olasz nővel.

– A nő már megvan, évek óta, csak még nem hívott el Olaszországba. Várat – kuncogott tovább.

– Biztos nagyon jó oka van rá – mondtam nevetve.

– Az, hogy kicsit megütötte magát az öccse miattam, az elég jó ok? – kérdezte félve.

– Kicsit? – kérdeztem csípősen. Minden viszonyítás kérdése. Egy atombombához képest valóban semmiség.

– Köszönöm, hogy így látod, megnyugtat, hogy más is így látja – gúnyolódott tovább.

– Jaden! – szóltam rá, mint a szófogadatlan kisfiúra.

– Jól van, ne haragudj. Még egy kérdés.

– Nem hívlak el Olaszországba – mondtam gyorsan.

– Pontosítsunk, légyszíves, még nem hívsz el Olaszországba – de már nevetett.

– Jaden! – de már én is nevettem a gyermekded játékosságán.

– A kérdésem az az, hogy hányas cipőt hordasz? Azt tudom, hogy melyik márkát szereted, de a méretet nem tudom pontosan.

– 38.

– Rendben köszönöm. Este megyünk. Vigyázz magadra!

– Te is!

A nővéreket megkértem, hogy segítsenek tapasztalataikkal egy rapid ruhatisztítót találni a közelben, ahol gyorsan elkészítik az egyetlen utcán is viselhető ruha szettemet, majd egyikük a kedvemért feláldozta az ebédidejét és egy drogériából hajápolási termékek biztosított nekem. Úgy éreztem nem találkozhatok Mike-ékkal ebben az állapotomban, hiszen jelen megjelenésem megközelítette egy régi, használt mosogatórongy szintjét.

Az este 6 óra nagyon közeledett és úgy izgultam, mint az iskolás gyermek az osztálykirándulások előtt. Szerencsére, mind a hajamat, mind a ruhámat sikerült rendbe hozni az érkezésük előtt. Bár nem lett tökéletes, de annál, ahogy reggel néztem ki, mindenképp jobb – állapítottam meg a tükörben vizslatva magam. A londoni köd és eső csak segít rajtam, rosszabbak a látási viszonyok – nevettem gondolataimon. Ez lehet London igazi varázsa. Megfelelő látási viszonyok között bárki rátalálhat az igazira.

Édesapámék egy rendezvényen ismerkedtek meg egymással. Édesanyám keresztapja egy autógyártó cég vezérigazgatója volt, ahol az édesapám a cég egyik mérnökeként dolgozott. Anyukám szülei korán meghaltak, a keresztapja vette gyámság alá, szinte sajátjaként nevelte fel. Anya mindig is a tanári hivatást tartotta álmai munkájának. Keresztapja próbálta a mérnöki munka irányába terelni, de édesanyám tántoríthatatlan volt. Még javában a főiskolára járt, amikor a rendezvényen összeismerkedett az egyik legígéretesebb fiatal mérnökkel, édesapámmal. Találkozásukról mindketten úgy meséltek, mintha az ég is így akarta volna. Édesapám szerelemről beszélt első látásra, és én gyermekként imádtam hallgatni találkozásuk történetét. Kicsit mindig változtattak rajta, kicsit mindig színesebb lett a történet, de a lényegen nem változtatott, hogy a vége mindig ugyanaz volt: boldogan éltek, míg meg nem haltak. Ez így is történt. Ha rájuk gondolok, mindig könnyes lesz a szemem. Vannak sebek, amit csak részben tud az idő meggyógyítani. Hiányuk a mai napig pótolhatatlan, de nem vagyok elégedetlen, nem is lehetek. Lorenzóék csodálatos emberek, csak ők nem a szüleim.

Mike csörgetett, hogy lent várnak. Indultam. Lassan mentem, nem akartam, hogy tudják, már percek óta várok rájuk.

Mike kiszállt az anyósülésről és betessékelt. Ellenkezni akartam, hogy nekem tökéletes hátul is, de ragaszkodott, hogy üljek előre, majd ő hátra ül. Jaden vezetett, hátul pedig Jason ült az apja mellett.

Kellemes csevejbe kezdtünk. Láthatólag mindenki jól érezte magát. Jasonnel szoros múltunk volt, így ő átvette a beszélgetés irányítását. Nagyon választékosan és gyorsan beszélt. Igazi férfivá vált. Mike is bekapcsolódott. Felidéztünk pár régi emléket és konstatáltuk, hogy olyan, mintha tegnap találkoztunk volna.

Jaden nem nagyon szólalt meg. Ezzel egyértelművé tette számomra, hogy a családja nem tud semmit velünk kapcsolatban. Jelenleg úgy teszünk, mintha csak nemrég ismerkedtünk volna össze. Értettem és ez nekem tökéletesen megfelelt.

A lakás valóban nem volt messze, talán gyalog 25 perc – gondoltam magamban.

Egy magas, újépítésű lakótömb legfelső lakásába mentünk, aminek hatalmas terasza volt. Illet Jadenhez ez a lakás, nagy, tágas, modern, igényes felszerelésekkel. A fekete és a fehér színek domináltak, csak egy-két kiegészítő volt valóban színes. A párnák a kanapén és a váza, melyben művirág volt. Semmilyen személyes tárgy nem utalt arra, hogy kié a lakás, szóval feltételeztem, hogy itt én leszek az első lakó.

Leültünk a konyhapult köré és kávét, illetve teát ittunk. Egyre több emléket idéztünk vissza és egyre többet ugrattuk egymást a múltban történtek miatt. Kis idő múlva Mike szólt, hogy ideje távozni és Jasonnal elmentek. Jaden maradt. Tekintettel arra, hogy csak alig-alig kapcsolódott be a beszélgetésbe, nem nagyon értettem, hogy hogyan is érhette el Mike-éknál, hogy ő maradjon. Annyira viszont nem voltam bátor, hogy rákérdezzek. Mindenesetre, ha a fiúk bármit is tudnak, akkor Oscar-díjat érdemelnek a színészi alakításukért, mert egy pillanatra sem árulták el magukat.

– Hogy tetszik? – kérdezte.

– Tökéletes, de ennél sokkal kisebb lakás is megfelelt volna.

– Ez volt a legközelebb, hogyha hirtelen menned kellene, a forgalom se tudjon megakadályozni. Bár remélem soha nem lesz rá szükséged – tette hozzá.

– Reméljük nem – mondtam halkan.

– Jamie! – már a hanglejtésének változásából tudtam, mit szeretne kérdezni.

– Igen? – kérdeztem halkan.

– Beszélnünk kellene – a hangja nagyon lágy volt és annak ellenére is nyugtató, hogy tudtam, miről akar beszélni.

Nem sokat várt, pedig próbáltam minél később megélni ezt a kínos és elkerülhetetlen beszélgetést.

– Tudom – mondtam. Nem tettem úgy, mintha nem érteném miről beszél, mert én is ott voltam, ami történt, velünk történt. A közösen töltött éjszakánk óta többször végig gondoltam, mit tennék, ha újra találkoznánk, de csak az én érzéseimmel voltam tisztában, az övével nem. Tartottam a legrosszabbtól.

– Megbántad? – kérdezte. A hangja szinte elcsuklott.

Felé fordultam és figyeltem azt a férfit, akit minden nap néznék egész életemben. Akkor is, ha majd mélyebbek lesznek a ráncai, akkor is, ha majd őszül a haja és nem tudtam neki hazudni.

– Nem – feleltem.

– Akkor segíts megértenem, hogy miért? – nem fejezte be a mondatot.

– Az életemben van egy meghatározott fontossági sorrend – szünetet tartottam, képtelen lettem volna ezt tovább magyarázni neki.

– Alex? – kérdezte.

Bólintottam. Nem értettem, miért erőlteti ennyire ezt a beszélgetést. Sokkal szívesebben álltam volna csak vele szemben. Hallgatni, ahogyan a levegőt veszi, nézni, ahogyan a kezeivel játszadozik. Neki viszont más tervei voltak. Csendben álldogált, láttam rajta, hogy kérdezni akar, de végül nem szólalt meg.

– Nagyon fáradt vagyok. Nem folytathatnánk ez a beszélgetést később? – törtem meg a csendet.

– Szerintem mindent megbeszéltünk. A hangja nagyon határozott volt és a tekintete, ahogy rám nézett... Láttam már ezt a tekintetet, igaz nem Jadentől, de már láttam. Mérhetetlen dühöt érez és most itt fog hagyni. Ha papírforma szerint alakul, akkor soha többé nem látom. Ugyanezt a tekintetet láttam mindkét férfi szemében, amikor a lánykérésükre nemmel válaszoltam. Kínomban felsóhajtottam, ahogy az emlékek átsuhantak rajtam. Végre lezárul az, aminek esélyt sem adtam, hogy elkezdődjön.

– Mennem kell – jelentette ki.

Bólintottam. Tehát a történelem ismétli önmagát – gondoltam magamban. Bár nem hiszem, hogy most el fog időzni az ajtónál. Nem is tette, igaz, az ajtót most nem hangosan csapta be.

Egyedül maradtam a vadidegen rideg lakásban. Semmi nem emlékeztetett Jadenre, szerintem ma járt itt először és, amíg én itt leszek, addig biztosan utoljára is.

Elpakoltam a csészéket, majd kipakoltam a cuccaimat. Nem sok mindent hoztam magammal, csak a legfontosabbakat. A telefont feltettem töltőre és végre vettem egy forró zuhanyt. A fürdés után kinyitottam a szekrényt, felkacagtam. Veronica

121

kitett magáért. Volt a szekrényben minden. Ruhák, pólók, nadrágok, divatos és kényelmes alsóneműk. 2 db cipő, 38-as, tökéletes – gondoltam. Kiválasztottam egy kényelmesnek tűnő nadrágot, egy fehér pólót és befeküdtem az ágyba. Másnap csak 9-re kellett bemennem, több mint 12 óra állt előttem, csak alvásra. Holnap új ember leszek – állapítottam meg magamban. Az elalvást nehezítette a gondolat, hogy ma láttam utoljára Jadent és most már biztos lehetek benne, hogy a mi történetünk végére vessző helyett pont került. Mióta kiment a lakásom ajtaján, azóta bíztam benne, hogy egyszer még összesodor minket a szél az életben és esélyt adhatunk egymásnak. Emlékszem voltak nagyon nehéz időszakok a munkahelyemen, amikor kineveztek vezetőnek. Éjt nappallá téve dolgoztam. Építettem a csapatomat és az elődöm hibáit próbáltam kijavítani úgy, hogy én ne hibázzak. A vezetőség folyamatosan elvárta az osztályunktól az oktatás magas színvonalát és a megadott számban tudományos cikkeket is biztosítanom kellett, hogy a pozíciómban maradjak. Hónapokba telt, mire kiismertem a csapatom tagjait és felmértem ki, miben a legjobb. Időközben több szakkönyvet is átolvastam, hogyan lehetne könnyebb az életem. Hogyan tudnám arra motiválni az embereimet, amiben a legjobbak úgy, hogy ők is azt akarják és ne azzal foglalkozzon, amit nagyon szeretnének, de kevésbé jók az adott feladatkörben. Az első fél évben szinte minden második nap bent aludtam a kórházban a temérdek tennivaló miatt. A legkritikusabb héten 6 alkalommal is. Idegen helyen mindig rosszul aludtam, így ezeket a bent töltött éjszakákat nem is lehetett alvásnak nevezni. Ha nem akartam őrölni a lelkemet a munkával és azzal, ki milyen akadályt fog másnap elém gurítani, elővettem a másik nagy megoldatlan problémámat és újra és újra visszaidéztem a Jadennel töltött éjszaka emlékeit. Azt szerettem volna, ha soha nem felejtem el. Ahogy ezen gondolkodtam, könny csorgott végig az arcomon, mert tudtam, hogy hiába ragaszkodok az emlékeimhez, ennek már sosem lesz folytatása. El kell engednem az ábrándot arról, hogy majd egyszer, később, majd ideális esetben folytathatjuk. A gondolataim sírásra késztettek.

Az elmúlt napok minden fájdalmától egyszerre próbált a szervezetem megszabadulni, zokogni kezdtem. Minden Jadennel kapcsolatos elfojtott érzésem felszínre tört, majd a fájdalmat felváltotta a megkönnyebbülés érzése. Ennél mélyebbre már nem kerülhetek. Alex kómában, Jadennel pedig vége.

Már aludtam, amikor pittyent a telefonom. Nagyon hangosra volt állítva, hogyha a kórház hívna, még a legmélyebb álmomból is felkeltsen, de ez nem hívás volt, csak egy pittyenés.

Félálmomban elbotorkáltam a telefonomhoz és feloldottam a billentyűzárat. Üzenet Jadentől. Alig több, mint egy napja van beírva a neve a telefonomba, de valószínűleg ez lesz az utolsó pittyegés tőle. Számítottam rá, hogy nem lesz életem legszívélyesebb üzenete, de mivel éppen kisírtam magam miatta, gondoltam legyünk rajta túl és megnyitottam. Meglepődtem, hogy nem írásos üzenet volt, csak egy kép. A kép lassan töltött be. Megnyitottam. Egy kép volt kettőnkről, ahogyan beszélgetünk azon a bizonyos partin. Nem tudtam, hogy volt fotós is, azt meg pláne nem, hogy rólunk készült fotó. Ryan nem véletlenül szólt be. Bizonyára tőle van ez a fotó és a képen 2 boldogságtól viruló ember látható. Régen volt – zártam le magamban és bezártam a képet. Mire visszaértem az ágyhoz újabb pittyenést hallottam. Nem értettem mit akarhat. Ennél már végképp nem lehet rosszabb – gondoltam.

– Mit csinálsz? – írta.

– Szenvedek – válaszoltam.

– Én is.

– Akkor miért mentél el?

– Nem kellett volna?

– Nem. Azóta minden csak rosszabb.

– Alig telt el 2 óra...

– Az a 2 óra lassan már 2 év.

Nem válaszolt semmit. Többször el kezdett írni, de végül percek múlva sem érkezett válasz. Azzal, hogy végre legalább leírhattam mit is érzek valójában, még jobban megkönnyebbültem, mint a sírás által. Már csak egy lezáratlan ügyem van és a meccs Alexért holnap folytatódik. Bebújtam az ágyba, de nem sikerült visszaaludnom, csak forgolódtam. Egy kis idő után kimentem a konyhába és megnéztem van-e valami harapnivaló. A hűtő tele volt mindenféle finomsággal és limonádéval. Látom nem csak én pörgettem át a részleteket több ezerszer a fejemben – gondoltam magamban. Kinyitottam a poharas polcot és egy pillanatra megálltam a mozdulatsorban. Minőségi üvegnek kinéző műanyag poharak sorakoztak a polcon. Ekkor már mosolyogtam magamban. Hogy lehet egy férfi ennyire tökéletes? – tettem fel a kérdést. Még az is előfordulhat, hogy ki is mondtam hangosan? Nem tudtam volna megmondani. Kitöltöttem a limonádét és jóízűen megittam.

Telefoncsörgés zavart meg. A szívem vadul verni kezdett, a telefonhoz futottam, mert ez csak egyet jelenthetett, hogy Alexszel történt valami. Tévedtem. Jaden hívott. Felvettem.

– És ha harmadjára nem hagylak ott? – kérdezte, mintha suttogna.

– Mit szeretnél, mit mondjak?

– Azt, amit valóban gondolsz.

– Nem tudom megígérni.– mondtam, miközben majdnem sírtam.

– Mit? – kérdezte aggódva.

– Hogy tudok úgy viselkedni, hogy ne akarj elmenni.

– Egyszer sem akartam elmenni.

– Mégis megtetted.

Csend.

Csak a légvételét lehetett hallani a telefonban.

– Itt állok a lakás ajtaja előtt és be szeretnék menni.

Erre aztán végképp nem voltam felkészülve.

– Jaden, mit szeretnél? – kérdeztem újra, miközben reménykedtem a válaszában.

– Csak, hogy engedj be.

Odasétáltam az ajtóhoz, és kinyitottam. Ott áll az ajtó előtt és mosolygott. Annyira helyes, annyira vonzó, de én nyugodt maradtam.

– Fáradjon be – mondtam. Bár nem készültem vendégfogadásra az éjszaka közepén, de a lakás tulaja telerakta a hűtőt és a fiókokat mindenféle finomsággal, szóval tessék, csak nyugodtan, ha tetszik.

Elhaladt mellettem és csak nevetni tudott.

– Jó fej a tulaj.

– Igen az. Csak szenved a káros szenvedélyeitől.

– Olyanja is van?

– Persze. A sebesség. Állandóan siet – mondjuk ezt már nem tudtam komoly képpel előadni és elnevettem magam.

Ott álltunk ketten, újra egymással szemen. Már nem az az ember nézett rám, mint pár órája.

– Tudom, hogy csak most ismerkedtünk meg az ajtóban, de nagyon korai lenne egy ölelés? – kérdezte, folytatva a játékomat.

– Visszább az agarakkal úriember! De mindegy volt mit mondok, mert indult felém. Megállt velem szemben, nem volt zavarban, magabiztosnak tűnt, mit is szeretne. Jobb kezével hátrasimította a hajam, majd mindkét kezével megsimított a vállamtól a kezeimig, míg azok összekulcsolódtak az övéivel. Pillanatok alatt történt minden. A kezeimet a hátam mögé helyezte, így finoman magához ölelt. Kedves volt és nagyon bátor. Én a vállára borítottam a fejem és ő még szorosabban ölelt magához. Percek teltek el, nagyon sok perc telt el így. Boldog voltam. Nagyon hosszú idő után újra boldog voltam. A szívem kalapált és hallottam, hogy az övé szintén hasonlóan dübörög.

– Ha lehetne, örökre így maradnék – szólalt meg végül szinte suttogva.

– Itt maradsz aludni? – kérdeztem.

– Csak aludni? – kérdezte incselkedve.

– Na de uram! – tértem vissza a szerepemhez.

– Tudom, tudom, alig ismerjük egymást pár perce – folytatta ő is.

Bementünk a hálóba, és befeküdtünk az ágyba. Szorosan egymásba fonódva ölelkeztünk. Kaptam tőle egy-egy puszit az arcomra, hajamra, fülemre, nyakamra.

– Aludjunk – kérleltem halkan.

– Bárcsak olyan egyszerű lenne – sóhajtott mélyen.

Nem tettem úgy, mintha nem érteném meg a vágyait, hisz legalább ugyanannyira kívántam őt, mint ő engem.

– Egy kis időt kérek még – mondtam.

– Tudom és nem is foglak siettetni – simogatott meg, miközben megnyugtatóan beszélt hozzám.

Jaden mellett pihenni olyan volt, mintha valami álomban lennék. A legszebb álomban. Olyan erővel vonzott magához, hogy esélyem sem volt elmenekülni előle. A legszerencsésebb, leggazdagabb, és legboldogabb nőnek éreztem magam a világon. Teljesen mindegy hol vagyok, ha itt van mellettem minden más. Minden csodálatos. Képes az összes negatív érzésemet azonnal megváltoztatni, segít átlendülni és nehéz helyzetben is jól érzem magam mellette. Soha nem akarom, hogy elmenjen, soha nem akarok nélküle semmit sem csinálni.

– Köszönöm. Amúgy igazán megleptél – mondtam félve.

– Azzal, hogy ide jöttem? – kérdezte.

– Azzal is, de nem erre gondoltam – mondtam.

– Mire gondoltál? – kérdezte.

– Azt hittem, hogy ha meghallod a hangom, le fogod tenni a telefont – mondtam lassan.

– Miért tettem volna le? Az elmúlt félévben semmi sem történt velem, ami annyira boldoggá tett volna, mint a te hangod tegnap a telefonban – magyarázta. Vicces – folytatta, én pedig végig azt hittem, hogy meggondolod magad és be sem fognak engedni a kórházba.

– Sosem tennék veled ilyet. Semmilyen okot nem adtál rá – mondtam.

– Köszönöm, hogy beengedtél a lakásba – mondta.

– Örülök, hogy most visszajöttél.

A keze simogatni kezdte az enyémet, majd egyre közelebb és közelebb húzott magához, míg össze nem ért az arcunk. Boldog voltam, hogy mellettem van, biztonságban éreztem magam. Kissé megemeltem a fejem majd fölé hajoltam. Aznap még egyszer utoljára nézni akartam őt. Elkezdtem simogatni az arcát, a száját, majd lassan, finoman megcsókoltam. Újra és újra. A kezével bátortalanul simogatni kezdett majd szorosan magára húzott és ő is megcsókolt. A szívem egyre hevesebben vert, mámorító érzés kerített hatalmába. A mozdulatai, a csókjai megrészegítettek. Minden erőmet összeszedve, szembe menve a vágyaimmal abbahagytam a kezdeményezést és a mellkasára feküdtem pihenni. Hallottam, hogy a szíve vadul vert, szinte dörömbölt. Elkezdte lassan simogatni a hátam majd szépen lassan a szívverése is lehalkult, majd lelassult. Rengeteg érzés és gondolat kavargott a fejemben. Az elmúlt pár órában egyszerre veszítettem el, majd szereztem vissza őt. Remélem ez utóbbi most már örökké tartani fog. Hallottam, ahogy hangosabban kezd el szuszogni, szépen, egyenletesen. Elaludt, konstatáltam. Az elmúlt napok történései mindkettőnkre rendkívüli hatással voltak. Örömmel töltött el, hogy végre alszik. Boldog voltam és elégedett. Ennek tudatában könnyű volt édes álomba szenderülni.

Reggel magamtól keltem fel, végre kipihenten. Oldalra néztem, Jaden még aludt. Mélyen aludt. Alig mozdultunk az éjszaka, szinte ugyanabban a pozícióban keltem, mint, ahogy elaludtunk. Lassan, óvatosan kikeltem az ágyból, nehogy felkeltsem. A konyhába mentem megkeresni a telefonom, majd láttam, hogy alig múlt 7 óra. Halkan elkészültem a fürdőszobában, majd visszanéztem a hálószobába, ahol Jaden még mindig békésen aludt. Nem volt szívem felkelteni, így visszamentem hozzá és megpusziltam. Soha nem szerettem még senkit így, mint őt. Bűntudat nélkül, őszintén. Szinte alig ismerem, mégis olyan vele, amit semmi másra nem cserélnék.

Gyalog kevesebb, mint 20 percnyire volt a kórház. Gyors zsilipelés után odasétáltam a nővérpulthoz és Alex után érdeklődtem. Az elmúlt napokban elegendő időt töltöttem a nővérek társaságában, hogy kezdtünk összebarátkozni. Felkészülten várták a kérdéseimet, szinte végig sem hallgatták a mondataim, azonnal válaszoltak rájuk.

– Köszönöm. Úgy látom egyszerre nagyszerű és profi emberekkel vagyok körülvéve – mondtam kedvesen.

Mosollyal fogadták a dicséretemet.

Csacsogtak kicsit a különböző pletykákról, amibe én is kicsit beszálltam. Hozzátéve pár hazai pletykát, amik őket is érdekelhetik. Sosem szerettem ezeket a híreket sem hallani, sem továbbadni, de elfogadtam, hogy a jelenlegi társadalomban a kisebbséghez tartozom így alkalmazkodtam. Miután minden fontos adatot megtudtam Alexről és a helyi kórház alfahímeiről, illetve azok legújabb áldozataikról, bementem Alexhez. Még mindig változatlan állapotban feküdt. Éppen a reggeli gyógytornász volt bent nála. Napi 3 gyógytornát és 3 masszázst rendeltem el neki. Profi sportolóként sokkal több törődést igényeltek az izmai és ízületei. Minderre azért volt szükség, hogy ha magához térne és a körülmények kedvezőnek mutatkoznának, akkor hamar rehabilitálódni tudjon. Az intravénás táplálása is speciálisan lett kialakítva, személyre szabottan az ő igényeihez mérten. Egy ilyen típusú beteg esetén óriási előny, ha minden fontos információ adott, hogy tökéletes ellátásban részesüljön. Mindez természetesen hiába, ha a csoda nem jön el. De ilyen nem lesz. Alex meg fogja csinálni! Ma délután végezzük a kontroll képalkotókat, azok eredménye megjósolja a jövőt.

Visszamentem a nővérekhez és az internetről rendeltem egy nagy doboz színes, vegyesízű fánkkollekciót délre. A szénhidrát a barátunk ezeken a megterhelő napokon – gondoltam magamban. A saját osztályomon is bevett szokásom volt a fánk ajándékozása. A fánk mindenki barátja, senki sem mond neki nemet. Jó kedvem volt, indokolatlan jó kedvem.

Egyedül ébredtem az ágyban. Nem tudom, hány óra lehetett. Felültem, kinyújtózkodtam. Kimentem a konyhába, de sehonnan sem hallottam zajokat. A telefonomhoz nyúltam, délelőtt tizenegy elmúlt. Megdöbbentem. Még akkor sem aludtam eddig, ha hajnali ötig tartó rendezvény után feküdtem le aludni. Az alvás nagyon jól esett. Végre hosszú idő után teljes lelki békével tudtam elaludni és nem csak Jamie képét szorítottam a mellkasomhoz, hanem magát Jamie-t. Végre. Boldog voltam, a szívemben béke volt és tudtam, hogy ez a viszony közöttünk végérvényesen eldőlt. Pontosan ugyanazt akarjuk. Nekem csak egy feladatom van, türelmesnek lenni és akkor talán örökre együtt maradunk. Jókedvűen oldottam fel a telefonomat, majd láttam, hogy édesapám nyolcszor hívott. Reggel 7 óta próbált elérni. Gyorsan visszahívtam.

– Szia!

– Fiam, már az idegbaj kerülgetett, hol vagy?

– Bocsi apa, csak most ébredtem fel, egyből hívtalak – mondtam még álmos hangon.

– Most? Soha nem alszol eddig! Már lerágtam a körmeimet, anyádnak nem is mertem szólni, hogy nem tudok rólad semmit. Azt hazudtam, hogy itthon aludtál és már edzeni mentél egyedül.

– Ne izgulj apa, minden rendben, csak végre kialudtam magam – próbáltam nyugtatni.

– Rendben. Megnyugodtam. Csak tudod, féltelek, most nehéz napokat élünk meg, mindannyian.

– Tudom apa és köszönöm, hogy mellettem vagytok és hogy mindig számíthatok rátok, de most tényleg nem kell miattam aggódnod! Összeszedem magam és megyek hozzátok!

– Várunk!

– Szia apa!

– Szia Jaden.

Nem tudom mi lenne a helyes, mit mondjak neki, hol voltam, mit csináltam? Miért csináltam? Mondjak el mindent vagy még titkolnom kellene, ahogy eddig tettem. Még nem beszéltük meg Jamie-vel, hogyan legyen és nélküle nem szerettem volna elhamarkodott döntést hozni, amivel kellemetlen helyzetbe sodornám őt. Most úgy kell védelmeznem őt, mint ahogy ő védelmezte Alexet velem szemben. Mindenáron.

Gyorsan felhívtam Jamie-t is.

Nem vette fel és kezdtem aggódni. Nehogy valami baj legyen. Vajon, ha én ezt érzem egy hívás után, mit érezhetett apa, hogy nem vettem fel reggel 7 óta a telefont? Szégyelltem magam a viselkedésem miatt, de a boldogság, amit Jamie-re gondolva éreztem, ellensúlyozta a negatív érzelmeimet. Ez az éjszaka sokkal jelentősebb volt az életemben, mint bármelyik másik lassan 2 éve. Ha ezt elmondanám édesapámnak, akkor meg tudnám nyugtatni.

Jamie hívott.

– Jó reggelt! – szóltam bele.

– Jó reggelt? Most keltél? – kérdezte meglepve.

– Igen – mondtam ártatlanul.

– Nagyon jó alvó vagy – állapította meg.

– Én? Én vagyok a világ legrosszabb alvója.

– Akkor megváltoztál – Voltál már a fürdőben? – kérdezte hirtelen.

– Nem, miért?

– Nézz csak be!

A fürdő felé vettem az irányt, közben megkérdeztem.

– Te jól aludtál?

– Igen. Végre. Köszönöm, hogy a párnám voltál egész éjszaka – a hangja szinte búgott a fülembe. Sajnáltam, hogy nincs velem.

– Bármikor.

A fürdőbe lépve azonnal megláttam magam és az arcomat, melyet legalább 20, de lehet, hogy még annál is több piros rúzsos csókfolt borított.

Felkacagtam.

Ő velem együtt nevetett a telefon másik végén.

– Jason menyasszonya kitett magáért, még rúzst is vett nekem. Tegnap este, amikor láttam még nem tudtam mit fogok vele kezdeni, de reggel rájöttem – mondta kacagva.

– Ennyire mélyen aludtam?

– Ennyire.

– Ne aggódj van sminklemosó, ki is készítettem.

A fekete olasz épített fürdőszoba pultra jobbkéz felé sorban ki volt rakva a sminklemosó és a hozzá járó vattapamacsok is. Minden ugyanilyen rendben volt az egész lakásban. A fürdő, a konyha, a ruhák. Jamie szerette a rendet és törődött is vele.

– Még előtte ezt megörökítem egy képen – mondtam.

– Rendben, de ha elfelejtenéd, akkor sem kell aggódnod, nekem is van pár zsarolókép a birtokomban – nevette.

– Hányra mehetek ma érted?

– Már megint? Jesszus, hogyan lehet tőled megszabadulni?

– Neked? Sehogy. Tudom a neved, tudom, hol dolgozol, tudom, hol laksz. Most már nincs menekvés – szinte suttogtam.

– Nincs? Rendben, akkor megadom magam. Hogy mikor végzek pontosan, nem tudom, de később felhívlak, rendben?

– Egész nap ez a hívás motivál – mondtam annyira lágyan és szerelmesen, amennyire csak lehetett.

– Engem pedig a hívást követő találkozás – válaszolta. A hangja teljesen megváltozott. Eddig viccelődött, nevetett, de most biztos voltam benne, hogy Jamie-ből a nő szólalt meg. Egyszerre volt félénk, de bátor és leginkább őszinte. Ugyanazt akarjuk és végre ő sem ellenkezik. Szerelmes voltam. Szerelmes egy nőbe, aki tökéletes. Boldog voltam. Tökéletesen boldog. Gyorsan készítettem egy pár szelfit és lemostam a rúzst magamról. Hitetlenkedve gondoltam arra, hogy ezt én hogyan nem vettem észre, de mélyen magamban örültem neki, hogy Jamie ilyen hatással van rám. Gyorsan felöltöztem és hazamentem. Jamie a zárban hagyta a kulcsot, biztos nem tudta eldönteni, hoztam-e magammal kulcsot vagy sem. Okos nő. Ezek az apróságok, amik miatt rendkívül különlegesnek tartom. Minden részletre figyel. És nem ideges módon, egyszerűen ő ilyen. Tökéletesen kiegészít engem, aki egy jóval temperamentumosabb, lobbanékony, emiatt a részleteken átfutó jellem vagyok. Ő az én másik felem, biztos vagyok benne, hogy rá vártam eddig.

Amikor hazaértem, csak apa volt otthon. Köszöntem neki és gyorsan átöltöztem futóruhába, magamhoz vettem az iPodomat és kimentem a nappaliba.

– Edzeni indulsz?

– Igen, a reggeli edzés kimaradt, de gyorsan formába hozom magam délutánra a személyi edzésre.

Általában mindig az edzőmmel futottam, de tegnap este, miután Jamietől eljöttem, annyira dúlt a lelkemben a vihar, hogy felhívtam, hogy biztosan nem fogok reggel edzeni. Olyan mély fájdalom hasított a mellkasomba tegnap este, hogy biztos voltam benne, bármit is teszek, soha nem fog engem választani Alexszal szemben. Inkább végig sem hallgattam, eljöttem tőle. Aztán amikor eldöntöttem, hogy kitörlöm a telefonomból a képet, amin ketten vagyunk, akkor rájöttem, hogy nem lehet így vége, sőt azt éreztem, hogy nem szabad, hogy vége legyen. Elküldtem neki és vártam a reakcióját. Leginkább arra számítottam, hogy meg sem fogja nyitni az üzenetem. Azt gondoltam, végre megkönnyebbült, hogy vége ennek az egész meghatározhatatlan szenvedésnek kettőnk között, de nem. Megnyitotta. A többi, azóta már történelem. Nem is emlékszem, hogyan vezettem el hozzá, annyira izgultam. A szívem ki akart ugrani a mellkasomból, ahogy siettem a saját lakásomba. Életemben először viszont nem féltem közeledni hozzá, szinte biztos voltam, hogy azok után, amit írt, ő is várt rám. Várt rám már lassan 2 éve. Akaratlanul is becsukom a szemem, amikor arra a hosszú ölelésre gondolok, ami közöttünk történt. Ha lehetne egyetlen pillanatot választani az életemben, amit újra és újra át akarok élni, az az lenne, az az érzés, amit akkor ott vele éltem át. Nem az első vb címem, nem az 5., hanem egy ölelés, azzal a nővel, akivel örökre együtt akarok maradni.

Apa figyelt engem, de nem kérdezett semmit. Meglett korú ember, tud már mindent az életről és engem is ismer kívül, belül. Rámosolyogtam. Ő viszonzásul bólintott. Ez mindent elárul a mi szoros apa-fia kapcsolatunkról.

Elindultam edzeni. Az edzés könnyed volt, szinte lebegtem futás közben. 37 éves voltam, már minden ízületemet tönkretettem az edzésekkel, hogy ugyanazt az erőnléti állapotot tudjam hozni, mint az ellenem küzdő huszonéves fiúk. Ma nem fájt semmi. Máskor már bizonyos táv után érzem a fájdalmat a testemben és minden további percben már csak a kín érzete és a kitartásom harcol egymással. Ma más volt a helyzet. Ezen a napon könnyedén túlteljesítettem a kitűzött célom. Nem csak a testem, a lelkem is lebegett. Boldog voltam, nagyon boldog. A délutáni edzés már nehezebb volt, de az utána lévő masszázs megváltás volt a kialakult fájdalmakra. Ez volt az első nap a baleset óta, hogy teljes értékűnek éreztem magam, visszatértem a normális életemhez, végig csináltam a kitűzött edzésprogramot és jól éreztem magam. Elégedett voltam.

Súlyzózás közben készítettem egy képet magamról és átküldtem Jamie-nek. Azzal a megjegyzéssel, hogy neki köszönhetően ma fantasztikusan megy az edzés. Később visszaküldött egy képet, amin egy nagy doboz színes fánk volt. Azzal a megjegyzéssel, hogy „itt is kőkemény munka folyik". Látom Jamie hozza megszokott formáját, neki is jó kedve van. Reméljük Alexszal sem lesz gond és boldogan élünk, amíg meg nem halunk. Naiv lennék, hogy hiszek a boldog befejezésben?

A személyi edzőm is megjegyzést tett a jó formámra, kiemelte, mintha kicseréltek volna tegnap óta, majd Alexről kérdezett. Mondtam neki, hogy Alexről semmit sem nyilatkozhatok. Évek óta együtt dolgoztunk, tökéletesen megbíztam benne a munka területén, a magánügyeimmel is tisztában volt eddig, de Jamie-ről nem tudott és nem is akartam, hogy tudjon. Jamie az enyém. Apa volt az egyetlen, aki, mióta Jamie megjelent, érezte, hogy ő sokkal többet jelent, mint amit ő tud, de nem tett semmilyen megjegyzést ezzel kapcsolatban. Tudta, ha eljön az idő, majd igazolom a megérzéseit.

Edzésből hazaérve a menedzseremet és öcsémet is otthon találtam. Nagyban dolgoztak. Öcsém teljesített mindent, amit Jamie korábban javasolt, de a menedzserem ideges volt. Rengeteg nyilvános megjelenést lemondtam a napokban és ezeket a problémákat neki kellett kiküszöbölnie, ami nagyon nehéz lehetett. A menedzserem Viola, negyvenöt éves, gyermektelen szép arcú nő volt, aki kis túlzással bármit kész volt véghez vinni. A fülében folyamatosan fülhallgatót viselt, ezen keresztül kommunikált mindenkivel. Sötétbarna haját lófarokban hordta, hatalmas párducmintás keretű szemüveg csücsült az orrán, ami lánccal volt kiegészítve. Ha nem lenne szüksége a szemüvegre, akkor nem elteszi szépen, biztonságos tokba, hanem lógatja a nyakában. Alacsonyabb volt, mint én és mindig olyan szűk ruhát viselt, hogy a gombok kritikus állapotban tartották rajta az anyagot. Kérdezte meddig akarok még bujkálni, mert másnap nagyon-nagyon fontos megjelenésem lenne, ami nem is annyira nyilvános, inkább csak üzleti célú és ha nem jelenek meg, hatalmas támogatási összegtől esünk el.

– Mikor indulnánk?

– Holnap délelőtt indulna a gép, ha készen állsz rá. De Jaden! Valóban nagyon fontos lenne, hogy ott legyél. A te érdeked, mindannyiunk érdeke, hogy lássanak. A szervező minimalizálta a média megjelenését és a történtek tekintetében kifejezett óvatossággal bánnak majd veled.

– Rendben átgondolom – merengtem miközben beszéltem. Úgy téve, mintha az lenne valóban a legnagyobb problémám, hogy a média, hogyan viselkedik velem szemben. De nem ez volt. Én egy napot sem akartam Jamie nélkül tölteni, ez volt az ok, ami visszahúzott.

Úgy éreztem, mielőtt eldöntöm, kikérem Jamie tanácsát, mit szól hozzá, mi az, ami jelen esetben az én megítélésemet a leginkább szolgálja. A legelső megérzése is úgy tűnik bejött, amit a közösségi oldalakkal kapcsolatban tanácsolt.

Este hat óra körül hívott Jamie, hogy még körülbelül egy órányi teendője van a kórházban.

Elkészültem, izgatottan néztem az órámat és este hétre ott voltam érte a kórházban. Szerettem volna sétálni vele, olyan jó lett volna, de biztos voltam benne, ha ez megtörténne, fél órán belül a képünkkel lenne tele az internet, szóval maradt a bújócska.

Megcsörgettem, majd nemsokára meg is jelent. Vidáman, lendületesen, jókedvűen.

– Indulhatunk! – utasított viccesen.

– Milyen volt a fánk? – kérdeztem.

– Isteni. Tudod, amikor minden káros zsír és szénhidrát egyszerre lepi el a tested. Fantasztikus élmény. – áradozott, mintha nem tudná, mit is jelent a zsír és szénhidrát kombinációja egy profi sportolónak. Mondata hallatán éreztem, ahogyan a testem tiltakozik minden egyes kiejtett szava ellen.

– Túl vagyunk azon a bizonyos 72 órán, amiről beszéltél - tereltem gyorsan már irányba a témát.

– Igen. A képalkotók eredményei megnyugtatóak. Az agyoedema, amit az ütés okozott, lassan teljesen megszűnik, hypoxiás károsodásnak jele nincs, vérzés azóta sem volt.

– Nem mindent értettem, de a hangod megnyugtató – mondtam.

– Ez mind nagyon jó eredmény egy agyi történésnél, legyen az traumás vagy éreredetű. Ha az agyoedema megszűnik és nem áll fent a lehetősége annak, hogy a létfontosságú szervrendszerek hirtelen leálljanak, akkor leveszem a gépről. És meglátjuk, működik-e spontán a légzőrendszere.

– Ezeket hallgatni is szörnyű. Akkor az sem biztos, hogy tud-e levegőt venni gépek nélkül?

– Nem. Ez akkor derül ki, ha a körülmények lehetővé teszik, hogy kipróbáljuk.

– Azt hittem, jó úton haladunk – mondtam csalódottan.

– Jó úton haladunk, de ennek ugyanúgy megvan a folyamata, mint egy versenynek. Nem csak a célról szól. Szabadedzések, időmérő, verseny. És ebben még nincsenek benne a külső körülmények, mint időjárás, gumi választás, taktika. Nem beszélve az emberi tényezőről. Mert ha minden is klappol, akkor sem mindegy, hogy te vagy én vagyok a pilóta.

– Megértettem. Szóval ez most, ahol járunk a...?

– Ez? – felnevetett. Ez a repülőút a versenyhétvégére.

– Bíztam legalább az időmérőben.

– Attól még messze vagyunk, de nem úgy kell ezt a folyamatot elképzelni, hogy mindennek megírt sorrendje és időtartalma van. Van, amikor hirtelen történnek egymás után a történések és olyan is, hogy egyes lépéseket átugrunk. Mindig vannak lassabb folyamatok és mindig vannak a pácienstől függő, másokhoz nem hasonlítható egyedi történések. Rengeteg tudományos cikket olvastam már ebben a témában és többet is írtam a saját tapasztalataimról. Egy biztos, nincs két egyforma eset, mint ahogy két egyforma ember sincs. Alex pedig Alex.

– Akkor összességében elmondható, hogy minden rendben van, csak még semmi sem biztos?

– Nem. Összességében az mondható el, hogy Alex állapota stabil, de intenzív terápiás ellátást igényel – mondta, mintha egy robot lenne.

– Gyűlölnének a médiában – állapítottam meg hangosan.

– Akkor jól választottam szakmát – mosolygott a szépségem. Bólogattam. Gyorsan hazaértünk.

Jamie elment zuhanyozni, addig az üzeneteimet olvastam. A menedzserem érdeklődött döntöttem-e? Nem szívlelem, ha ennyire sürgetnek. Olyan régen várom már a Jamie-vel töltött idő minden egyes percét, hogy még fel is idegesített, hogy ennyire sürgősen elő kell ezzel hozakodnom Jamie előtt.

Pár perc múlva megjelent, frissen, üdén, szexin. Igen, Jamie állandóan szexi volt a szememben. Fáradtan, kialvatlanul, szomorúan és vidáman is. Mindig.

– Valami baj van? – kérdezte.

– Nem, csak a menedzserem sürget egy bizonyos ügyben, de nehezen tudok dűlőre jutni – magyaráztam kedvetlenül az elkerülhetetlent.

– Segíthetek? – kérdezte kedvesen.

– Lenne holnap egy nagyon fontos megbeszélésem egy reklámcéggel, de nem tudom kész vagyok-e már megjelenni egy ilyen eseményen. A partner cég biztosít róla, hogy a médiát szigorúan szabályozzák az esemény során, de tartok tőle, hogy mindez még korai nekem.

– Szerintem készen állsz – mondta határozottan – Profi vagy. Nem hiszem, hogy Jaden W. Colt berezel holmi előre kiszámítható kérdésektől. Meg kell mutatnod, hogy ember vagy, szerénynek, de magabiztosnak kell lenned és mosolyogni kell. Ez a te legnagyobb fegyvered. Soha nem fogják tudni, hogy mi van mögötte és hiszem, hogy a kérdéseikkel semmit nem fognak tudni kiszedni belőled, mert ha valamihez nagyon, akkor ehhez biztosan értesz – nagyon magabiztosan beszélt.

– Szerinted menjek?

– Igen és szerintem ezt úgy kell felfognod, hogy menned kell. Te bárhol is jelensz meg nem csak magadat és a csapatodat képviseled, hanem az egész sportágat. Minden lépésed, tetted, mozdulatod, szavad hatással van az emberekre, aki érintett a sportágban. Nem beszélve a gyermekekről, akik példaképként néznek fel rád. Meg kell mutatni, hogy mit is tudsz valójában a pályán kívül és ez egy jó alkalom, hogy ne csak a sportolót lássák, hanem az embert is, aki belátja, ha hibázik, megmutatja, hogyan lehet azzal együtt élni és továbbra is motiválni a szurkolókat.

Nagyon meggyőző volt.

– Neked motivációs tréningeket kellene tartanod – mondtam, miközben mélyet sóhajtottam, mert tudtam, hogy mennem kell és őt itt hagynom.

– Persze, akkor minden ember sikeres lenne a világon és a siker, mint fogalom megszűnne – nevetett. Maradok az orvoslásnál.

A konyhapulthoz ment és szendvicseket, illetve salátát kezdet készíteni. Utána mentem, és csatlakoztam hozzá.

– Szeretsz a konyhában lenni? – kérdeztem.

– Nagyon, ez az egyik hobbim. Imádok sütni-főzni, de nem nagyon van rá időm, szóval ilyenkor kiélvezem. Nem baj, ha bekapcsolom a laptopon a zenét?

– Nem, dehogy is – Kíváncsi vagyok a zenei ízlésedre.

– Már ha ezt ízlésnek lehet nevezni – nevette.

– Miért? – kérdeztem meglepődve.

– Majd megtudod – mosolygott.

Én magam nem vagyok egy nagy konyhatündér. Saját szakácsom van, aki mindent pontosan kiszámol, miből, mennyit kell ennem, majd meghatározott időközönként elém teszi azokat. Az elmúlt években annyira hozzászoktam, hogy az evés élvezete szinte teljesen eltűnt az életemből. Egy-egy csalónap volt a diétámban, de összességében fakír életem volt ilyen szempontól. Valljuk be egy 37 éves anyagcseréje és izomregenerációja messze elmarad egy 20 évesével szemben, amikor még bármit, bármikor megehettem, akkor semmi problémát nem okozott.

Nem tudom Jamie mikor, hogyan szerezte be az összetevőket, de nagyon egészséges alapanyagokat használt. A szendvics is speciális bucival készült. Végül is sportoló családja van, de lehet, csak kedvezni akart nekem.

A vacsora meglepően finom volt, finomabb, mint amit mostanában ettem. Vagy csak egyszerűen vele minden jobb. Még a paradicsom íze is.

Miután befejeztük elpakolt.

– Köszönöm a poharakat – mondta. – Kedves tőled.

– Igyekszem. Bár a figyelmességem messze van a tiédtől, de próbálkozom. Van amúgy az üvegpohárnak története is, vagy csak félsz tőlük, mint más a pókoktól.

– Inkább előbbi, de annyira régen történt, hogy nem is szeretnék róla beszélni.

Megváltozott a hangja, próbált nyugodt maradni, de észre lehetett venni, hogy nagyon erőlködik, hogy közömbösséget színleljen a témával kapcsolatban.

Nem kérdeztem többet. Mire végeztünk a rendrakással végre teljesen besötétedett. Elkezdtem húzni a cipőmet és Jamie kérdőn rám nézett.

– Nyugi, te is jössz! – mondtam.

– Hova megyünk?

– Egyszerűen csak sétálni, mint az átlagos emberek.

– Biztonságos ez neked?

– Most már igen. Ha felhúzom a kapucnimat, senki sem fogja tudni, hogy ki is vagyok valójában, téged meg amúgy sem lehet megtalálni a neten.

– Ebből arra következtetek, hogy próbálkoztál – mondta mosollyal az arcán.

– Próbálkoztam? Kis túlzással napi rutinná vált – kuncogtam. – Idővel Ryan felvilágosított, hogy semmi esélyem. Igaza volt.

– Ryannek te mondtál valamit? – kérdezte.

– Nem kellett. Nem vagyok egy égbekiáltóan jó színész a közvetlen környezetem előtt. A buli után már akkor találkoztunk, amikor álladóan a pletykarovatban szerepeltem a különböző nőcskékkel és rájött, hogy nem titkoljuk a kapcsolatunkat, hanem egyszerűen nincs is kapcsolatunk.

– Nem vagyunk egyformák.

– Miért, te beszéltél vele? – csodálkoztam.

– Én nem. Ő viszont annál többet mondott arról, hogy mekkora egy vesztes vagyok.

– Tényleg? – nagyon megleptek a szavai.

– Igen. Nem feltétlenül ezekkel a szavakkal, de a lényege ez volt. Ryannel a kapcsolatunkban általában én láttam el a felnőtt feladatát, de akkor egyszer ő volt a szigorú szülő én pedig a gyerek, aki rosszat csinált.

– Megharagudtál rá? – kérdeztem aggódva.

– Ryanre? – meglepődött a kérdésemen. Nem, dehogy. Igaza volt. Ezen nem volt mit vitatkozni és haragudni rá meg pláne nem volt okom.

– Hogyan történt?

– Talán a legegyszerűbb, ha úgy fogalmazok, hogy a neved említése nélkül, a történtek tudásának teljes hiányában is tökéletesen tudta, hogy mit tettem, hogy én tettem, és hogy miért tettem, vagyis inkább kiért.

– De ez már a múlt – mondtam kedvesen és odaléptem hozzá, hogy megsimogassam az arcát.

– Igen ez már a múlt – nézett rám a gyönyörű szemeivel.

– Miért mondtad azt, hogy mások vagyunk? – kérdeztem, miután választ nem kaptam az imént.

Mosolyogni kezdett. – Mert te képes voltál minden nővel összefeküdni, míg én azóta még csak randi meghívásra sem voltam képest igent mondani.

Kikerekedett a szemem és megdöbbenve álltam mellette.

– Jól hallottad – mondta büszkén. – Szerintem induljunk. Kapucni fel! – láttam, hogy mosolyog és takarni akarja.

Senkit nem engedett magához közel, még csak esélyt sem adott senkinek, hogy általa elfelejthessen. Hihetetlen ez a nő. Miért sanyargatta magát két éven keresztül? Hacsak, hacsak soha nem akart elfelejteni – gondolataimba merülve elmosolyodtam. Mire kiértünk az épületből a nap már lenyugodott. Csak az utca fényei kísértek minket. Megfogtam Jamie kezét és kézen fogva sétáltunk, mint egy átlagos pár London utcáin egy hűvös májusi estén. Séta közben megmutattam neki a számomra legkedvesebb helyszíneket. Az edzés útvonalaimat, a gyermekkori játszótereket, ahol rendszeresen kosaraztunk apával, majd útbaejtettük azt az épületet, ahol anno a kedvenc mozim állt, ami előtt vidáman ugróiskoláztunk Jasonnal. Legvégül elsétáltunk a legközelebbi hídhoz figyelni a folyó fekete vizének sodrását az esti fényben. Fújt a szél, de szerencsére az eső nem esett. Útközben alig találkoztunk emberekkel, csak pár autó haladt el mellettünk csendesen. Szerda este a helyiek ilyenkor már az otthonukban pihennek, a turisták pedig a szállásukon. Csend vett körül minket. Csak a folyó és a szél hangját hallottuk. Lassan Jamie felé fordultam és néztem az esti fényben az arcát. Kicsit fázott a szélben ezért magamhoz öleltem. Jó szorosan, hogy meg ne fázzon. A mellkasomhoz simult és ő is húzott engem magához. Óvatosan engedtem az ölelésből és a kezemmel finoman felém fordítottam az arcát. Néztem a szemeit, amik ragyogtak, majd lassan érzékien megcsókoltam. Egész nap erre vártam. Arra az érzésre, amit akkor érzek, mikor végre hozzá érhetek és még inkább arra, amit a csókjai közben érzek. Tegnap este ő volt a bátrabb, ma én. Finom, lágy, puha ajkai voltak, amik az enyémhez érve azonnal izgalommal töltötték el az egész testemet. Minden egyes csókot másik követett és egyre jobban kívántam, többet és többet ettől a nőtől. Hazaindultunk, de már csak sétáltunk, keveset beszéltünk. Felértünk a lakásba és limonádét töltött ki, de én már nem tudtam tovább várni. Vágytam rá, mint addig azelőtt még sohasem. Miután elfogyasztottam a limonádét, mögé álltam és átöleltem lassan, óvatosan, hogy biztonságban érezhesse magát mellettem. A számmal keresni kezdtem a nyakát és csókolgattam. Lassan, nehogy valamit rosszul csináljak. Vártam, hogy felém fordul-e, hogy az ajkait is megcsókolhassam. Közben szorosan a fenekét magamhoz húztam, mert már alig tudtam parancsolni a vágyaimnak. Amikor a füléhez értem és a nyelvemmel játszadozni kezdtem vele és szinte felnyögött az élvezettől. Nem is gondolkodtam, megfordítottam és megcsókoltam. Vadul, hevesen. Hiába próbáltam, képtelen voltam tovább tétlenül vágyakozni rá, akarom őt és már nem tudok a testemnek parancsolni. Ő sem ellenkezett, minden kezdeményezésemre fogadóan reagált. Ott a konyhában levetkőztünk, majd felemeltem és a pultra ültettem. Hiába az egész napi edzés, semmilyen hatással nem volt a fizikai képességeimre. Emlékeztem, hogyan szereti és olyan lassan hatoltam be, ahogyan ő mutatta nekem a kanapéján. Ezerszer, milliószor elképzeltem, milyen lenne, ha csak még egyszer esélyt adna nekem, de a legvadabb képzeletem sem közelítette meg azt az érzést, amit most éreztem. Már nem csak ő nyögött, szabályosan minden egyes mozdulat leírhatatlan érzést váltott ki belőlem. Jamie megint hamar a csúcsra ért, ezzel megsürgetve a saját végjátékomat is. Azonban én még nem akartam befejezni, ezért levettem a pultról és megfordítottam, majd a pultnak támasztottam. Tökéletes feneke volt, nőies, gömbölyű. Az eddigieknél is nagyobb izgalommal hatoltam be újra, ami érezhetően neki is kedvére való volt. Azonnal éreztem a vesztem, mert ha már a behatolást ennyire élvezi, akkor hamarosan vége lesz. Remegő lábakkal feküdtünk le a konyhakövön lévő szőnyegre. A kezeink összekulcsolódtak és csak egymás lélegzetvételét hallgattuk. Ő hamarabb összeszedte az erejét és felült, majd felállt és nyújtotta felém a kezét.

– Gyere zuhanyozzunk le – mondta.

Fürdés közben el sem engedtük egymást, folyamatosan kényeztettük a másikat. Később az ágyban szorosan összebújtunk.

– Elismered, hogy tévedtél? – kérdeztem, miközben simogattam életem szerelmét.

– Nem értem. Miben tévedtem? – kérdezte meglepetten.

– Azt mondtad, hogy csak egy éjszakás kaland lesz – szünetet tartottam, mert élveztem, hogy végre valamiben nekem is igazam van. – De ha jól számolom, ez több, mint egy.

Felkacagott és finoman hozzám vágta a párnáját.

– Elismerem. Most boldog vagy? – kérdezte.

– Igen, azt hiszem még sosem voltam boldogabb. És visszaadtam neki a párnáját, majd magamhoz húztam az egész lényét.

– Holnap mikor mész a megbeszélésre? – kérdezte.

– Délelőtt indul a gép – mondtam kedvetlenül.

– Hova utaztok?

– Párizsba.

– Mikor jössz vissza?

– Másnap délután. De ha azt kéred tőlem, hogy maradjak, akkor nem megyek – mondtam határozottan.

– Azt szeretném, ha mennél és visszatérnél. Szólj a menedzserednek, hogy ott leszel! – mondta nagyon határozottan. Felesleges lett volna vitatkoznom vele. Kívülállóként biztosan azt gondolnám, hogy teljesen igaza van, de érintettként fájdalommal tölt el, hogy a kevés idő, amit együtt tudunk tölteni a héten, még kevesebb lesz.

– Köszönöm – mondtam halkan.

– Tenned kell a dolgodat, az élet nem áll meg. Én is így teszek.

– Pedig néha megállítanám és bizonyos pillanatokban élnék – szinte suttogtam a fülébe, miközben nagyon közel hajoltam hozzá.

– Feltételezem a konyhai jelenetünk az egyik ilyen – mosolyodott el kedvesen.

– Pontosan – és újra megcsókoltam. Addig el sem engedtem, míg újra át nem éltük együtt a legcsodálatosabb érzést, ami szerelmesek között megtörténhet.

Minden szeretkezésünk egyre mélyebb lelki kapcsolatot alakított ki közöttünk. Minden csók, érintés, minden sóhaj mesélni tudott a köztünk lévő érzelmekről, amik évek óta felgyülemlettek bennünk. Elalvás előtt megegyeztünk, hogy ha ő kel korábban akkor felébreszt, ha pedig én akkor én is őt. Ez utóbbin csak nevetett, de azt mondta, rendben.

Reggel már kávé illata szállt a konyhából a hálószobába, amikor éreztem, hogy simogatják a hajamat.

– Jó reggelt! – hallottam azt a kedves hangot, amit minden nap hallani akartam.

– Jó reggelt!– mondtam álmosan.

Leült mellém én pedig magamhoz húztam, mint a gyermek a kedvenc plüssállatát.

– Inkább nem megyek sehova, itt maradok – mondtam dacosan.

– Nem-nem, tévedsz nagyfiú, feladatod van, amit senki sem csinál meg helyetted. – Nem csak úgy viselkedtem, mint egy óvodás, úgy is beszélt velem.

Imádom ezt a nőt. Imádok benne mindent. Mikor nem korai ezt vajon elmondani neki?

Kiszabadult az ölelésemből, próbáltam volna utána nyúlni, de gyorsabb volt. Már el is felejtettem. A partikon is gyorsan mozgott.

– Gyere, készítettem kávét! – hívott csalogatóan.

Kikászálódtam az ágyból és kimentem a konyhába. Elfogyasztottam a kitöltött kávét és közben bámultam a leggyönyörűbb nőt, aki létezett ezen a földön. Eddig is szép volt, de most mindennap egyre szebb. Mondják, hogy a szerelmes ember látása megromlik, de azt is, hogy a szerelem mindenkit szebbé tesz. Látta, hogy bámulom, de csak mosolygott rajtam. Nem szólt egy szót sem.

– Én nem bírok ki egy napot nélküled – dünnyögtem.

– Dehogynem, többet is kibírsz, már bizonyítottad.

– De akkor más volt.

– Nem volt más, csak nem ismertél minden részletet.

– Ez egy finom megfogalmazása annak a ténynek, hogy teljesen vakvágányon lépkedtem – mondtam ironikusan.

Jamie felkacagott.

– Pontosítsunk! Estél-keltél te azon a vágányon – nevetett tovább. Csodálkozom, hogy Ryan nem tört meg és nem mondott el mindet, hogy megértsd.

– Ryan agyafúrt fickó, még az is lehet, hogy a balesethez is köze van – viccelődtem tovább.

– Igen, igen, lehet. Szóval akkor maradjuk abban, hogy mindenért Ryan a felelős.

– Oké. Mi pedig tiszták vagyunk, mint a hó – nevettem.

– Persze, csak ő soha meg ne tudja.

Jamie odajött hozzám, megölelt és összevissza puszilta az arcom. Erősebben ölelt, mint azelőtt valaha.

– Én is pontosan ezt érzem, amit te most – mondtam kedvesen. Már most hiányzol!

Amikor kimondtam ezeket a szavakat, ő hangosan felsóhajtott. Tudtam, hogy ezért ölel, tudtam, hogy ez az, amit nem tud kimondani. Hátrébb lépett és a szemembe nézett.

– Nagyon vigyázz magadra, mert én nagyon foglak itt várni – a hangja elcsuklott.

Láttam, hogy könnybe lábad a szeme. Őszinte volt, tudtam is, éreztem is, hallottam is. Ugyanazt érezzük, ugyanazt éljük meg és végre jókor, jó helyen.

Reggel, amikor hazaértem, anyáék éppen reggeliztek. Beköszöntem hozzájuk, jó étvágyat kívántam nekik és készültem az edzésre. Miután átöltöztem, már a teájukat fogyasztották.

Leültem melléjük és gyorsan megettem a szokásos előírt reggelimet. Édesanyám nem sokáig bírta szó nélkül.

– Minden rendben? Tegnap nem jöttél ki reggelizni – kérdezte aggódva.

– Igen anya, minden rendben – nyugtattam édesanyám.

Közben ránéztem apámra, hogy anyukám tud-e egyáltalán arról, hogy nem, hogy nem jöttem ki, itthon sem voltam, de apa megnyugtatóan jelezte, hogy semmit sem tud.

– Hogy vagy drága kisfiam? Sokat jössz-mész mostanában. Kicsit aggódom miattad.

– Kedves vagy anya, de nem kell aggódnod. Jól érzem magam. A tegnapi napon az edzést is sikerült túlteljesítenem.

– Csak nehogy túlzásba ess fiam, nagyon kell magadra vigyáznod!

– Tudom édesanya és szeretlek, amiért még 37 évesen is ugyanúgy aggódsz értem, mint 2 éves koromban.

– Ugyanúgy? Sokkal jobban. Minden egyes perc, amit együtt élünk meg, minden egyes perccel sokkal jobban szeretlek – nyomatékosította anyukám.

Elgondolkodtam anyukám szavain, minden perccel jobban. Pontosan így vagyok én is Jamie-vel. Édesanyám már hatvan fölött járt, nálam legalább tíz centivel alacsonyabb volt, így mellette tizenhárom éves koromtól kezdve mindig magasabb voltam. A bőre csodálatos kreol színű volt, hosszú fekete haja derekáig ért, amit minden nap szépen befont, majd a fonatot kontyba tűzte. Mindennap kifogástalan külsővel jelent meg, mert még 37 év házasság után is nőnek érezhette magát édesapám mellett, aki minden nap képes volt vele elhitetni, hogy ő a legszebb és legértékesebb nő a világon. Édesapám jóval magasabb volt nála, hatvanöt elmúlt már. Mondhatni tipikus kopasz, brazil, meglett ember, akinek a homlokán már minden ránc mélyen ült, köszönhetően vélhetően az idősebb fiának és annak a karrierjének. Jason szinte mása volt édesapámnak, csak pár centivel volt alacsonyabb, mint ő.

A kórházban állt a bál az ügyeleti munka miatt. Egyes kollégák úgy gondolták, hogyha nem csinálnak semmit, akkor úgy is minden rendben van. A nappali műszak nagyon nem vette jó néven, így kissé puskaporos hangulatban érkeztem meg a nővérpulthoz. Sajnálkozóan végighallgattam a sirámaikat, amik, mint utólag kiderültek, teljesen jogosak voltak. Felajánlottam, hogy bármiben segítek, ha tudok.

Alex eredményei biztatóak voltak így elhatároztam, hogy este, ha nyugisabb lesz a környezet megpróbálom leszoktatni a gépről. Veszítenivalónk nincs, ha nem reagál jól, gyorsan visszatesszük. Délelőtt a szokásos látogatásra eljöttek Lorenzóék. Naponta egyszeri látogatást engedélyeztem nekik előre megbeszélt időpontban. Lorenzó ez alatt a 4 nap alatt legalább 10 évet öregedett, Sofi pedig 10 kilót fogyott, amit nem tudom, hogy csinált, mert eddig is nagyon vékony volt. Mindennap többször beszélgettünk telefonon, szinte az élet minden területét érintő dolgokat felhoztam nekik, legalább addig ne gondoljanak Alexre és a kedvezőtlen kimeneteli lehetőségekre. Nagyon megfáradtak a várakozásban. Sokszor voltam már ilyen helyzetben, amikor hiába állítok fel egy sor észérvet a türelemre, egyszerűen nem tudják elfogadni a hozzátartozók, hogy tehetetlenül várakozniuk kell. Megértettem őket. Alex volt az életük. A szerelmük gyümölcse, aki tökéletes gyermek volt számukra. Mindent feláldoztak Alex karrierjéért, annyira hittek az igazukban, hogy Alex egyszer világbajnok lesz. És igazuk volt, végig igazuk volt. Alex mindent elért, amiről az apja csak álmodozott és sikerei ellenére egy rendes, jófiú maradt.

– Sziasztok! Jöhettek is! – mondtam nekik.

– Jó kedved van Jamie! Történt valami? – kérdezték.

Az okot, ami miatt ilyen felhőn szaladósan jó kedvem volt, nem mondtam el, de a terveimet igen.

– Ma este megpróbálom levenni a gépről. Délután előkészítem hozzá és este már sokkal okosabbak leszünk az állapotával kapcsolatban.

– Ha ezt tartod jó döntésnek, akkor ezt kell tenni, ez a te szakmád – mondta Lorenzó.

– Én legalább annyira hiszek Alex gyógyulásában, mint ahogy ti hittetek Alex sikereiben – mondtam magabiztosan.

– Ez megnyugtató, nagyon megnyugtató – mondta Sofi.

– Jamie, nem tudom, hogyan tudnánk neked segíteni, hogy kicsit könnyebb legyen neked? – kérdezte Lorenzó.

Ezt szinte mindennap elmondta, de eddig mindig elutasító választ adtam nekik. Eszembe jutott Jaden mondata, miszerint az ő családjában mindenki örült, amikor feladatokat kaptak, hasznosnak érezték magukat ebben a nehéz helyzetben.

– Szükségem lenne pár dologra – mondtam. Először is a New York-i lakásaimat úgy hagytam ott, hogy nem szóltam senkinek, azokkal mielőbb foglalkozni kellene. Összeírtam mi az, amit mindenképp szükséges a napokban elintézni, ennek a listáját át fogom küldeni – irányítottam a kérést Lorenzónak. Ez legalább egy napi telefonálgatás, még nekem is, aki ott lakok életvitelszerűen. Egy olasznak, aki jelenleg Londonban van, ez több idő lesz. Remélem.

– Sofi téged pedig arra kérlek meg, hogy beszélj már a New York-i fodrászommal, hogy pontosan milyen hajfestéket használ az esetemben és kérdezd meg tőle, itt Londonban kihez menjek. Tudtok nekem ezekben segíteni?

Mindkettőjük szeme felcsillant, hogy végre tudnak nekem segíteni, amíg én Alexnek segítek.

Egész délután a New York-ból leküldött adatokat összesítettem. Az én feladatom ott sem állt meg, a statisztikákat, az eredményeket rendszeresen vezetni és összegeznem kell, ha nem akarok hatalmas munkát felhalmozni. Beültem Alex szobájában a külön, számomra beszerzett fotelbe és dolgozni kezdtem. Annyi feladat halmozódott fel és annyi különböző e-mailre kell válaszolnom, hogy rám sötétedett. Feladatom végeztével felálltam és a szoba üvegfalához sétáltam. Jadenre gondoltam. Mind az indulás előtt, mind megérkezéskor küldött üzenetet. Majd a rendezvény előtt fel is hívott pár percre, de olyan zaj volt a háttérben, hogy alig értettem mit beszél, így le is tettük. Írt, hogy ha végzett, hívni fog. Már este 7 volt és elérkezettnek láttam az időt, hogy megpróbáljam Alexet leszoktatni a gépről. Tájékoztattam az ügyeletes orvost a terveimről, aki felajánlotta a szívélyes segítségét.

Sok mindet láttam már az életben, sok mindent magam is átéltem, de sosem hittem volna, hogy egyszer Alexet extubálnom kell. Nem engedtem meg három nap után sem a tracheostoma kialakítását és most ennek nagyon örültem. A gép természetesen összevissza riasztott a beavatkozás közben. Majd miután kihúztam a tubust, vártunk. A kezem remegett, a szívem kalapált, de a gép már nem riasztott. Sikerült. Ott helyben elsírtam magam. Sikerült. Ő az én öcsém, ő az én hősöm.

Két órával később, amikor már biztos lehettem benne, hogy stabil spontán légzése van, felhívtam Lorenzóékat a fejleményekről.

A hír hallatán ők is sírtak.

– Ugye akkor ez most jót jelent, ugye? – kérdezte Lorenzó sírva.

Nem akartam túlzásokba esni, nem akartam esetleg feleslegesen hitegetni őket, hiszen ez a spontán légzés Alex agyának jelenlegi állapotáról csak egy apró információ.

– Igen, ezt azt jelenti, hogy gépek nélkül is stabilan lélegzik, de még mindig kómában van, ezt ne felejtsétek el, ezzel még sok teendőnk van, folyamatos felügyeletet igényel.

– Imádkozunk Jamie, hogy ez is megoldódjon – mondta Sofi.

– Én is csatlakozom hozzátok.

Minden nap többször imádkoztam Alex mellett, sokszor hangosan is. A hit mindkét családomban nagyon erős tulajdonság volt.

Jaden este tíz után hívott, nagyon fáradt volt a hangja.

– Szia! Végre. Azt hittem, sosem jövünk el onnan.

– Szia! Milyen volt? – kérdeztem.

– Szokásos. Sokan voltak, hangos volt, reflektorfény, fotózás, minden, ami egy reklámügynökség rendezvényén lehet.

– Jó érezted magad? Nem volt semmi kritikus?

– A riporterek próbálkoztak, próbálkoztak, de szem előtt tartottam, hogy példakép vagyok és ennek megfelelően is viselkedtem. Kifogástalan brit angollal válaszoltam meg a kérdéseiket és pontosan annyira mosolyogtam, amennyire szükségét láttam.

– Helyes. Biztosan nagyon ügyes voltál – dicsértem meg.

– Volt egy kis fruska, megkérdezte a véleményemet Alex állapotáról, amit megfogalmazása szerint én okoztam.

– És? – kérdeztem kissé ingerülten.

– Azt mondtam, amit tőled hallottam. Állapota stabil, intenzív ellátást igényel. Mindezt olyan nyugalommal, hogy a fruskában benn maradt a következő kérdés. Én pedig megköszöntem a kérdéseket, külön kiemeltem a fruska csatornájának az intelligensen, szépen, már-már költőien megfogalmazott kérdését és távoztam.

– Nagyon gyorsan tanulsz – mosolyogtam. Büszke vagyok rád.

– Most már legalább tudom, Alex hogyan tudta ilyen jól kezelni azt sok felesleges kérdést tavaly.

Mióta újra találkoztunk, még nem beszéltünk a tavalyi szezonról. Talán eddig mindketten kerültük is tudatosan a témát. Neki biztosan nagyon fájt akkor és még lehet most is fáj, nem szerettem volna feltépni a sebeit.

– Évekig tanultuk, hogy mikor, hogyan reagáljon vagy épp hogyan ne reagáljon a hiénák kérdéseire, kéréseire, mozdulataira.

– Profin csinálja, elismerem. Egyik alkalommal az idény vége előtt úgy beszólt az egyik riporternek, hogy szerintem azóta is az állát keresi a riporter.

– Tehetséges kölyök, aki amúgy már több, mint 2 órája nincs gépen – dicsekedtem el Alex állapotát.

– És csak most mondod? – csattant fel Jaden a fáradt állapotából.

– Annyit beszélsz, hogy szóhoz sem jutok – nevettem.

– Hagyod, hogy mondjam itt a nevetséges történéseimet, miközben nálatok sokkal fontosabb dolgok zajlanak. És hogy van?

– Nincs megingás. Stabil az állapota, jelenleg intenzív terápiát már nem, csak megfigyelést igényel. Ha nem romlik hirtelen, akkor hétvégén áthelyezzük egy másik kórterembe, hogy itt ne foglalja a helyet más elől, akinek ténylegesen szüksége van a gépekre.

– Ez nagyszerű hír, büszke vagyok rád – mondta kedvesen.

– Nem is csináltam semmit, csak egy mozdulat volt.

– És hány év tanulás és munka van amögött a mozdulat mögött, Jamie?

Olyan lágy volt a hangja, hogy ha nem lett volna közöttünk ekkora távolság odafutok hozzá és megcsókolom.

– Annyira hiányzol – mondtam végül.

– Te sokkal jobban nekem. Itt vagyok Párizsban a szerelmesek városában és te nem vagy itt velem, pedig veled minden jobb lenne. Megígéred, hogy egyszer eljössz velem?

– Ha nem unsz meg, akkor megígérem, hogy elmegyek veled Párizsba.

– És te nem akarsz semmit esetleg hozzáfűzni? – tette fel gúnyosan a kérdést.

Tudtam, mire céloz.

– Életem, még nagyon messze vagyunk attól, hogy Olaszországba hívjalak – nevettem.

– Még mindig? – nevetett. Ez egy nagyon hosszú futam.

– Megint tévedsz, hiszen a futam még el sem kezdődött – de már annyira nevettem, hogy alig tudtam a szavakat rendesen kimondani.

– Már alig várom a holnapot!

– Én is!

– Jó éjt Jamie!

– Jó éjt és vigyázz magadra!

Aznap este nem mentem a lakásra, mert mindenről csak az előző éjszaka jutott volna eszembe. Alex mellett maradtam, dolgoztam tovább. Hajnalban fejeztem be az összes lemaradásomat, ekkor egy kicsit elaludtam. Reggel hatkor a szokásos váltás zajaira ébredtem fel. Odamentem Alexhez, minden rendben volt. Aludt. Titkon reméltem, hogy fel fog ébredni magától, de sajnos ez nem történt meg. És ez az a pont, ahol már csak Istenben bízhatunk. Ha a család imádkozási szokásait vesszük figyelembe, akkor az esélyeink kiválóak.

Délelőtt Lorenzóék megérkeztek és sokkal kisimultabbak voltak, mint egy nappal ezelőtt. Úgy néz ki, nekik is használ a külön program. Elhívtak ebédelni és közben elmesélték, mit tudtak elintézni. Délután 4-re volt is időpontom fodrászhoz, ami nagyon megnyugtatott, mert hajam már kész káosz volt.

Jóízűen ebédeltek, mint akik napok óta nem ettek, ami lehet, hogy igaz is volt. Ryanékről beszélgettünk, meg sok régi emlékről. Majd Alex dolgai is szóba jöttek érintőlegesen.

– Visszahívtam Mike-ot tegnap – mondta Lorenzo.

– Igen? – kérdeztem. Végre, itt volt már az ideje, gondoltam magamban.

– Elmondta, hogy felvetted a telefonomat és folyamatosan tartod velük a kapcsolatot.

– Ez pontosan így van. Jasonnal végig jóban voltunk, amíg Alexszel versenyzett és Mike is mindig nagyon rendes volt velünk. Gondolom, te sem felejted el, hogy mennyit segített nekünk, bármiről is volt szó a pakolástól az ügyintézésig. Bizonyos szempontból külső szemlélője vagyok a történteknek és fordított helyzetben, mert lehetett volna fordítva is – szögeztem le, te is felhívtad volna, te is aggódnál, te is megtennél mindent, hogy a gyermekedet, a becsületét, a jó hírét megvédd.

– Hallani szerettem volna az indokod és most hallottam. Nem tudom, hogy elégszer mondom vagy mondjuk-e neked, mennyire szeretünk és tisztelünk téged. Köszönöm, hogy helyesen tudtál cselekedni, akkor is, amikor mi nem.

– Hiszen egy család vagyunk. Négyünk közül egyikünknek mindig igaza van – kacagtam el magam.

– De valahogy a mérleg nyelve mindig feléd dől E.J. Tisztán látsz és ez hatalmas segítség nekünk. Fel sem fogod mennyire, mert neked nincs szükséged arra, hogy egy ilyen józan gondolkodású ember legyen melletted, mert te az vagy. Ha rajtunk múlik, egy évtizedekig tartó barátságnak egy hirtelen düh miatt véget vetettem volna – panaszkodott Lorenzó.

– Drága Papa, tévedsz! Én csak gyorsabb voltam, de te is ugyanúgy felhívtad. Neked kicsit több idő kellett. Nem vagyunk egyformák.

– Mike nagyon kedves volt, elmesélte, hogy találkoztál is velük és hogy Jaden egyik lakásában laksz. Elmondta, hogy kiadtad az utasításokat Jasonnak is, hogy semmi ártalom ne érhesse Jadent. Megkedvelted őket, ugye?

– Eddig is kedveltem őket. Jaden pedig csatlakozott hozzájuk.

– E.J., ugye tudod, hogy Jaden, Alex ellenfele? – kérdezte Lorenzó, aki most nem vette le rólam a szemét.

Vettem egy mély levegőt, hiszen Lorenzó nem egy minden hájjal megkent fazon. Lehet, hogy kertel, de majdnem azt mondja, amit gondol.

– Szerintem a baleset mindenkit megváltoztatott – zártam le röviden a témát.

Alex állapotában nem történt változás, így elmentem végre a fodrászhoz. Gyalog kicsit messze volt, de nagyon szerettem volna már sétálni, mert több, mint egy napig ki sem jöttem a kórházból. Útba ejtettem egy-két nevezetességet, ha már Londonban vagyok, ne csak a kórházról tudjak nyilatkozni, ha bárki is megkérdez, mi a véleményem Anglia fővárosáról. Séta közben arra gondoltam, hogy Jaden lassan indul vissza hozzám, amit már nagyon vártam.

Este hét körül értem vissza a kórházba, visszafele már taxival kellett jönnöm, mert a londoni eső jön, lát és győzött volna, ha ismét a sétát választom. Alex állapota változatlan, így indultam is a lakásba.

Jaden délután öt körül írt, hogy a rossz idő miatt késik a gépe és nem tudja, mikor fog felszállni. Hiába vártam, nem írt újabb üzenetet. Kicsit aggódni kezdtem és felhívtam.

– Szia! Mi a helyzet?

– Katasztrofális a helyzet – ideges volt. Akkora a vihar London térségében, hogy nem tudnak a gépek leszállni, mindegyiket átirányítják. Jelenleg Manchesterben vagyunk. A többiek már nem akarnak ma utazni, próbálom meggyőzni, őket, de ész érveket nem tudok felhozni, miért akarok ennyire hazasietni.

– Sajnálom. De a biztonság a legfontosabb, majd holnap nyugodt időben hazaérsz – mondtam csalódottan.

– De én veled akartam tölteni az estémet, nem pedig Manchesterben az öcsémmel és a menedzseremmel. Nagyon hiányzol. El sem tudod képzelni mennyire – mondta nagyon bánatosan Jaden.

– Jaden, ne idegeskedj, szerintem még lesz időnk egymásra később is – biztattam.

– Hidd el, ez egy férfit egyáltalán nem érdekel. A most számít, mert az már az enyém. Most akarok veled lenni, nem egy képzeletbeli jövőben.

– Hidd el nekem, az nem képzeletbeli jövő, egyszerűen csak a holnap. Feküdj le aludni és pihend ki magad! Én is így teszek. Nagyon rosszul esett, hogy Jaden nem ért vissza, de amíg ilyen a munkája, addig erre számítani lehet és számítani is kell. Voltam már hasonló szituációban, csak akkor nem fájt ennyire a másik hiánya. Most viszont pokolian fájt. Fáradtan és kissé szomorúan aludtam el. Hajnalban zajra ébredtem. Nagyon megijedtem. Először mozdulni sem mertem, pillanatokkal később valaki felkapcsolta a konyhában a villanyt.

– Alszol? – kérdezte suttogva Jaden.

– Nem te dinka. Hangos vagy – mondtam neki morcosan.

– Ne haragudj! – jött be a szobába. Miközben már kiszálltam az ágyból.

– Hogy-hogy itt vagy? Hány óra van?

– Otthagytam a többieket Manchesterben. Én a repülőtéren maradtam és eljöttem az első géppel. Hajnali két óra lehet.

– Te tényleg dinka vagy. Gyere ide – nyújtottam felé a kezeimet.

Láttam, hogy mosolyog és már sietett is felém. Megölelt, megcsókolt és jöttek az érzések, a vágyak, amiket csak ő képes kiváltani belőlem. Elkezdtem vetkőztetni. Hiába magyarázta, hogy egész nap ebben a ruhában volt és fürödni akar, nem érdekelt, hiányzott, őrülten hiányzott. Vágytam rá és őt akartam, csakis őt.

– Annak ellenére, hogy azt mondtad, nyugodtan maradjak ott, elég heves voltál – jegyezte meg gúnyosan.

– Amennyiben úgy ítéled meg, hogy ez így neked nem felel meg, akkor legközelebb úgy teszek, mint aki nem vette észre, hogy megérkeztél.

– Jamie!!!! Tudod, hogy nem így értettem – védekezett.

– Igen. Tudom – nevettem.

– Mármint imádom a finom Jamie-t, akivel fantasztikusan érzéki szeretkezni, de ez a heves és irányító Jamie, ő képes lenne a halálba küldeni.

– Tetszik, mi?

– Nagyon tetszik. Igazából fel sem fogtam mit műveltél és nem is tudom, hogy hogyan csináltad, csak azt, hogy erre bármikor igent mondok.

– Van, amit ki kell érdemelni – mondtam olyan hangsúllyal, ami félreérthetetlen volt.

– Bármit megteszek, csak mondd, hol és mikor – könyörgött.

– Szavadon foglak! – és megpöcköltem az orrát.

Nevettünk. Kapcsolatunk egyik legfontosabb pillére volt, hogy értettük és szerettük egymás vicceit. Nem kellett magyarázkodni, nem kellett ismételgetni. Mindketten szívesen ugrattuk a másikat és nem volt sem sértődés, sem duzzogás, sem ajtó csapkodás. Nevetés volt és bocsánat kérés, majd vigasztaló ölelkezések, csókok és minden, ami ennél is fantasztikusabb. Soha nem voltam még ennyire felszabadult senki mellett. Önmagam lehettem és így kellettem annak, aki nekem is kellett. Biztos voltam az érzéseimben és tudtam, hogy teljesen beleszerettem.

Reggel Jamie ébresztett, majd szokásos módon elindult a kórházba dolgozni. Felajánlottam, hogy elviszem, de sétálni akart. A következő napok hasonlóan teltek. Én edzettem és az üzleti ügyeimet intéztem, Jamie Alexszel volt. Az esték viszont csakis a mieink voltak. Minden nap tökéletesebb volt az előzőnél. A következő héten viszont verseny következett és már szabályosan fájt, hogy Jamie nem tud velem jönni. Eljutottam odáig, hogy elképzelhetetlennek tartottam az életemet tovább folytatni nélküle. Ryannek igaza volt, ő tudta, hogy nekem Jamie lesz az, aki mellett végre önmagam lehetek. Nem csak egy sportoló, aki rekordokat tart fent és dúsgazdag üzletember. Jamie leginkább ezek ellenére is szeretett. Szeret, biztos vagyok benne. Még nem mondtuk egymásnak, de ennek semmi jelentősége. Mindketten tudjuk, hogy szeretjük a másikat.

Sajnos az elutazás napját két nappal előrehozták, mert két szerződést is meg kellett kötnöm, amik közül az egyikhez rivaldafény is járt.

Hétfőn estére világossá vált, hogy kedden este indulnunk kell a következő helyszínre, Los Angelesbe.

– Reméltem, hogy csak szerdán indultok – mondta csalódottan. A kanapén ültünk összebújva. Simogattam a haját, míg ő a vállamon pihentette a fejét.

– Kötelező a megjelenés és így is az egyik üzlet nagyon bizonytalan – mondtam.

– Hogy érted?

– Nem csak én vagyok az egyetlen, akivel reklámozni lehet. Van most egy feltörekvő színész, aki szuperhősös filmekben játszik.

– Brendon Tucker?

– Igen, ismered? – kérdeztem vissza hirtelen.

– Igen, de nem túl közelről.

– Szóval Brendon és köztem fog eldőlni, hogy ki kapja meg a következő évben a szponzori támogatást. Hasonló kinézetünk van, hasonló bőrszín, hasonló alkat. A közösségi oldalakon szinte ugyanannyi számú követővel rendelkezünk, csakhogy ő a jövő én pedig inkább a múlt.

– Dolgoztál már ezzel a céggel korábban?

– Igen, 5 éve velem kampányolnak.

– Brendon nagyon magamutogató, mint általában a feltörekvő színészek, én, ha egy nagyvállalat reklámigazgatója lennék, akkor kétkedéssel viszonyulnék egy még alig bizonyított, feltűnő színészhez. Én inkább az egyszerű, de nagyszerű, eddig is hasznot hozó öregrókát választanám. Ezek alapján felmerül, hogy nem csak a támogatás mértékét akarják csökkenteni és téged megtartani?

– Ez eszembe sem jutott. Annyira fel van kapva most ez a srác, sok cég megkeresi.

– Elfogadom, hogy így gondolod, de én akkor is az eminens diákot hoznám.

– Hogy érted?

– Brendon biztos mindenféle színes, csillogó göncöt fog magára aggatni, miután a ruha szponzora ebben a stílusban utazik. Elég rendezvényt biztosítottam, hogy tudjam, neki nincs fehér inge.

– Menjek oda fehér ingben?

– Igen, mint az eminens diák. Fekete nadrág, fehér ing, fekete nyakkendő. Zakó nem kell. L.A.-ben meleg van. Végig kell hallgatni a feltételeket és ha nem felel meg annak, amit eddig ajánlottak a munkádért, akkor meg kell köszönni az ajánlatot, lassan felállni és határozottan elköszönni.

– És mi van, ha elengednek?

– Ha Brendont akarják, akkor semmi. Legalább nem kell foglalkoznod velük a továbbiakban. Ugyanis, ha a döntést már meghozták, akkor csak játszadoznak veled és arra kíváncsiak, meddig vagy képes lealacsonyodni. Amit viszont te nem teszel meg a kedvükért. Amennyiben ők mégis téged akarnak, abban az esetben módosítani fogják az ajánlatot. Nyugtázzák, hogy te nem vagy akárki, ami valljuk be szükséges is egy megbízható reklámarc esetén. Ha téged akarnak, akkor nem fognak elengedni, azzal esélyt adni egy rivális cégnek, hogy odavidd az eddigi vásárlóikat. Pénzből élnek és értenek hozzá, ebben biztos vagyok.

Bólogattam.

– Igazad van. Ez így annyira egyértelműnek tűnik. Csak egy aggasztó dolog van, mi van, ha nem én kellek már nekik – kérdeztem aggódva.

– Olyan nincs – mosolygott.

– És ha mégis?

– Már pedig olyan, nincs. Én már csak tudom – mondta és finoman megcsókolt.

– A másik rendezvény egyszerűbb? – kérdezte.

– Igen, az csak a szokásos jótékonysági golfbemutató, amire minden évben elmegyek. Ott lesznek a márka amerikai képviselői. Ismered Bradly Simon Smith-t? Például ő is ott lesz. A leghíresebb irányító az NFL-ben.

– Igen, ismerem. De azt nem tudtam, hogy te tudsz golfozni!

– Én mindent tudok – búgtam a fülébe.

– Akkor bizonyítsd be! – mondta kacéran.

Másnap reggel maratoni búcsút tartottunk. Képtelen voltam elengedni Jamie-t. Mikor kicsit sikerült elengednem, még gyorsan visszahúztam magamhoz egy utolsó ölelésre, csókra. Újra megszagolni a haját és a nyakát. Ezt eljátszottam vele vagy 10x, mire már könyörgött, hogy menjünk már, mert neki viszont dolgoznia kell.

Annyira bánatosan érkeztem haza, hogy édesapám odajött hozzám.

– Nem megy innen sehova, meg fog várni. Ne izgulj! – mondta.

Tudtam, hogy igaza van, de ez nem pótolta a hiányát.

A repülőút hosszú volt és fárasztó, már alig vártam, hogy végre kinyújtózkodjak.

Másnap elmentem arra a megbeszélésre, amire Brendon Tucker is hivatalos volt. Mindent úgy csináltam, ahogyan Jamie tanácsolta. Stílusos fehér ing, fekete nadrág, fekete nyakkendőben érkeztem meg a cég L.A.-i központjának tárgalótermébe.

Tudtam, mi fog következni. Felolvassák az ajánlatot, ideadják a kezembe elolvasni és ha beleegyezem, akkor az előttem lévő tollal aláírom és kész. Meghallgattam és nem tetszett. Csak Jamie-re és a szavaira tudtam gondolni. A tollat megfogtam, majd a szerződésre helyeztem. Lassan felálltam a székből és megköszöntem a lehetőséget. Finoman szólva nem számítottak a reakciómra. Erre lehetett következtetni az arckifejezésükből, de mindez engem nem zökkentett ki, én folytattam a mozdulatsort és elindultam az ajtó felé.

Ekkor hangos suttogás vette kezdetét, majd amikor már ajtót akart nyitni nekem a személyi testőröm, megszólalt a szervező és megkért, hogy legyek szíves visszafáradni, mert úgy gondolják meg tudunk egyezni.

Én visszamentem és elővettek egy előre megírt másik szerződést az eddigi megállapodás szerinti díjazással, majd elém tették.

Alig bírtam visszafojtani a mosolygásomat, mert csak Jamien járt az eszemben és azon, hogy mennyire okosan átlátott rajtuk. Nagyon jól tud gondolkodni mások fejével – állapítottam meg magamban.

Átolvastam, majd aláírtam és a szerződés megköttetett. Amikor kifelé sétáltunk megkérdeztem, hogy miért én kellek nekik, melyre nemes egyszerűséggel annyit mondtak, hogy az ő órájuk sokkal feltűnőbb egy fehér inges, fekete nadrágos emberen, mint egy túlöltöztetett papagájon.

Beszálltam az autóba, ahol már Apa várt engem. Nem mondtam semmit, csak mosolyogtam.

– Bejött a trükk? – kérdezte, ugyanis apának elmeséltem Jamie ötletét még a repülőút alatt.

– Bejött bizony, de még a fehér ing is.

– Hogy-hogy? – kérdezte meglepetten.

Ekkor elmeséltem édesapámnak a bent történteket.

– Ügyes lány ez a Jamie – mondta apám dicsérően.

– Jamie? – kérdeztem hirtelen. Mi lett az E.J.-vel?

– A dolgok változnak fiam és néha a kevesebb, több.

Apa bölcseletei mindig helytállóak, mindig találóak és mindig nagyon elgondolkodtatóak.

Ebéd után következett a golf parti, kicsit már vártam, mert rég nem látott jó ismerősökkel találkozhattam. Voltak olimpikonok, zenészek és ott volt Bradly is, akivel már évek óta jól ismertük egymást. Egyszer a csapatom meghívta, hogy drukkoljon nekünk, mint VIP vendég, azóta jó viszonyt ápoltunk. Eleinte furcsa volt közös képeken szerepelni, mert ő 195 cm, 110 kg-os NFL irányító volt, míg én 173 cm és 70 kg. Ő sötétbarna hajú, kék szemű izomkolosszus volt, a baloldali szemöldökét egy gyermekkori balesetből származó sérülés kettészelte, ami még tovább fokozta markáns arcvonásait. Úgy nézett ki, mint az az apa, akinek a lányának csak nagyon óvatosan lehet udvarolni. Minden fiú rémálma. Vele ellentétben én pedig örököltem édesapám brazil barnaságát, brazil típusú haját, amit édesanyám hetente igazított, mellette anyukám jellegzetes ecuadori vonásait. A szemem Jasonéval ellentétben nem is sötétbarna lett, hanem világosabb barna, mely kifelé kék színű íriszbe váltott. Ha nagyon sütött a nap, akkor a kék szín mennyisége fokozódott és még világosabb volt a szemem, amivel igencsak feltűnést keltettem a családomon belül is.

Bradly vicces figura volt, az a típus, aki minden bulin ad hoc hangulatfelelőssé képes változni pillanatok alatt. Nem hiszem, hogy valaha komolyabb barátságot ápoltam volna vele, de egy-egy kellemes délutánt évente párszor nagyon szívesen eltöltöttem mellette. Ő volt minden idők legeredményesebb amerikai focistája, ezzel együtt hatalmas vagyon birtokosa. A felesége egy híres divattervező volt, fantasztikusan kreatív és csodálatos kollekciókkal rukkolt elő minden évben. Felesége Clara, sötétbarna hosszú haját egyenesen hordta, hozzá mindig tökéletesen vágott frufrut viselt, mellyel tökéletesen kompenzálta a hosszú görög orrát és jellegzetes vonásokkal teli arcát. Mindig extra magassarkú cipőt viselt, hogy alig legyen alacsonyabb, mint a férje. 6 éve voltak házasok, egy leánygyermekük volt, aki apja vonásait örökölte.

A golfbemutató közel negyven fokban zajlott. A szponzorunk mindenkit fehérbe öltöztetett, stílusosan, ugyanolyan ruhába, melyhez szerencsére baseball sapkát is biztosított. A jótékonysági verseny előtt elkészítették a szokásos reklámfotókat, majd ötöd magammal elindultunk „versenyezni". Bradly ma is formában volt, azonnal vicces pletykákkal indított az első lyuknál. Könnyű volt vele beszélgetni, mert szinte csak hallgatni kellett, illetve közönséget szolgáltatni a történeteinek. Erre én tökéletesen megfeleltem. Bradlynek hála senki sem jutott szóhoz, így Alex balesete, mint téma, fel sem vetődött golfozás közben. Végig mentünk a pályán, amit kijelöltek nekünk, majd leültünk a teraszra hűsítőt fogyasztani. Az asztalnál csak ketten voltunk Bradlyvel, a többiek még nyilatkoztak pár tévének.

– Mi újság Alexszel? – kérdezte rögtön, amint a székhez értem.

– Nem sokat tudok róla – mondtam közömbösen.

– Csak tudsz valamit róla haver, nem igaz? – erősködött tovább.

– Szinte csak annyit, ami a sajtóban van – próbáltam minél hamarabb befejezni ezt a számomra igencsak kellemetlen témát.

– Nem is látogattad meg? – kérdezett tovább, ügyet sem vetve arra, hogy az asztalról fel sem néztem beszélgetés közben.

– De egyszer igen – adtam meg magam. Olyan helyen fekszik, ahova az orvosa csak speciális engedéllyel engedi be a hozzátartozókat, így csak Alex szülei mehetnek be hozzá az orvos jelenlétében.

– És ki a doki? – nyomult tovább kellemetlenül. Ezt a kérdést nem is tudtam mire vélni. Nem mindegy? Kicsi az esélye, hogy ismerné – gondoltam magamban.

– Alexnek van egy lánytestvére, akit örökbefogadtak.

– Tudtam, hogy Elli a dokija. Éreztem. Hogy is lehetne másképp? – Stílust váltott. Megelégedettséget láttam az arcán.

Ismeri. Jamie tudta, hogy ma találkozom Bradlyvel, de egy szóval sem említette, hogy őt közelebbről is ismeri. Ellinek szólítja. Mégis miért hívja Ellinek? Nem kérdeztem semmi. Úgyis tudtam, hogy mindjárt folytatja a sztoriját.

– Régről ismerem a családot. Először Ellivel ismerkedtem meg az egyetemen, mindketten sportpszichológiát hallgattunk. Nem tudom mennyire ismered, de tudod ő tipikusan az a csaj volt, aki mindenkire köröket vert rá. Nem is ez volt a fő szakja, mégis még azoknál is sokkal jobban csinálta, akik egész életükben ezzel akartak foglalkozni. Akkoriban szingli voltam. Tudod, hogy megy ez – tartott egy lélegzetvételnyi szünetet. Kíváncsi voltam milyen lehet egy ilyen csajjal, amúgy szép is volt. Akkor még – Bradly álmodozóan felsóhajtott. Bár ez már 10 éve volt. Gondolom a sok tanulás és éjszakázás nem tett neki jót. Már fiatalon is ráncosodott. Néha meg is jegyeztem neki, amíg jártunk.

Döbbenten ültem az asztalnál és figyeltem Bradly minden szavát.

Micsoda? Ők együtt jártak? – kérdeztem magamban. Bradly Simon Smith Amerika leghíresebb NFL játékosa volt Jamie első barátja, aki megkérte a kezét is? Jamie, mégis mennyire van magasan az a léc? Ha ez a hústorony nem érte el, akkor nekem semmi esélyem sincs – próbáltam úgy tenni, mintha engem ez nem érintene személyesen, így csak bólogatni mertem.

– Na mindegy régen volt. Nem tudod, van barátja? – kérdezte hirtelen, mintha szingli lenne.

– Ennyire nem vagyunk jóban – mondtam határozottan.

– Értem. De ha véletlenül megtudod, akkor dobj már egy üzit, mert érdekelne mi van vele – mondta, mintha teljesen hidegen hagyná a válasz.

– Miért nem kérdezed meg te? – kérdeztem.

– Áhh, nem lehet – legyintett pökhendien. Nagyon kis fiatal volt még, ez volt az első kapcsolata, nagyon nem értette, mit is szeretne egy igazi férfi. Egy szó, mint száz, nem váltunk el békében. A kis prominens diák minden próbatételen megbukott, amit állítottam neki. Csak időfecsérlés volt. Utólag belátom. Nekem mindenképp. Na de ha mégis megtudod mi van vele, akkor megírod ugye?

– Ha tudomást szerzek róla, akkor tájékoztatlak – mondtam.

– Na pont így beszélt ő is velem. És hiába kértem, könyörögtem, semmiben nem volt hajlandó változni. Kíváncsi vagyok van-e férfi a világon, aki ezt a tudálékos stílust majd elviseli neki. Már meg ne haragudj, de te megteheted, hogy így beszélj, te vagy valaki. Nem igaz? Ő mégis kicsoda? – tette fel pökhendien a kérdést.

Egy darabig még hallgattam Bradlyt, aki bárhova is csapongott a történetei között, valahogy mindig visszakavarodott Ellihez. Szabályosan émelyegtem attól, amilyen stílusban Jamie-ről beszélt. Életem egyik legfelkavaróbb beszélgetése volt és egy valami volt ennél rosszabb, hogy holnap a szerződéskötésnél is újra találkoznom kell vele.

Egyszerűen nem tértem magamhoz. Jamie egyáltalán nem így adta elő ezt a kapcsolatot, igaz inkább csak megjegyzéseket tett a kapcsolataira vonatkozóan, de egyértelműsítette, hogy mindet ő zárta le és mindegyik bosszút állt rajta. Azt tudtam, hogy mást akartak egymástól. De Bradly úgy beszélt Jamie-ről, mint egy zsák szemétről. Mintha csak egy kis nőcske lenne, aki még talán kevesebb is, mint az átlag. Dühös voltam. Bradly nem hazudott még nekem, vagyis hogy pontosítsak, nem kaptam még rajta hazugságon. Emellett Bradly egyáltalán nem tett megjegyzést arra vonatkozóan, hogy lánykéréssel lett volna vége a kapcsolatuknak. Még csak nem is állította be komolynak a kapcsolatukat. Annyira ideges voltam. Talán Jamie megvezetett volna az orromnál fogva? Úgy gondolja, hogy velem bármit megtehet?

Így akar esetleg visszavágni Bradlynek, hogy csúfot űz egy másik sportolóból és ez lesz az ő kis személyes bosszúja? Vagy ez lenne a visszavágás Alex balesete miatt? Tönkretesz és összetöri a szívem? Nem értettem semmit. Ha Jamie igazat mond, akkor hogy lehet, hogy Bradly ennyire másként élte meg a kapcsolatukat? Bradlynek mi oka lenne egyáltalán hazudni? Hisz mindene megvan. Csak Jamie veszíthet azzal, ha hazudik és mégis úgy tűnik megtette. Eltitkolta előlem, hogy ki is valójában, bár erre teljesen érthető magyarázatot adott, de ha valaki ilyet el tud titkolni, akkor miért ne hazudhatna másról? A kettő között már nincs olyan nagy különbség. Fel fogom hívni Jamie-t és tisztázom vele.

Mikor visszaértem a szállásra azonnal telefonáltam Jamie-nek, de nem vette fel. Ez még nem annyira meglepő, mert legtöbbször Jamie nem tud telefonálni. Viszont eszembe jutott, hogy megemlítettem neki, hogy kivel és mikor fogok itt találkozni és mi van, ha tudja, hogy mostanra minden kis piszkos kis hazugsága kiderült számomra és direkt nem veszi fel a telefont? Az őrület határán jártam. Újra felhívtam. Semmi. Én ezt nem bírom. Éreztem, hogy a pulzusom 200 fölött jár. Lehet, hogy minden csók, minden ölelés csak színjáték volt? Minden, amit mondott vagy tett egy előre elrendezett szerep, amit játszik? Szinte egymás után csörgettem, de nem vette fel. Az ágyra dobtam a telefonom és elindultam Ryanékhez, hátha otthon vannak. Ryan mondta, hogy Jamie-t akkor ismerte meg, mikor még az első barátjával volt. Ryan tudni fogja. Már bántam, hogy nem hoztam magammal a telefont, mert hiába csöngettem a háznál, nem nyitott ajtót senki. Visszamentem a szállásra és láttam, hogy van egy nem fogadott hívásom Jamie-től. Visszahívtam. Semmi, megint nem veszi fel. Soha életemben nem voltam még ennyire dühös. Nem is értem, minek kell erről hazudnia, hiszen mindenkinek vannak félresikerült kapcsolatai, de nem kell erről hazudni, ez is az élet része. Gyűlöltem a hazugságot és gyűlöltem Jamie-t, amiért hazudott nekem. Ryant tárcsáztam, de ő sem vette fel. Lerogytam az ágyra és fájdalmamban sírni kezdtem. Reggel még boldog voltam, hogy megtaláltam végre azt a nőt, akiben megbízom és akivel le akarom élni az életem. Most viszont egy csaló áldozatának érzem magam.

Jamie csörgetett.

– Szia! baj van? – kérdezte aggódva. Rengetegszer hívtál.

– Igen baj van, miért nem veszed fel? Újabb hazugságokat találsz ki, hogy minél nagyobb hülyét csinálj belőlem? Elli? – dühöngtem a telefonba.

Hallgatott. Semmit nem mondott. Tudja, hogy lebukott és erre már neki sincs ötlete válaszolni.

– Nem tűröm, ha hazudnak nekem és nem tűrök el semmi hasonlót sem az életemben. Remélem kiszórakoztad magad és tapsolsz örömödben, hogy sikerült átverned. Megpróbálhatod a színészi pályát, biztos vagyok benne, hogy sikereket érnél el ott is. Soha az életben nem akarlak többet látni, tényleg. Soha – már ordibáltam a telefonba.

Még mindig hallgatott. Idegesítően sokáig.

– Még csak nem is mentegetőzöl? – kérdeztem szinte önkívületi állapotban. Semmi színjáték, hogy ilyen fontos vagyok neked meg olyan fontos? Legalább egy gagyi bocsáss meg-et mondhatnál. De semmi. Csend. Ez az, amihez pokolian értesz. A csendhez.

Még mindig hallgatott. Nekem már nem volt semmi mondanivalóm, mert azzal, hogy hallgat, mindent szó nélkül elismert.

Kattant a vonal. Letette.

Ryan visszahívott, de most nem volt kedvem beszélgetni vele. Tegnap szívesen beszéltem volna vele, hogy milyen tökéletes megérzése volt velünk kapcsolatban, de ma, ma nem. Tévedett. Ryan is tévedett. De én mekkorát tévedtem.

Vacsorázni sem volt kedvem, de apám unszolt, hogy tartsak vele.

– Mi a baj fiam? – kérdezte. Reggel még repülni tudtál volna örömödben.

– Az reggel volt. Azóta sok mindent megtudtam.

– Mit tudtál meg?

– Bradly Simon Smith-el golfoztam délután.

– Igen, és?

– Képzelt ő volt Jamie exe.

– Tudom, ismerem a sztorit – apa hangja nyugodtabb volt az átlagosnál is.

– Te tudtad? – kérdeztem.

– Igen Lorenzó elmesélte. Jamie nem mondta el?– kérdezett vissza apa.

– Nem.

– Jamie tudta, hogy találkozol Bradlyvel?

– Igen.

– És úgy tudja, hogy jóban vagytok?

– Azt hiszem, de ezt most mégis min változtat?

– Ez igazolja, hogy Jamie rendkívüli.

– Miről beszélsz apa? – néztem rá megdöbbenve. Hirtelen a vesztemet éreztem.

– Soha nem beszéltünk eleinte arról, hogy mi van közted meg Jamie között, de én mégis tudtam. Nem is érdekel, hogy honnan?

– Gondoltam, láttad rajtam.

– Nem csak abból – kezdte. Onnan tudtam, hogy műanyagpoharakat vetettél a lakásodba. Előttem hívtad fel a gondnokot. Emlékszel? Azt, hogy Jamie nem iszik üvegpohárból csak a legfontosabb emberek tudják róla. És én innen tudtam, hogy te egy vagy közülük, csak nem tudom, hogyan tudtad ezt eltitkolni.

– Mégis mi köze van ehhez az üvegpoharaknak?

– Amikor Bradly megkérte Jamie kezét és Jamie nemet mondott, Bradly dühében a közelében lévő összes üvegpoharat hozzávágta Jamie-hez. Lorenzóék a történtek után távoltartási végzést intéztek Bradly ellen, így Bradly nem mehet 10 méternél közelebb a Giordano család egyik tagjához sem. Alex nem hajlandó olyan márkát képviselni, amit Bradly is képvisel. Így az elmúlt években, ahogy Alex népszerűsége nőtt, elég sok szponzor kihátrált Bradly mögül, ugyanis a szerződésekben záradékként szerepel a bírósági végzés ügyiratszáma. Lorenzóék teljesen összetörtek. Bűntudatuk volt, hiszen Ők nagyon támogatták a kapcsolatot Bradly és Jamie között, de Jamie az elejétől fogva jelezte számukra, hogy ez nem olyan, mint amilyennek lennie kellene, de tapasztalatlansága miatt nem érvelt elég meggyőzően. Jamie testén 38 vágott sérülést számoltak meg, amikor a kórházban látleletet vettek. Soha nem indított eljárást Bradly ellen családon belüli erőszak miatt, mert tudta, hogy akkor Bradly karrierje kettétörik. Megelégedett a távoltartási végzéssel. Igaz maradandó heg nem keletkezett a testén, de biztos vagyok benne, hogy egy életen keresztül elkíséri.

Szóhoz sem tudtam jutni apa mondataitól, csak nyeltem egyet.

– Jaden! Mégis hányszor ejtette ki Jamie nevét az a beképzelt pojáca, amíg összehordott neked egy nyilvánvalóan színes történetet Jamie-ről?

– Legalább hússzor – motyogtam.

– Nem tudom mit tettél, de ki kell javítanod! Imádkozz, hogy megbocsásson! – javasolta apám.

Az életemet képes voltam egy fél nap alatt darabokra hullajtani. Nem tudom mi dühített jobban, amit én tettem Jamie-vel vagy amit Bradly. Megértettem, hogy Jamie nem mondott semmit erről a kapcsolatról. A helyében én sem tettem volna. De ha elmondja, akkor nem szúrom el az életemet egy hazug szemétláda miatt, akinek most tudta nélkül is sikerült Jamie-n újra bosszút állnia, általam. Mekkora egy barom vagyok, egy idióta. Hiszen meg sem érdemlem, hogy Jamie megbocsájtson. Nem azért hallgatott, mert nem tudott mit mondani, hanem mert az én életem szerelme döbbenten hallgatta a kedvese alaptalan vádjait.

Visszamentem a szobába és próbáltam hívni Jamie-t, de nem vette fel. Csoda lenne, ha egyáltalán valaha felvenné nekem a telefont a jövőben. Megpróbáltam még egyszer, de semmi.

Neki fogtam és leírtam a gondolataimat. Legalább egymilliószor bocsánatot kértem tőle. Mindenért bocsánatot kértem tőle, amit bárki valaha elkövetett ellene. Megfogalmaztam, hogy mennyire szeretem és hogy elfogadom, hogyha soha többé nem akar velem találkozni. Tisztázni szerettem volna vele, hogy én vagyok a hibás és mindig szeretni fogom, mert ő a legtökéletesebb nő a világon. Nagyon hosszú levél lett, de hátha egyszer elolvassa, hogy megnyugodjak, hogy tudja, mit is érzek iránta.

Én vagyok a világ legnagyobb vesztese és minden eszközt képes voltam bevetni, hogy eme rangot megérdemelten viseljem. Ezekkel a gondolatokkal feküdtem be az ágyba, magamhoz ölelve a párnát, mintha az Jamie lenne és könnyáztatta szemekkel aludtam el.

Szörnyű éjszakám volt, mintha egy percet sem aludtam volna. A szemeim sokáig fájtak még ébredés után is. Gyorsan a telefonomra pillantottam, de semmi. Sem hívás, sem üzenet nem érkezett Jamie-től. Megnyitottam a beszélgetésünket és láttam, hogy még el sem olvasta az esti üzenetemet. Nem is érintett váratlanul. Azok után, amiket a fejéhez vágtam és ahogyan viselkedtem a telefonban, lehet, hogy még a számomat is kitörli, nemhogy elolvassa az üzenetemet. Nagy nehezen összeszedtem magam és lementem reggelizni, de nem esett jól a reggeli, csak a szokásos diéta miatt estem túl az egészen. Délelőttre programunk volta apával, de lemondtam, nem volt kedvem jópofizni senkivel. A délutáni szerződéskötésre gondoltam és eszembe jutott, mi is a mai nap fő feladata. Izgatottan mentem vissza a szobámba és már hívtam is az ügyvédemet.

Miután Jaden elrepült újra beköltöztem a kórházba. Nélküle csak a munka esett jól, semmi más. A kapcsolatunk még titokban tartottuk, tekintettel a rengeteg nehéz körülménybe, ami körbevesz minket, de egyikőnk sem bánta, hiszen így csak a miénk volt. Úgy éreztem, teljesült a vágyam arról, hogy valaha olyan boldog kapcsolatban éljek, mint a szüleim. A munka rendben halad, Alex állapota minden nap egyre jobb volt. A képalkotók már csak minimális agyduzzanatot véleményeztek és továbbra sem láttam a felvételen agyi sérülést. Arra gondoltam, hogy a protokolltól kissé eltérően előre hozok egy infúziós kezelést Alexnél, hátha felgyorsítható lenne az agyödéma teljes megszüntetése és akkor hátha kijönne a kómából. Amikor Jaden nem volt mellettem, folyamatosan olvastam a legújabb tanulmányokat, melyik országban hogyan csinálják a hasonlóan sérült emberek kómából való kihozatalát. Egy izraeli cikk nagyon figyelemre méltó volt. Ismertem is személyesen a szerzőt, ugyanis szemináriumokat tartott az egyetemen. Bíztam benne, hogy a cikk tartalma releváns és objektív. El is határoztam, hogy az általa leírt protokollal kissé megváltoztatom a sajátomat és Alexre szabom. A Jadennel töltött hétvégén a New York-i feladataim is felgyűltek, amiket mihamarabb pótolnom kellett, így Jaden mardosó hiánya nem tudta uralni a napjaim minden egyes óráját. A New York-i főnököm egyszer jelentkezett be telefonon nálam és megnyugtatott, hogy ne izguljak, minden rendben megy az osztályon és nem sürgetni akar a hívással, csak érdeklődni. Elmesélte, hogy a csapatom az elvárt szinten teljesít nélkülem is, aminek őszintén örültem. Életemben először nem akartam pótolhatatlan tagja lenni a csapatnak. Jaden miatt. Miattunk. Az osztály gördülékeny működése amellett szól, hogy van választásom és biztos vagyok benne, hogy ha kell, akkor Jadent fogom választani. Jaden miatt feladnám az álommunkámat. Jaden miatt szinte bármit feladnék, csak vele öregedhessek meg.

Szerdán késő délután jelentkezett, ő éppen akkor jött ki az első megbeszéléséről és szinte hallottam, ahogy ugrál örömében. Sikerült neki a szerződést megkötnie.

– Szia Jamie! Igazad volt. Mindenben. Én kellettem nekik és még az ingemet is megdicsérték – mondta izgatottan a telefonban.

– Ügyes vagy, büszke vagyok rád. Tudtam, hogy te kellesz nekik. Nagyon nagy céget képviselnek, ki hozna olyan nevetséges döntést, hogy téged egy bugrisra lecserélne? – hízelegtem neki.

– Mindent úgy csináltam, ahogyan javasoltad. Próbáltam nyugodt maradni, de nem tudom mennyire sikerült elrejtenem az érzéseimet.

– Én csak abban reménykedem, hogy kifele jövet nem ugráltál örömödben, mert tuti figyeltek az ablakon keresztül – mondtam mosolyogva.

– Az már nem számít – nevetett. A szerződés megkötetett. Hogy vagy drágám?

– Itt a helyzet változatlan. A papírmunka felgyűlt és próbálom utolérni magam. Csak te hiányzol, bár, ha itt lennél a munka csak tovább gyűlne.

– Te is nagyon hiányzol. Minden percben gondolok rád.

– Helyes! Ez a minimum – mondtam büszkén.

– Vigyázz magadra!

– Te is! Legyen szép napod!

Miután letettük a telefont, egyszerre voltam nagyon boldog, hogy Jadent ennyire boldoggá tette, hogy tudja, mégis ő kell a cégnek és egyszerre fogott el az aggodalom, mert tudtam, hogy nemsokára Bradlyvel fog találkozni. Életem legrosszabb időszaka volt, amit Bradly mellett töltöttem. Így utólag könnyű belátni. Bradly képes volt elhitetni, hogy minden, ami közöttünk történik tökéletesen működik. Tapasztalatlan voltam és hiszékeny. Elhittem neki, amiket mondott nekem. Bradlyvel a sportpszichológiai képzésen találkoztunk Los Angelesben. Eleinte fel sem tűnt a jelenléte, pedig már akkor az egyik legértékesebb játékosa volt az NFL-ben. Hallottam már róla korábban is, de inkább csak a többi tanuló csodálata hívta fel rá a figyelmem. A közös szemináriumok előtt én gyakran beültem olvasni az egyetem földszinti kávézójába, melynek hatalmas nagy pergolával árnyékolt terasza volt. Egy idő után megfigyeltem, hogy ő is mindig ott van. A jelenléte nemigen foglalkoztatott, viszont a zaj, ami körülvette, többször volt zavaró, mint nem. Az egyetemisták állandóan körberajongták és ezáltal hangos volt a kávézó, amit én nem szerettem. Gyakran akkora ricsaj kísérte az előadásait, amelyek során épp az aktuálisan utolsó meccsén megesett hőstetteit ecsetelte, hogy a saját gondolataimat sem voltam képes meghallani. Ilyenkor kimentem a parkba és egy padon ülve folytattam az olvasást. Az olvasás és a zene hallgatás volt az egyetlen, ami akkoriban békével töltött el. A szüleim vesztesége még mindig nagyon erősen hatott rám, ami miatt az addigi megszokott őrült tempómnál is jobban belevetettem magam a tanulásba. Bradly jóképű, magas férfi volt, de nagyon hangos és meg mertem volna kockáztatni, hogy a jelleme számomra irritálónak hatott. Egyik délelőtt újra kikényszerültem a parkba. Olvasás közben hirtelen árnyék vetődött a könyvemre. Felnéztem és Bradly állt előttem.

– Szia! – mondta.

– Szia!

– Mit olvasol?

– Orosz irodalom. Sokatmondó, páratlan emberi jellemformák lelhetőek fel benne.

– Orosz irodalom? – nem sokat tudok róla.

Ezen egy cseppet sem lepődtem meg – gondoltam magamban.

– Leülhetek melléd?

– Ha szeretnél persze, van hely a padon.

– Mindig olvasol – jegyezte meg. Nem vagy az a nagy társasági ember.

– Társasági ember vagyok, de csak a megfelelő társaságban érzem jól magam. Minden jött-ment emberrel nem állok le beszélgetni, csak hogy hallassam a hangom.

– Gondolom ez én lennék – kérdezett vissza.

– Nem akartalak megbántani ezzel, de igen, te is egy vagy közülük.

– Nem vagyunk egyformák – jegyezte meg.

– Nem.

– Esetleg tudnék bármit tenni, hogy megváltoztassam a véleményedet rólam.

– Nekem nincs kialakult véleményem rólad, hiszen most beszélgetünk először egymással.

– Akkor, ha ráérsz este, szívesen beszélgetnék veled másodjára is.

– Programom van estére – bújtam ki a lehetőség elől.

– Van barátod?

– Nincs.

– Akkor holnap este. Foglalok egy asztalt és érted megyek. Csak mondd, hova menjek érted.

Különös randira hívás, gondoltam magamban, de meg sem lepődtem. Pontosan hozzá illett.

Az első randira nagyon készült, én kevésbe. Jóval visszafogottabban viselkedett, mint azelőtt. Sokkal kedvesebb és lágyabb volt a hangja, teljesen meglepődtem az eddigieket látva és hallva. Nagyon sokat mesélt az addigi életéről, hiszen ő már akkor is 32 éves volt. Híres focista, aki már mindent elért az életben. Családjáról beszélt, későbbi terveiről. A vacsora alatt szinte meglepetésszerűen szimpatikussá vált és legbelül örültem, hogy nem utasítottam el azonnal. A második randira kiolvasott egy orosz kötet és ezzel még több közös témánk akadt. Imponált, hogy annak ellenére, hogy bárkit megkaphatna egész Amerikában, ő inkább velem töltötte az estéjét és miattam még orosz irodalmat is olvasott. Az első hetek mesébe illően történtek. Jött a szőke herceg és minden próbát kiállt, hogy megszerezze a királylányt. Nagyon megkedveltem és szinte minden szabadidőmet vele töltöttem. Volt, hogy még tanulni is leült mellém, hogy velem lehessen és ez jól esett. Bár nagyon zavaró volt a jelenléte, mert állandóan mozgolódott, meg szuszogott, ami ki-ki zökkentett a tanulásból, de tudtam, hogy tőle ez a maximum, amit várhatok és szimpatikus volt a kitartása. Én még szűz voltam és ezt nagyon hamar közöltem is vele. Meglepődött a tényen, de idegesnek nem látszott. Szinte minden este bepróbálkozott, de én éreztem, hogy erre még nem állok készen és minden alkalommal rendre nyugtázta az elutasításom. Egyik este megint kísérletet tett az elcsábításomra. Én igyekeztem visszautasítani, de mintha meg sem hallott volna. Folytatta és megnyugtatott, hogy minden rendben lesz és hogy ő tudja, hogy készen állunk a továbblépésre. Meggyőző tudott lenni. A lányok mindig elképzelik, hogyan és mikor legyen egy kapcsolatban az első alkalom, de ez abszolút nem olyan volt. Semmi panaszom nem lehetett, mert nagyon vigyázott rám, tudta, hogy nekem az első és ennek megfelelően viselkedett, de én végig azon gondolkodtam, hogy biztos, hogy én ezt akarom? De már nem ellenkeztem, hagytam, hogy megtörténjen. Úgy gondoltam, lehet csak nagyon tartok az első együttléttől és ezért halogatom. Végül átestem vele a tűzkeresztségen és aznap este még sokáig folytatta. Nem voltam benne biztos, mit kell ilyenkor érezni, nem tudtam hogyan kell pontosan viselkedni, mit kell csinálnom és mit hagyhatok, hogy ő csináljon velem. Tapasztalt volt és bíztam benne. A szexuális felvilágosításban sosem részesültem. Magántanulóként a tinédzserkori bandázásból kimaradtam. Nekem Alex volt a legjobb barátom, vele pedig nem beszéltünk ilyenekről. Amit tudtam, azt a könyvekből olvastam. A következő hetekben a kapcsolatunk nem változott, mindennap találkoztunk, amikor nem kellett meccsre mennie. Folyamatosan bizonygatta, hogy ez élete legjobb kapcsolata és hogy soha nem fogja hagyni, hogy ennek vége legyen. Mindenféle apró és nagyobb ajándékot kaptam tőle. Szabályosan elhittem, hogy egy kapcsolat tényleg ilyen. Egyetlen vita témánk az volt, hogy nem kísértem el a meccsekre. Nem akartam megbántani és nem mondtam el neki az igazat, hogy az egyedül töltött időben sokkal jobban tudok tanulni. De nem csak tanulni tudtam jobban, jobban is éreztem magam. Hamar meg akart ismerkedni a családommal, így már 2 hónap után Lorenzóékat az ujja köré csavarta. A vacsorák ugyanolyan hangosak voltak a hangjától, mint a kávéház, de már megszoktam. Sosem hittem volna, hogy ezt is meg lehet szokni. Lorenzóék istenítették és gratuláltak nekem, hogy milyen ügyes vagyok, hogy egyből megtaláltam az igazit. Sok-sok hónap telt el így, békésen, ő versenyzett, én tanultam és dolgoztam. A nyári időszakot közösen töltöttük és rengeteg szép helyen kirándultunk. Kötelező partikon együtt jelentünk meg és mindig büszkén mutatott be a régi és új barátainak. A legtöbb ismerőse hozzá hasonló volt, kivéve Ryant, akivel az egyik ilyen emlékezetes partin ismerkedtem meg. Végig Bradly mellett kellett lennem, mert nem szeretett szem elől téveszteni. Azzal indokolta, hogy nem szeretné, hogy bajom essen és csak akkor tud vigyázni rám, ha mellette vagyok. Ryan nagyon derűs személyiség volt, azonnal szimpatizáltam vele. Feltörekvő zenész volt és az eddigi izgalmas életútjáról beszélt. Szerettem volna többet beszélgetni vele, de Bradly menni akart, újabb régi cimborákkal beszélgetni és húzott maga után. Hátrafordultam és intettem Ryannek, hogy örültem a találkozásnak. Később a parti során egy fiatal srác összeesett és láttam, hogy nagy a felbolydulás körülötte. Elengedtem Bradly kezét, aki utánam is kiabált, de nem foglalkoztam vele. Láttam már hasonló jelenetet az egyetemi bulikon és nem mertem kockáztatni, hogy ha nagy a baj én oda sem megyek. A srác petyhüdten feküdt, mire odaértem. Ellenőriztem a pulzusát a kezén, de nagyon nehezen éreztem a sajátom miatt, így a nyakán is kerestem, de nem találtam. A teste forró volt, levegőt nem vett. Gondolkodás nélkül belekezdtem az újraélesztésbe és szóltam, hogy hívják a mentőket, újraélesztéshez. Csend volt, szinte állt a levegő. Hallottam, hogy valaki a segítségemre rohan eltolva a bámészkodó tömeget, a srác volt, akivel beszélgettem, Ryan. Hangosan mondtam neki, mit és hogyan kell csinálni, majd egy másik srác is letérdelt mellénk. Én számoltam, ők segítettek. Szerencsénk volt, a srác reagált az azonnali alapszintű újraélesztésre. Időközben kértem, hogy hozzanak jeget, amennyit csak tudnak és beborítottuk vele a srác testét. A srác remegni kezdett. Szerencséje volt. A mentő kiért, a srác már eszméleténél volt és stabilan szállították a legközelebbi kórházba. Az emberek tapsoltak, én pedig nem is értettem, hogy miért? Minek kell tapsolni? Legtöbbjük csak állt és bámult. Fel sem fogták, hogy mi történik és hogy egy emberéletről van szó. Csak azt a két embert figyeltem, akik segítettek. Ryant és egy pincér srácot. Csak őket tudtam tisztelni és mélységesen csalódtam Bradlyben. Látta, hogy mind a srácnak és mind nekem szükségem van segítségre, de fel sem ajánlotta. Ryannel még váltottunk pár mondatot, de Bradly türelmetlenül nézett minket, így lezártam a beszélgetést és reméltem, hogy még találkozok vele. Talán ez az egyetlen dolog, amit Bradlynek köszönhetek, hogy általa megismerhettem Ryant. Ennyi. Hazafelé Bradly elmondta, hogy mennyire büszke rám és hogy fotót is készített rólam, miközben emberi életet mentek.

– És meg sem fordult a fejedben, hogy oda gyere és segíts? Egész este a kezemet fogtad, de amikor szükség lett volna rád, kihátráltál – dorgáltam le.

– Én ehhez nem értek, nem akartam elrontani semmit – mentegetőzött.

– A két srác sem értett hozzá mégis ott voltak és nekik köszönhetően a srác életben van – magyaráztam az álláspontom a viselkedésével kapcsolatban.

Aznap este Bradly nem szólt hozzám. Én sem kívántam vele beszélgetni. Biztos voltam benne, hogy ő nem lehet nekem az igazi. Én nem akarok olyan emberrel élni, aki nem képes mindenáron segíteni nekem bármiben, bárhol, bármikor.

Másnap elővette a kedves énjét és reggelinél nagyon jókedvűen felolvasta az üzeneteket, amiket kapott miattam. Gratuláltak neki, milyen szerencsés, hogy én vagyok a párja és hogy egész életében biztonságban lesz mellettem. Egész életében? Kizárt. Határoztam el magamban. Ha Lorenzók nem táblázták volna be közös programokkal a következő hónapokat, már aznap szakítottam volna vele, de nem akartam Lorenzóék terveit keresztül húzni. Igazából azt sem tudtam, hogyan kell szakítani. Mondjam meg egyszerűen, hogy én ezt nem akarom folytatni? Tegnap érthetően kifejtettem, hogy nem vettem jó néven, hogy fontos pillanatban cserbenhagyott és a válasz csak csendes duzzogás volt részéről.

Az a parti fordulópont volt a kapcsolatunkban és bármilyen érzést is próbáltam magamra erőltetni vele szemben, nem tudtam. A szex ugyanúgy része volt az életünknek, mert neki szüksége volt rá, nekem kevésbé, de az legalább tökéletesen működött. Talán az egész kapcsolatban az volt a legjobb, az egyetlen helyzet amikor nem idegesített. Amikor az idénye újra elkezdődött nyaggatott, hogy utazgassak vele. A munkával takaróztam. Amikor elutazott, az volt a megváltás. Bradly jó ember volt. Imádott engem, túlzottan is. Nem tudtam eldönteni, hogy szerelmes belém, vagy csak uralni akar. Folyamatosan szemmel akart tartani. Egyszer rákérdeztem, miért akar mindig magával vinni és egyszerűen csak annyi volt a válasza, hogy ne adjon esélyt, hogy mással is megismerkedjek. Legalább őszinte volt.

– De nem lehetsz mindig mellettem – mondtam neki.

– Nem baj. Ha jövőre születne egy gyerekünk, akkor végre felhagynál ezzel az ostoba munkamániáddal. Velem tartanátok minden meccsre és tudnám, hogy a szabadidődben a gyermekünkkel vagy és nem lenne okom féltékenykedni. Mosolygott és kacsintott egyet.

Onnantól kezdve már nem is erőltettem magamra még Lorenzóék miatt sem, hogy jól érzem magam Bradlyvel. Biztos voltam benne, hogy egy normális kapcsolat nem így működik. Ő szinte lubickol, hogy állandóan vele vagyok, de azzal nem foglalkozik mi van velem. Jövőre gyerek és hagyjam abba a munkámat?

Mert ő neki így a legkényelmesebb? Biztos voltam benne, hogy én ezt a variációt nem szeretném. Nem akartam hirtelen szembesíteni az érzéseimmel, úgy döntöttem, hogy a kapcsolatunk lassú leépítését fogom végezni. Végtére is ez bennem már hetek óta érik, most már csak ki is kell mutatnom.

Finoman szólva sem volt elragadtatva az új énemtől. Mindenféle programokat kitalált, de én visszautasítottam őket. A partikra nem kísértem el, ami nagyon dühítette. Kitalálta, hogy a rossz kedvem azért van, mert szerinte helytelenül táplálkozom és keveset mozgok, ezért edzéstervet írt nekem és táplálkozási tanácsadót is fogadott fel mellém. De a dolgok drasztikusan megváltoztak, amikor Lorenzó felhívott, hogy Bradly megkérte tőle a kezem és ő utólagos engedelmemmel igent mondott neki. Nem akartam hinni a fülemnek. Tudtam, hogy este Bradly a házában valami meglepetéssel készült, de erre nem számítottam. Egész héten izgatott volt. Fel sem fogom, miért akar elvenni engem, mint ahogy azt sem, hogy lehet valaki ennyire elvakult és hogyan nem veszi figyelembe a másik jelzéseit. Le akartam mondani a vacsorát, de gyenge próbálkozás volt részemről. Este értem jött és elvitt magához. Gyertyafényes vacsora várt minket és sok-sok rózsaszirom. Pezsgőspoharak toronyban álltak, holott csak ketten voltunk.

– Mit ünneplünk? – kérdeztem.

– Azt, hogy holnap összeköltözünk.

– Nekem tökéletesen megfelel a lakás, ahol lakom. Ez a ház hatalmas, elveszek benne.

– Nem érdekel – mondta és letérdelt előttem. A feleségem velem fog élni, akármekkora is ez a ház.

Elővett a zsebéből egy dobozkát. Felnyitva egy hatalmas gyémántgyűrű csillogott rám. Kétségtelenül jó ízlése van.

– Bradly! – kezdtem.

– Nem kell mondanod semmit, szépen az ujjadra húzom és egész életedben biztonságban lehetsz mellettem.

– Bradly – kezdtem újra, de már az ujjamon is volt a gyűrű.

Mély sóhajt vettem és levettem a gyűrűt az ujjamról.

– Nem szeretnék a feleséged lenni – adtam vissza a kezébe a gyűrűt.

– Dehogynem, már ezerszer megbeszéltük.

– Bradly, ezeket te mondtad, nem én – határozott voltam. Annyira feldühítettem a visszautasításommal, hogy bármi volt a közelében földhöz vágta, ütött, borított mindent. Próbáltam nyugtatni, de nem sikerült. Félelmetesen viselkedett ezért ijedtemben ott akartam hagyni, de testével elállta a menekülő utat és onnantól kezdve tökéletes célpontja voltam a pezsgőspoharaknak. Az egész testemet üvegtörmelékek borították körülöttem minden csupa szilánk volt.

Odajött hozzám, hogy bocsánatot kérjen, de nem néztem rá. Beszélt hozzám, de én már soha többé nem szóltam hozzá. Sírva könyörgött, rimánkodott, de bármit is csinált ő már semmit nem váltott ki belőlem. Amikor elindult törlőkért, hogy a vérfolyamokat felitassa a testemről én kihasználtam az alkalmat és elfutottam tőle. Futottam, ahogy bírtam és sírtam, amennyire csak lehetett. Egyenesen a kórházba mentem, mert tudtam, hogy utánam fog jönni a lakásba és a portás fel fogja engedni, ahogyan azt mindennap megtette. A kórházban látleletet vetettem, mert ez a tette megbocsáthatatlan és megengedhetetlen. Úgy döntöttem, hogy a történtek nem múlhatnak el következmények nélkül. Végül a rendőrséget nem hívtam ki, csak az orvosi dokumentációban szerepel, ki, mit, mikor tett velem. A kórházban felkerestem a gyakornoki szobát, ami szerencsére üres volt és lezuhanyoztam, majd orvosi ruhát vettem magamra. Miután rendbe raktam magam kimentem a sürgősségire és megkérdeztem, kell-e ingyen munkaerő? Kellett, mindig kell. Így lett a legjobb és legmegbízhatóbb gyógyszer az életemben a munka. Mindig számíthattam rá a legnagyobb viharban is.

Másnap felhívtam Alexet és elmondtam neki a történteket. Már tudták, hogy nemet mondtam, mert Bradly sehol sem talált és még rajtuk keresztül is keresett. Természetesen semmit nem mondott arról, hogy mit tett velem a válasz elhangzása után. Lorenzóék azonnal hozzám repültek, majd megbeszéltük, hogy Sofi és Alex elintézi a lakásom, bedobozolnak mindent, én pedig Lorenzóval New Yorkba repültem. A képzésemet eleve rugalmasan választottam meg a szakorvosi képzés mellett, így a dékán nagyon rendes volt és nem kellett félbehagynom a szakot, hanem csak módosítottuk az ütemtervet.

Lorenzó egy kíméletlen üzenetet küldött az ügyvédjén keresztül Bradly ügyvédjének és közölte, hogy nincs a szándékunkban családon belüli erőszak miatt meghurcolni a nemzet aranyának számító Bradlyt, de cserébe távolságtartási végzést kezdeményez Bradly ellen, aki nem közelítheti meg a Giordano családot 10 méteres távolságban. Amennyiben Bradly mégsem hajlandó elismerni írásban a tettét és peren kívül megegyezni a családdal, akkor bírósági eljárást indítványozunk súlyos bűncselekmény elkövetése miatt. A levélhez csatolta a látleleti jegyzőkönyvet és a vágásokról készült fotókat. Bradly nem tehetett mást, minthogy elismerte tettét és aláírta a papírokat. Soha többé nem jelentkezett és a családnak még a közelébe sem járt soha. Az ügyet a bíróságon kölcsönös megegyezéssel lezárták. A távoltartási végzés jelenleg is érvényben van. Bár kicsinyes megjegyzései azóta is voltak a családunkkal és egy bizonyos exével kapcsolatban, de minket csak az érdekelt, hogy távol maradjon tőlünk.

És most Jaden ezzel az emberrel golfozgat. Szegény Jaden. Gondolkodtam rajta, hogy egyszer megosztom vele ezt a sötét foltot a múltamból, de nem akartam, hogy miattam rosszul érezze magát Bradly mellett. Az a mi történetünk volt és Jaden jobb, ha sosem tudja meg. Féltettem őt, nincs szüksége több traumára a jelen helyzetben.

A protokoll, amit választottam sajnos kifejezetten veszélyes, így az első dolog, amit nagy sajnálatomra tennem kellett Alexszel, hogy visszatettem a gépre, hogy stabil gépi lélegeztetésben részesüljön, majd elindítottam az infúziós kezelést. Az infúzió cseppszáma magas volt, ami meglepett. Minden úgy tűnt, hogy a legnagyobb rendben megy. Kb. 45 perccel később Alex monitorja hangosan riasztani kezdett. Extrém magas pulzusszámot mutatott a gép, azonnal ellenőriztem és tapinthatatlan volt a pulzus a nyakán is. Az infúzió már rég lecsöpögött. Lehet, hogy valamilyen allergia alakult ki nála? Csengettem, hogy jöjjenek újraélesztéshez és hozattam a defibrillátort. Kiütöttem egyszer, de semmi reakció. Protokoll szerint alkalmaztuk a gyógyszereket. Minden egyes beavatkozásnál reméltem, hogy változás lép fel, de semmi nem történt. Kiütöttem másodjára is, de nem csökkent a szívfrekvencia, a kamra tachycardia továbbra is makacsul mutatta magát a monitoron. Egyetlen dolgot tudtam tenni, amit ilyenkor leggyakrabban teszek, imádkozni kezdtem. Megjósolhatatlan volt, hogy Alex szíve mit bír ki. Egyáltalán kibírja-e ezt és ha igen, mekkora károsodás érte bármelyik szervét is. A harmadik kiütésre lassult a szívfrekvencia, kezdett normalizálódni. Pokoli percek voltak. Pokolian lassú percek és nem lehetett tudni, mi lesz a vége. Ránéztem az órára csak 4 perc telt el a riasztás óta. 4 perc volt az egész. Egyszerűen nem lehet, hogy bármi baj érte az én drága Alexemet. Nem mozdultam mellőle, mint ahogy senki más sem. Profi csapat dolgozott az osztályon, mindenki tudta mit kell csinálni. Hosszú percek teltek el. Amikor megbizonyosodtunk, hogy Alex túl van a kritikus részen, a személyzet szépen feloszlott és visszatért az eredeti pozíciójába. Én nem mozdultam továbbra sem mellőle. Nem tudom, talán egy óráig is álltam mellette és imádkoztam érte, hogy hasson a gyógyszer, ha már bejutott a szervezetébe és ilyen drasztikus következményei voltak. Amikor megnyugodtam, csak akkor nyúltam a telefonomhoz reflexszerűen. Láttam, hogy Jaden többször is hívott. Az gondoltam baj van, megcsörgettem, de nem vette fel. Reméltem, hogy legalább vele minden rendben van. Vártam, hogy esetleg visszacsörget, de semmi. Alex monitora megint riasztani kezdett. A szívem majd kiugrott a helyéről. Megint drasztikusan emelkedett a pulzusszáma, már csengetnem sem kellett, rohantak az ápolók, de szerencsére itt csak egy defibrillálás kellett, arra azonnal reagált a szervezete. Ezek legalább annyira szörnyű percek voltak, mint amikor a szüleim meghaltak, csakhogy akkor nem voltam ott, esélyem sem volt segíteni. Itt pedig itt vagyok és hiába a gyors reagálás, lehet, hogy ugyanúgy semmit sem érek el vele. Elveszíthetem őt is. Csak az imáimban bíztam, hogy minden rendbe jön és többet nem kell Alexet defibrillálni. Most sokkal később mertem elmenni mellőle. Inkább csak figyeltem, hátha segít, ha mellette vagyok és hallja, hogy imádkozom érte. Rengeteg dolog volt, amit el szerettem volna neki mondani, főleg Jadenről és úgy gondoltam itt az alkalom, hogy Alexet is beavassam az életem történéseibe. Eszembe jutott Jaden és a hívása, így visszamentem a telefonomhoz. Hívott, így gyorsan megcsörgettem. Felvette és kiabálni kezdett velem. Mindenfélét összehordott nekem összefüggéstelenül, hogy mekkora egy hazug vagyok és hogy ő nekem csak egy bosszúhadjárat, meg azt is, hogy színésznő is lehetnék. Először azt hittem, lehet poénnak szánja, de jelen lelkiállapotomban nem tudtam a poént értékelni. Később hallottam, hogy Ellinek hív. Csak Bradly hívott Ellinek. Végighallgattam Jadent és nem tudtam egy szót sem szólni. Mentálisan és pszichésen is nagyon nehéz órákat éltem meg, képtelen vagyok több ezer mérföld távolságról bebizonyítani neki, hogy téved. Visszhangoztak a fejemben a szavai, hogy soha többé nem akar látni. Szinte, mint egy felbőszült oroszlán úgy kiabálta a fülembe a szót, hogy SOHA. Hallottam, ahogy hallgat és levegőt vesz az újabb kiabálós szóáradata előtt és inkább kinyomtam a telefont.

Csendben ültem és Alex monitorját figyeltem. Már nem volt kedvem Alexnek Jadenről beszélni. Mégis mit meséljek neki róla ezek után? Elővettem a szobában lévő egyetlen könyvet és elkezdtem belőle hangosan olvasni.

– Újszövetség.

Egész éjszaka olvastam Alexnek, a szünetekben bámultam a monitorját, ami szerencsére többet nem riasztott. Már virradt, mikor el mertem hagyni a szobát, hogy igyak valamit. Ezalatt megkértem az egyik nővért, hogy távollétemben helyettesítsen a fotelomban. Nagyon kedves és együttérző volt, azonnal indult is Alexhez.

Reggel tájékoztattam Lorenzóékat az előző napi eseményekről és megnyugtattam őket, hogy Alex jelenleg stabil és a laborban lévő enzimek sem utalnak szívkárosodásra. Azonnal jönni akartak, de visszautasítottam a kérésüket.

A telefonomon kijelzője villogott. Jaden hívott is és üzenetet is írt. Soha! – visszhangoztak a fejemben a szavai. Ezt a szót képes vagyok felfogni elsőre is. Köszönöm szépen. Nincs szükségem írásos megerősítésre a részéről. Bradly végül is tudtán kívül elérte, hogy ha vele nem akartam boldog lenni, akkor mással meg végképp ne is lehessek. Bradly nem csak a pályán érdemel tapsot. Lorenzóék látogatása az eddigiek közül is a legnémább volt. Nem kérdeztek, én pedig nem akartam mondani semmit. Miután elmentek visszaültem a helyemre és a New York-i munkámmal foglalkoztam. Pillanatokra eszembe jutott, hogy el kellene olvasnom Jaden üzenetét, de úgy éreztem, hogy most még egy rúgást már nem viselne el a lelkem. Rápillantottam a telefonra és Jaden újra hívott és még egy új üzenetet küldött. Két rúgásra meg pláne nincs szükségem és a telefont félretettem. Eldöntöttem, hogy már nem fogok visszamenni a lakásába. Szerencsére csak egy felsőt hagytam ott, ami az enyém, minden mást magammal hoztam, ami fontos nekem. Megtarthatja emlékbe vagy átnyújthatja köszönetképp Bradlynek – gondoltam magamban.

Miután Alex már egy napja stabil volt, elmentem az orvosi szobába, hogy legalább lefürödjek és ruhát cseréljek. Kb. 10 perc lehetett, de újult erővel folytattam a munkámat. A telefonom újabb hívást jelzett. Mike volt az. Remélem Jaden nem rángatta bele az apját. De aztán rájöttem, hogy valószínűleg beszélt Lorenzóékkal és csak Alex felől akar érdeklődni. Visszahívtam.

– Szia Mike Papa! – mondtam kedvesen.

– Szia E.J.! Mi újság van? – kérdezte.

– Gondolom beszéltél Lorenzóékkal és emiatt hívsz.

– Nem. Miért? Történt valami? – kérdezte kétségbeesetten.

– Nem hiszem, hogy ez telefontéma lenne.

– E.J.! Mi történt Alexszel!? – egyre idegesebb volt a hangja.

– Legyen annyi elég, hogy most már stabil az állapota.

– Ez szörnyen hangzik – mondta.

– Szörnyű is volt – és már nem tudtam visszatartani a sírást, mert kitört belőlem.

– Drágám, nem kell sírni, azt mondtad, most már minden rendben.

– Igazad van – szipogtam, de a tegnapi nap volt eddigi életem legrosszabb napja senkinek sem kívánom, hogy azokon menjen keresztül, amiken nekem kellett pár óra alatt.

– Akkor rosszkor hívtalak – Mike bocsánat kérően beszélt velem.

– Nem, te sosem. Te mindig Mike papa leszel – mondtam neki kedvesen. Nálatok minden rendben? kérdeztem vissza.

– Persze, csak a szokásos, takarítok a gyerekek után. Majd megtudod, ha egyszer gyereked lesz, hogy micsoda egyszerű is az élet. Amikor kicsik, akkor csak kevés szemetet kell eltakarítani utánuk, amikor nagyok, akkor hegyeket kell arrább tolni, de azt is csak egy kézzel, mert a másikkal fogni kell a kezét, nehogy megint valami baromságot csináljon.

Nevettem.

– Ez jó, megjegyzem. Ha jól tudom, vannak kisgyerekeknek ilyen hámok, mint a kutyáknak – viccelődtem.

– Jól tudod, csak ideje lenne felnőtt méretben is legyártani párat. Hallhatóan mély levegőt vett – Jamie, mást is akarok neked mondani, vagyis inkább kérni.

– Akkor nem csak véletlen, hogy E.J.-ről Jamie-re váltottál?

– Nem az.

– Mike te tudod ugye?

– Amit Bradly tett veled?

– Akkor tudod. Azt akarod mondani, hogy most én vagyok a hegy?

– Igen.

– Márpedig ez a hegy nem mozdul, sajnálom. Viszlát Mike Papa!

Letettem a telefont.

Szóval Jaden megtudta az igazat és ezért keresett. Késő. Ha ilyen könnyen elhitetik vele, hogy én nem is az vagyok, akinek mutatom magam és ezáltal hazugnak nevez, akkor ennek semmi értelme közöttünk. Azt gondoltam, hogy a közösen eltöltött idő biztosítja annyira, hogy ne inogjon meg velem kapcsolatban. Tévedtem. És most már Mike-on keresztül le is zártam a vele való kapcsolatomat.

Felnéztem a monitorra és minden érték élettani volt. Most csak várakozni kell. Három nap. Az infúziótól számítva 3 nap múlva kell levennem a gépről. Nagyon hosszú 3 nap következik.

Mint aki másnapos volt, úgy indultam el a megbeszélésre, ahol Bradly is ott volt. Zúgott a fejem, fájt a szemem, darabokra tört a szívem. Minden erőmet össze kellett szednem, hogy visszafogjam magam és ne akarjak Bradlynek behúzni egy hatalmasat, amikor meglátom azt a hazug, vigyorgó pofáját. Nem csak Jamie múltját, hanem jelenét és a velem való jövőjét is tönkretette. De most Bradly rossz emberbe kötött bele. Én nem vagyok olyan pedáns, eminens, mint Jamie, én biztosan bosszút állok rajta, nem is akárhogyan. Az odafelé vezető útra nem is emlékszem. Apám ült mellettem az autóban, de nem szólt egy szót sem. A világ legjobb társasága volt. Hihetetlen megérzései voltak, minden rezgésemet érezte, minden gondolatomat értette. Akkor döbbentem rá, hogy Jamie is ilyen. Határozott, nyugodt és bölcs. A mindent jelentette számomra és én elveszítettem, mert egy hirtelen haragú, lobbanékony idióta vagyok.

A szerződés aláírásakor többen is jelen voltak a márka képviselői közül, olyanok is, akik tegnap nem tudtak eljönni golfozni. 4 sportoló, 2 zenész, 5 színész és egy pár politikában is érdekelt üzletember vett részt a szerződés aláírásán. Szép kis befolyásos társaság volt. Ha a közösségi oldalakon lévő követőink táborait összeadnánk, akkor biztos, hogy több, mint milliárdos nagyságrendű embercsoporthoz jut el az általunk képviselt termék. Ez aztán az üzlet – gondoltam magamban.

A cég képviselője felolvasta a feltételeket. Itt nem volt min gondolkodni, hiszen az ajánlat visszautasíthatatlan volt. A szerződésben buktató nem volt. A felajánlás a márkának szinte aprópénz volt. Még mielőtt aláírták volna az emberek az eléjük helyezett szerződést, én felálltam és mindenki elé leraktam egy borítékot. Visszaültem a helyemre és megkértem őket, hogy olvassák el a tartalmát, mielőtt aláírják a papírokat. A márka képviselői felháborodottan jelezték, hogy ilyen magánakciónak itt helye nincsen és hogy ha emiatt károsodás éri a vállalatot, akkor nagyon pórul fogok járni. Intettem nekik, hogy egyáltalán nem erről van szó, ne izguljanak. És ennél szarabb helyzetben amúgy se lehetne az életem – gondoltam magamban.

Az emberek kíváncsian nyitogatták a borítékot, amiben a Lorenzó által írt levél töredéke szerepelt, ami megnevezi az elkövetőt és azt, hogy mit tett és hogy mi a család kérése. Minden ember arca eltorzult a megdöbbenéstől és mindenki Bradlyt nézte. Odaadtam a saját példányomat a cég képviselőjének és ő is átfutotta az irományt. Bradly csak engem nézett én pedig őt. Egy szót sem kellett ahhoz szólnom, hogy a tárgyalóban mindenki eltolja maga elől a szerződést. Csak a hangot hallottam, amit a papír csúsztatása váltott ki az asztalon, ugyanis én csak Bradlyt néztem. Figyeltem, hogyan változik a vicces, vigyorgó képe dühössé, olyan dühössé, mint amilyen akkor lehetett, amikor Jamie is felbosszantotta.

– Ez most komoly? – kérdezte Bradly. Most mégis mit csináltok fiúk? – szinte nevetett.

A márka képviselője beszedte a szerződéseket, halkan utasításokat adott az asszisztensének, aki elviharzott a papírokkal, majd a képviselő Bradly felé fordult és megkérte, hogy azonnali hatállyal hagyja el a tárgyalótermet. Bradly hátradőlt és csak mosolygott. Ingatta a fejét.

Újra felszólították és a biztonsági emberek elindultak Bradly felé. Ő ekkor mozdult meg. Felállt és rám nézett. Elindult az ajtó felé, de végig rám nézett, majd kiabálni kezdett.

– Tönkre teszem az életed, ahogy az övét is tettem, Bradly Simon Smith-nek senki nem mondhat ellent!

Szinte fröcsögött a szája, ahogyan beszélt.

Mindenki megkönnyebbült, hogy végre kitessékelték. Egy ideig senki sem szólalt meg, csak néztek ki az ablakon, vagy nézték a tollat a kezükben. Az egyik üzletember szólalt meg.

– Azt hiszem mindannyiunk nevében mondhatom, hogy köszönjük, hogy megosztottad velünk ezt a ránk nézve is nagyon fontos információt!

– Bárcsak többet tehettem volna – mondtam.

– Ne izgulj, többet tettél, mint az te gondolod, efelől biztosíthatlak!

A szerződés Bradly nélkül megköttetett.

Nem mondom, hogy én voltam a világ legboldogabb embere, amikor beszálltam a kocsiba apa mellé, de úgy éreztem Jamie becsületét megvédtem.

Apa kérdőn nézett rám én pedig elmeséltem, hogy mi történt.

– Jamie-nek mondtad?

Már a neve hallatára is feszített a mellkasom. Jamie.

– Nem reagál tegnap óta semmilyen megkeresésemre. Az üzeneteimet el sem olvassa.

– Időt kell neki hagynod.

– Tudom, de így, hogy nem olvassa el az üzeneteimet, azt sem tudja, hogy bocsánatot akarok kérni tőle. Bármit hihet. Érted? Nem akarom, hogy mást higgyen. Nem érdemli meg.

Édesapám elővette a telefonját, hívást kezdeményezett, majd kihangosította azt.

Jamie felvette. Neki igen. Sejtettem, hogy ez sok jót nem jelentett számomra. Mondjuk őszintén nem is reménykedtem benne, hogy magától megoldódik minden.

Amit a telefonból hallottam, el sem akartam hinni. Annyira megviselte a tegnapi nap, ami Alexszel történt, hogy zokogott a telefonban. Én ostobán viselkedtem és hittem egy idiótának, akit meg szeretek, azt megbántottam, holott úgy hangzott, kisebb gondja is nagyobb volt, mint én. Szörnyű volt hallani, ahogy sír, nekem ott kellene lennem mellette, ez kellene, hogy a feladatom legyen, de ez szóba sem jöhet. Apa nagyon kedvesen beszélt vele, most tűnt fel először, hogy mennyire rég ismerhetik egymást. Jamie szinte gyermekként ismerte meg Mike-ot és mindig papának hívja. Ez annyira őszinte és oly kedves tőle. Apa rám terelte a szót, miután Jamie megnyugodott és nem kertelt. Jamie hangja megváltozott és tudtam, hogy bármi is az igazság, bármi is történt a telefonhívásom óta, ő már nem fog úgy rám nézni, mit azelőtt. Soha. Mikor apa letette a telefont hallgattunk. Nem volt értelme tervezgetni. Ennek a meccsnek vége van és én vesztettem.

Aznap kőkemény edzést tartottunk, nem is akartam abbahagyni. Azt hittem, ha a testem fáj, talán a lelkem kevésbé fog. Este belerogytam az ágyba és újabb üzenetet küldtem Jamie-nek, amiről tudtam, hogy tényleg ez lesz az utolsó. Nagyon nehéz feladat egyszerűen megfogalmazni, mit is érzek iránta, mert erre nem lett volna elég egy könyv sem. Így csak annyit írtam neki:

,Sajnálom, hogy sosem tudtam neked személyesen elmondani, hogy szeretlek.'

Sírva aludtam el, megint.

Másnap reggel nagyon szoros ütemtervet követtünk, ugyanis kezdődött a versenyhétvége. Letudtuk a kötelező sajtónyilatkozatokat. Mindenki ugyanazt kérdezte, én pedig ugyanazt válaszoltam. Alex körül forgott minden, illetve a helyére beülő pilótáról. Ismertem a srácot, dolgoztam vele együtt és finoman szólva nem kedvelem. Alex a múltkori nullázásával még mindig az élen maradt, de csak pár pont előnnyel. Én a rangos 5. helyen álltam. Idén nem én vagyok Alex ellenfele, hanem egy harmadik csapat pilótája Rodrigez, őt kellene valahogy visszafogni, nehogy nagyon elhúzzon, mire Alex visszatér. Merthogy vissza fog térni, ebben olyan biztos voltam, mint ahogy azt is tudtam Jamie még mindig nem olvasta el az üzeneteimet. A hétvégére azt a célt tűztem ki magamban, hogy minél több pontot mentek Alexnak. Az autónk tavaly itt elvérzett. Ez Alexnak való pálya. Ezért úgy döntöttem, hogy idén más beállításokat fogunk használni. Próbáltunk a gyors részekre koncentrálni, mert csak ott lehetett előzni. Technikailag nekem ez a beállítás kedvezett, mert előzni szerettem, nem pedig a kanyargós részeket. A mérnököm nem lelkesedett az ötletemért, mert már a múlt évben a szabadedzéseken ezt kipróbáltuk, de nem működött és a végén mégiscsak a kanyarokra állítottuk be az autót. Megígértem neki, hogy idén előzni akarok, még ha az időmérő nem is sikerül olyan jól. A mérnökömmel már 8 éve dolgoztam együtt és tudta, hogy felesleges velem ellenkezni, ha én eldöntök valamit az úgy lesz, ha a szimuláció mást mond, akkor is. Érvem mindig ugyanaz volt. Az emberi tényező nincs benne a számításokban. A szabadedzés nagyon rosszul indult, szinte semmi nem akart összejönni. Hiába voltunk gyorsak az egyenesben a kanyaroknál nagyon sok időt veszítettünk. A szabadedzések nagy része elment a beállítással és majdnem eljutottunk oda, hogy teljesen meg kell változtatni az egészet, de végül én ragaszkodtam az eredeti tervhez. Kíméletlen munkát végeztünk, mire elfogadható tempót tudtunk diktálni 40 fokban. Az elért eredménnyel senki sem volt elégedett, így mindenki ott maradt majdnem éjfélig és próbáltuk az autót tökéletesíteni. Későn értem vissza a szállásomra és még zuhanyozni sem volt kedvem. Jamie-re gondoltam és arra a felejthetetlen éjszakára amikor annyira kívánt, hogy nem engedett ki zuhanyozni. A párnáért nyúltam és magamhoz öleltem.

Korán keltem, nagyon fáradt voltam. Az időmérő előtt még edzenem kell, majd a szokásos masszázs. A versenyhétvégékről az emberek csak annyit tudnak, ami a kamerák előtt zajlik, pedig a munka a háttérben a kamerák mögött van. Percre ki van számolva a napom. Mikor kelek, mikor edzek, hány percig tart. Még az is meg van határozva, mennyi folyadékot fogyasszak el reggel 8 és 10 között. A folyadék típusa, összetétele. A gépezet nagyon jól működik, mert így sikereket érünk el, de érzem, hogy öregszem és már nem tartom akkora bulinak ezt a felhajtást. Szívesebben ülnék egy teraszon és innék Limonádét Jamie-vel, miközben Alexnek szurkolunk. Erre vágyok, tényleg erre vágyok. Tavaly, amikor Alex ellen veszítettem, nem gondoltam volna, hogy 6 hónap múlva az lesz az életcélom, hogy neki drukkolhassak, mint családtag. Mindent megtennék, hogy ezt a célomat elérjem.

Apa és Jason elkísért a versenyre szokás szerint. Édesapám mindig ugyanazt a mondatot mondta, amivel megnyugtatott és feltüzelt egyszerre. „Te vagy a legjobb, mutasd meg nekik fiam." Megveregettem a vállát, majd elkezdtem beöltözni. Egy utolsó pillantást vetettem a telefonomra és láttam, hogy Jamie üzent. El sem hittem, amit látok, hirtelen azt hittem álmodom. Apa észrevette és megkérdezte:

– Valami baj van?

– Jamie írt.

– Mit írt?

– Nem tudom.

– Olvasd el!

– Biztos, hogy jó ötlet most megnyitni az üzenetet? – kérdeztem félve. Nem tudom, hogy képes vagyok-e normálisan, felnőttként reagálni az üzenetére és nem tudom, fel tudom-e dolgozni, mire autóba ülök.

– Akkor elolvasom én és eldöntöm, mit tegyél.

Átadtam a telefonomat, apám elolvasta az üzenetet, majd felém tartotta.

„Ma neked drukkolok. Vigyázz magadra!" Miután elolvastam az üzenetet, alig tudtam visszatartani a könnyeimet. Csak bámultam ezt a pár szót, ami nekem a világot jelentette. Biztos voltam benne, hogy Jamie nézni fog és bizonyítani akartam neki. Mindent. Tudom, hogy ezek a szavak igazából bármit jelenthettek, de az az érzésem volt, mintha egy új kezdetet jelentene. Hinni akartam benne. Összeszedtem minden erőmet, befejeztem az öltözködést és beültem az autóba. Jamie üzenete feltüzelt, annyi energiát éreztem magamban, mint soha azelőtt. Bizonyítani akartam neki. Én ebben vagyok a legjobb és most tudom, hogy engem néz és nekem drukkol. Nekem ennél többre most nincs is szükségem. Az autóban izgultam, mint gyermekkoromban, amikor egy új pályán indultam. Szinte gondolkodnom kellett, hogy mely gomb hol is van, pedig már ezerszer csináltam, de egyszer sem úgy, hogy tudtam, hogy Jamie nekem drukkol. A katasztrofális tegnapi nap után nem számoltunk azzal, hogy az első sorból indulunk, így a 3. helyet céloztam meg, ami reálisan elérhető volt. Jamie üzenete után úgy éreztem repülni is tudnék, ennek fényében az átlagosnál is bátrabban vezettem. Tudtam, hogy versenyen ezt nem tehetem majd meg, de itt és most pár kör erejéig Jamie miatt, igen. Drukkol nekem, talán nem is gyűlöl. Reméltem, hogy nem gyűlöl. A tervem megvalósult és a 3. helyet szereztem meg. A csapattársam Porter, aki az eredeti beállítással indult, csak a 8-ik lett. A csapatom egyszerre volt meglepett és boldog a 3. helyemmel. Előlem Alex csapattársa McKeana, míg az első helyről Alex mostani legerősebb ellenfele Rodrigez indult. Amikor kiszálltam a kocsiból csak arra tudtam gondolni, hogy holnap nyernem kell. Muszáj megnyernem a futamot. Tudnia kell, hogy én egy küzdő ember vagyok, nem csak akkor, amikor minden jól megy, akkor is, ha a padlón vagyok. Felállok és továbbmegyek, mert ilyen a jellemem. Remélem megérti, hogy ő érte is egész életemben küzdeni fogok. Meg kell mutatnom neki, milyen férfi szereti őt.

Az időmérő után a mérnökömmel a taktikákon gondolkodtunk, hogyan kellene meglepni az ellenfeleket és eléjük vágni ebben a 40 fokos forróságban, ami öli az abroncsokat. Végül úgy döntöttünk, hogy más taktikát választunk, szembe megyünk a józan ésszel. Délután válaszoltam Jamie-nek, és megírtam, hogy megtisztelt az üzenetével és megköszöntem azt. Először ki akartam kérni édesapám tanácsát, de nem tettem. Önmagamat adtam.

Éjszaka láttam, hogy Jamie elolvasta, de nem írt választ. Alig tudtam aludni. Mind a verseny, mind az, amit most a futam számomra jelent, nagyon felkavartak. Jamie üzenetét százszor, ezerszer elolvastam. Mindenféle módon értelmezni akartam. Mit érezhet, hogy ilyet ír? Szeret? Gyűlöl? Viccel? Vagy a legroszszabb: közömbös? Nem tudtam eldönteni. Képtelen voltam mással foglalkozni. Újra elővettem a telefont és egy képet nézegettem, amit közösen csináltunk egyik este. Életem legboldogabb pillanatában készült. Gyönyörű kép. Jamie ragyog, mint a tökéletesen megcsiszolt gyémánt. A legszebb és leggyönyörűbb nő, akit valaha láttam. Remélem megbocsát nekem és én ezért mindent meg fogok tenni a versenyen és az életben is egyaránt. Csak adjon egy újabb esélyt.

A sajtó persze egész héten nem kímélt az Alexszel történt baleset miatt, de erre a hétvégére felvettem a maszkomat és úgy viselkedtem, ahogy Alex szokott. Nyugodtan, szinte érzelmi reakciók nélkül mindig ugyanazt válaszoltam. Annyira unalmasak voltak ezek a riporteri kérdések, hogy előfordult, hogy csak a földet bámultam. Porter jelezte, hogy ideje lenne válaszolnom. A kérdést észre sem vettem. Elment a fülem mellett. Pontosan az a riporternő volt, akit tavaly Alex sárba tiport a válaszával. Kuncogva, mintha kinevetne engem, megismételte a kérdését, amire csak annyit válaszoltam: tintapaca. A körülöttem lévő srácok értették a poént és több riporter is krákogni és nevetni kezdett. Régen voltam ennyire spontán a sajtó előtt, de most jókor jött. Végre valahára magabiztosan hátradőlhettem és elértem, hogy aznap már senki se merjen tőlem kérdezni semmit.

Izgatott voltam a verseny alakulás miatt. Idén annyira hamar lemaradtam a pontversenyben különböző technikai okok miatt, hogy a győzelemre eddig nem is mertem gondolni. De ma igen.

A verseny napján kora reggeltől úgy éreztem, hogy Jamie-ért képes vagyok győzni, csak kell hozzá egy kalapnyi mázli. Jó nagy kalapnyi. A terv fejben kifejezetten egyszerű volt. A startnál magam mögé kell utasítanom legalább az egyik riválist. A terv viszont gyakran meg sem közelíti a valóságot.

Túl voltunk a pilótaparádén, ahol jókedvűen beszélgettünk a többi sráccal. A tegnapi gyorskörről beszélgettünk, illetve arról, hogy egyikőjük immáron kétszeres apává vált az időmérő napján. Visszaértünk a padokba és mindenki számára elkezdődött a szokásos rutin. Mit eszik még, mit iszik. Hogyan teszi le egymás mellé a kesztyűt, melyik kézzel fogja meg a sisakot. Mindenkinek hosszú évek óta berögzült szokásai voltak, melyeket nem mert kihagyni egy verseny előtt sem. Nekem is megvolt a magamé, amit még gokartos koromban ragasztottam magamra. Egyszer annyira siettem, hogy beüljek az autóba, hogy majdnem átestem az autó másik oldalára. Azt a versenyt lehetetlen helyzetből nyertem meg és így a szokásommá vált, hogy mindenképp megbotoljak valamiben a futam előtt. Volt köztünk olyan, aki a haját festette, volt, aki kopaszra nyírta, volt, aki tornagyakorlatot végzett, én meg botladoztam. Vajon Alex mit szokott csinálni? Jól jönne, ha tudnám, ma szükségem van extra szerencsére. Alex csapattársa, McKeana haladt el mellettem, nagyon elszántnak tűnt az arca. Tudta, hogy nem sokszor adatik meg, hogy a csapata elsőszámú pilótaként bánjon vele és most minden pillanatát kiélvezte. Tudtam, hogy ma nem csak Rodrigezzel, hanem McKeana ellen is kőkeményen versenyeznem kell. Egyik sem fogja a pozícióját olcsón adni. Nem hagyom, hogy McKeana egy pillanatig is elhiggye, hogy van arra bármi esélye, hogy első számú pilótává váljon Alex csapatában. Megállítom ezt a kezdeti lendületet – határoztam el magamban.

Már a rajtrácson készülődtünk, amikor Alex csapatfőnöke Johnatan gyors léptekkel közelített felém. Mutattam neki, hogy a McKeana a másik oldalon áll, de ő leintett és nyújtotta a mobilját. Nem is értettem mit akar. Átvettem a telefont és a kijelzőn E.J. Giordano szerepelt.

Remegtem. Bármit is mond, az eddigi összes tervemet borítani fogja.

– Jamie?

– Szia Jaden! – a hangja izgatott volt, nem a megszokott nyugodt hangnem.

– Mi a baj? – kérdeztem, mert felkészültem a legrosszabb hírre, mióta a baleset megtörtént.

Jamie sírni kezdett.

– Mondj valamit kérlek!

– Felébredt – folytatta. – Alex felébredt – hallatszott, ahogyan megkönnyebbül, ahogyan kiejti ezeket a szavakat. Semmi baja nincs – mondta hadarva. Tudnod kell! Vigyázz magadra!

– Jamie! – mondtam, de már letette.

Ott álltam Johnatan telefonjával a kezemben és egész testem remegett. Alex jól van. Ébren van. Jamie megcsinálta. Együtt megcsinálták. Ennél erőteljesebb motivációm nem is lehetne a győzelemre. Ha most utoljára is, de ma nyernem kell.

Visszaadtam Johnatannak a telefont. Kérdőn rám nézett, de nem mertem mondani semmit. Megköszöntem neki a telefont. Tehát Johnatannel még nem tudatták. Biztos verseny után akarják az infót hivatalosan közölni, nehogy elvegye a figyelmet a futamról.

– Rossz hír? – kérdezte Johnatan.

– Nem mondhatok semmit – mondtam nyugodt hangnemben, felesleges lennie aggódnia, hiszen nincs miért. Évek óta ismertem Johnatant, kiváló csapatfőnök volt. Martinhoz hasonlóan főnök és pótapa egyszerre.

– Felhívom Lorenzót – jegyezte meg. Intett McKeananak, majd megfordult és elsétált.

Még mindig nem tudtam felfogni, mi is történt az előbb. Ugyanúgy zúgott a fejem és ugyanazok a homályos foltok jelentek meg a szemem előtt, mint két hete, amikor Martin berohant a szobámba közölni Alex válságos állapotát. Most más okból jelzett a testem. Legbelül mélyen valahol a mellkasomban újra boldog voltam. Felnéztem az égre, mintha a lelkem feletti gomolyfelhők eltűnő nyomai után bámulnék. Úgy éreztem, hogy visszakaptam az életemet. Hirtelen annyira felbátorodtam, annyira győzni akartam, hogy még botladozni is elfelejtettem és elfoglaltam a helyem az ülésben. A rituálém kihagyása már csak akkor jutott eszembe, amikor a kocsiban ültem és már becsatoltam magam. Soha nem hagytam még ki, mióta a legmagasabb szinten vezetek. Soha. Reméljük a mai nap be tudom bizonyítani, hogy mindennek ellenére is én vagyok a jelenlegi mezőny legjobb pilótája. A taktika egyszerű volt. Az elején kell pozíciót nyernem, mert egy kiállással kevesebbet terveztünk az ideálisnál és az abroncsokra a mai napon extrém teher fog jutni. Nem utazhatok sokáig velük szélárnyékban. Óvnom kell a gumikat és feltartanom mindenkit, ameddig csak bírom. A szívem annyira gyorsan és erősen vert, hogy hallottam a pulzusomat. Pontokat kell mentenem Alex miatt, nyernem kell magam miatt. Ez a fontossági sorrend. Elmentünk a felvezetőkörre, mindkét előttem haladó próbarajtot végzett, én nem. Nem akartam, hogy tudják, hogy már a rajtnál el akarom dönteni a meccset és a gumikat is csak annyira akartam terhelni, amennyire feltétlenül szükség volt. A bemelegítés terv szerint haladt, felsorakoztunk a rajtrácsra és a lámpára koncentráltunk. Vagy nekem járt ólomlábakon az idő vagy direkt csinálták, de az indítás ritmustalanra sikeredett. Ez minden pilótát megzavart. Az előttem induló Rodrigez szabályosan, mintha elaludt volna. Olyan könnyen előztem meg kívülről, mint a mesében. Az első kanyarhoz McKeanaval együtt érkeztem, ő volt az ideális íven, de mélyebben én tudtam fékezni, így elsőként jöttem ki az első kanyarból. Hallottam a lelátón az emberek üdvrivalgását és arra gondoltam, milyen nagy szüksége van a drukkereimnek a sikeremre. Jamie mindig példaképként illusztrált engem és mindig arra figyelmeztetett, hogy bármikor, bármit is nyilatkozok, mindig gondoljak arra, hogy egy kisgyermek éppen akkor határozza el, hogy ő is el fogja érni az álmait. Miattam, a példaképe miatt. Az első kör végére jutottam, mire tudatosult, hogy valóban legelöl haladok. McKeana nem akart szem elől veszíteni, így folyamatosan provokált, minden potenciálisan előzhető kanyarban. A hosszú egyenesekben tudtam csak leszakítani, ami alatt pillanatokra fellélegeztem, de utána jöttek a kanyargós részek, ahol érezhetően lassabb voltam. McKeana mögött Rodrigez is tapadt. Ők két kerékcserén vannak és fogalmuk sincs, hogy én csak egyen. Addig kell feltartanom őket, ameddig csak az idegeim bírják. Vagyis ameddig a gumiim bírni fogják. Amikor az ember egykiállásos taktikát tervez, mindig reménykedik egy kisebb incidensben, ami miatt odadobnak neki egy másik kiállást, szinte ingyen, de én ma erre nem is gondoltam. Ezt erőből kell megnyernem. McKeana kissé leszakadt, mert Rodrigez elkezdte támadni és a védekezéssel volt elfoglalva. Pár kör erejéig nem volt akkora a nyomás rajtam és a saját „spórolós" tempómban tudtam körözni. A kerekeim óvása miatt annyival lassabb köridőt autóztam, hogy a 12. körben ismét szorosan mögöttem haladtak. Ők ketten szabályosan együtt lihegtek a nyakamban. Mindketten bizonyítani akartak és egymás ellen versenyeztek. Előttük voltam, de nem velem foglalkoztak. Szerencsére nem engem tekintettek fő ellenfélnek ezen a napon. Érdekes, hogy mennyit számít egy elveszített világbajnoki cím. Egy gyenge évkezdés után azonnal esélytelennek titulálnak, miközben az 5 világbajnoki címemet nem ingyen kaptam meg. Talán még el is mosolyítottam magam, hogy mit fog érezni ez a két srác, ha megtudják, hogy még más taktikán is vagyunk velük szemben. Az 58 körös verseny 15. körében rádión jelezte a mérnököm, hogy a többi csapat kapizsgálja, hogy nem tervezek 2 kiállást és készüljek fel kemény támadásra, egyszersmind arra is figyelmeztettek, hogy nekem még 20 kört kell autóznom ezeken a gumikon. Ahogy megkaptam az üzenetet a visszapillantóban azonnal megjelent McKeana és az eddiginél is agresszívebben próbált meg szinte letolni a pályáról. Szerencsémre vele ellentétben én már jó pár ilyen harcot megvívtam az életemben. Nekem csak az ideális ívet kellett tartanom és az egyenesekben nyomnom a gázt. Ha ezt kibírom, akkor nem tud elém kerülni. Minden körben váltotta a támadási stratégiáját. Egyikben a 8-as kanyarban belülről, majd a 14-esben kívülről próbálkozott, a következő körben fordítva. Ennél többet kell tudnod, gondoltam magamban. Éreztem, hogy a jobb első gumim már nagyon csúszkál, és már nem tudok olyan mélyet fékezni a kanyarbejáratnál, amire szükségem lenne az ideális védekezéshez, így egy kicsit kiszámíthatatlanul, az eddigiektől eltérően más íveket kezdtem használni, ami egy tapasztalatlan McKeana-t úgy megzavart, hogy el is hagyta a pályát. Rodrigez könnyedén megelőzte. Csak pár köröm volt, mire Rodrigez a nyakamba esett. Ellene sokkal nehezebb volt védekeznem, mert már megkapta a szükséges infót a védekezési technikámról, amiben McKeana elvérzett és tudatában volt, hogy nekem védenem kell a gumiimat. Négy körön keresztül sikerült védekeznem, majd végül megelőzött. Nem sokáig élvezhette az első helyet, mert McKeana-t kihívták a boxba és Rodrigez azonnal le is reagálta, mivel ők egymás ellen versenyeznek és egy taktikán voltak, nem volt értelme kint maradnia. A köridőm jóval gyengébb volt, mint a friss gumin száguldó ellenfeleimé. A mérnökömmel előre azt számoltuk ki, hogy csak 20 kört tehetek meg egy másodperces hátrányban a többiekhez képest, ha többre kényszerülök a taktikánk elveszett. A kerékcserémig egyedül utaztam, nem zavart senki. 12 körrel mentem többet, mint McKeana-ék és 10 másodperccel mögéjük érkeztem a kerékcserém után a 3. helyre. Pontosan oda, ahonnan indultam. Innentől kezdve nincs más csak a nyers erő. Rodrigez és McKeana ugyanolyan köröket mentek. Egymás után döntötték meg a leggyorsabb köröket. Hiába próbáltam meg velük tartani, a gumik miatt nem tehettem. A kiállás után 2 lekörözött versenyző megkerülésére is kényszerültem, ami szintén lassított rajtam. A lekörözések miatt majdnem 13 ms-re nőtt a hátrányom. Gyűlöltem a táblán a +13 ms-es jelzést. 10-en belül kellene lennem. Egy fokkal gyorsabbra kapcsoltam és 3 körön belül újra 10 ms-et mutatott a tábla. A mérnököm idegesen rám szólt, hogy ez így nem lesz jó, vegyek vissza a tempóból. Visszafogtam magam és megint lassabb tempóban haladtam. Sikerült tartanom a 10 ms-et, bár szerettem volna csökkenteni az időkülönbséget, de sem az eszem, sem a szívem nem engedte. Közben informáltak róla, hogy Rodrigez és McKeana öldöklő versenyt vívnak előttem, aminek én kifejezetten örültem. Azáltal, hogy egymást akadályozzák, talán egy kicsit lassabban haladnak, mint én a gumispórolásnak köszönhetően. 16 körrel a vége előtt egyszerre jöttek ki újra a boxba, de McKeana gumicseréje gyorsabb volt, így a boxban vissza tudta előzni Rodrigezt. 8 ms-el mögém érkeztek. 8 másodperc. Nagyon ki lesz centizve a vége, gondoltam magamban, Ők most 8 körön belül a nyakamba esnek, és még 7 kört kellene kibírnom jóval kopottabb gumikon. Nagyon nehéz lesz feltartani őket, ugyanis biztos voltam benne, hogy a verseny vége felé még agresszívebbek lesznek, hiszen nekik valóban számítanak a pontok. Ahogyan várható volt, körönként 1 másodperccel mentek gyorsabban, mint én. Többet is tudott volna a gumim, de nem mertem kockáztatni. A defekt nem fért bele a terveimbe. Igazából semmilyen hiba nem fért bele a terveimbe. Úgy döntöttem inkább a tapasztalatomban bízok és védekezek, amíg tudok. A számításaim nem csaltak, az 51-ig körben már támadási pozícióban haladtak mögöttem. McKeana szerencsére semmit nem tanult az előző hibáiból, így ugyanott, ugyanakkor, ugyanabból a szögből próbálkozott, mint korábban. Úgy éreztem, hogy talán végig tudom csinálni ellene. Hirtelen taktikát váltott és megelőzött, de csak szabálytalanság árán, így vissza kellett adnia a helyemet, amivel mind időt, mind egy kis távolságot is nyertem vele szemben. Az idegeim annyira megfeszültek, hogy már egy tollpihe súlyát sem lettem volna képes elviselni. 3 körrel a vége előtt McKeana megint bepróbálkozott a 8-asban, de elfékezte magát így nemhogy engem nem előzött meg, hanem tálcán nyújtotta át Rodrigeznek a 2. helyet. A csapatom szólt, hogy kritikus az abroncsaim állapota és lassítsak, mert nem fogják kibírni a verseny végéig. Minden élen harcoló pilóta ilyen jellegű utasításokra vágyik a verseny utolsó köreiben – kínomban nevetni kezdtem. A helyzetet súlyosbította, hogy akik szintén egy kiállásra tervezték a versenyüket 5 körrel a vége előtt szintén a kritikus gumik miatt 2. kiállásra kényszerültek. A mérnököm próbált a józan eszemre hatni, miszerint a 2. és a 3. hely is hibátlan teljesítmény a jelenlegi autómtól, kiemelve, hogy sokkal jobb, mint egy újabb nullázás. 3 kör volt hátra és életem eddigi legfontosabb versenyét vívtam. A mérnökömmel nyugodtan közöltem, hogy a tervek szerint fogom befejezni a versenyt, legyen bármi is a végeredmény. A válaszom után Rodrigez támadásba lendült. Először jobbról, majd balról. Annyival gyorsabb volt nálam, hogy biztos voltam benne, hogy a következő alkalommal, már nincs esélyem magam mögött tartani. Hirtelen a visszapillantóban láttam, hogy McKeana megjelent szorosan Rodrigez mögött és támadja Rodrigezt. Ők ketten szinte együttes erővel toltak le a pályáról. A gumihátrány miatt már az egyenesben sem tudtam elszakadni tőlük, így minden egyes kanyar bemenet pokoli volt, és már egyik alkalommal sem voltam benne biztos, hogy én jövök ki elsőnek belőle. Annyira hiányzott a gumi tapadás, hogy abban sem voltam biztos, hogy be tudom venni szabályosan a kanyart. 1 körrel a vége előtt hirtelen mindketten megjelentek mellettem, egyik jobbról a másik balról. Ezek nem normálisak – gondoltam magamban. Ez a kanyar nem is ideális az előzéshez. A kanyarban Rodrigez balról elém esett és hogy a balesetet elkerüljem, fékezni kényszerültem. McKeana nem tudta időben lereagálni a fékezésemet és jobbról felnyársalta Rodrigez bal hátsó abroncsát. Valami hihetetlen oknál fogva én csak egy kisebb ütést kaptam az autóm bal oldalára és tovább tudtam hajtani. Azonnal sárga zászlót kezdtek lengetni és virtuális biztonsági autós fázist rendelt el a felügyelő bizottság, ami azt jelentette, hogy előzni a feloldásig tilos. Sem McKeana, sem Rodrigez nem folytatta a versenyt.

Abban reménykedtem, hogy a gumik kibírják a zászlóig, ennyi reményem volt. A csapat figyelmeztetett a minimum tempóra, nehogy a gumispórolás miatt büntetést kapjak utólag. Az átlagosnál is lomhább 2 perc után belengették nekem a kockás zászlót. A rádióüzenet, amit ekkor a csapatom részéről kaptam, nem tűrt nyomdafestéket, de ott, akkor, ez senkit sem érdekelt. Idén először sikerült nyernünk és hatalmas kockázatok árán Alexnek pontokat mentettem.

– A szörnyeteg visszatért! – hallottam a csapatrádión Martin üvöltő ovációját.

Csodás volt újra a győzelem íze a számban. Szívemben reméltem, hogy szüleim büszkék rám, és azt is, hogy Alex figyelt engem. Reméltem, hogy látta, hogy kit sikerült tavaly legyőznie és látta, hogy kiket és hogyan győztem le ma én érte. Jamie-re gondoltam és arra, mit érezhet. Vajon tudja-e, hogy csak miatta keltem ma fel és csak miatta tudtam ezt ma így véghez vinni? Valaha vajon meg fogja tudni, hogy ha ő nincs, akkor a csapatomra hallgatok és minden másképp alakult volna? Jamie az én legfőbb motivációm és nem akarom elveszíteni. Leparkoltam az autóval az egyes számmal jelölt parkolóhelyre, kiszálltam a kocsiból és szokásos módon ünnepeltettem magam. Odamentem a gumikhoz és megpaskoltam őket megköszönve, hogy pont annyit bírtak ki, mint amire szükségem volt. A csapatom nyakába ugrottam. Hallottam a közönség ovációját és a lelkemben éreztem, hogy ennek így kellett lennie. Hatalmas szerencse, harc és áldozat árán nyerni tudtam és ezzel minden munkatársamat, drukkeremet boldoggá tettem. Levettem a sisakom, elmentem mérlegelni és érkeztek a riporterek. Fogalmam sem volt, ki lett a második és a harmadik, mert teljesen más mecscset vívtam, mint ők. Még szerencse, hogy ilyen első helyhez gratuláló riportom már volt egy párszor, mert a kérdés mindig ugyanaz, mint ahogy a válasz is. Nem is emlékszem egyikre sem. A végén megkérdezték mi a véleményem az utolsó előtti körben történt balesetről? Verseny baleset volt – mondtam, majd jött a szokásos imázs szövegem, hogy – ezen a nagyszerű, és izgalmas pályán, ilyen fantasztikus közönség előtt, mindenki első akar lenni. A közönség hatalmas üdvrivalgásba kezdett, én pedig továbbadtam a mikrofont a másodiknak vagy a harmadiknak, nem tudom. Kevés verseny volt, amikor a díjátadó részt kihagytam volna, de ez az volt. Rohantam volna a telefonhoz, hogy felhívjam Jamie-t, de nem tehettem. A díjátadó után azonnal apámat kerestem, de láttam, hogy mindenki a csapatfőnök körül áll csendben.

– Mi történt? – kérdeztem.

Az elnök hívott, hogy Alex állapotában változás történt és nemsokára frissítik az oldalon, de ő sem tud semmit.

Édesapám aggódva nézett rám, de én elmosolyodtam.

– Szerintem nem kell aggódni, jó kezekben van – nyugtattam meg.

Értetlenül néztek rám, nem értették, hogy most csak a futam miatt vagyok ilyen boldog vagy megőrültem.

Megjelent a hivatalos jelentés Alex állapotáról, melyben közölték, hogy Alex állapota stabil, jelenleg éber és sem mentális, sem fizikai sérülése nincs. Elég szűkszavú és hivatalos. Jamie nem bonyolította meg.

A csendben, ami ezután következett hallani lehetett a szívekről legördülő szikladarabok zaját.

Apám odajött hozzám és megölelt.

– Mióta tudod?

– A rajtrácson tudtam meg – válaszoltam.

– Akkor ezért? – kérdezte.

– Nem, nem csak Miatta, hanem a csapatért, a drukkerekét, mindenkiért. Sokat kellett tanulnom, hogy végre megtanuljam, hogy az én, az igazából mi. Köszönöm nektek, hogy megtanítottatok rá.

A csapat ujjongott és sírva tapsolt engem, míg én visszatapsoltam nekik. Apám magához ölelt én pedig olyan szorosan öleltem vissza amennyire csak tudtam.

– Példakép vagy fiam! – suttogta édesapám.

– Tőled tanultam – válaszoltam.

A Mike-kal való telefonbeszélgetésünk óta Jaden nem jelentkezett, sem telefonon, sem üzenetben. Egyszerre volt nyugtató és

szívet marcangoló. Nem is tudom, miért vártam, hogy jelent-
kezzen, hiszen úgy sem reagálnék rá semmit. Az üzeneteit sem
olvastam még el, amiket a Bradlyvel való találkozása óta írt ne-
kem és ezzel ő is tökéletesen tisztában van. Rettenetesen hiány-
zott Jaden. Már bántam, hogy Mike-nak azt mondta, hogy ezt a
hegyet nem tudja eltolni. Hiszen ez a hegy csak egy kis homok-
szem. Én már régen nem haragszom Jadenre. Jaden viselkedése
nagyon megrémített akkor, abban a nehéz helyzetben. Utoljára
Bradly beszélt velem hasonló hangnemben és stílusban. Soha
nem gondoltam volna, hogy Jaden képes erre velem szemben.
Kiráz a hideg, ha arra gondolok, ahogyan képes volt őrjöngeni,
miközben egy nappal korábban még szerelmesen öleltük egy-
mást. Azt éreztem, hogy féltem tőle. Nem is voltam képes semmit
sem mondani, hasonlóan, mint amikor Bradly volt rám dühös.
Én csak meg akartam védeni tőle, ezzel viszont akaratlanul is
tálcán kínáltam Bradly felé. Jadennek ez az oldala számomra
ismeretlen volt és félelmetes. Tőlem ez a viselkedés nagyon távol
áll. Én nem ilyen vagyok és nehezen értem meg, mások miért
gondolják azt, hogy ez a viselkedés normális és megengedett egy
kapcsolatban. Hasonló esetben én sokkal másképp reagáltam
volna. Ő felhívott, kiabált, kiadta a dühét. Én ezzel szemben
egyszerűen csak eltűntem volna a föld színéről. Nem hiszem,
hogy bármelyik megoldás is jobb lenne a másiknál és célt tudna
elérni, de a félelem nagyon rossz tanácsadó. Én már gyermek-
ként is bújócskázni szerettem. Ez volt az egyetlen játék, amit
úgy játszol, hogy a játszópartnered közelében sem kell lenned.
Egész életemben ilyen voltam, nem szerettem a konfliktuso-
kat és nem is tűrtem el azokat a környezetben. Hosszú évek és
megfigyelések kellettek ahhoz, hogy megtanuljak akaratlanul
is alkalmazkodni másokhoz és tudatosan kapcsolatokat felépí-
teni velük. A családomon kívül egyetlen ember tudott az évek
alatt bizonyítani nekem, Ryan. A Ryannel való barátságomhoz
is nagyon sok idő kellett. A helyzetét nehezítette, hogy azt hit-
tem Bradly küldte rám. Az első 4 évben szinte csak a munkáról
beszéltünk. De ő nem adta fel. Mindig keresett és idővel egyre
többet és többet találkoztunk, ami egyre több közös történethez

vezetett, ami közös múltat eredményezett közös jelennel. Ryan kitartása miatt vagyunk barátok, mert időt adott nekem, hogy megnyíljak neki. Neki sincs sok barátja, viszont akik vannak, azok mind kivételes emberek. Nem tudom, honnan tudta, hogy egyszer beadom a derekam, de sikerült neki ezt elérnie nálam. Az első fordulópont Monica terhessége volt, amikor rengeteget segítettem nekik, a második, amikor leteremtett Jaden miatt. Egyik esetben én voltam a segítő barát, a másikban pedig ő. Szerinte nekünk Jadennel együtt kell lennünk, akkor nem értem, mégis miért kapaszkodnék bele ebbe az apró hibába, amit vétett, hiszen, ha nem takarom annyira a múltam, ha egyszerűen csak őszintén elmondtam volna neki életem egyik legmegrázóbb történetét, akkor lehet, szóba sem állt volna Bradlyvel és mindez elkerülhető lett volna. Hiszen ő nem tudhatta. Honnan is tudhatta volna. Soha nem beszéltem róla. Gondolni sem szeretek Bradlyre, nem, hogy beszélni róla. Pláne nem Jadennel, akivel boldog akartam lenni minden egyes együtt töltött percben. És most lehet azt hiszi, hogy soha nem fogok neki megbocsátani. Csak fel kellene hívnom és annyit mondani, hogy szeretem. Nem is mondtam még neki. Vagyis mondtam már neki, csak nem hallotta, mert aludt. Minden reggel, mielőtt felébresztettem.

Vártam már ezt az érzést életem során. Végre eljött. Egyszer már elengedtem őt és pokoli volt utána minden egyes nap. Még egyszer nem követem el ezt a hibát. Nem leszek gyáva.

Szombat késő este volt és izgatottan kapcsoltam be a futam időmérő edzésének felvezető műsorát. A műsor félig Alex és Jaden balesetéről szól, ahol a szakértők egyetértett abban, hogy nagyon sok kicsi véletlen hiba vezetett a balesethez és emiatt nem lehet elmarasztalni senkit sem. Teljesen egyet értettem velük és örültem is, hogy Jaden nem vált céltáblává. Jaden eddigi sikeres karrierje, hitelessége és az iránta érzett tisztelet nagyban befolyásolja mindenki véleményét. Ki tudja, mi lett volna, ha valami kis kezdő okozza a balesetet. Annak a pilótának a karrierje biztosan ketté tört volna. Jaden eleget bizonyított ahhoz, hogy sohase vádolják meg emiatt a baleset miatt. Láttam az élő képeket, mutatták az izguló Johnatanékat, McKeanat-t, majd Rodrigezékre váltott a kamera. Mindenki feszült volt és nagyon koncentrált. Majd Jadent mutatták, ahogy a háttérben Mike-kal beszélget. Még fel sem öltözött. Ő már tapasztalt, ravasz róka, nem izgul egy időmérő előtt. A szívem megdobbant, ahogy láttam és bűntudatot éreztem, hogy nem kerestem meg az érzéseimmel. Annyira szerettem volna megsimogatni, közelről csodálni a mosolyát és megcsókolni. A hiánya felemésztette a lelkem. Elővettem a telefonomat és megnyitottam az üzeneteit. Nagyon hosszú üzenetet írt, el sem olvastam, hanem pötyögni kezdtem a sajátomat. Csak remélni mertem, hogy időben megkapja. Közben a kommentátorok az esélyeket latolgatták, hogy Alex hiányában és Jaden gyenge szezonja miatt kik azok, akik eredményesek lehetnek az időmérőn. A telefonomra pillantottam és láttam, hogy Jaden elolvasta az üzenetemet. Remegett a gyomrom, mert tudtam, hogy egymásra gondolunk. Bíztam benne, hogy elég reményt adtam neki, hogy ne adja fel. Harcoljon a pályán és harcoljon értem. Ez volt az egyetlen kétségem, amire nem tudtam a választ. Józanon nem tudtam kikövetkeztetni, hogy Jaden mit fog lépni. Szívem azt súgta, hogy sosem fogja feladni és addig zaklat majd, amíg meg nem bocsátok. De az elmúlt napok némasága félelmet váltott ki belőlem, hogy mi van, ha tényleg csak ennyi? Nem lehet. Mi ennél többet érdemlünk. Éreztem, hogy nekünk jár a boldogság egymás mellett.

Az időmérőt nem tudtam folyamatosan követni Alex miatt. Ugyanis Alex keze elkezdett mozogni. Szokott ilyen lenni, ezek nem tudatos mozgások, hiszen altatásban van, de egyre gyakrabban és egyre tovább mozgatta. Már vasárnap hajnal volt, amikor úgy döntöttem ideje újra megpróbálni levenni a gépről és reménykedtem, hogy a szíve bírni fogja. A 2 újraélesztést követően végzett képalkotókon és EKG monitoron nem volt elváltozás, de aki már sokat látott, sosem bízta el magát. Lassan letekertük a gázt és extubáltam Alexet. Reflexesen köhögött. Eddig jó – gondoltam magamban. A monitor stabil normál értékeket jelzett, ami megnyugtató volt. Majd a kézmozgások erőteljesebbé váltak, mindkét kezével a nyaka felé nyúlkált és pislogni kezdett. Nagyon zavarta a fény és 2 ápoló is kellett, hogy lefogjuk, mire megértette a szavaimat. A lámpák nagy részét lekapcsoltunk, hogy ne reagáljon ilyen hevesen a hirtelen intenzív ingerekre és pár pillanat múlva már beszélni próbált. Rekedt volt és nehezen lehetett érteni, mit mond. Folyamatosan beszéltem hozzá halkan.

– Nyugi Alex, nyugi! Biztonságban vagy. Csukd be a szemedet, vegyél egy mély levegőt, majd fújd ki. Ez az, jól csinálod. Még egyszer! Nagyon jó. Még egyszer. Most próbáld meg kinyitni a szemed!

Lassan pislákolni kezdett, rám nézett, hunyorgott. Elmosolyodott. Amikor láttam a tekintetében, hogy felismer, azonnal magamhoz öleltem. Próbált beszélni, de nem akartam abbahagyni az ölelését. Miután megnyugodtam felé hajoltam és közöltem vele, hogy most még ne beszéljen, mert fájni fog.

Bólintott.

– Tudod ki vagyok?

– Vigyorogva igent bólintott.

– Tudod, hogy te ki vagy?

Bólintott.

– Tudod hol vagy?

Oldalra rázta a fejét.

– Emlékszel mi történt?

Megint oldalra rázta a fejét.

– Most megpróbálunk felülni. Lassan, ne kapkodj, mert roszszul leszel. Készen állsz?

Bólintott.

Megfogtam két kezét és előre húztam, letámasztottam a két kezét, hogy tartsa meg magát. Ügyes volt. Jobb, mint gondoltam.

Próbált kérdezni, de nem sikerült neki.

– Alex! Elmondjam miért vagyunk itt?

Bólintott. Ügyesen ült, már nem oldalra támaszkodott, hanem hátra.

– Balesetet szenvedtél és egy ideje kórházban vagyunk – folytattam nyugodt hangon.

Megrémült és kérdőn nézett rám, majd tapogatni kezdte a lábait.

– Ne ijedj meg, nincs komolyabb sérülésed, csak aludtál egy kicsit.

Kérdőn nézett rám.

– Minden rendben lesz, jó helyen vagy drágám. Hozatok vizet, próbáljunk meg inni, és majd utána lehet, hogy könnyebb lesz a beszélgetés is.

Bólintott. Ezerszer extubáltam már embereket, de ennyire egyik sem viselt meg. Állandóan a legrosszabbra számítottam. Munkám során megtanultam, hogy ha nem sikerült valami, akkor is a lelkiismeretem tiszta, mert én mindent megtettem, ennél többet nem tudok. Alex esetében nem tudtam, hogyan birkóznék meg az esetleges kudarccal. Szerencsére nem kellett. Segítettem Alexnek szívószállal inni, amit remekül csinált. Megpróbált beszélni is, ami még nem volt tökéletes, de minden perccel egyre ügyesebb volt, mint az előzőben.

– Hol vagyunk E.J.? – kérdezte.

– Londonban – mondtam.

– Csak a rajtra emlékszem. Semmi másra – idézte fel.

– Nem is baj. Ez egy hatalmas szerencse – mondtam.

– Annyira rossz volt? – nézett rám aggódva.

Bólogattam. A kezeit fogtam és simogattam.

– Milyen nap van ma?

– Vasárnap. Két hete volt a verseny.

Megdöbbenve nézett rám.

– 2 hete? Úristen. Két hete? Azt mondtad, hogy csak kicsit aludtam – viccelődött.

– Igen. Vasárnap hajnal van. Az LA -i időmérő lement.

– Óh – mondta csalódottan.

– Ne izgulj bajnok, a következő futamon már ott leszel, biztosíthatlak róla. Unom már Londont, de nagyon-nagyon. Veled vagy nélküled de én megyek Madridba! – incselkedtem vele.

– Velem, ez nyilvánvaló – suttogta.

Akkor a rehabilitációdat minél hamarabb kezdenünk kell. Igyál még, utána megpróbálunk felállni.

– Apáék? – kérdezte, miközben gyorsan körülnézett.

– Még nem szóltam nekik. Csak akkor akarok nekik szólni, ha már nem vagy ilyen esetlen zsiráfkölyök.

– A zsiráfkölykök nem is esetlenek – mosolyodott el ártatlanul.

– Láttál már te zsiráfkölyköt? – kérdeztem nevetve.

Kiült az ágy oldalára és megpróbált felállni, de a lábai még gyengék voltak. Kicsit megrogyott, ekkor belém megkapaszkodott.

– Mi bajom van? – kérdezte.

– Még gyenge vagy. 2 hete csak passzív izommunkát végeztek rajtad, az aktívat csak te tudod végezni, így az a te feladatod, hogy újra visszatérj a régi valódba. Mozgasd a lábad, előre, hátra. Most a lábfejeid! Feküdj a hátadra és emeld a lábad egyszerre, majd felváltva! Hogy érzed?

– Fárasztó, de sokkal jobb, mint az előbb. Jobbnak érzem.

– Akkor gyere újra! – noszogattam.

Másodjára sokkal könnyebben ment. Segítségemmel lassan körbementünk a szobában, majd visszaült az ágyra. Meg tudsz így maradni vagy visszafekszel?

– Inkább ülnék, jobban érzem magam.

Látszott rajta, hogy még nagyon gyenge, de ismerem Alexet és tudom, hogy ez pillanatról pillanatra jó irányban fog változni.

Szóltam az egyik nővérnek, hogy távolítsa el Alex katéterét és branüljeit, illetve hívja az ügyeletes gyógytornászt, hogy meg tudjuk kezdeni a rehabilitációt.

Értesítettem Lorenzóékat. Mire Lorenzóék megérkeztek, Alex már segítség nélkül tudott járkálni és a hangja is tűrhetőbb volt.

Lorenzóék berohantak hozzá és minden irányból próbálták ölelni a gyermeküket. Nem tudtak megszólalni a sírástól.

– Nem segítenél? Megfojtanak – jegyezte meg Alex viccesen.

– Én? Szerintem te tartozol nekem – válaszoltam és mosolyogva néztem Alex szenvedését síró szüleink ölelésében.

Felnevettek mindannyian. Csodálatos percek voltak, előkerült minden érzelem és maradék könny, ami eddig bent maradt. Ezekért a pillanatokért választottam az orvosi pályát és nekem megadatott, hogy a családomon is tudjak segíteni.

A következő órákban Lorenzó részletesen elmesélte Alexnek a balesetet, majd az azt követő, számukra embert próbáló időszakot. A balesetről kialakult sajtóhíreket és a szakértői véleményeket. Alex a balesetről készült videókat is visszanézte.

– Hihetetlen, hogy én ezt túléltem – mondta fáradtan.

– Túlélted, itt vagy és jól vagy. Nekünk most csak ez számít – mondta Lorenzó.

Hivatalos jelentést kellett tennem az autómobil szövetség vezető orvosának, ezért küldtem egy üzenetet, melyben szűkszavúan tájékoztattam a fejleményekről.

– Két perc múlva egy idegen szám hívott. Az automobil szövetség regnáló elnöke volt.

– Doktor Giordano Potter?

– Igen, tessék?

– Samuel Reffis vagyok, a szövetség elnöke. A vezető főorvos tovább küldte üzenetét. Szeretnék személyesen érdeklődni Alex állapota felől.

– Tökéletes állapotban van. Egy kis edzés és visszatérhet a versenybe.

– Rendben. Kik kaptak tájékoztatást az állapotáról?

– Csak a szülei.

– Kérem a szigorú titoktartást legalább a következő 24 órában, amíg hivatalosan nem tesszük meg a bejelentést. Megoldható lenne?

Tudtam, hogy csak üzleti okok miatt nem robbantja azonnal a hírt, mert akkor senki sem a versenyre figyelne, hanem Alexre. Ami sem a rendező országnak, sem a szövetségnek nem áll érdekében. Lorenzóéktól magam is jól tudom mennyi pénzbe kerül egy ilyen rendezvény. Mindenkire hatással lenne ez a friss hír és a verseny másodlagos szerepbe kerülne a hétvégén.

– Továbbítom Alex szüleinek a kérését elnök úr.

– Köszönöm, visszhall.

Letette.

Visszamentem Alex szobájába és közöltem Lorenzóékkal, mit kér a szövetség. Alex nem örült, hogy nem veheti fel a kapcsolatot a csapatával, mert úgy érezte Johnatannak tudnia kellene róla, nehogy McKeana-t időközben első számú pilótaként kezdje el kezelni.

– Legalább Johnatannak mondjuk el – kérte Alex.

– Fiam! Johnatan soha nem fogja McKeana-t helyetted választani, ebben biztosíthatlak – nyugtatta Lorenzó.

Alex úgy tűnt megnyugodott, de azért járkált még egy kicsit a földet bámulva.

Alex szokása ez volt. Ha ideges volt, mindig a földet bámulta, ezért is fordult elő gyermekkorában, hogy képes volt mindennek neki menni. Képes volt annyira mélyen a gondolataiba merülni, hogy simán belesétált a medencénkbe vagy nekiment a tűzcsapnak. Egyszer egy szoborembert sodort el Róma utcáin, Lorenzó nem győzött elnézést kérni a fia viselkedése miatt. Alex a végletek embere volt. Ha koncentrált, akkor jöhetett szél, eső, jég, hó, napsütés, vihar, akkor is el tudta végezni a feladatát. Ez volt Alexben és bennem a közös. Megmagyarázhatatlan motivációt éreztünk a célunk eléréséhez és semmi és senki nem tudott eltéríteni vagy megakadályozni abban, hogy elérjük azt. Amikor megismertem még csak 4 éves volt és olaszul beszélt. Lorenzó és édesapám kértek meg engem, hogy próbáljam meg kicsit angolra tanítani, mert arra egész életében szüksége lesz. Alexet annyira motiválta a tény, hogy minden világhírű versenypilóta folyékonyan beszél angolul, hogy fél évébe sem telt, már folyékonyan beszélte a brit angolt. 6 évesen már írt és olvasott angolul, holott még az olasz iskolát el sem kezdte. Végül ő is magántanuló lett, mint én és anya besegített Sofinak Alex tanításába. Innentől kezdve minden nap együtt voltunk, amíg el nem kerültem az egyetemre.

Alex egy fantasztikus, zseniális tehetséggel megáldott ember, aki eltökélt, elszánt és vakmerő. Nincs a szótárában a lehetetlen, emiatt képes szélsőségesen viselkedni és emiatt ő is nehezen barátkozik. 5–6 éves korától kezdve kezdtük apával Lorenzót és Alexet elkísérni a versenyekre, ahol én is részt vettem egy másik csoportosításban. Én az élmény miatt mentem, ő viszont minden alkalommal nyerni. Legtöbbször sikerült neki. Amikor nem nyert, akkor csalódott volt és hazafelé úton sorolta a hibákat, amiket elkövetett. Ő nem a dühöngő fajta vesztes volt, ő az volt, aki azonnal felismerte, mikor, hol rontott és azonnal javítani akart. A legtöbb ember mást hibáztat a hibákért, amiket elkövetnek, Alex mindig magát hibáztatta, így lett egy profi, hibátlan gépezet. Mérhetetlenül maximalista volt magával szemben egész életében. Az ő gyermekkora ugyanúgy eltért az átlagostól, mint az enyém. Ő sem csatlakozott a vele egyidős gyerekekhez a játszótéren, inkább velem angolozott. Később, 8–10 éves kora körül még magabiztosabban versenyzett és az egymást követő sikerek miatt egyre jobban élvezte a versenyeket. Akkortájt ismerkedtünk meg Jasonnal és Mike-kal. Alex egyetlen barátja rajtam kívül talán Jason volt. Nagyon jól kijöttek egymással, így amikor Jason bejelentette, hogy abbahagyja a sportot, Alex összetört. Eleinte még tartották a kapcsolatot, de a levelezések leritkultak, majd teljesen meg is szűntek. Személy szerint örültem Alex és Jason barátságának, mert végre nem csak olyan fiúkkal volt körbevéve, akikben Alex csak a vetélytársat látta, hanem volt egy, akiben megbízott. Miután Amerikába költöztem Alex depresszióra utaló tüneteket mutatott, emiatt is kezdtem el a sportpszichológiai tanulmányaimat, hogy újra önmaga lehessen, magabiztos és elszánt. Érezze, hogy a távolból is a legjobb barátja maradok. Biztosítani akartam afelől, hogy a mi barátságunk nem szűnik meg, mint a Jasonnal való.

Alex magánélete mindig is tabu volt. Ha ritkán érdeklődtem is felőle, mindig a versenyzéssel és az ebből fakadó időhiánnyal takarózott. Hiába bizonygattam, hogy ha lenne társa, akkor neki is minden könnyebb lenne, nem hatották meg az érveim. Már New York-ban laktam, amikor egyszer meglátogatott és életünkben először elmentünk együtt bulizni. Alex nem volt hozzászokva az alkohol hatásához, így rövid időn belül feloldódott és eleredt a nyelve. Bevallotta, hogy volt már szerelmes, de sajnos nem találtak viszonzásra az érzelmei, így fél nekivágni az ismeretlennek. Csalódottan mesélte, hogy a másik fél még csak meg sem akarta ismerni a későbbi találkozások során. Alex azt is nehezen viselte, ha második, így nem csoda, hogy a viszonzatlan szerelem a padlóra küldte. Soha azóta nem beszéltünk a fájdalmáról és nem kérdeztem a kapcsolatairól. Alex hozzám hasonlóan teljesen másként nevelkedett, mint a társadalom nagyrésze, ennek következtében, mind a viselkedése, mind az érzelmi reakciói különböztek az átlagostól. Kisebb korában is különcnek tartották, hiszen nem beszélgetett az ellenfelekkel, ott voltunk neki mi apával, Lorenzóval és ott voltak Mike-ék. Mike-ot kifejezetten kedvelte. Versenyek után mindig elmesélte Mike tanításait és arról ábrándozott, hogy egyszer Jadennel harcolhat majd a világbajnoki címért. Mike elmesélései Jadent szuperhősnek ábrázolták és az akkori tizenéves Alex csodálattal hallgatta Jaden történeteit. Sokszor kérte Alex, hogy találkozhasson vele, de Mike megnyugtatta, hogy ha most nem is, később biztosan sokat fognak majd találkozni. Alex bízott Mike-ban és elhitte, amit ígért. Mike-nak igaza lett, de az események valamiért megváltoztak és nem alakult ki a fiúk között komolyabb barátság.

Később a nap folyamán kezdeményeztem, hogy Alex átkerülhessen a rehabilitációs osztályra, ugyanis nincs szüksége további intenzív terápiára. Rendeltem neki London legjobb olasz pizzériájából egy prosciutto pizzát, amit olyan jóízűen fogyasztott, hogy később Lorenzóék is rendeltek maguknak és az egész ügyeletes csapatnak. Délután átköltöztettük a rehabilitációra, majd kezdődhetett az aktív edzés bevezetése. Ezen az edzésen még végig mellette voltam a szíve miatt, de úgy viselkedett, mintha semmi sem történt volna. Messze volt még a régi formájától. Folyamatosan csak apró célokat tűztünk ki, és kis lépésenként haladunk a fő célunkig, ami a madridi versenyen való indulás volt. Alex nem akart pihenni és egy újabb könnyedebb edzést is végzett még estefelé a futam előtt. Késő este leültünk a szobája tévéje elé és bekapcsoltuk a futam felvezető műsorát. Az első ember, akit mutatott a kamera Jaden volt. A szívem megint öszszeszorult. El kellett fojtanom a könnyeimet, mert arra gondoltam, hogy elveszíthetem és megint csak képernyőn kísérhetem a további életét. Annyira hiányzott a hangja, az ölelése, az illata. A melegség, ami körbevett, amikor magához húzott. Sokkal könnyebbek lettek volna ezek a napok, ha legalább a hangját hallhattam volna, ahogyan azt az indulása előtt terveztük. Majd ránéztem Alexre, ami kijózanított és a gondolataimból ismét a földre rántott. A szemeim előtt szívta fel magát Alex, ahogy a közvetítést nézte és hallgatta, mintha a helyszínen lenne. A félelem szikrája sem látszott rajta. Visszatért. Valóban visszatért. Még a rajtrácson készülődtek a pilóták, mialatt az esélyeket latolgatta Alex Lorenzóval. Nehéz lett volna választani kinek drukkol kevésbé, a helyére pályázó McKeana-nak vagy a pontversenyben szorosan mögötte lévő Rodrigeznek.

– A tavalyi év után nem gondoltam volna, hogy valaha ezt fogom mondani, de remélem Jaden nyer – mondta ki hangosan Alex a gondolatait.

– Azok után, amennyit segített E.J.-nek, meg is érdemelné. Sajnos az autója tegnap is pocsék volt – mondta Lorenzó.

– Tényleg segített? – nézett rám kérdőn Alex.

– Igen. A baleset után Mike felhívott és felajánlottak minden segítséget a családunknak. Tekintettel arra, hogy régebben is jóban voltunk, éltem a lehetőséggel és felmelegítettük a régi barátságot. Jaden egyik lakásában aludtam, amikor nem abban a fotelben, ami az ágyad mellett volt.

Alex elismerően bólintott.

A pilóták már öltözködtek és hirtelen de ja vu érzésem volt, hogy tegnap ilyenkor küldtem üzenetet Jadennek. Miért lenne baj, ha ő, egyedül ő is megtudná az igazat? Legalább emiatt nem kellene aggódnia. Ismerem, tudom mennyire megviselte az Alexszel történtek és joga van tudnia az igazságról. Az autóba beülve úgy sem fogja elmondani senkinek.

Elővettem a telefonomat, de nem Jadent hívtam, hanem az egyetlen embert, akiről tudtam, hogy ilyenkor is felveszi és bármit megtesz, amit kérek, kérdés nélkül.

Felhívtam Johnatant.

– Mi a baj E.J.? – kérdezte aggódva.

– Nincs baj. Szívesség kellene.

– Most? – kérdezte meglepetten.

– Igen, most.

– Miben tudok segíteni?

– Kérlek add oda a telefonodat Jadennek – mondtam határozottan.

– Micsoda?

– Igen, jól hallottad. Kérlek Johnatan – erélyesebbre sikerült, mint terveztem.

– Rendben.

Hallottam a lépeit. Johnatan egy 45 év körüli jóképű, kissé mackós alkatú férfi volt, így mind a lépteit, mind a hangos szuszogását jól hallottam a telefonban.

– Jaden! – kiáltott Johnatan, majd egy kis zörgés után Jaden szólt a telefonba.

– Szia Jamie! – szinte kiabált, a körülötte lévő motorzúgástól alig hallhatott valamit.

Ahogy meghallottam a hangját elsírtam magam. Azt éreztem, hogy nekünk nem lenne szabad ilyen távol lennünk egymástól és fájni kezdett a mellkasom. Nem is emlékszem pontosan mit is hadartam neki össze, lehet nem is értett belőle semmit. Nem tudom, de elmondtam neki, amit akartam és ez megkönnyebbülést hozott a lelkemnek. Elpityeregtem magam. Szükségem lenne most Jadenre, hogy az elmúlt napokat fel tudjam dolgozni. Egész életemben szükségem lenne rá.

– E.J.! Kezdenek. – Hallottam Lorenzó hangját.

– Megyek! – kiáltottam.

Visszasiettem Alex szobájába és leültem Alex mellé az ágyba. A szívem hevesen vert, percekbe telt, mire megnyugodtam. Lorenzóékkal négyen közösen néztük végig a versenyt. A futam eszméletlen izgalmas volt, ennyire még életemben nem izgultam. Jaden minden képzeletet felülmúlóan versenyzett. Soha nem láttam még így versenyezni. Ma minden kritikusának megmutatta, miért ő minden idők egyik legjobb pilótája. Büszke voltam rá, mert tudtam, hogy ezt legkevésbé magáért teszi. Ezt másért tette, vagyis inkább azt reméltem, hogy másokért.

Ahogyan gondoltuk, a szövetség a futam után bejelentette az Alex állapotában történt változásokat. A hírverést követően özönlöttek a bejövő hívások a csapattól, sajtótól, szövetségtől. Úgy éreztem, rám most semmi szükség és elvonultam aludni.

A futam utáni ünneplés az egész csapatnak jót tett. A kis beszédem mindenkire óriási motivációval hatott és egy kis időre elhitték, hogy semmi sem lehetetlen. Tudtuk, hogy sokat kell még fejlődni, de a mai nappal nemcsak a hitünk tért vissza, hanem a versenybe is visszatértünk. Összesítettben a 3. helyre léptem előre.

Reálisan látom magamat kívülről és tudom, hogy amit ma a pályán tettem, az nagyon keveseknek sikerült volna így. A tehetségemen kívül hatalmas szerencse és fegyelem kellett az eredmény eléréséhez. Ehhez kedvező feltételt nyújtott az ellenfelek türelmetlensége. És Jamie. Jamie hangja, ami a legerősebb motiváció volt aznap. Jókor, jó helyen kaptam tőle. Őt ismerve, 100%-ban tudatosan. Soha nem tesz nekem ekkora szívességet, ha nem számítanék neki. Most már tudom, hogy mire képes értem, mert azzal, hogy felhívott, szinte biztos, hogy szabályt szegett. Miattam megszegte. Értem megszegte.

Másnap délelőtt résztvettünk a futam utáni értékelőn, ahol mind az én, mind Alex feltámadása volt a fő téma. Rettenetesen vártam már az interjúk végét, mert haza akartam jutni, minél hamarabb Jamiehez. Áttetettük a jegyünket korábbi járatra, de csak 2 jegyet tudtak adni, ami kisebb vitát váltott ki a többiek között, hogy ki kísérjen engem. Végül Jason nyert. Az interjúk után apa várt az autóban és kísért a szállás felé. Éppen egy piros lámpánál álltunk, amikor megállítottam az autót.

– Mi a baj? Ott maradt valami? – kérdezte apa meglepetten.

– Nem. Nem erről van szó.

– Mondd el kérlek – hangja nyugodt volt, mint mindig.

– Ki fogsz nevetni – legyintettem.

– Nem tennék ilyet, én mindenben támogatlak fiam, bármire is készülsz.

– Nézd, ott! – mutattam jobbra.

– Igen, látom. Egy ékszerbolt.

Bólintottam.

– Előre megyek és ha tiszta a terep csörgetlek – és már nyitotta is a kocsi ajtaját.

– De apa! – szóltam utána.

– Nincs semmi de! Ez életed legjobb ötlete fiam!

Apa biztosította a területet, hogy más vásárló ne láthassa, hogy ki és mit akar venni az ékszerüzletben. Az eladók a szokásosnál is kedvesebbek voltak. Röpködtek a bókok, miszerint bárkinek is veszek bármit, az a világ legszerencsésebb nője lehet. Profi eladók – gondoltam magamban. Mindennap ezerszer elmondhatják ezt más férfiaknak is.

Elővették a legszebb, szigorúan őrzött jegygyűrűket és az ajtót bezárták, nehogy megzavarjanak. Néztem a szebbnél szebb gyűrűket, de valahogy egyik sem olyan, mint Jamie.

– Egyiket sem tudom elképzelni az ujján. Kétlem, hogy valaha felvenné – gondoltam magamban. Ráztam a fejem, hogy ezek nem jók.

Hoztak egy újabb tálcával, amit a pult jobb oldalára helyeztek, de ezek szinte ugyanolyan csilli-villi drágaköves gyűrűk voltak, mint az előző tálcán, csak a csiszolat típusa tért el.

Megint ráztam a fejem. Eltették a gyűrűket tartó tálcát előllem és akkor vettem észre, hogy az üvegpult alatt karikagyűrűk sorakoztak.

Rámutattam egyre.

– Azt szeretném megnézni.

– De azok nem eljegyzési gyűrűk és párban áruljuk őket – mondta az eladó.

– Én ennek ellenére azt szeretném megnézni. Felülről a negyediket – pontosítottam.

Egy csodálatos, de egyszerű gyűrű volt, mely finoman mart vonallal volt díszítve. A fehér és rozéarany váltakozott, így harmonikusan fogták közre az apró kicsi gyémántokat.

– Tökéletes – mondtam.

– Méretet tudja? – tették fel kedvesen a kérdést.

– Nem tudom. Sajnálom. Kb. akkora lehet az ujja, mint az én kisujjam – válaszoltam.

Felpróbáltam a kezemben lévő gyűrűt és pontosan a kisujjamra illett. Felpróbáltam a párját, az pedig a gyűrűsujjamra.

– Ezt választom – mondtam apának.

– Rendben fiam. Biztos vagy benne? – kérdezte megnyugtatóan.

Bólogattam. Tökéletesek – gondoltam magamban.

A repülőút hazafelé hosszú volt. Örültem, hogy Jason kísért el. Régen beszélgettünk már kettesben, valaki mindig velünk volt eddig. Mesélt az esküvői előkészületekről.

– Veronica már az agyamra megy, annyiszor variálta meg csak a virágokat. Hogy milyen virág legyen itt, milyen ott. A menüről nem is beszélve. Ez a meghívott ezt nem eszik, a másik azt nem eszik. Csak tortából 10 féle lesz, hogy minden allergiás ehessen valamelyikből. Folyamatosan feszült és ideges, ami engem is kihoz a béketűrésemből. Megkérdezi a véleményemet, de ha nem azt válaszolom, amit hallani szeretne, akkor olyan arcot vág, hogy inkább lennék bárhol máshol a világon, mint mellette – Jason határozottan ingerült volt, ami egyáltalán nem megszokott tőle.

– Ne izgulj Jason, minden rendben lesz! Ezekről az idegesítő esküvői előkészületekről már én is hallottam. De biztosíthatlak, eddig mindenki túlélte – viccelődtem.

– Tudom. Köszi tesó. Csak tudod, annyira közel már a nagy nap. Érzem, hogy engem is megzavart az esküvő előtti izgulás és emiatt panaszkodom, ne haragudj! – mentegetőzött.

– Nem haragszom. Bárcsak nekem is az esküvő előtti izgulás lenne a legnagyobb problémám – mondtam, miközben sóvárogtam tesóm problémájáért.

– Ne irigyeld tesó, nagy döntés ez és egy életre szól – mondta halkan.

– De ha megvan a tökéletes nő, akkor könnyű meghozni a döntést. Nem? – kérdeztem.

– De mi van, ha nem Veronica az igazi? És ha csak későn jövök rá? Mi van, ha ezek a hetek jelzések számomra? Mi van, ha már megtaláltam az igazit csak elszalasztottam?

– Történt ilyen? – kérdeztem.

– Ne is figyelj rám tesó. Csak hadoválok itt összevissza – mondta.

Jason soha azelőtt nem viselkedett ilyen furcsán, mint most.

– Veronica az, neki kell annak lennie! – nyugtatta magát Jason, de én életemben először, nem hittem neki.

Jason szavai visszhangoztak a fülemben. Éreztem, hogy bizonytalan. Én nem éreztem Jamie-vel kapcsolatban bizonytalanságot. Tökéletesen tudtam, hogy csak vele akarom leélni az életemet jóban, rosszban, egészségben, betegségben, míg a halál el nem választ. Én már holnap elvenném, bennem semmi esküvő előtti izgalom nem lenne.

– Ha leszállunk, egyből megyünk megnézni Alexet ugye? – kérdezte témát váltva.

– Mindenképp. Az a legfontosabb – válaszoltam, bár én nem csak Alexet akarom megnézni, de Jason semmit nem tud és ahogy látom, semmit nem is sejt Jamie-ről és rólam.

– Régen láttam, és ezt nagyon bánom. A baleset ráébresztett, hogy mennyire elhanyagoltam mostanában és ezen változtatni szeretnék. Ritkán kap az ember második esélyt az életben – folytatta gondolatait Jason.

– Igen, de reméljük minden rendben lesz – mondtam, miközben arra gondoltam, nem értettem-e félre Jamie jelzéseit? – Remélem nem. A gyűrűk miatt nem akartam Jason előtt lebukni, ezért a kisebbiket felhúztam a kisujjamra, a nagyobbikat meg a középsőre. Jason rendszerint jó megfigyelő, de látszott, hogy most nagyon máshol jár az esze és ez most kapóra jött nekem.

– Lehet, nem kellett volna abbahagynom a versenyzést – szólalt meg váratlanul Jason.

– Hogy érted? – kérdeztem meglepve. Hiszen ez már több, mint 10 éves történet volt.

– Alexszel olyan sok tervünk volt és semmit sem valósítottunk meg közösen. Egyszerűen csak bánt, ahogyan viselkedtem vele. Te tudtad azt, hogy még évekig tartottuk a kapcsolatot, miután abbahagytam a versenyzést?

– Nem. Sose mondtad.

– Nem. Valóban nem – kis szünetet tartott. Én döntöttem úgy, hogy többé már nem szeretnék a barátja lenni.

– Miért döntöttél így? Mit tett, hogy így döntöttél? – kérdeztem.

– Nem is tudom. Talán pont, hogy semmit nem tett. És ez zavart annyira.

– Nem nagyon értelek.

– Nem tudom megfogalmazni. Egyszerűen csak így alakult. Rossz érzetem volt vele kapcsolatban és meg akartam vele szakítani a kapcsolatot.

– Miattam? Hogy a vetélytársam lesz?

– Nem. Nem erről van szól. Szégyellem magam, de az utóbbi években, ha véletlenül össze is futottunk, inkább kihátráltam a köszönés elől.

– De miért? Apa és Jamie is azt mondta, hogy a legjobb barátok voltatok.

– Egyszerűen csak meghoztam egy döntést. Most már tudom, hogy rossz döntés volt.

– Akkor tényleg feladatod van a kórházban! – bíztattam.

– Igen. Remélem Alex nem változott meg az évek alatt. És nem fog hátat mutatni nekem – hangosan felsóhajtott.

– Én csak annyit tudok, hogy Alex egy nagyon intelligens elme. Ezt bizonyította tavaly többször is. Reméljük, hogy ő képes jól dönteni, ha te nem is.

– Ámen tesó!

Jason nincs jól. Ez számomra egyértelmű volt. Hogy a házasságtól való félelme, vagy Alex balesete miatt, nem lehetett egyértelműen meghatározni, de nagyon rossz előérzetem volt az öcsémmel kapcsolatban. Elhatároztam, hogy mindig mellette leszek a következő hetekben, nehogy nagy baj történjen.

A reptéren taxit fogtunk, de a taxis nem kérdezett semmit, tudta kik vagyunk és azt is, hova akarunk menni.

– Alex Giordano ébrenléte megmozgatja a világot – kezdte a taxis. Az is idejön, aki azt sem tudta, hol van a térképen London.

Végighallgattuk a taxis véleményét a tegnapi versenyről és 2 gratuláció között elköszöntünk tőle.

– Azt hittem sose hagyja abba – jegyezte meg Jason.

A kórházba menet nem tudtuk elkerülni a sajtó munkatársait, így felhúztuk a szokásos kapucnit és alávettük a baseballsapkát, ahogyan már megszoktuk az elmúlt években. Jason nagyon sok helyen volt már a dublőröm. Az alkatunk és a mozgásunk hasonló volt, de Jason kicsivel magasabb volt nálam. A fotósok közül senki sem tudhatta biztosra, hogy melyikünket érdemes fotózni, ami mindig zavargásokhoz vezetett, mi pedig sebesen eltűntünk a látóterükből. A kórház aulájában ugyanúgy folyt a munka, mint bármelyik nap. Az ottani embereket egyáltalán nem érdekelte a kinti felhajtás. Irigylésre méltó volt a közönyük.

Amikor a liftbe szálltunk a lift kísérő kérdezte, hogy hányadikra tartunk. A válaszról viszont fogalmunk sem volt.

– Alex Giordanot szeretnénk meglátogatni – mondta Jason határozottan.

A 6. gomb lett megnyomva és megkaptuk az utasítást, hogy a folyosó végén az utolsó szoba balra, amire ki van írva VIP.

Végigmentünk a folyosón, ahol Lorenzó, Sofi és Johnatan álltak és beszélgettek. Kicsit lassítottunk a tempón, de elkerülni nem lehetett a találkozást. Tartottam Lorenzótól, hogy mit fog mondani és attól is, hogy Johnatan mit reagál a tegnapi McKeana elleni csatámra.

– Sziasztok – mondta Lorenzó boldogan. Ott van a legvégén – mutatott Alex szobájára.

– Köszönjük – mondtunk egyszerre Jasonnal és lassan elhaladtunk mellettük.

– Jaden!– szólt utánam Lorenzó – Minden elismerésem! – fejezte be végül és úgy láttam, hogy mosolyog rám.

Bólintottam és megkönnyebbülten vettem tudomásul, hogy ez egy új nap, és egy új kezdet.

Alex éppen felüléseket végzett, amikor benyitottunk.

Felpattant, hogy üdvözöljön minket.

– Szia Alex! Jó látni, hogy nem változtál semmit – mondtam viccesen.

– Sziasztok! De jó, hogy jöttetek! Végre egy kis vérfrissítés, mert már az agyamra mennek a többiek. Itt mindenki az apámat és az anyámat játssza – panaszkodott viccesen Alex.

Felnevettünk.

– Ideje volt felébredni – szólalt meg Jason.

– Tudom, tudom, Csipkerózsika – válaszolt Alex jókedvűen. Örülök, hogy látlak Jason, már ezer éve nem találkoztunk – nyújtotta felé Alex a kezét.

– Jaden! – szólított meg Alex. – Nem tudom, hogy bírtad idegekkel tegnap, mi itt lerágtuk a körmeinket a tv előtt.

– Izgalmas volt végig a határon autózni – jegyeztem meg szerényen.

– Elhiszem. Kicsit sajnálom, hogy nem egymás ellen vívtuk a csatát, de E.J. megígérte, hogy Madridban már én is indulhatok, szóval remélem ott folytatjuk, ahol tavaly abbahagytuk – lelkendezett Alex.

– Csak hagyjunk egymásnak egy kicsit több helyet – nevettem el magam.

– Ez valóban építő jellegű ötlet – nevetett Alex.

Sosem beszéltem még Alexszel ilyen közvetlenül. Felszabadult volt és boldog.

– Jamie hol van? – bukott ki belőlem.

– Nem tudom. Nincs kint apáékkal? – kérdezte Alex.

– Nincs.

Csörgesd meg, tuti itt van a közelben, lehet csak elmenekült már a vendégáradat elől kávézni. Vagy kiszellőzteti a fejét a tetőn.

Megcsörgettem, de a telefon az szobában lévő asztalkán kezdett el rezegni.

– Megkeresem. Nem baj, ha itt hagylak Jasen? – néztem tesómra.

– Nem, dehogy – mondta Jason.

– Kell egy kis környezetváltozás, mert kicsit besokalltam a repülőúton Jasen sztorijairól, amik mind Szuper Alexről szóltak – vágtam oda viccesen búcsúzóul.

Elindultam a lift felé. A liftkezelőnek jeleztem, hogy a kávézóba szeretnék menni. A kávézóban rengeteg orvos, ápoló és civil várakozott, de Jamie nem volt ott. Visszamentem a liftkezelőhöz és kértem, hogy vigyen fel a tetőre.

– A lift nem megy fel a tetőig és a tetőre tilos a kijárás – mondta szigorúan a jócskán hatvan fölött járó őszes hajú úriember.

– Akkor vigyen fel a legmagasabb pontra – kértem.

– Ugye nem akar bolondságot csinálni fiatalember? – nézett rám gyanakvóan.

– Ha a lánykérés bolondság, akkor de.

Az öreg elmosolyodott.

– Ha olyan szerencsés, mint én, akkor nem bolondság.

Kinyílt az ajtó és mutatta, merre van a lépcső, ami a tetőre vezet.

Az ajtó ki volt támasztva, ami azt jelentette, hogy van kint valaki a tetőn.

Kiléptem a tetőre és láttam, hogy Jamie egy korlátnak támaszkova nézi a londoni tájat. Próbáltam nagyon halkan megközelíteni, nehogy megijedjen.

– Hangos vagy – jegyezte meg.

– Hogy lehet valakinek ennyire jó hallása? – éreztem, ahogy szaladt felfelé a pulzusom minden egyes lépés megtétele után.

– A rutin és az évek – mondta. Nem fordult meg, így mellé álltam. Ugyanúgy, mint Ryanék partiján. Remélem, ez nem azt jelenti, hogy kezdetben ott a vég. Nem szeretném lezárni ezt a kapcsolatot.

– Alex jól néz ki – fordultam felé.

– Igen, bólogatott. Innen már gyerekjáték a rehabilitációja, szerintem még két nap és mehet haza – folytatta.

– Jamie, köszönöm, hogy írtál és azt is, hogy felhívtál.

– Hiszen szükséged volt rá – rideg volt a megjegyzése és ijesztő.

– Jamie, tudom, hogy egy idióta voltam, sajnálom, amit tettem, de nem akarlak elveszíteni.

– Jaden, nem lehet elveszíteni azt, ami soha nem is volt a tiéd.

Megmerevedtem. Mintha egy rossz lemezt tettek volna fel és nem tudok mit kezdeni a helyzettel.

– Én biztos vagyok benne, hogy csak melletted lehetek boldog egész életemben. Mi összetartozunk – próbáltam meggyőzni.

Hallgatott, nem reagált semmit. A szívem olyan hevesen dobogott, hogy meg kellett kapaszkodnom.

– Én soha korábban nem éreztem olyat ember iránt, mint irántad egy hete. Meg tudtam volna mutatni, hol érzem a fájdalmat a mellkasomon, amikor felszálltál a gépre – ütögette meg a mellkasát, ott, ahol a szíve van.

– Jamie, kérlek! Jamie én szeretlek téged. Szerelmes vagyok beléd és én ezt akarom érezni irántad, csak engedd, kérlek – de már a sírás kerülgetett.

Mély sóhajt vett.

– Én is ezt éreztem.

Csendben álltunk. A szavai visszhangoztak a fejemben. Múlt időben beszélt. Akkor az üzenet és a telefonhívás, azt mind csak azért voltak, hogy jobban érezzem magam és jobban teljesítsek. Nagyon fájtak a szavai, de ha nem érzi, amit érezni kell, akkor ezen nem változtat semmi.

– Meg tudsz nekem valaha bocsájtani? – kérdeztem.

Elkezdte a körmével kaparászni a korlát csövét, mintha egy képzeletbeli foltot szeretne eltűntetni onnan.

– Én már megtettem – mondta halkan.

– Már nem haragszol?

– Nem – rázta a fejét. Nagyon halkan beszélt.

Levettem a kisujjamról a gyűrűt és finoman a kezébe tettem.

– Gyere hozzám feleségül! – mondtam ki, szinte suttogva.

Jamie bámulta a gyűrűt a tenyerében. Forgatta, nézegette. Néztem az arcát, de nem lehetett tudni, mire gondol. Sohasem lehet tudni, mire gondol. Számomra ez volt Jamie varázsa. Kiszámíthatatlan, de a vége mindig jó. Jamie összezárta a kezében a gyűrűt a távolba nézett és visszanyújtotta nekem, majd a kezembe tette.

Néztem az ékszert a kezemben és fogalmam sem volt róla, mi tévő legyek ezek után.

Felém fordult és megsimogatta az arcom, de én sírtam, miközben őt néztem. Ő simogatott tovább és közben végig a szemembe nézett. Már gondolkodni sem tudtam, csak a fájdalmat éreztem. Azt a szorító, nyomó fájdalmat, amit senkinek sem kívánok.

Egy idő után már nem volt erőm a szemkontaktust tartani vele, így lefele néztem a kezembe, a tökéletesnek hitt gyűrűre, amit a tökéletes nőnek vettem.

A kezével próbálta fentebb emelni a fejemet, de először nem engedtem. Ennyi büszkeségem még maradt, hogy ne lássa, mennyire sírok. Majd megint megpróbálta. Felemeltem a fejem és ránéztem. Jamie mosolygott, a szeme könnyekkel teli volt.

– Neked kell az ujjamra húzni! – mondta lágyan, suttogva. A hangja szinte elcsuklott és felém tartotta a kezét.

Nem hittem sem a szememnek, sem a fülemnek. Nem emlékszem, hogyan sikerült az ujjára húznom a gyűrűt, de arra igen, hogy utána magamhoz húztam a kezénél fogva. A kezeim közé fogtam az arcát és megcsókoltam, ahol csak értem. Percekig csak csókolgattam. Addig, míg könyörögni nem kezdett, hogy hagyjam abba. Nem engedtem el. Nem is fogom soha elengedni. Lazítottam az ölelésen és Jamie háttal a mellkasomnak dőlt. Tökéletes pillanat volt.

– Neked is van? – kérdezte szinte sírva.

– Igen. Rajtam van – mutattam neki.

– Ideadod?

– Igen – és átadtam neki a gyűrűmet.

– Ugye tudod, hogy Isten lát minket – kérdezte kedvesen.

– Biztos vagyok benne.

– Ezennel itt az Isten színe előtt örök hűséget fogadok neked Jaden W. Colt – Jamie is felhúzta a gyűrűsujjamra a gyűrűmet.

– Szeretlek Jamie – mondtam.

– Én is téged, szerelmem! – mosolygott Jamie.

Végre megcsókoltam és magamhoz öleltem. Napok óta erre vágytam és minden percben egyre jobban. Csodálatos érzés volt, ahogyan a szeles tetőn hozzám bújt. Örök hűség – csengtek a fülemben Jamie szavai. Semmire sem vágytam még, mint arra, hogy ez valóvá váljon. Örökké vele ebben az életben.

– Menjünk vissza, mert gyanús lesz az eltűnésünk – mondta később Jamie, miután jó ideje ölelkeztünk és a könnyeink, már mindkettőnk arcáról felszáradtak.

– Alex tuti nem veszi észre, otthagytam neki Jasont, szerintem jól elvannak nélkülünk is.

– Az biztos – jegyezte meg Jamie.– Mint régen, de akkor is mennünk kell.

Időközben más látogatók is érkeztek, így Jamie és én nyugodt szívvel otthagytuk Alexet, hadd élvezze az érdeklődést. Jasen nem haragudott és még csak kérdést sem tett fel, hogy hova megyek. Annyival lezárta, hogy otthon találkozunk.

– Ez könnyebb volt, mint gondoltam – jegyeztem meg Jamie-nek.

– Azért, mert te nem láttad őket, amikor még együtt versenyeztek. Szinte elválaszthatatlanok voltak.

Jamie a kórház egy másik kijáratán vezetett ki minket, ahol gyorsan taxit fogtunk és felmentünk a lakásomba. Nem nagyon szégyenlősködtünk, már a liftben egymásnak estünk. Mire beléptünk a lakásba már szinte téptük egymásról lefelé a ruhát. Jamie próbálta egy-egy röpke pillanatra kéretni magát, ezzel még izgalmasabbá téve az amúgy is vibráló előjátékot. Aznap már nem hagytuk el a lakást. Jamie kétszer hívta fel Alexet, aki jobban volt, mint bármikor korábban. Örömmel fogadtuk a hírt és bűntudat nélkül kettesben ünnepeltük az eljegyzésünket. Aznap éjszaka többször is. Kora reggel ébredtünk fel.

– A gyűrű tökéletes – jegyezte meg Jamie, miközben a gyűrűjét nézegette.

– Ugyanezt gondoltam, amikor megláttam. Téged láttalak benne és megvettem – mondtam, mialatt simogattam az arcát és hitetlenkedve csodáltam a szépségét.

– Honnan tudtad, hogy igent mondok?

– Nem tudtam. Azt tudtam, mit érzek irántad és azt, hogy én soha senki másnak nem vennék gyűrűt – Inkább csak reméltem, hogy te is szeretsz.

– Én nagyon szeretlek – és megcsókolt.

– Ma elviszlek a szüleimhez – mondtam határozottan.

– Biztos vagy benne?

– Biztos – Most mentetted meg Alex életét, ennél nagyobb meggyőző indokot sosem tudnék kitalálni szüleimnél, hogy miért egy Giordanot veszek feleségül – mosolyogtam.

– Te számító vagy Jaden W. Colt? – nevetett Jamie.

Elkaptam a kezét, majd a karját, a testét és megcsikiztem. Addig csikiztem, míg könyörgött, hogy bármit megtesz, csak engedjem el. Annyira hiányzott ez az érzés, amit kivált belőlem. Enélkül már képtelen lennék tovább élni.

Reggel hét körül üzenetet kaptam édesapámtól, melyben egy szó állt: „gratulálok". Megmutattam Jamie-nek és elmeséltem, hogy apa hogyan bizonyosodott meg a kapcsolatunkról.

Napközben Jamie bement a kórházba és Alex hazaszállíttatását intézte, míg én edzeni mentem. Este érte mentem Jamie-ért és bemutattam hivatalosan a szüleimnek, mint menyasszonyomat. Őszintén, szeretetteljesen fogadták és kellemes estét töltöttünk együtt. Veronica nem jött el, mert épp megint vitatkoztak Jasonnal, ki tudja milyen apróságon. A következő naptól beköltöztem a lakásomba Jamie-hez és azon kezdtünk tanakodni, mi lenne a lehető legideálisabb időpont arra, hogy a Giordano családot is beavassuk a mi kis titkunkba.

– Kicsit félek mit fog szólni Lorenzó – mondtam.

– Kicsit? Bátor fiú vagy! – incselkedett Jamie.

– Annyira? – kérdeztem aggódva.

– Dehogy. Biztosíthatlak benne, hogy imádni fog téged – mondta kedvesen.

– Ugye nem azért mondod, hogy megnyugtass? – kérdeztem, miközben Jamie-t jó szorosan magamhoz öleltem.

– Bármit mondanék, akkor is remegő lábakkal fogsz elé állni, szóval mindegy mikor megyünk – nevetett Jamie.

– Te ki nevetsz engem?

– Motivállak! – nevetett tovább. Hogyan szokták mondani? Innen szép nyerni? – nevetett tovább Jamie.

Már majdnem akcióba lendültem, hogy megcsikizzem, de ehelyett lassan megsimogattam az arcát, miközben láttam rajta, hogy már felvette a védekező pozícióját egy esetleges támadás ellen, de nem támadtam. Finoman megcsókoltam.

– Örökké szeretni foglak Jamie! – suttogtam.

Alex másnap hivatalosan elhagyta a kórházat és már Lorenzóéknál edzett. Kivettek egy hatalmas lakást, amiben külön kondiparkot rendeztek be neki. Még egy hete sem ébredt fel, de már kiváló formában volt. Nagyon készült a madridi versenyre.

– Jó reggelt – köszöntem neki.

– Szia E.J.! Nem tartasz velem? – viccelődött Alex.

– Ma nem, de köszi a felajánlást – mondtam gúnyosan.

– Ma sem – tette hozzá Alex.

– Alex, muszáj beszélnem veled valami nagyon fontos dologról.

Alex visszatette a súlyokat a helyükre és a személyiedzőt kiküldte.

– Alex te vagy a testvérem és a legjobb barátom. Nem szeretnék előtted titkolózni.

– Miről beszélsz E.J.? – kérdezte izgatottan.

– Tudod van olyan, hogy szeretsz valakit, de az nem szeret viszont. Van olyan is, aki szeret, de te nem tudod őt szeretni. És van olyan, akit szeretsz, ő is szeret, de nem szabadna.

– Te meg mégis miről beszélsz? Konkrétumokat akarok!

– El sem hiszed, mennyire nehéz ezt neked elmondanom – magyarázkodtam.

– Vagy az is lehet, hogy tudom – jegyezte meg.

– Olyan emberrel szeretjük egymást, akivel nem lenne szabad. Érted?

– Értem. De E.J. nem ez a lényeg.

– Mi a lényeg?

– Boldog vagy? Vele vagy a legboldogabb? Boldogabb, mint valaha gondoltad volna? Szereted annyira, hogy lemondj mindenről, az állásodról is, ha kell, csak vele lehess?

Soha nem hallottam még korábban Alexet ennyire temperamentumosnak. Új élete van, ez már biztos.

– Igen. Mindent képes lennék érte feladni.

– És ő is érted?

– Igen, még talán többet is, mint én.

Megmutattam a gyűrűt Alexnek.

– Hoppá, akkor ez nagyon komoly. Akkor mi a kérdés? – nézett rám kérdőn.

– Hogy meg tudod-e nekem bocsájtani?

– Óh. Megértettem. E.J.! Én miattam aggódsz? Hogy mit szólok a boldogságodhoz? Annyit, hogy legyen az bárki, légy vele mindig ilyen boldog, mint most!

– Bárkivel boldog lehetek?

– Bárkivel.

– Jadennel is?

Alex felnevetett.

– Jadennel is! Sokkal jobban összeilletek, mint azt te gon-
dolnád – jegyezte meg végül Alex. – És ne foglalkozz azzal, hogy
ki mit mond, tedd azt, ami boldoggá tesz. És aki szeret, az elfo-
gadja, aki meg nem, az meg kit érdekel?

– Alex, engem most nagyon boldoggá tettél!

– Ha te nem vagy, akkor én sem lennék, ez a minimum tőlem.

Ez sokkal könnyebb volt, mint gondoltam. Alex szavai nagyon
megnyugtattak. Felbátorodva felhívtam Jadent és megbeszél-
tem vele, hogy hozza magával esete Jasont is és meglátogatjuk
Lorenzóékat.

Lorenzóék vacsorával vártak. Hiába mondtam, hogy csak beug-
runk, az olasz családnál az a szokás, hogy roskadjon az asztal.
Negédesen beszélgettünk az elmúlt hetekről, Alex fejlődéséről.
Mindeközben az asztal alatt Jaden kezét szorongattam. Vártam
a megfelelő pillanatot, hogy felhozakodjunk a témával, de annyi
mondanivalójuk volt Lorenzóéknak, hogy szóhoz sem jutottam.
Lorenzó behozott egy újabb üveg bort és töltött mindenkinek.
Jaden elengedte a kezem és felállt a pohárral a kezében.

– Mr. Giordano, szeretnék Öntől kérni valamit – kezdte.
Nagyon bátor volt.

Lorenzó körbenézett és széttárta a kezét.

– Parancsolj fiam!

– Szeretném tisztelettel megkérni Öntől Jamie kezét – foly-
tatta Jaden.

Lorenzó elmosolyodott.

– Mondhatnám, hogy váratlanul ér a kérésed, de a gyűrűitek
már érkezéskor elárultak benneteket – mutatott a kezeinkre
Lorenzó – Köszönöm, hogy te kéred meg a kezét és azt is, amit
a családunkért tettél Smith-el szemben. Feltartotta a kezében
lévő poharat és tósztot mondott.

– Legyetek mindig nagyon boldogok, vigyázz az én kislányomra!

– Köszönjük – mondtuk egyszerre.

– Jaden, mit csináltál vele? – kérdeztem meglepetten.

– Hogy Lorenzót ismételjem: megvédtem a családunk becsületét – kacsintott rám.

Én többet nem is kérdeztem. Családunk. A mi családunk. Jól esett hallani ezeket a szavakat Jadentől.

Az este bormámorban úszott. Már senki sem akart hazamenni, így mindannyian ott aludtunk Lorenzóék lakásában. Az alkohol feloldott minket Jadennel és szabadjára engedtünk a fantáziánkat. Jadennel minden alkalom újszerű volt és jobb, mint az előző. Mindig találtunk egy olyan pontot a másikon, ami új lehetőségeket tárt elénk.

– Sose legyen rosszabb – sóhajtott, miközben aléltan a kezem után nyúlt, hogy magához szorítsa, ahogyan szokta elalvás előtt.

Másnap reggel Alextől megkaptuk, a „jó hangosak voltatok" reggeli üdvözlő szöveget, de nem nagyon érdekelt minket, mert fülig ért a szánk.

Reggeli után a fiúk közösen edzettek én pedig visszamentem a lakásba az elmaradt adminisztráció bepótlása miatt. Most először jutott eszembe, hogy lehet ez az utolsó táblázat, amit ki kell töltenem, mint főnök. Megváltozott valami és már nem vágytam vissza az álom munkámba. Jaden mellett szerettem volna lenni és tudtam, ha visszamegyek New York-ba, akkor ez nem lesz kivitelezhető. A munkához való hozzáállásomon nem tudok változtatni. Vagy rendesen csinálom, vagy sehogy. Ezért elküldtem az elkészült anyagot és hozzácsatoltam egy felmondó levelet.

Jadennek egyre több munkája volt az edzéseken kívül. Rengeteg telefonos és videós team munka. Szimulációs gyakorlatok. Alex órákat tudott ezekről beszélni, ezért nem lepett meg, hogy Jaden is hasonlóan fontosnak tartja minden részét a munkájának. Mióta a család előtt is hivatalosan bejelentettük a kapcsolatunkat, már nem csak a lopott időkben és esténként voltunk együtt, hanem szinte egész nap. Minden nap egyre több oldaláról ismertem meg Jadent és minden nap egyre jobban megszerettem. Amíg ő dolgozott, addig én is dolgoztam. Hivatalosan leszerződtetett a szövetség, mint megbízott orvost Alex miatt, ugyanis Alex ragaszkodott ahhoz, hogy a továbbiakban is én biztosítsam neki az orvosi ellátást. A szövetség első körben 3 hónapra alkalmazott. Ami meglepő volt, hogy Alex orvosi papírjain kívül minden más pilóta és tesztpilóta adatait kiszolgáltatták a részemre, hiszen, ha már úgy is minden versenyre el kell kísérnem Alexet, akkor már mindegy, ha a többiek esetében is tisztában vagyok a paraméterekkel. Jaden ujjongott, amikor bejelentettem, hogy nem megyek vissza New York-ba dolgozni, akkor meg végképp madarat lehetett volna fogatni vele, amikor megtudta, hogy a szövetség hónapokra magukhoz láncolt.

Eljött a madridi versenyhétvége és a sajtótájékoztatón Jadent és Alexet egymás mellé ültették. A külvilág számára titok volt az „új" kapcsolatuk. A média mindent elkövetett, hogy feszült viszonyt tartsanak fent kettőjük között, de ehelyett családiasan viccelődtek a kellemetlennek szánt kérdéseken. A sajtótájékoztatón történtek nagy visszhangot kaptak és Oscart érdemlő színészkedésről írtak a lapok. A kritika egyikőjüket sem hatotta meg, ennél már mindkettőjükről sokkal rosszabb hangnemben is írtak, és ennél már nagyobb gonoszsággal is megvádolták őket. A paddockban is megváltozott a viszonyuk, ami minden kívülállónak feltűnt. Alex kinyílt, már nem a földet nézegette, miközben a fotósok előtt kellett elhaladni, hanem hangosan köszönt, ha meglátott valaki ismerőst és integetett a kameráknak. Jaden egyik este meg is jegyezte, hogy jót tett neki az alvás. Mi még nem akartuk a külvilágnak feltárni a kapcsolatunkat, de Jadennel elérkezettnek láttuk az időt, hogy Ryant beavassuk. Végül is nélküle, lehet sosem lett volna alkalmunk megismerkedni. Úgy döntöttünk készítünk egy fotót, amin egymás kezét fogjuk és a gyűrűk jól láthatóak. Elküldtük neki az én telefonomról.

Azonnal csörgött a telefonom, amit az asztalra letettem.

– Halló? – hangosítottam ki közben a telefont.

– Mondtam, én előre megmondtam, tudtam, hogy találkoznotok kell – nagyon hevesen beszélt.

– Igazad volt – szólalt meg Jaden.

– Te mocskos, mázlista disznó – nevetett Ryan a telefonba. Minden azért van mert szerettelek és megsajnáltalak, annyira csorgott a nyálad, amikor Jamie-ről beszéltél.

– Ez nem is igaz – kérte ki magának Jaden, de csak nevetett. – Csak finom utalásokat tettem arra nézve, hogy szeretném közelebbről megismerni azt az ismeretlen vöröshajú szépséget.

– Finom utalásokat? – Még a vendéglistát is kikérted tőlem – folytatta nevetve Ryan.

– Milyen vendéglistát? – kérdeztem közbe.

– Köszi Ryan a diszkréciót, de Jamie-nek ezekről, mint kínos múltbeli balgaságaimról, nem beszéltem. Úgy gondoltam, hogy kellemetlen fényben tüntetne fel előtte és próbáltam ezt elkerülni – Jaden nagyon zavarban volt.

– Ti kis mocskok, ellenem szövetkeztetek? – kérdeztem.

– Ellened? Érted drágám, érted – lágyult el Jaden hangja.

– Fiatalok, ha eljön a nagy nap, azért szóljatok!

– Mindenképp, de hamarabb lesz, mint gondolod – mondta határozottan Jaden.

– Várom a hívásotok!

Jamie-vel mióta eljegyeztük egymást még nem beszéltünk az esküvőről, nem kerültük a témát, csak egyszerűen annyira gyorsan történt minden, hogy nem volt rá időnk.

– Mikor legyen? – kérdeztem.

– Jó kérdés – mondta.

– Én szeretném minél hamarabb.

– Persze, nem akarsz nekem időd hagyni, hogy rájöjjek, hogy sokkal jobbat is kaphatok – nevetett Jamie.

– Ez az egyik ok, valóban – nevettem. De 3 hét múlva lesz két éve, hogy együtt töltöttük az első közös éjszakánkat. Mi lenne, ha akkor tartanánk? Július 2-án?

Kedvesen rám nézett és bólintott.

– Hol? – kérdezte.

– Mivel ez pontosan az olasz nagydíj hétvégéje előtt lesz, így stílusos módon Olaszországban is tarthatnánk.

– Csak eléred, hogy együtt menjünk Olaszországba – nevetett fel.

– Mondtam neked, hogy a nő már meg van – simogattam az arcát.

– Szülők, testvérek, pár barát. Ennyi?

– Ha ragaszkodsz hozzá, nekem jó. Én beérem azzal is, ha te ott vagy – mondtam, miközben magamhoz öleltem a kedvesem.

– Beszélsz előtte Jasonnal, hogy nem haragszik-e meg ránk? – kérdezett aggódva.

– Már beszéltem.

– Igen?

– Igen. Jasonékkel nincs minden rendben, így szabad utat adott.

– Hogy érted, hogy nincs velük minden rendben?

– Jason nem akar nősülni, igaz nem mondja, de érzem. Mióta hazajöttünk LA-ből teljesen másként viselkedik. Veronica rengeteget sír anyukámnak, ezt apától tudom. Jason nem nagyon beszél róla, csak annyit mondott, hogy nem tudja biztosan, hogy erre vágyik-e, majd kijavította magát, hogy biztosan tudja, hogy nem Veronicával szeretne élni.

– Szakítottak?

– Még nem. Szóval szerintem Jason örül, hogy mi most átirányítjuk magunkra a figyelmet – mondtam.

– Pontosan mikor kezdett el Jason megváltozni Veronicával szemben? – kérdezte hirtelen Jamie.

– Nem tudom. Karácsonykor minden rendben volt, az esküvőt hatalmas lelkesedéssel kezdték szervezni. Talán akkor volt az egyik első jele, hogy nincs minden rendben közöttük, amikor felhívtad apát telefonon. Onnantól kezdve Jason mindennel foglalkozik, csak az esküvővel nem. Elkísért minden utamra, Veronicát otthon hagyta. A fülem hallatára hazudott, hogy én ragaszkodok a jelenlétéhez és hogy ebben a nehéz helyzetben nem hagy egyedül.

– És, ha nem Veronicáról van szó?

– Ha nem róla beszélgetünk, akkor minden rendben Jasonnal. Nyugodt, vicces. Keményen dolgozik. Szóval nem boldog Veronicával az öcsém. Érted?

Jamie csendben volt, mintha várakozna.

– Tudom milyen érzés a nem megfelelő mellett szenvedni – kezdte lassan. Bár neki nehezebb, mert szerintem ő tökéletesen tisztában van vele, kit szeret és így még nehezebb megjátszani Veronica vőlegényét.

– Te meg miről beszélsz? – kérdeztem. – Jasonnak van valakije Veronica mellett? – lepődtem meg Jamie mondatain.

– Nem tudom biztosan.

– Akkor nem értelek.

– Nem vagyok biztos benne, hogy kapcsolatban van azzal, akit a tesód igazán szeret.

– Még mindig nem értelek.

– Úgy gondolom bizonyos okokból Ő sem azzal van, akivel szeretne lenni. Ez ismerős ugye?

– Igen, de neked jó okod volt névtelennek maradnod.

– És ha neki is jó oka van?

– Mégis mitől kellene az én öcsémnek tartania?

– Mi van, ha a szerelmét védi?

– Azért nincs kapcsolatban a szerelmével, mert védi? Hogy lehet úgy megvédeni valakit, hogy távol tartod magad tőle?

– Ha meg vagy győződve róla, hogy csak ártanál neki azzal, hogy szereted.

– Jamie, teljesen belezavarsz.

– Pedig egyszerű. Szeretik egymást, de a külső tényezők miatt nem lehetnek együtt.

– De így mindenki szenved.

– Ez pontosan így van.

– Nem hiszem, hogy az öcsém ennyire gyáva lenne. És tudnék róla, ha szerelmes lenne valakibe. Feltűnt volna. A szerelmes embernek minden gondolatában benne van a másik. Akaratlanul is róla beszél, úgy, hogy fel sem tűnik.

– És Jason nem szokott valakiről többet beszélni? Neked nem tűnik fel, hogy valaki neve újra és újra visszatér a beszélgetésbe?

– Nem. Az elmúlt napokban szinte folyamatosan együtt voltunk és nem beszélt másról csak... Várjunk! Jamie! Azt akarod mondani, hogy... – szünetet hagytam. Megdöbbentem a gondolataimon.

– Ha ennyire nehéz kimondani, akkor egyre gondolunk – mondta Jamie halkan.

– Alex. – A döbbenet egyre csak fokozódott bennem. – Nem hiszem el – folytattam.– Hogy nem tűnt fel? Teljesen igazad van. A baleset óta változott meg minden.

– Szerintem rájött, hogy örökre elveszítheti. Azt gondolom, hogy Jason nem a mérnöki pálya miatt hagyta abba az autóversenyzést. Nagyon fiatalok voltak és nem bírták a terhet, amit magukkal cipeltek. Talán nem is tudták biztosan, mi is történik közöttük és nem tudták, hogyan is lehetne kezelni. Jason volt az idősebb, és szerintem ő kapcsolt hamarabb. Alex csak évekkel később jött rá, mármint a viselkedéséből én erre következtetek. És most Alex új életet kapott. Elég idősek már, hogy esetleg együtt kezdhessenek új életet és Jason minden reakciója is ezt támasztja alá.

– Hú, nem nagyon térek magamhoz. Sosem gondoltam volna. Te mióta tudod?

– Most sem tudom biztosra. Én csak kívülálló voltam a történetükben. Annyi tűnt fel, hogy nem volt sok értelme Jasonnak évközben abbahagyni a sportot, illetve Alex későbbi, apró elszólásai vezettek erre a véleményre. Egyetlen egyszer mesélt egy viszonzatlan szerelemről, amit még nem ismert fel idejében.

– Akkor honnan gondolod mégis?

– Apró jelekből. Megérzés. Emlékképek gyermekkoromból, hogy hogyan nevettek a fiúk egymással. Te velem nevetsz úgy. Alex reakciója, amikor bejelentettem, hogy olyan embert szeretek, akit nem lehetne. Támogatott. Mindenben mellém állt. Szinte boldog volt a kinyilatkoztatásomtól. Mintha tudta volna, hogy egyszer ugyanezt szeretné elvárni tőlem is. És amikor Lorenzóéknál aludtunk, akkor este láttam valamit.

– Mit láttál?

– Lehet, hogy nem kellene elmondanom.

– Az öcsémről van szó, és ha ez segít abban, hogy segíthessek neki, akkor mondd el légyszíves!

– Nem vette észre, mármint Jason, hogy a konyhában vagyok, sötét volt. Halkan megállt Alex szobájának ajtaja előtt. Próbáltam levegőt sem venni, nehogy észrevegyen vagy megzavarjam. Nagyon halkan nyitott be és nem jött ki. Pár percig mozdulatlanul álltam, nem akartam zajt csapni. Csak pár perc múlva haladtam el Alex szobája előtt és reméltem, hogy nem hallanak meg. Nem is tudtak volna, mert én viszont hallottam őket. Szerintem most nagyobb szükségük van ránk, mint eddig bármikor.

– Szóval az én szívtipró, nőcsábász öcsém szerelmes. Ezek alapján már nagyon régóta és, hogy ne tudja meg senki mesteri szerepet játszott mindannyiunk előtt. Ez a tény rengeteg mindenre magyarázatot ad a múltban történtekre és végre meg tudom érteni, mit, miért tesz. Ezek szerint ők most hasonlón mennek keresztül, mint mi.

– Igen. csak nekik rosszabb. Nagyon hosszú ideje várnak egymásra, mert annyira gyerekek voltak, hogy fel sem tudták fogni, mi történik. Amikor Jason felfogta, azonnal elmenekült. Azok alapján, hogy tőled sem kért segítséget, arra következtetek, hogy senkinek sem mondta el. Esélyt sem adott magának, hogy gyerekként szembesüljön vele, hogy amit érez, az normális. Neki kellett rájönnie, de akkor más késő volt. Addigra elvágta magát Alextől. Biztos vagyok benne, hogy mind a ketten a poklokat járták meg egymás miatt, mert nem kértek időben segítséget. Én is hibás vagyok, későn raktam össze a kirakós darabkáit.

– Itt az ideje melléjük állni. Már van is egy ötletem – mondtam.

– Milyen őrült gondolat dúl az agyadban?

– Majd meglátod – mosolyogtam. Sosem jöttem volna rá magamtól, pedig mindennap együtt vagyok Jasonnal. Okos vagy Jamie, nagyon okos. Mégis miért álltál velem szóba?

– Ryan kért meg rá – nevetett. – Látod, nem is vagyok olyan okos.

– Ha Ryan nem kér meg? Mi történt volna? – kérdezte.

– Akkor legkésőbb most találkoztunk volna.

– Ugyanígy alakult volna?

– Ez így alakult volna 4 évvel ezelőtt is és 5 év múlva is. Ez a mi történetünk – mondta. Megsimogattam az arcát, csodáltam a szerelmem szépségét, a hangját, ahogyan rólunk beszélt. Nem hittem volna, hogy valaha ilyen kapcsolatban fogok élni és ennyire magával értetődő lesz, hogy mind a ketten a másikkal akarjuk leélni az életünket. Azt mondják, hogy kapcsolatok eleje mindig varázslatos. Ez több annál. Mellette értem meg igazán, miért érezhették azt a szüleik, hogy inkább maradnak kettesben és mondanak le egymásért a gyermekről. Ha nem pontosan úgy, de ahhoz nagyon hasonlóan éreztem magam Jamie mellett. Minden vágyam, hogy minél hamarabb egy család lehessünk. Remélem ő is ezt szeretné.

A madridi versenyhétvége fő kérdése az volt, hogy vajon Alex szervezete, hogyan fogja bírni a versenyt a levegő 40 fokos hőmérséklete és az ehhez 70 fokos aszfalt hőmérséklet mellett. A szimulációs gyakorlatok, az edzések jól mentek neki. De előre megjósolhatatlan volt, hogy az extrém körülmények között vajon mit fog bírni a szervezete. A pénteki gyakorlásra felhős időt jósolt a meteorológia, így kapott egy napot, hogy újra az autóban ülve rója a köröket úgy, hogy nincs extrém meleg. Jadennel megegyeztünk, hogy még nem mutatkozunk együtt a nyilvánosság előtt. Ez inkább az én kérésem volt, de Jaden elfogadta. Alexszel jelentem meg a paddockban az előírt orvosi ruházatban, így sikerült a leginkább észrevétlennek maradnom. Alex élvezte, hogy a kamerák előtt velem sétálhat. Régi vágya volt, hogy az egész család mellette legyen a futamokon.

Alex megváltozott. Kinyílt. Boldog volt. Lorenzóék ezt új életnek nevezték, de én tudtam, hogy ez annál sokkal több. Alex boldogan nyilatkozott a visszatéréséről és arról, hogy milyen rendesek voltak a vetélytársai, hogy az előző futamon gondoltak rá és kiestek, hogy ő az élen maradhasson. A riporterek is meglepetten fogadták Alex viccelődéseit, de szívesen vették és kedvező véleményt írtak Alex jellemének változásáról. Már meg sem említették a közös interjút, amit Jadennel előző nap adtak. A pénteki edzés jobban sikerült, mint ahogyan a matematika megjósolta. Alex mindenkinél gyorsabb volt és nagyon jól sikerült alkalmazkodnia a körülményekhez. Jaden este gúnyosan jelezte is, hogy úgy meggyógyítottam, hogy még jobb és veszélyesebb lett, mint korábban.

A szombati időmérőre viszont beköszöntött a száraz kánikula. Még árnyékban is nehezen lehetett elviselni a hőséget, nemhogy egy autóban, ahol az aszfalt centikre a pilótáktól sugározta az extrém magas hőmérsékletet. Alex az időmérő elején jelezte, hogy kibírhatatlan a hőség és sokkal több folyadékra van szüksége, mint átlagosan. A pálya minősége körről-körre folyamatosan javult, az eredményei is jók voltak, ami nagyon motiválta. Egy-két körön jól bírta a terhelést, de engem aggasztott, hogy holnap vajon, hogyan fogja bírni a több, mint 60 körös versenyt. Az időmérőt végül nagy harcok árán Jaden nyerte, Alex előtt. Az időmérő után Alex teljesen kimerült. Az állapota sokkal rosszabb volt, mint előző nap. Jadenhez képest katasztrófálisan elfáradt.

– Ezt így nem fogod holnap kibírni – mondtam Alexnek. – Lehet, hogy mégsem kellene ennyire erőltetni, hogy máris azonnal visszatérj a pályára.

– Ki fogom bírni. Minden kibírok. Ezt te tudod a legjobban – Alex nem fogadta jól a véleményem.

– Alex, ugye tudod, hogy most neked semmi bizonyítani valód nincs? Hosszú még az év, 2 hét múlva Olaszországban is visszatérhetsz.

– Most akarok visszatérni. Ez a feladatom – határozott volt.

Alex, ha egy célt kitűzött maga elé, azt minden józan ész ellenére is el akarta érni. Ezért is lett ennyire sikeres, de ez most sokkal veszélyesebb, mint eddig bármikor.

– Alex. Nem akarom, hogy a pályán meghalj, mert makacsul ragaszkodsz ehhez a versenyhez – próbáltam nagyon kedves lenni vele, de legszívesebben bedobtam volna egy medence jeges vízbe.

– Nem fogok meghalni. Nyugodj meg. Itt vagy mellettem és vigyázol rám.

– A kocsiban nem leszek veled – mondtam halkan.

– Igen, de folyamatosan tartjuk majd a kapcsolatot.

– És ha úgy ítélem meg, hogy hagyd abba, akkor fogsz rám hallgatni?

– Ha verseny közben azt mondod, hogy ki kell állnom, akkor tudom, hogy sokkal nagyobb a baj, mint ahogy én gondolom. És hallgatni fogok rád. Megígérem – Alex komolyan beszélt, végig rám nézett.

– Biztos? Nem fogsz hősködni?

– Bízhatsz bennem. Viszont ki kell találni valami koktélt, ami jobb formában tart, mint eddig bármi. Érzem, hogy nem bírok annyit, de remélem ez megoldható lesz.

– Ráállok az ügyre.

– Köszi!

– Alex!

– Igen?

– Jól vagy?

– Csak fáradt vagyok, ennyi.

– Rendben.

Tudtam, hogy nem csak ez a gondja, de ha nem beszél róla, akkor én nem erőltetem.

Jaden boldog volt, hogy megnyerte az időmérőt, bár ő is panaszkodott a körülményekre, de korántsem volt annyira fáradt, mint Alex.

– Hogy van Alex? – kérdezte Jaden, miután visszaértem a szobájába, ahol egy egyszemélyes ágyon osztozkodtunk ketten.

– Versenyezni akar minden áron – válaszoltam. Hangomból nem tudtam eltűntetni az ezzel kapcsolatos ellenérzéseimet.

– Azt gondoltad, hogy meg tudod változtatni az álláspontját? – nevetett.

– Nem. De legalább elértem nála, hogy hallgasson rám, meccs közben.

– Bravó – mondta és megtapsolt.

– És miattam nem is aggódsz? – kérdezte Jaden, közben megfogta a kezem, magához húzott és szorosan magához ölelt a derekamnál fogva.

– Miattad? – nem. Nevettem, miközben néztem az értetlenkedő tekintetét. – Te holnap nyerni fogsz – válaszoltam és megcsókoltam.

Vasárnap még a szombatinál is nagyobb melegben kezdődött a verseny. Alex egész délelőtt speciális folyadékot fogyasztott, hogy jobban bírja a versenyt. A fiúk rajtja jól sikerült, egyikőjük sem vesztette el a pozícióját. Pár kör elteltével, viszont Alex ideje elmaradt a várthoz képest és a 3. helyen álló Rodrigez állandó nyomás alatt tartotta. Nagyon rossz előérzetem volt. Reménykedtem benne, hogy Alex bírni fogja mind testileg, mind mentálisan ezt a fajta nyomást. Rodrigez hazai pályán versenyzett, ami számára extra motiváció volt. Alex biztonsági vezetést mutatott be. Folyamatosan védekezett. Egyszerűen nem volt ma benne annyi, hogy leszakítsa a maga mögött érkező Rodrigezt, csak annyit tudott tenni, hogy a védekező íveket használta. Tudtam, hogy ez nagyon fárasztó lesz és így nem fogja sokáig tartani a pozícióját. Jeleztem Johnatannak, hogy módosítaniuk kell a taktikán, ha azt akarják, hogy végigmenjen és pontokat szerezzen. Johnatan megbízott bennem és Alexet idő előtt kihozták kereket cserélni. Jaden verhetetlennek tűnt, Alex annyira lemaradt mögüle, hogy csak köröznie kellett kényelmes tempóban. Alex pályára való visszatérése után nyugodt körülmények között tudta folytatni a versenyét. Sikerült olyan pozícióba hozni, hogy senki se tartsa fel és támadni se tudják. Alex nem kérdezett semmit azzal kapcsolatban, hogy miért hozták ki hamarabb, mint az eredeti taktika volt, tudta ki miatt történik így. A közvetítők is értetlenkedtek a korai kerékcsere miatt, de ők az autó rossz gumikopásával magyarázták a történteket. A verseny fele már lezajlott, mikor Alex jelezte, hogy elfogyott a folyadékja és nagyon szomjas. Johnatan közölte, hogy a rendszer jelzi, hogy félig tele a tartály, szóval próbálgassa. Aggódva néztem Johnatanra. Ha nem fog működni a folyadékpumpa, akkor vége a versenyének. Folyadék nélkül ezt egy egészséges ember is alig bírná ki.

Pár kör megtétele után Alex, tőle nem megszokott stílusban, már nagyon panaszkodott, hogy nem működik a folyadék adagolója. Minden bizonnyal katasztrofális lenne, ha egyszer csak elájul abban a melegben és jeleztem Johnatannek, hogy valamilyen formában, ebbe be kell avatkoznunk. A második kerékcserét is előrehoztuk, Alex kijött és egy kis időhúzással állítottak valamit a folyadékpumpán. Alex az időveszteség miatt Rodrigez mögé, a 3. helyre jött vissza a futamba. Alexet nagyon dühítette ez a technikai hiba, ami érthető volt. Most sokkal nagyobb szüksége lett volna a folyadékra, mint bármikor máskor. Rodrigez előtte haladt és Alex már nem törődött a folyadékkal, vérszemet kapott és gyorsulni kezdett. 5 kör alatt már a nyomában volt és megpróbálta megelőzni. Rodrigez védekezett. A következő két körben ugyanazokban a kanyarokban próbálkozott Alex, de nem sikerült megelőznie. 10 körrel a vége előtt hibára kényszerítette Rodrigezt, aki egy rossz kigyorsításnak hála már csak sérült vadként tudott viselkedni az éhes Alex előtt, így Alex sikeresen Rodrigez elé került.

– Szomjan fogok halni – kiabálta Alex a rádión keresztül.

Ezt a rádióüzenetet a közvetítésbe is bevágták. Johnatan próbálta nyugtatni. Próbálgasd Alex, hátha működik, csak lassabban jön. Alex visszajelezte, hogy valami megindult, de nagyon lassan érkezik a folyadékpótlás. 5 kör volt hátra, amikor Alex megint lassulni kezdett. Nem tudtuk, hogy most az idő előtti kerékcsere miatti öregebb gumik a ludasok, vagy Alex állapota romlik. Szóltam Johnatannek, hogy beszéltetnie kell Alexet. Johnatan jelezte Alexnek, hogy minden körben folyamatosan diktálja, hányas kanyarban jár. Alex teljesítette a kérést és most sem kérdezett vissza semmit, hogy miért kell kisiskolást játszania. Két körrel a vége előtt Rodrigez újra utolérte a jóval lassabban haladó Alexet, így Alex újra nyomás alá került. Lassan egy órája vezet folyadék nélkül. Jeleztem Johnatannek, hogy szóljon rá, hogy ne haljon meg a pályán, inkább engedje el a mögötte lévőt. Alex annyit válaszolt, hogy: soha. Irtózatosan lassan követték egymást a kanyarok. Rodrigez sokkal gyorsabb volt, Alex szinte vánszorgott előtte. Egyik előzési kísérletnél össze is értek, de egyikőjük autója sem sérült meg, viszont arra elég volt, hogy Rodrigez megijedjen és feladja a támadást. Jaden már fél perce befejezte a versenyt, mire Alexnek végre elkezdték lengetni a kockás zászlót. A csapat nagyon boldog volt, de én tudtam, hogy most a rádiót mindenképp el kell kérnem Johnatantól.

– Ügyes voltál Alex! – kezdtem.

– Köszi, nagyon nehéz versenyzés volt, de kibírtam. Látod?

– Látom. Figyelj rám Alex!

– Baj van?

– Most nincs, nyugi. Figyelj rám és kövesd az utasításaimat! Ha kiszállsz az autóból, akkor ne ünnepeltesd magad, hanem azonnal le kell feküdnöd a földre!

– Mi van? – kérdezte meglepetten.

– Higgy nekem! – határozott voltam.

– Gyorsan szálljak ki és feküdjek az aszfaltra?

– Pontosan.

– Miért?

– Mert ha nem, akkor elég nagy valószínűséggel össze fogsz esni a kamerák előtt – mondtam könnyedén.

– Mekkora az esély erre?

– 110% vagy kicsit annál is több.

– Az meggyőző. Rendben, azt teszem, amit mondasz!

– Ha tudod, akkor a lábaidat felrakhatnád a kerekekre – folytattam.

– Mindent megteszek, amit megtehetek.

A sportág szabályai szerint, ha orvosi beavatkozásra van szükség az autóból való kiszállás és a kötelező mérlegelés között, a versenyirányítás dönthet úgy, hogy elveszi a versenyen szerzett eredményt a pilótától, mivel veszélyes cselekedetnek minősíthetik, ha kiderül, hogy nem alkalmas a versenyzésre. És még további büntetés is várható.

– Utána mi lesz? – kérdezte kisebb szünet után.

– Passz. Reméljük jön valami csoda – mondtam.

Alex begurult a 2. tábla mögé, Jaden ekkor már javában ünnepeltette magát a csapatával. Alex szót fogadott. Felhajtotta a sisakot, kiszállt az autóból, majd lefeküdt a földre. A lábát már nem tette fel. Elájult. Tudatosult bennem. A csapat néma csendben nézte a földön fekvő mozdulatlan pilótát, amikor elindultam

Alex felé. Próbáltam rádión beszélni hozzá, de nem reagált. Jaden észrevette a jelenetet és odajött hozzám.

– Baj van? – kérdezte.

– Igen, elájult – mondtam.

– Miért nem segítesz neki? – nézett rám megdöbbenve.

– Elvehetik a pontjait, ha orvosi segítségre van szükség, hogy elmehessen a mérlegig.

– Számítottatok rá? – kérdezte.

– Elromlott a folyadékadagolója a 30. körben.

– Úr Isten. Én ki sem bírtam volna – mondta hitetlenkedve Jaden.

– Csak orvos nem mehet oda hozzá?

– Senki, aki egészségügyi személyzet.

– Akkor viszont én igen? – kérdezte.

– Te igen – néztem rá úgy, mint a megvalósult csodára.

– Mit tegyek?

– Fel kell emelni mindkét lábát és nyakon kéne önteni vízzel.

Jaden odarohant Alexhez és felemelte mindkét lábát, majd vízért kiáltott. A csapattagok elkezdték Jadennek dobálni a kulacsaikat. Jaden pedig öntötte a tartalmukat Alex nyakába.

Alex pár pillanat múlva magához tért. Jaden segített neki felülni, majd fel is állította. Mindenki tapsolt. A közönség hatalmas ovációt mutatott be a jelenetsor kapcsán. Megvan a holnapi szalagcím, és az újságok címlap fotója – gondoltam magamban. Tavaly még élet-halál harcot vívtak egymás ellen, ma pedig csoda történt. Jaden elkísérte Alexet a mérlegig, ahol Alex már segítség nélkül meg tudott állni. Mikor leszállt, már ott voltam mellette és leültettem, mielőtt nyilatkoznia kellett volna. A csapat biztosított gyorsan speciális ‚Alex' folyadékot és Alex színe gyorsan megváltozott. Jaden hosszan nyilatkozott, majd a hazai pályán 3. helyet elérő Rodrigez is interjút adott. Mire Rodrigez végzett az interjúval, már Alex is ott állt, hogy őt faggathassák.

Az eredményhirdetés után Alexszel az orvosi szobába mentünk, elvégeztem a szükséges vizsgálatokat és szerencsére semmi eltérést nem tapasztaltam. Az orvosi létesítménybe kísért minket Johnatan és Lorenzó is.

Jaden a csapatával letudta a kötelező ünneplést, majd este Jasonnal megjelentek a Lorenzóék által hétvégére bérelt madridi lakásban.

– Jöttünk megnézni Alexet – mondta kaján vigyorral az arcán Jaden.

– Ennyi? Csak Alexet? – de már ugrottam is a nyakába. – Gratulálok szerelmem, megérdemelten nyertél ma. Összeviszsza csókoltam.

Jason álldogált egy darabig az ajtóban, kicsit olyan volt, mint aki nem találja a helyét. Sofi azonnal hellyel kínálta és mindenkinek üdítőt szolgált fel.

Kellemes csevejbe kezdtünk majd Jaden jókedvűen közölte Lorenzóékkal az esküvő dátumát.

– Alig két hét – állapította meg Lorenzó.

– Így van. Nem akarunk várni – mondta Jaden. Már túl vagyunk a versenyen, Alex jól van és az olasz nagydíj a nyakunkon.

– Hova tervezitek? – kérdezte Lorenzó.

– Olaszországban – mondta Jaden és megfogta a kezemet.

– Tényleg? – Sofi szeme felcsillant.

– Igen – válaszoltam. És bár tudom, hogy az idő sürget, de számítanék a segítségedre – kértem Sofit megnyugtatóan.

– Akkor gyerekek sok a teendőnk a következő hetekben is, sűrű ez az év – állapította meg Lorenzó.

– Csak nem bővül a család? – kérdezte Sofi izgatottan.

– Nem, nyugi, nem erről van szó – nyugtattam meg, mielőtt már a babaneveken kezdene gondolkodni.

– Akkor Jaden sietteti, hogy ne legyen időd rájönni, mennyivel jobbak is vannak nála? – tréfálkozott Alex.

– Látszik, hogy együtt nőtetek föl, Jamie is hasonló következtetésre jutott – mosolygott Jaden.

– Az a lényeg, hogy szeressétek egymást, amíg éltek – mondta Sofi kedvesen.

A család ünnepelni kezdett, kicsit lazulni ez után a kemény hétvége után.

Lorenzóék hamar nyugovóra tértek és már csak négyen maradtunk a nappaliban. Én Jaden karjai között voltam, úgy beszélgettünk Alexszel és Jasonnal.

– Jason! – szólítottam meg. Mi a helyzet Veronicával? – kérdeztem olyan ártatlanul, mintha semmit sem tudnék.

– Jaden, még nem mondta? – kérdezett vissza.

Ránéztem Jadenre és hazudtam.

– Nem.

– Felbontottuk a jegyességet és szakítottunk – mondta Jason hadarva.

– Nagyon sajnálom – mondtam. Mi történt? Hogy viseled? – Kérdeztem, közben hallottam, ahogy Jaden mellettem mély sóhajokat vesz.

– Egyszerűen csak nem működött. Nem hiszem, hogy vele kellene leélnem az életem – állapította meg Jason. Nem ragozta túl – gondoltam magamban, de attól én még nem eresztem el.

– Esetleg valaki mással? – kérdeztem.

– Miből gondolod? – kérdezett vissza Jason meglepetten.

– Csak abból, amit mondtál. Azt mondtad, nem vele kellene leélnem az életem. Ebből az következik, hogy mással akarod, amiből én arra gondolok, hogy esetleg tudod is, hogy kivel – mondtam a tőlem megszokott stílusban, nehogy azt érezze, minden mondatunkat előre elterveztük Jadennel.

– Jamie, Jamie. Rafkós egy nőszemély vagy – állapította meg Jason kényszeredett mosollyal az arcán.

– Szóval beletrafáltam. És mondanál esetleg róla valamit? – kérdeztem fellelkesülve.

– Nem szeretnék róla beszélni – mondta halkan.

Persze, hogy nem, hisz ott ül melletted – gondoltam magamban, miközben Alexre pillantottam.

– Ne már tesó, legalább annyit mondj meg, hogy féllábú vagy nem féllábú – szólt közbe Jaden viccelődve.

Jason felnevetett.

– Nem féllábú. Megnyugodhatsz – mondta.

– Én nyugodt vagyok tesó, miattam ne aggódj, de nem értem, miért titkolod pont előlem, hogy tetszik neked valaki, vagy talán még ennél is többről van szó? – feszegette tovább a témát Jaden.

Jaden hatalmas színész – állapítottam meg.

– Még nem beszéltem vele erről – mondta ugyanazzal a hangsúllyal Jason.

– Miről? – kérdezte Jaden.

– Hogy hányadán is állunk egymással – magyarázta Jason.

– Nem értem, ezen mit kell beszélnetek. Hiszen te felbontottál miatta egy eljegyzést, ha ebből nem érti a szándékaidat, akkor egy gyengeelméjű, már ne haragudj meg ezért a jelzőért – Jaden hevesen beszélt az öccsével.

Jason csak nevetett, de Alexre egy pillanatra sem nézett rá. Alex a kezében lévő poharat babrálta és csak némán hallgatta Jason vallomását.

– Ha ilyen egyszerű lenne, akkor tudnál róla – próbálta lezárni Jason a beszélgetést.

– Én nem tudom, mi lehet a gond. Esetleg ő is párkapcsolatban van? – dobta fel a labdát Jaden, de Jason annyira zavarban volt, hogy nem kapcsolt időben és őszinte volt.

– Nem ilyen jellegű hátráltató tényezőink vannak.

– Akkor több is van? – kérdezte Jaden.– Pénz? Adok nektek, csak légy boldog öcsi!

– Nem, az nem gond. Más jellegű – Ekkor nézett rá először Alexre segítségkérően Jason, de Alex nem fordult felé. Alex azt tette, amit gyermekként is tett, ha nagyon zavarban volt, segítségért könyörgött szavak nélkül, nekem. Engem nézett, én pedig őt.

Láttam Alex szemében a döbbenetet, amikor rám nézett. És én bólintottam. Innentől kezdve csak rajta állt, hogy mond-e valamit, vagy sem. Alex újra a poharát kezdte kapargatni.

– Tudják – mondta halkan.

Jason teljesen zavarban volt.

– Tudnak rólunk – mondta hangosabban és Jason felé fordult. Jason nem értette, csak motyogott és kérdőn nézett Alexre.

Csend támadt a nappaliban, csak a mély sóhajt lehetett hallani, amit a két velem szemben lévő fiú adott ki magából. Nem néztek egymásra, nem érintették meg egymást, csak bámulták zavarukban a padlót.

Jaden törte meg a csendet.

– Nem értelek titeket – mondta az Ő stílusában talán a legkedvesebben, ha lehet így fogalmazni.– Olyanotok van, amiről más csak álmodozik. Mégis mi akadályoz meg benneteket abban, hogy boldogok legyetek? – kérdezte végül.

Nem tudom, hogy a verseny miatti fáradtság, az elmúlt percek eseményei, vagy az elmúlt évek elfojtott érzelmei törtek elő Alexen, de sírni kezdett. Az a tipikus csendes sírás, amikor csak folynak a könnyek és nem tudod megállítani.

Felálltam és odamentem az én drága öcsémhez. Megöleltem és ugyanazt mondtam neki mint, amit Jadennek a telefonban, a baleset után.

– Minden rendben lesz!

Nyújtottam a kezem Jaden irányába és otthagytuk őket, abban a reményben, hogy jó döntést fognak hozni. Jadennel még sokáig halkan taglaltuk az eseményeket. Biztosan jól cselekedtünk-e, hogy beleszóltunk az életükbe, de mindketten meg voltunk győződve a tetteink helyességéről. Reméltünk, hogy nem romboltunk, hanem építettünk. Elmondtunk egy imát értük, hogy képesek legyenek a boldogságot választani, mindenekelőtt. Egymáshoz bújva aludtunk el Jadennel.

Másnap reggel a reggelinél semmi különös nem történt. A fiúk ecsetelték még az aznapi kötelezettségeiket és megbeszéltük, hogy ki, mikor, hogyan fog eljutni Olaszországba. Néztem Alexet, de semmit nem árult el az arca. Idő kell még – állapítottam meg.

A repülőn Alex mellett utaztam, aki a szokásosnál is szótlanabb volt. Nem kérdeztem semmit, hiszen tisztában voltam vele, hogy tele van mindenféle gondolattal a feje. Minek zavarjam meg, hiszen bármikor hozhat egy életreszóló döntést.

– Akkor tudatosult, amikor Amerikába mentél – kezdte. – Amikor Jason abbahagyta a versenyzést nagyon sokat gondoltam rá, nagyon hiányzott. Hiába próbáltam tartani vele a kapcsolatot, ő nem úgy reagált, mint akkor, amikor versenyeztünk. Eleinte azt hittem megsértődött, hogy nem akkora tehetség, mint a bátyja és zavarja, hogy tőlem mindig kikap. Talán ez volt az egyetlen értelmes magyarázat a viselkedésére. Azt hittem a legjobb barátom, olyan, mint te csak ő fiú barát. Amikor te is elhagytál, akkor teljesen szétestem, mind lelkileg, mind fejben. Nagyon nehéz időszak volt az életemben. Kezdtem folyamatosan favorittá válni az alacsonyabb katergóriás meccseken és kinyílt számomra a világ. Ugyanekkor kezdett el a média is felkapni és a divatosabb szponzorok is megtalálni. Egyik szponzori találkozón láttam Jasont, ahogyan Jadennel csajozik. Akkor tudatosult számomra az egész.

Mély levegőt vett.

– Jason a bátyja miatt folyamatosan a reflektorban volt, követni tudtam az életét és láttam, hogy ő hozzám képest más. Ő nőkkel megy mindenhova. Akkor éreztem először, hogy talán mégis csak más oka volt, hogy elment. Talán én voltam az oka. Ő észrevehette rajtam, hogy másként viselkedem vele és inkább elmenekült. Egy évvel később személyesen is találkoztunk, de amikor meglátott nem indult el felém, ahogy én tettem, hanem elfordult. Figyeltem és láttam, hogy többször hátranéz, hogy odamegyek-e vagy sem. Végül nem mentem.

– Tisztában voltam vele, hogy rajtam kívül ő az egyetlen, aki sejti az érzéseimet. És ő hátat fordított nekem – minden szava fájdalomról árulkodott.– Jamie! Ha te nem foglalkoztál volna velem annyit, én nem tudom mit teszek magammal. Azóta sem tetszett meg senki más. Nem volt viszonyom senkivel. Eddig.

Hallgatott.

– London? – kérdeztem.

– Látom, te mindent tudsz – nem tűnt meglepettnek. – Akkor változott meg minden, amikor Jadennel bejöttek a kórházi szobámba. Jaden azt állította, hogy Jason csak rólam beszélt a 8 órás repülőúton. Nem értettem, miért beszélt rólam, mikor évek óta meg sem akar ismerni és még csak nem is köszönt nekem. Akkor a szobában minden megváltozott. Ugyanaz a jó fej srác volt, mint amikor még versenyzett. Ugyanaz a mosoly, ugyanaz a hanglejtés. Örültem neki, de nem értettem, mi történt vele, hogy ennyire megváltozott, vagyis inkább visszaváltozott. Aztán azon az estén, amikor apáéknak bejelentettétek az eljegyzést...

Nem tudta folytatni. Nem azért, mert kereste a szavakat, hanem mert nem merte kimondani azokat.

Megfogtam a kezét.

– Ő ment be hozzád – mondtam.

Alex rám nézett, ugyanaz a döbbent tekintet, mint tegnap este. Most viszont nem mondott semmit.

– Legalább már tisztában vagy vele, hogy mit éreztek egymás iránt. Ennek így kellett történnie, hidd el! – nyugtattam meg.

– Nagyon rossz így bujkálni – mondta.

– Szerintem ne tedd ezt magaddal és ő sem érdemli meg. Ahány nyomorúságod éved volt már, annyi neki is. Vagy neki még több is – szünetet hagytam. – Gondolom, ő hamarabb jött rá, mit is érez – próbáltam biztatni.

– Igen – mondta lassan Alex. Elmesélte, hogy ő miként élte meg. Próbált másként élni, ezért hagyta abba a versenyzést, hogy ne kísértsem tovább.

– De a baleset mindent megváltoztatott.

– Igen – bólogatott. Azt mondta, nem tud nélkülem élni.

– És te tudsz nélküle? – kérdeztem, hisz a válasza a kulcsa a döntésének.

– Tudni tudok – mély sóhajt vett –, de nem akarok.

– Örülök, hogy így érzed.

– Tegnap este minden megváltozott, azzal, hogy ti tudjátok Jadennel az igazságot rólunk. El sem tudom mondani, mit is jelent számunkra a ti elfogadásotok. Most olyan erősnek érzem magam, mint soha azelőtt. Azt hiszem nyugodtan kimondhatom, hogy a lelkünk felszabadult és ezt nektek köszönhetjük.

– Lorenzóéknak is el kell mondanotok, mihamarabb – mondtam határozottan.

– Nem lehetne, hogy te közlöd velük? – kacsintott rám mosolyogva.

– Már nem vagyunk gyerekek Alex. És szerintem már amúgy is tudják.

– Nem hiszem – rázta a fejét Alex.

– Alex, ha én tudtam, ők is tudják, higgy nekem – biztattam.

– Nem akarok nekik csalódást okozni.

– Akkor itt az ideje boldognak lenned, mert ha a sikeres boldogtalan életet fogod választani, a sikeres és boldog helyett, akkor biztosan csalódni fognak.

– Köszönöm, hogy te vagy a testvérem – mondta miközben megölelt.

Visszaöleltem és magamhoz szorítottam. 4 éves kora óta ismerem és mindent, de mindent megtennék azért, hogy boldog legyen.

– Akkor leszel a tanúm? – kérdeztem könnyes szemmel.

– Nekem megtiszteltetés.

Lorenzóék korábbi géppel érkeztek meg Olaszországba, ahol Sofi hatalmas lendülettel belekezdett az esküvőnk szervezésébe. Lorenzó és Mike időközben meggyőztek minket arról, hogy egy-két ismerősüknek mindenképp ott a helye az esküvőnkön, így Jadennel beadtuk a derekunkat és maximalizáltuk a vendégek számát 50 főben. Ryanék szabaddá tették a nagy napot, így a vendégek szállását, repülőútját is intézni kellett. Sofi rengeteg munkát fektetett abba, hogy a legmegfelelőbb helyszínt találja meg a mi igényeink szerint.

Érkezésem után két órával már róttuk az olasz kanyarulatos utakat kettesben Sofival. Elmesélte, hogyan sikerült leszerveznie az egyik legismertebb élő zenekart a lagzira, majd mosolyogva dicsekedett azzal, hogy a régi papunk megtiszteltetésnek veszi és kijön a helyszínre összeadni minket. Amíg Olaszországban éltünk, minden vasárnap elmentünk a templomba, így a pap szívesen vállalta az esketést. Az első két hely gyönyörű volt és impozáns, de én ennél sokkal egyszerűbbet szerettem volna. Fantasztikus, olasz borvidéken autókáztunk, amikor a harmadik szóba jövő helyszínt kerestük. Kitáblázva szinte semmi nem volt, így elidőztünk a keresgélésben. Végül egy régi borászat birtokára hajtottunk be, ahol egy elképesztően felújított, mégis hagyományosnak tűnő kúria állt. Csodálatos fehér falak, belül sötétbarna fa bútorzat, márványpadló. A helyszín friss virággal volt díszítve, éppen az előző heti esküvő utáni takarítás fázisában mutatták be nekünk a helyszínt. Sofival mindketten egyetértettünk, hogy ez a 16 hálószobás kúria tökéletes helyszíne lesz az esküvőnknek. Megállapodtunk a tulajjal, Robertoval a részletekben. Odaadtam egy titoktartási szerződést, melyet Roberto felhúzott szemöldökkel fogadott.

– Nálunk ez nem szokás, tőlünk úgy sem tud meg senki semmit – közölte Roberto és visszanyújtotta a papírt.

– Megbízok az adott szavában és kezet nyújtottam felé.

Örömmel viszonozta a kézfogást.

Miután elhagytuk a birtokot elindultunk menyasszonyi ruhát nézni. Hosszú nap volt, de nagyon boldog voltam, hogy Sofival lehetek. Sofi már félretetette a legszebb darabokat, amik az alkatomhoz és a jellememhez illenek, így sokkal könnyebb volt a választás, mint először gondoltam. Egy egyszerű fehér sellőfazonú ruha mellett döntöttem, mely rozégyöngyökkel volt finoman díszítve.

– Csodálatos vagy drágám – ujjongott Sofi.

– Köszönöm. Egyszerű, de nagyszerű – mondtam, miközben néztem magam a magas álló tükörben.

– Olyan, mint te. Tökéletes – Sofi szinte sírt.

Hazafelé menet már sötétedett és a kabrió tetejét behúztuk. Kihasználtam az alkalmat és megpróbáltam puhatolózni vajon Sofi mit tud Alexről.

– Megkértem Alexet, hogy legyen a tanúm, és boldogan vállalta. Remélem egyszer ő is megkér majd engem – mondtam.

Sofi vezetett és csak az utat figyelte.

– Reméljük egyszer ő is olyan boldog lesz, mit te drágám.

– Úgy veszem észre, a baleset óta sokkal nyitottabb. Nagyon úgy tűnik, hogy átértékelte ezt a mazochista életmódot és ismerkedik valakivel.

– Mi Lorenzóval már régen nem kérdezzük, hogy mikor mutat be nekünk valakit. Talán már le is mondtunk róla. Bűntudatom van, hogy mindig csak a versenyzéssel foglalkoztunk és Alexszel, mint férfival sosem. Tévesen azt hittem, hogy ez magától is menni fog – Sofi hangjában érződött az önvád.

– De hisz még nagyon fiatal és eddig csak a karrierjével foglalkozott. Én részben megértem, hogy nem akart mindent egyszerre. Ismered Alexet, ő maximalista. Viszont a nagy álmát, a világbajnoki címet már megnyerte. Talán most jött el az idő a magánéletre.

– Reméljük tényleg így van – mondta Sofi.

– Hogyan másként lehetne?

– Lorenzó szerint Alex képtelen szeretni. Szerinte mi vagyunk a hibásak, hogy a fiúnknak nem elég a földi boldogság. Én ezt nem akarom elfogadni, de sajnos lehet benne igazság.

– Ez? Hogy lehetne ez igaz? Alex nagyon is tud szeretni. Hallanod kellett volna, amikor elmondtam neki, hogy olyan embert szeretek, akit nem lehetne. A viselkedése, az elfogadása, a bátorítása annyira meghatott, hogy még most is könnyes a szemem, ha rá gondolok. Alex igenis tud szeretni – bizonygattam határozottan.

– Akkor nem értem, miért nem hoz haza senkit. Miért nem ismerkedik vagy utazgat valakivel, mint ahogy a hozzá hasonló korú fiatalok? Mindene megvan. Bármit megtehetne.

– Mi van, ha fél nektek bemutatni a párját, mert annyira magasra teszitek a lécet, hogy inkább meg sem próbálja?

Sofi figyelmesen hallgatta a szavaimat.

– Miért fél ettől? Mi bárkit elfogadunk, csak végre boldog legyen. Nekünk ő a legfontosabb az egész világon. Soha nem szólnánk bele, ki a választottja, csak legyen olyan boldog, mint most te.

– Én is ezt kívánom neki.

– Te tudsz valamit drágám? – nézett rám Sofi kérdően.

– Csak annyit, hogy Alex nagyon is képes szeretni – válaszoltam.

Miután hazaértem, fel is hívtam Jadent és elmeséltem a napomat. Ő Párizsban volt a családjával egy kötelező rendezvény miatt és tudtam, hogy csak másnap délután fognak hozzánk elindulni Olaszországba. Rettenetesen hiányzott. Minden pillanatban azt vártam, hogy végre láthassam, öleljem, szeressem őt.

– Beszéltem apával – mondta Jaden.

– Miről?

– Jasonról.

– És? Tudta? – kérdeztem.

– Igen. Szinte ugyanúgy jellemezte őket, mint te. Ugyanazt látta rajtuk akkoriban.

– És Jason mit szól ehhez?

– Még nem tudja, apáék ma este akarják vele tudatni, hogy teljes elfogadással vannak irányába.

– Hogy van Jason?

– Igazából nagyon ki van készülve. Rettenetesen izgul. Ő is ma akarja a szüleinket szembesíteni az igazsággal.

– Holnap már sokkal könnyebb lesz mindenkinek.

– Igen. Úgy tűnik jól döntöttünk, hogy kikényszerítettük belőlük az igazságot.

– Igen. Ma este Lorenzóék is meg tudják és holnap sokkal, de sokkal boldogabb lesz mind a két öcsénk.

– Azt mondod, hogy jobban várják ők az egymással való találkozást, mint mi?

– Elképzelhetetlen. Annyira hiányzol, hogy arra nincsennek szavak – mondtam őszintén.

– Akkor a te ágyad is rettenetes üres – állapította meg kedvesen.

– Pontosan.

– Szeretlek Jamie!

– Én is szeretlek!

Mikor lementem a vacsorához, már mindhárman az asztalnál ültek. Lorenzó éppen Sofinak szedett a főételből. Közel 30 éve voltak házasok, de Lorenzó, még mindig ilyen figyelmes volt Sofival.

– Tölthetek egy kis bort? – kérdezte.

– Persze, van mit ünnepelni, Sofi ma nagyszerű munkát végzett – mondtam.

– Ennyi? Ennyit ünneplünk? De hisz nemrég csodát tettem a pályán – méltatlankodott Alex.

– Az már a múlt – legyintett Lorenzó.

– Én szívesen ünneplem ma is a kitartásodat és tehetségedet kisfiam! – lágyított a hangulaton Sofi.– Lorenzó, ne légy már mindig ilyen szigorú, lehet azért nem mer hazahozni senkit, mert attól retteg, hogy nem fog nekünk tetszeni – dorgálta kissé Sofi Lorenzót.

– De én csak viccelődtem – mentegetőzött Lorenzó. Alex tökéletesen tisztában van vele, hogy akit ő szeret, azt mi is fogjuk. Ugye fiam? – nézett Alexra kérdőn.

Eljött az idő – gondoltam. Alexnek el kell mondania, most vagy soha. De Alex nem reagált semmit. Nyugtalanított, miért nem mondja már el. Csak egy mondat lenne. Már majdnem megszólaltam, amikor Alex végül elkezdett beszélni.

– Nem azért nem hozok haza senkit, mert attól félek, hogy ti nem fogadnátok el – kezdte. Ez annál sokkal nehezebb. Van valaki, akit szeretnék hazahozni, már jó ideje – szünetet tartott. De csak nemrég tudtam meg, hogy az érzelmeim viszonzásra leltek – folytatta végül.

Lorenzóék hallgattak, nekem a fülemben dübörgött a szívverésem, annyira izgultam Alex helyett is.

– Ezek nagyszerű hírek fiam. Végre! – mondta Lorenzó.

– És ki a fiú, ismerjük talán? – kérdezte Sofi.

Alex már csak nevetett, mert ebből a kérdésből rájött, hogy a családja tényleg tudja, ki is ő valójában és hogy mennyivel, de mennyivel könnyebb ez, mint a képzeletében.

Rám nézett és mosolygott, én pedig bíztattam, hogy folytassa.

– Nagyon régóta ismeritek.

– Jason? – kérdezte Lorenzó, de a választ nem is kellett Alexnek kimondania, egyszerűen csak bólintott. Sírt. Megint. Ugyanúgy, mint ahogy Madridban tegnap este.

– Miért sírsz drágám? – kérdezte Sofi.

De Alex nem tudott mondani semmit. Odament a szüleihez és megölelte őket. Nagyon sokáig ölelte őket.

– Mondtam, hogy tud szeretni – és én is sírni kezdtem.

– Azt is mondtad, hogy minden rendben lesz – mondta Alex, miután megnyugodott.

– És igazam is lett – simogattam meg az öcsém arcát.

– Ti vagytok a legnagyszerűbb család a világon. Kívánni sem kívánhatnék nálatok jobbat – fejezte be Alex.

Másnap estére megérkezett Jaden és családja. Lorenzóék olasz vendégszeretettel fogadták őket. Alex megkérte Lorenzóékat, hogy a központi téma az esküvő legyen és az utána következő olasz nagydíj, mert Jasonnal még beszélni szeretne, mielőtt hivatalosan is bemutatná a családnak. Amíg az örömszülők és a tanúk köszöntötték egymást, mi Jadennel felpakoltuk a csomagokat a szobákba.

Miután beléptünk a szobába kattanást hallottam. Jaden elfordította a kulcsot a zárban.

– Mit akarsz? – kérdeztem meglepetten.

– Téged – válaszolta suttogva, miközben már a derekamat karolta át és csókolgatni kezdte a nyakam.

– Nem lehet. Mindenki itt van – suttogtam.– Meghallanak.

– Majd csendben leszünk – mondta Jaden, miközben már a ruhámat hámozta le rólam.

– Mi képtelenek vagyunk csendben lenni – próbálkoztam kibúvót találni, de meg sem hallotta. Minden eddiginél hevesebben esett nekem. Pillanatok alatt kigomboltam a nadrágját, de semmi előjátékra nem adott időt. Háttal a falhoz nyomott, felhúzta a lábam és belém hatolt. Felszisszentem. A bal kezével gyorsan betapasztotta a számat.

– Bocsi – suttogta és még intenzívebben folytatta. Annyira felizgatott a viselkedése, hogy képtelen voltam halkan élvezni, amit csinál. Jaden eddig mindig nagyon figyelmes volt, de most türelmetlen volt, erős, kemény, és hihetetlenül férfiasan viselkedett. Legszívesebben ugyanilyen vadsággal viszonoztam volna a lendületét, de nem hagyta. Én most passzív résztvevője voltam a vágyainak. Hirtelen megfordított és újra a falhoz nyomott. A bal kezét levette a számról. Mindkét csuklómat a hátam mögé húzta, szorosan összeszorította őket a balkezével. Jobb kezével a hajamat húzta hátrafelé, miközben a nyakamat harapdálta. Soha azelőtt ilyen extázist még nem éltem át. Pár perc volt csupán a menyországban, vele. A végén rám dőlt, én pedig a nyakamhoz húztam a fejét és szorosan magamhoz öleltem.

– Eszméletlenül hiányoztál – mondta.

– Ezt bárhol, bármikor megismételhetjük – mondtam neki.

Éreztem a bőrömön, ahogy mosolyra húzódik a szája.

– Szinte biztos voltam benne, hogy ez neked tetszeni fog – suttogta halkan.

Miután leértünk a többiek már a teraszon borozgattak és a közelgő esküvőt beszélték.

– Gyorsak voltatok – suttogta felém hajolva Alex.

– Fogd be – mondtam neki elpirulva.

De Alex csak nevetett. Az este nagyon jó hangulatban telt. A fiúk félretették terveiket, miszerint még aznap este edzeni fognak, ehelyett az egész család activytizni kezdett. Alex szemmel láthatóan jól érezte magát, Jason kicsit feszengett.

– Baj van? – kérdeztem Jasont.

– Nem, nincs. Miért? – nézett rám, mintha semmiről sem tudnék.

– Mikor beszéltél Alexszel? – kérdeztem.

– Akkor, amikor ti is ott voltatok Jadennel. Azóta nem szólt hozzám, nem hívott vissza, nem válaszolt az üzeneteimre. Most is szinte mintha csak valami statiszta lennék egy gagyi filmben. Nem tudom mit tegyek, teljesen ki vagyok készülve – panaszkodott Jason.

– Szerintem, ha mindenki nyugovóra tér, akkor fog veled beszélni – biztattam.

– Szerintem nem is akar.

– Tévedsz. Biztos vagyok benne, hogy csak a megfelelő alkalomra vár – nyugtattam Jasont.

– De annyira boldognak tűnik, nem látom rajta azt, hogy feszült lenne. Nem hiszem, hogy fontos beszélgetésre készül.

– Vagy csak azért boldog, mert tudja, mit akar az élettől.

– Mindenesetre nem érzem jól magam – sóhajtott nagyon.

– Hát ezen segíthetünk – mondtam.

– Jaden! Menjünk aludni. Holnap nem hagyhatja ki senki az edzést – néztem rá Jadenre, jelezve neki, hogy ideje lelépni. Azonnal vette a lapot és megkezdtük a társaság feloszlatását.

Elvonultunk a szobába és végre egymás karjaiba burkolózva beszélgethettünk. Elmeséltem neki, hogy Alex színt vallott és elmeséltem Lorenzóék reakcióját.

– Szerencsés – mondta. Bárcsak Jason is ilyen bátor lett volna, de tegnap hiába feszegettem a helyzetet, nem merte elmondani apáéknak és apa sem merte kellemetlen helyzetbe hozni őt. Olyan jó lenne, ha az esküvőig elmondaná és akkor nem kellene szerepet játszaniuk, mert egyáltalán nem méltó hozzájuk ez a fajta viselkedés.

– Remélem ma este átbeszélik Alexszel.

– Nem megyünk le inni? – kérdezte Jaden.

– Meg akarod nézni, hogy ott vannak-e ugye? – mosolyodtam el.

– De szomjas is vagyok – nevetett halkan.

– Menjünk – sóhajtottam nagyot.

– Kis kíváncsi – jegyezte meg, miközben a fenekemre csapott.

A nappali és a konyha sötét volt és csendes. Senki nem volt ott rajtunk kívül. Jaden bátor volt és elment Alex szobája elé hallgatózni, de nem hallott semmit. Majd ugyanezt tette Jason szobája előtt is, de ott sem volt semmi. Csalódottan konstatáltuk, hogy egy órával a szobába vonulásunk után a fiúk nem beszélgetnek. Töltöttem limonádét és kiültünk a hűs nyári estén a teraszra. Élveztük a szellő simogatását. Hirtelen kirázott a hideg, de Jaden hátulról átölelt és felmelegített. Így néztük az égen a csillagokat.

– Hihetetlen, hogy itt vagyunk – sóhajtottam fel.

– Ugyanerre gondoltam. Ha két éve nekem azt mondják, hogy pár nap múlva megismerem az igazit, nem hittem volna neki. És most itt vagyunk, pár nap múlva pedig összeházasodunk. Csodálatosan érzem magam – mondta kedvesen Jaden.

– Én nagyon boldog vagyok veled Jaden W. Colt.

– Én pedig megígérem neked, hogy mindent megteszek, hogy ez örökké így is maradjon Elena Jamie Giordano Potter.

– Hosszú nevem van – állapítottam meg. Jaden még erősebben magához ölelt, mit addig bármikor.

– Nem lehetne csak Jamie? Jamie Colt? – kérdezte, miközben a hangja szinte remegett.

– Minden vágyam teljesülne, ha ez így lenne – kezdtem pityeregni. – Szerintem a szüleim is örülnének neki, ha velünk lennének.

– Velünk vannak – mondta Jaden, miközben az égre mutatott. De én a könnyektől már nem láttam semmit.

Másnap reggel ébresztőre ébredtünk. Jadent nagyon noszogatni kellett, hogy induljon edzeni, de muszáj volt, mert napközben nagyon meleg lesz az idő. 5 perc múlva viszont már lent voltunk a konyhában. Elkészítettük a szokásos edzés előtti turmixát, majd feltöltöttük a kulacsokat energiaoldattal. Alex még nem kelt fel, így bekopogtam hozzá. Semmi válasz nem jött így lassan benyitottam, de az ágya érintetlen volt. Nem is aludt itt. Jaden ezek után Jason szobájába kopogott be, de onnan sem jött válasz és szintén benyitott. Az ágyon csak Jason kinyitott bőröndje feküdt. Minden holmija ott hevert.

– Érdekes. Hol lehetnek? Jason itt hagyta a mobilját – mondta Jaden.

– Alex is, az asztalán van – mondtam.

– Menjünk nézzünk körbe a birtokon, hátha csak korábban elindultak edzeni.

– Nagyon remélem – szerettem Jaden optimizmusát, nekem mindig a legrosszabb dolgok jutottak eszembe.

A birtok, amit az esküvőig béreltek Lorenzóék hatalmas volt, szépen rendezett. Tegnap már bejártuk Alexszal és volt egy tippem, hogy én hova mennék a helyükben. A birtok keleti részén volt egy hangulatos présház, ami ugyanolyan rendezett volt, mint a főépület, de messze attól. Amikor elértünk a présházhoz, bent sötétséget láttunk. Halkan benyitottunk. Alex és Jason egymást átkarolva aludtak a földön. Nem ébredtek fel ránk, így halkan ki is mentünk a présházból.

– Már nagyon izgultam miattuk – mondta Jaden.

– Én is. Nem értem, miért kell bujkálniuk. A frászt hozzák rám – mondtam ingerülten.

– Én megértem őket – mondta Jaden. Az elején mi sem mondtuk el senkinek. Még az egyéjszakás kalandunkat is képesek voltunk mindenki elől eltitkolni. Így utólag vicces, hiszen csak egy éjszaka volt. Nagy lépés felvállalni egy kapcsolatot, még ha szerelem ittas mindkét fél akkor is, mert ha megteszed, akkor mindenki tudni fogja, hogy sebezhető vagy.

Tetszett Jaden indoka, és egyet is értettem vele, de tudtam, mi is az igazi célja a mondanivalójának.

– Szóval az olasz nagydíjon melletted a helyem, ugye? – kérdeztem fanyalogva.

– Büszke lennék rá, ha a kezemet fogva sétálnál velem. De nem szeretném erőltetni azt, ami téged nem tesz boldoggá.

– Jaden, engem te teszel boldoggá – mondtam és megöleltem a szerelmem.

Elkezdtünk visszasétálni a főház felé.

– Muszáj felkelteni őket, Lorenzóék már biztos felkeltek – mondtam.

– Akkor kezdjünk el kiabálni, hátha kijönnek.

– Alex! – kiabáltam én.

– Jason! – kiabálta Jaden.

Nem kellett sok idő, Jason kijött az ajtón és csendre intett minket.

– Itt volt az ideje felkelni srácok. Futni fogunk, és igen, ebben a ruhában, amiben vagytok! – jelentette ki határozottan Jaden.

– Farmer van rajtam – mondta Alex.

– Akkor meg menjetek be a házba és mondjátok el az igazat mindenkinek. Ebben az esetben nem kell kimenekülnötök a présházba – figyelmezte őket Jaden.

– Hagyjad már őket, hadd élvezzék már ki, hogy boldogok – mondtam nyugtatólag.

– Szerintem felkészültem – mondta Jason.

– Tényleg? Nem hátrálsz ki? – kérdezte szigorúan Jaden.

– Nem, most nem. Végre van társam, aki mellettem áll jóban, rosszban és megfogta Alex kezét.

– Végre már. Előre, csak előre – hajtotta őket Jaden.

Jaden határozott volt és nem tűrt ellentmondást. Úgy éreztem, ma újra beleszerettem.

Jól gondoltuk, az öregek már felkeltek a napfelkeltével együtt.

– Jó reggel fiatalság! Már túl is a mai első edzésen? – kérdezte Mike.

– Nem egészen – mondta Alex.

Jason vett egy nagy sóhajt.

– Már egy ideje szeretném nektek elmondani, hogy miért bontottam fel az eljegyzésemet Veronicával – kezdte a mondandóját.– Egyszerűbb az oka, mint hinnétek – folytatta. – Mást szeretek.

– Amúgy sem kedveltük, nagyon sok smink volt rajta – mondta nyugodtan Maria, Jaden anyukája.

– Akkor örülhetsz, mert a mostani és remélhetőleg utolsó párom nem használ sminket – jegyezte meg Jason viccesen.

Alex bámulta Jasont, mennyire határozott ebben a nagyon nehéz helyzetben.

– Fiam, ha készen állsz bevallani ki az, akkor mi is készen állunk – jegyezte meg Mike lágyan.

– Azt hiszem apa, készen állok – mondta Jason, majd feltűnően Alexre pillantott.

– Üdvözlünk a családban Alex! – mondta Mike.

– Tudtad? – nézett hirtelen apjára Jason.

– Persze, hogy tudtam, vagyis bocsánat a rossz ragozásért, tudtuk. Anyukád is tudta. Még akkor elmondtam neki, amikor láttalak titeket a versenyek szüneteiben. Ahogyan ti egymásra néztetek, pontosan olyan volt, mint ahogy most néztek egymásra. Nem is értettük, mit akartál a nőidtől, de mi soha nem szóltunk bele az életedbe. A fiatalok próbálkoznak ezzel-azzal, mi szülők csak nézők vagyunk. Összességében azonban örülünk, hogy végre felnőttél és elfogadtad az érzéseidet. Ez az egyetlen esélyed arra, hogy boldog legyél fiam! Mi pedig örülünk, ha végre megtaláltad a boldogságodat – nézett Alexre Mike.

– Akkor, miszerint a terv, hogy az esküvőig erről nem beszélünk, hivatalosan is befuccsolt – jegyezte meg vidáman a tenyereit dörzsölve Lorenzó.

A következő napok jókedvűen teltek. Sofi és Maria az utolsó simításokat végezték az esküvővel kapcsolatban, Mike és Lorenzó a jövőt tervezték, míg Jason és én folyamatosan szívtuk a vérüket a negyven fokban edző fiúknak. Tökéletes felosztás volt. Jasonnal már fiatalon is hamar összehangolódtunk, így, hogy szinte már minden összekötötte az életünket, még inkább. Az esküvő előtt két nappal a vendégek is kezdtek megérkezni. Július másodika hétfőre esett. Az esküvőre bérelt kúriát előző nap elfoglaltuk, hogy a reggeli készülődés zavartalanul menjen. Roberto, a tulajdonos csak a vendégek fogadásakor értette meg, miért ragaszkodtunk a titoktartási szerződéshez. Rögtön biztosított róla, hogy számukra ez a legnagyobb megtiszteltetés életük során és biztosítottak róla minket, hogy mindennel meg leszünk elégedve. A tulaj, Roberto 50 körüli férfi volt, akiről a világ bármelyik pontján könnyen megállapították volna olasz származását. Feleségével, a két lányával és 4 fiával együtt látták el a szükséges feladatokat, amik egy ilyen eseményen adódtak. A helyszín díszítését, a konyhai teendőket, a takarítást, mindent. Mint minden olasz, Roberto is hatalmas Alex rajongó volt, így minden tettükkel bizonyítani próbálták nekünk, hogy a Föld nevű bolygó legjobb helyére keveredtünk.

A hagyományoknak megfelelően Jadennel külön aludtunk, vagyis inkább külön nem aludtunk előző este. Reggel 7-kor már reggeliztünk Sofiékkal, Jaden pedig az emeleten készülődött a 2 tanúval és az örömapákkal. Nagyon hiányzott Jaden, sokkal jobban bírtam volna az esküvő okozta pszichés terhet, ha velem van végig. Jadennel minden sokkal könnyebb. Reggel nyolc óra körül megérkezett Sam, a fotós, és ekkor Sofi és Maria kezelésbe vettek. Sofi elkészítette a hajam, majd halványan kismminkelt. Maria pedig segített felvenni a ruhámat és a hajamhoz rögzítette a fátylamat.

– Gyönyörű vagy drágám – jegyezte meg Sofi. – Bárcsak édesapádék is látnának téged. Édesapád sokszor emlegette, hogy a legfájóbb neki abban, hogy késői gyermek vagy, hogy már a születésed pillanatában tudta, hogy az oltárhoz már nem fog tudni elkísérni – folytatta elcsukló hangon.

– De méltó utódja lett – jegyeztem meg, szinte sírva.

– Igen. Az – sóhajtott Sofi – De ne is beszéljük róla, mert kezdhetjük a sminkelést elölről – mondta tréfásan.

– Varázslatos, amennyire összetartotok, aki nem tudja az igazat, az észre sem venné, hogy Jamie nem a ti lányotok – mondta Maria.

– Lorenzó és Jamie réges rég megállapodtak, hogy bárki is megy el előbb, a másik vigyáz a családjára, ha törik, ha szakad – mondta Sofi.

– Én ezt nem is tudtam, vontam fel a szemöldököm.

– Nem is tudhattad. Még te is kicsi voltál – Sofi lassan beszélt, ami arról tanúskodott, hogy folytatni fogja a mondanivalóját. – Lorenzó nagyon nagy beteg volt, nem emlékezhetsz rá, hiszen titokban tartottuk. Akkoriban az orvosok csak 50% esélyt adtak a felépülésére. Alex ekkor 5 éves volt és emiatt a betegség miatt nem született testvére sem. Amikor megtudtuk a diagnózist Jamie és Elena mindenben kivették a részüket, hogy segítsenek nekünk, úgy, hogy ti Alexszel semmit ne vegyetek észre belőle. Ezért kísért sokszor csak édesapád titeket a versenyekre, miközben Lorenzó „üzleti úton" volt – mutatta Sofi kezeivel az idézőjelet. – Olyankor vette fel a kezeléseket, amikor Alex nem volt otthon. Végül az Úr meghallgatta az imáinkat és Lorenzó felépült, de azt a bizonyos 2-3 évet senkinek sem kívánom. Ha nincsenek a szüleid, akkor Alex ma biztos, hogy nem lenne világbajnok. Egyedül én képtelen lettem volna mindent biztosítani neki. A szüleid feltétel nélkül segítettek nekünk és nem kértek semmit cserébe. Soha még csak jelét sem adták, hogy ez számukra teher lenne. Példaértékű emberségről tettek tanúbizonyságot akkor, amikor a legnagyobb szükségünk volt rá. Soha nem gondoltuk, hogy valaha a sors úgy alakítja, hogy mi ezt visszaadhatjuk, még ha ők már ennek nem is lehetnek a tanúi. De őszintén bízunk benne, hogy valahonnan ők is látják, hogy mi ezt ugyanolyan szívvel és lélekkel, önzetlenül tesszük érted, mint ahogy anno ők tették értünk.

Mire Sofi elmesélte életük legfájdalmasabb részét, már minden jelenlévő sírt.

– Kezdhetjük elölről az egészet – nevettem kínomban, mikor az arcomra mutattam.

Alig tudtam aludni. Mióta Jamie az életem része csak mellette tudok mélyen aludni. A felkelő nappal keltem fel én is és hajnali 4-től csak arra vártam, hogy minél gyorsabban járjon körbe-körbe az óra nagymutatója. Visszagondoltam, hogy 2 évvel ezelőtt még elképzelésem sem volt, mi fog rám várni azon a csodálatos napon, amikor végre megismerkedhettem életem szerelmével. Szerettem volna, ha a lány, akit szinte üldöztem, egyszer esélyt ad nekem és 2 éve megkaptam tőle. Igaz csak rövid időre, de ennyi idő is elég volt ahhoz, hogy teljesen felforgassa az életem. Minden külön töltött nap éreztette velem, hogy tudom mit keresek. Így visszagondolva, szinte hősiesen bírtam a mindennapokat. Akkoriban nem tudtam, amit ma igen, hogy a napjaim, heteim, hónapjaim üresen teltek nélküle. Üresen, mint most mellettem az ágy. De ez az érzés most nem fájt, mert ma estétől soha nem lesz mellettem üres ez az ágy. Vajon felkelt már? Tudott egyáltalán aludni? Azt tudom, hogy nem szabad az esküvőig látnom, de vajon beszélni lehet vele telefonon? Vagy pont ez a lényege az egésznek, hogy ma csak akkor beszéljünk először, amikor a pap előtt találkozunk? Egy emelet választ el tőle, de elviselhetetlenül hiányzik. Meguntam a fészkelődést és kimentem az emeleti konyhába, hogy készítsek valami reggelit magamnak, de meglepetésemre, már minden ki volt készítve. Kávé, tea, villásreggeli, zöldségek, gyümölcsök. Látom Robertoék sem unatkoznak – gondoltam magamban. Leültem meginni a szokásos kávémat, de már meg is jelent édesapám, majd rögtön Lorenzó is. Mindenki csak mosolygott.

– Ez így hosszú nap lesz, ha már 4-kor kezdjük a reggelit – jegyezte meg Lorenzó.

– Látom ti is esküvőlázban égtek – jegyeztem meg viccesen.

– Á! Minket megkértek a csajok, hogy őrizzünk, nehogy lelépj – kacsintott rám édesapám.

– Ti is külön alvásra kényszerültetek?

– Igen. Semmi értelme nem volt – panaszkodott Lorenzó.

– Dehogynem, legyintett apa. Ha hozzászoksz a jóhoz, idővel már nem is értékeled azt, amid van. Egy ilyen pokoli éjszaka után megint évekre értékelni fogjuk magunk mellett a feleségeinket, még ha a takarót le is húzzák rólunk.

– Maria is? – kérdezte nevetve Lorenzó.

– Maria is – nevetett apa. Arra keltem fel, hogy valami fura van rajtam. Akkor tudatosult, hogy rajtam maradt a takaró. Annyira felidegesített, hogy vissza sem tudtam aludni – folytatta apa nevetve.

Lorenzó bőszen bólogatott, miközben nevetett.

– Szóval erről szól a házasság? Eltűrőd, megszokod és a végén hiányzik, hiányzik, és hiányzik?

– Pontosan. Addig tépik és nyúzzák az idegeinket, hogy a végén elérik a céljukat – mondta apa.

– Ami nem más, hogy azt érezzük, ne tudjunk nélkülük tovább élni – fejezte be Lorenzó.

– És ha én pont erre vágyom? – kérdeztem.

– Akkor ez a te napod fiam! – mondta apa.

Időközben Alex és Jaden is megjelent, szinte már alig férünk el a 4 főre tervezett asztalnál.

A reggeli jó hangulatban telt. Lorenzó és apa is érdekes emlékeket osztottak meg, nekik milyen volt az esküvő napja és hogy mennyire várták már a nászutat.

– Tényleg, ti mikor mentek és hová? – kérdezte Jason.

– Erről még nem is beszéltünk. Nyakunkon van az olasz nagydíj, ahol sajnos a legnagyobb ellenfelem pont egy olasz lesz, szóval, ha ő 200%-os lesz, akkor nekem 210-et kell hoznom – Kacsintottam Alexre.

– Ha gondolod, elmehetünk hajnalban futni, hogy javítsunk az állóképességeden – gúnyolódott Alex.

– Nincs kakaskodás az asztalnál – szólt ránk Lorenzó, de mindenki csak nevetett.

Mikor Sam, a hivatalos fotósom megérkezett, kissé meglepődött. Korábban csak annyit üzentem neki, hogy rendhagyó családi fotózásra készüljön. Őszintén megvallotta, hogy esküvőre nem készült. Megnyugtattam, hogy a pap és a szertartás vezető sem tud semmit, ekkor elnevette magát.

– Igazából azt sem tudtam, hogy párod van – nevetett.

– Akkor mindent jól csináltam – jegyeztem meg.

Amikor Sam lepakolta a ketyeréit, megjelent Alex és Jason is. Sam egyre kábultabbnak tűnt.

– Lesz még meglepetés? – kérdezte halkan. A pap esetleg nem a pápa lesz? – nevetett saját megjegyzésén.

– Nem, ne izgulj, mikor kezdhetjük? – kérdeztem.

– Először elkészítek pár kinti képet a fények miatti beállításhoz. A menyasszony hogy áll vajon?

– Nem tudom, de ő lent készülődik édesanyámékkal. Kopogj a lépcső mellett balra a 2. szobában!

– Köszi.

– Izgulsz már? – lépett mellém Alex.

– Őszintén szólva nem – mondtam.

– Ennyire biztos vagy benne?

– Nézd Alex! Én soha nem szerettem még senkit ennyire, mint Jamie-t és valójában el sem tudom képzelni nélküle az életemet. Bennem nincs félsz a döntésem miatt. Tudom, hogy ez kicsit talán szürreális, de mégis így érzem. Tisztában vagyok azzal, hogy nem lesz mindig minden számunkra ennyire tökéletes és a szerelem is biztosan át fog majd alakulni szeretetté, bár ez számomra jelenleg még felfoghatatlan, de a nagyok ezt mondják – mutattam apáékra, – de bármi is következik, én azt Jamie-vel akarom végigcsinálni. Mellette. Vele.

– Nekem ennyi elég – mondta Alex és megveregette a vállam.

– Te hogy vagy? – kérdeztem. Igazából sem Jasonnal, sem Alexszel nem beszéltem, mióta felvállalták a kapcsolatukat, nem szerettem volna tolakodni egyikőjük irányába sem.

– Gondolom nem az esküvő miatti izgalmamra gondolsz? – nevette el magát. – Az életem teljesen megváltozott – folytatta. Nem ütközöm a saját falaimba. Igazából nem tudom másként jellemezni az eddigi életemet. Falak, falak, falak, amiket felépítettem. Ha visszagondolok, talán soha nem is éltem igazán. És most – sóhajtott fel –, most egy új élet kezdődik nekem, vagyis, nekünk, Jasonnal.

Érződött, hogy folytatni akarja, így inkább csendben maradtam és türelmesen vártam.

– Tudod, nektek csak egy beszélgetés volt, ott, akkor este a verseny napján, míg nekünk Jasonnal a megváltás. Egy olyan megváltás, amiről még álmodozni sem mertünk. Órákkal később fogtuk csak fel, hogy ti mennyire szerettek és támogattok minket és minden bujkálás és titkolózás hirtelen nevetségessé vált. Biztos vannak írók vagy költők, akik nálam ezt sokkal jobban meg tudnák fogalmazni, de én csak annyit tudok mondani, hogy köszönöm. Köszönöm nektek az életem. A kórházban én csak a kómából jöttem ki, de az életem aznap este menekült meg, nektek hála. – Szóval válaszolva a kérdésedre: jól vagyok és mindennap egyre jobban. Már nem érdekel, hogy ki mit gondol, ki mit ír majd rólam. Én a szakmában már elértem az álmom. A sikert ismerem és most már a boldogságot is. És ha választanom kell, mert valakinek nem tetszik az életem, ami boldoggá tesz, akkor a boldogságot választom.

Csak mosolyogni tudtam. Hiszen ugyanúgy éreztem, mint Alex.

– Akkor érted, hogy miért nem izgulok a döntésem miatt – jegyeztem meg.

– Igen, értem. És ennek én nagyon örülök. Alexen látszott, hogy őszintén nagyon boldog. Kérdezhetek még?

– Persze. Mire vagy kíváncsi?

– Mióta ismered E.J.-t?

Felnevettem. Kínomban még a fejemet is megvakargattam.

– Hát… – mondtam bizonytalanul.

– Csak azért kérdezem, mert a tavalyi év után nem hittem volna, hogy valaha rokonok leszünk – viccelődött Alex.

– Talán nem szegem meg a szavam Jamie-vel szemben, ha azt mondom, hogy annak ellenére is tetszett, hogy simán a képembe vágta, hogy neked drukkol és ezen nem hajlandó változtatni.

– Hoppá. És ennek ellenére még szóba álltál vele? – kérdezte döbbenten Alex.

– Annyira elvarázsolt, hogy neki még ezt is elnéztem. Bármit képes voltam bevállalni, hogy legyen nála esélyem. Rávett arra, hogy mindenki előtt vízzel leönthessen. Fogadásból. Életem legszebb napja talán.

– Akkor ez hónapokkal ezelőtt volt? – kérdezte megdöbbenve Alex.

– Pontosan ma két éve.

– Két éve? – kapaszkodnom kell. Ez hihetetlen.

– Persze azt elfelejtette akkor mondani, hogy tesók vagytok. Azt csak akkor tudtam meg, amikor felhívta apámat a kórházból.

– Volt, hogy gyűlölted?

– Inkább csak próbáltam.

– Engem gyűlöltél?

– Nem. Sőt, azt kell mondanom, hogy azon a bizonyos Rorschach interjún még meg is kedveltelek. Elkezdtelek tisztelni. Csak nemrég tudatosult, hogy a nyilatkozatod kísértetiesen emlékeztetett valakire.

– Igen, az emlékezetes interjú volt – Alex megállt egy pillanatra, mintha visszaidézné az eseményeket. – Jamie-től sokat tanultam. Akkor ezek szerint ez egy titkos évforduló?

– Életem eddigi 2 legfontosabb napja a 2 évvel ezelőtti és a mai.

– Tehát ez történik a világbajnoki címekkel? Hirtelen jelentéktelenné válnak? – kérdezte beletörődve az igazságba.

– Pontosan. Azt hiszem, felnőttem – nevettem el magam.

– Ha már ilyen őszinte voltál, akkor én is elárulok egy titkot neked, de ha elmered mondani E.J.-nek, akkor nagyon megharagszom.

– Figyelek – Kíváncsi voltam, mi lesz az első közös titkom a feleségem előtt a sógorommal.

– Mielőtt bekerültem volna a királykategóriába, az egész család neked drukkolt – kuncogott Alex.

– Milyen érdekes, hogy ezt eddig Jamie valahogy még nem említette... – gúnyolódtam.

– És ezt viszi magával a sírba, ahogy ismerem – nevetett Alex.

– Akkor bármilyen hadviselést is intéztem ellened, az ezért nem sikerült? – kérdeztem.

– Arra gondolsz, hogy mint korábbi drukkered, nem úgy viselem a vereséget veled szemben, mint más ellenfél?

– Így is fogalmazhatjuk.

– Többről szólt. Nem csak egyszerű drukkered voltam. Mike a rólad szóló történeteivel elérte, hogy te a példaképem legyél! Mindig azt mondta, Jaden soha nem ad fel semmit, soha nem hagyja, hogy bárki jobb legyen nála és türelmesen kivárja, hogy mások hibáznak. Én pontosan ugyanezt tettem tavaly. Majdhogynem saját magad ellen versenyeztél, csak nekem volt szerencsém. Alex olyan, mint Jamie, képes minden nap meglepni. Sosem gondoltam volna, hogy példaképként tekint rám. Sem szóval, sem tettel nem éreztette velem.

– Így már nem is fáj annyira a tavalyi vereség – kuncogtam.

– Amikor eldőlt a világbajnoki cím sorsa, nem tudtam mit tegyek, mármint veled. Oda mehetek-e vagy várjam meg, hogy te jössz oda hozzám. Nagyon bizonytalan voltam, mert szerettem volna, ha tudod, hogy tudom, hogy ha csak kettőnkön múlik, másként is alakulhatott volna. Szerettem volna, ha nem gyűlölsz meg, mert én sem így akartam nyerni.

– Nem gyűlöltelek. Amikor nyertél, megérdemelten nyertél, bátor voltál és ezt el kell fogadnia az embernek, akkor is, ha fáj. Büszke vagyok rá, hogy megismertelek és arra is, hogy ellened veszíthettem.

A beszélgetést Sam zavarta meg, hogy elkészült a kültéri fotókkal.

– Ideje elkezdenem készülődni – mondtam, majd elindultam a szobám felé.

Készülődés közben az ablakon bámultam kifelé és a tájat kémleltem.

Az esküvő reggelén már hajnalban 25 fok volt, a ceremónia idejére 38 fokot jósoltak, így a szertartást kicsit korábbra helyeztük a birtok nyugati oldalára. Kinti szertartás terveztünk, emiatt a házigazdáék gyönyörű virágos lugast építettek a kedvünkért. A szűk násznép érezhetően sokkal vidámabb és őszintébb volt, mintha egy több száz fős lakodalomban kellett volna feszengeni a sok ismeretlen ismerős között. A kültéren felállított lugas a birtok egyik legmagasabb pontján helyezkedett el, ahonnan a látvány lélegzetelállító volt. Amerre elláttunk dimbes-dombos szőlő ültetvények és csodálatos természetes táj vett körül. Délelőtt 11:00-kor már megérkezett a pap és a szertartásvezető, akik a helyszínen szembesültek azzal, kik is a nap főszereplői, ami kisebb tréfás incidensbe torkollt. 10 óra körül kezdtek el érkezni a vendégek, akiket Lorenzóék és apáék közösen fogadtak. Főleg a családok régi barátai voltak hivatalosak az eseményre, akik minden nyári programot sutba dobva szerettek volna részt venni az eseményen. Alex pedig meghívta Johnatant és családját is. Alex Johnatanra szinte mint pótapjára tekintett az elmúlt több, mint 6 év együttműködés után. Ryan, Monica és Charlotte érkezése nagy feltűnést keltett a vendégek között. Monica már nagy pocakkal érkezett, úton volt az újabb örökös is a családjukban, amit sikeresen titokban tudtak tartani a paparazzi fotósok elől. Miattunk viszont vállalták a feltűnést, ami megtisztelő volt részükről.

Csak akkor kezdett el remegni a hasam, miután jelzett édesapám, hogy minden készen áll és indulhatunk a kinti ceremóniára. Vettem egy mély levegőt és elindultam lefelé a lépcsőn. Most nem blokkoltam le, mint mielőtt Jamie-hoz odamentem volna 2 éve. Akkor fogalmam sem volt, mire vállalkozok, most viszont tökéletesen tudom mit szeretnék és hogy kivel szeretném azt.

Robertoék a pavilon fölé hófehér csipkés árnyékolókat rögzítettek, így a kellemes szellőben kifejezetten hűs volt az idő. Fekete öltöny, hófehér ing, ezüstszínű mellényt viseltem rózsaszín bazsarózsával. A bazsarózsa volt Jamie kedvenc virága, így az esküvő minden növényi dísze bazsarózsából készült. Hirtelen meghallottam a zenét, amiről azt hittem, hogy nekem sosem fogják játszani. Először Lorenzót pillantottam meg, majd mellette feltűnt a legszebb nő, aki a világon valaha élt. Gyönyörű ruhát viselt, de mindhiába, mert Jamie szépsége túlragyogta. Annyira kalapált a szívem, hogy hirtelen oda is nyúltam zavaromban, mert úgy éreztem kiugrik a mellkasomból. Lorenzó átnyújtotta nekem Jamie kezét, melyet remegő kézzel fogtam meg. Jamie egy szolid kis fátylat is viselt, ami mögé nem tudott a könnyeivel elbújni. Annyira megható volt és egyszersmind gyönyörű. A pap és a szertartásvezető egymás után beszéltek, de figyelni képtelen voltam rájuk. Én csak Jamie kezét fogtam, amit néha meg is szorítottam izgalmamban. Egyetlen dologra koncentráltam, hogy már csak két rövid szó választ el minket az örökké tartó szerelemtől.

– Igen – válaszoltam és innentől kezdve már csak Jamie-t néztem. Csak annyit hallottam, hogy ő is igent mond, nem emlékszem semmi másra. Mintha a külvilág elmosódott volna és úgy éreztem, hogy csak ketten álltunk egymással szemben. Felemeltem a fátylát, végigsimítottam a könnyes arcát, próbáltam sokáig csodálni, hogy ez a pillanat örökre megmaradjon az emlékeimben, majd lassan megcsókoltam Jamie-t, mint a feleségemet. Ebben a csókban benne volt minden boldogság és minden fájdalom, ami az elmúlt 2 évben velünk történt. És benne volt a remény, hogy a jelenlegi szerelmünk a jövőben is velünk marad.

A ceremónia utáni mulatságot a benti hűs márványteremben tartottuk, amin már Roberto és a családja is részt vett. Lorenzó invitálta őket, amit nem kellett nekik kétszer mondani. Robertoék rendszeresen kínálgatták a saját borukat a vendégeknek, melynek az eredménye egy igazi olasz hangulatú, éneklős, táncolós lagzi lett, mely időközben a márványteremből a kinti teraszra helyeződött át. Lorenzó és édesapám, mint örömapák, mindaddig a kezükben tartották az irányítást, míg Robertoék borából nem fogyasztottak többet a kelleténél. Innentől minden feladat az örömanyákat illette. Éjfél körül Jamie-vel elbúcsúztunk a násznéptől és végre elvonulhattunk a hivatalos nászéjszakánkra.

Másnap reggel kapcsolatunk alatt először én ébredtem korábban. Bal oldalamon Jamie még békésen aludt. A szobába gyönyörűen besütött a nap és én csak gyönyörködtem a feleségem szépségében.

– Ne bámulj! – mondta álmosan.

Odabújtam hozzá és simogatni kezdtem.

– De annyira szép vagy – suttogtam a fülébe és elsimítottam a haját az arcából.

Elmosolyodott és rám nézett a gyönyörű zöld szemeivel. Elkezdtem csókolgatni a nyakát, simogatni a testét és közben egyre közelebb húztam magamhoz, majd lassan kibújtattam a fehérneműjéből. Jamie nem kérette magát, hamar átvette az irányítást, amit minden alkalommal extra élvezettel fogadtam. Jamie látványa, amint rajtam volt, olyan izgató volt számomra, amihez foghatót még életemben nem éreztem. A mozgása, a lendülete, minden tökéletes volt, olyan, amiről minden férfi csak álmodozni szokott, de én át is élhettem. Annyira uralta a testem, hogy amikor a csúcsra ért, életemben először nem tudtam visszafogni magam a gyönyörtől. Jamie rám borult, én pedig magamhoz szorítottam. Hallgattam, ahogy piheg rajtam és élveztem minden pillanatát.

– Ne haragudj – mondtam.

– Egyáltalán nem bánom – suttogta, majd megemelte a fejét, fölém hajolt és megcsókolt. Forrón, szenvedélyesen. Én visszacsókoltam. Majd újra rám feküdt.

Kiment zuhanyozni és én követtem.

– Akkor maradjunk ebben? – kérdeztem.

– Én nagyon örülnék neki, ha próbálkoznánk, de csak ha te is tényleg akarod és nem csak miattam.

– Nekem ez az álmom Jamie! – és az arcát a kezeim közé fogtam és megcsókoltam.

– Akkor ez most a mi közös álmunk – mosolygott rám.

Csütörtökön már jelenésünk volt az olasz nagydíjon. Életemben először a feleségemmel az oldalamon jelentem meg a kamerák előtt. Elláttam Jamie-t pár jó tanáccsal, hogyan érdemes viselkedni a média előtt. Nem mintha azt gondoltam volna, hogy nem tudná tökéletesen megoldani ezt a feladatot, de ismertem az ellenérzését a médiával kapcsolatban és a több, mint 15 éves tapasztalatom most igencsak kapóra jött számára. A stylistom innentől kezdve párként kezelt minket és a ruházatunk bizonyos kritériumok szerint, mindig összepasszolt, ami ellen egyikünknek sem volt kifogása. Jamie csak a nagy napszemüveghez és esetlegesen egy baseball sapkához ragaszkodott.

A paddockban azonnal felkeltettük magunkra a figyelmet, de Jamie-t ez igencsak hidegen hagyta, engem pedig senki sem mert megkérdezni, hogy pontosan milyen viszonyban is állok a mellettem sétáló hölggyel. A házasságunkat titokban tartottuk, a mézesheteink alatt mindenképp kerülni szerettük volna a média tolakodását. A sajtó figyelmét olyannyira magunkra vontuk, hogy szinte senkinek sem tűnt fel, hogy mögöttünk Alex és Jason is együtt mozog. Jason profi módon beállított képeket közölt rólunk az interneten és a közösségi médiában, amire rengeteg rajongó rákapott. A képek alapvetően engem ábrázoltak egy titokzatos hölggyel az oldalamon. Jamie nem panaszkodott, hiszen a koncepció, miszerint mellettem a feleségemet, utána pár perc múlva már orvosnak öltözve Alex testvérét játsza, tökéletes felállás volt számára. A névváltoztatást már az esküvőnk másnapján jelezte Samuel Reffisnek, a szövetség elnökének, aki rögzítette a név módosulását és gratulációjával egybekötve biztosított minket, hogy nem adja tovább ezt az információt senkinek.

Jamie az olasz nagydíjtól kezdve hivatalosan is a szövetség orvosaként kezdett el dolgozni, már nem Alex megbízott orvosa volt, hanem mindenkié. A kisebb betétfutamok orvosi felügyeletéért felelős állandó orvos beteg lett, így a szerződésre való tekintettel Jamie átvállalta a munkát, ami plusz 50 pilótát jelentett, illetve azt, hogy sokkal kevesebb időt tudunk majd együtt tölteni, mint ahogyan eredetileg terveztük. Az olasz nagydíj esélyese egyértelműen Alex volt. A pálya vonalvezetése és adottságai is olyanok voltak, mintha Alexre szabták volna. Az időmérőt fölényesen nyerte Rodrigezzel szemben, aki úgy tett, mintha nem is érdekelné, hogy Alex milyen bomba formában tért vissza a felépülése után. Én a 4. helyet szereztem meg McKeana mögött.

– Ezt a Rodrigezt megeszed reggelire – mondtam Alexnek. Alex boxában beszélgettünk, miközben Jamie-t vártuk.

– Nem olyan, mint te – állapította meg. Sajnálom, hogy idén nem lett jobb a kocsid.

– Én is. De próbálkozunk mindennap, elhiheted.

– El is hiszem. Őszintén remélem, hogy az évad második felében még erősebbek lesztek, mert Rodrigez jó pilóta, de én ellened akarok versenyezni. Az az igazi verseny számomra.

– Megtisztelő egy világbajnoktól ilyen dicséretet hallani – mondtam mosolyogva.

– Sziasztok! – köszönt Jason. Jamie nincs itt?

– Nincs – mondtam szomorúan.

– Hú de lehangolt valaki – jegyezte meg Jason.

– Csak hiányzik. Egész nap dolgozott, szinte alig láttam.

– Nem baj, van gyógyírünk – mondta izgatottan Jason.

– Sikerült? – kérdezte Alex Jasont.

– Persze, megígértem, hogy elintézem.

– Miről van szó? – kérdeztem.

– Alexszel kitaláltuk, hogy milyen ajándékkal lepjük meg az ifjú párt. De csak akkor akarjuk elmondani, ha Jamie is itt lesz.

– Halihó – köszönt Jamie.

– Végre már – mondtam türelmetlenül.

– Mi a baj drágám? – kérdezett Jamie és már sietett is felém.

– Most már semmi – mosolyogtam rá és átöleltem.

– Az a bajod, hogy egész hétvégén közel 70, nálad fiatalabb, mohóbb és esetlegesen izgalmasabb férfival kell foglalkoznom? – provokált gúnyosan.

– Ezt még csak hallani sem akarom – húztam szorosabban magamhoz.

– Lehet mégiscsak elkapkodtuk azt az igent – mondta szemtelenül, miközben próbált kibújni a szorításomból, amit én nem engedtem.

– Hiába próbálkozol, tudom, hogy én kellek neked – suttogtam a fülébe magabiztosan.

– Csakis te – suttogta a fülembe szerelmesen. – Örökké!

– Na, ha befejeztétek ezt a nevetségesen nyálas közjátékot – nevetett Jason, akkor átadnánk a képzeletbeli nászajándékotokat.

– Figyelemmel hallgatunk titeket – mondtam.

– Mivel tudjuk, hogy igencsak szűkös anyagi körülmények között tengetitek életeteket – kezdte Jason, de annyira nevetett, hogy szünetet kellett hagynia a mondatában, na még egyszer, szóval, hogy az előbb említett ismert ok miatt nem tudtatok elmenni nászútra, úgy döntöttünk Alexszel, hogy mi leszervezünk nektek egyet. Úgyis most jön a szezon nyári szünete, így 10 napot kaptok, amit együtt tölthettek kettesben. A 10 nap természetesen minden feladat alól mentes 10 nap. Mindent leegyeztettem az érintettekkel.

– Először is köszönjük, hogy megszántatok és kisegítettek minket – mondtam nevetve.

– Hova megyünk? – kérdezte Jamie izgatottan.

– Alex ötlete volt és én támogattam benne, hogy ezt csak a becsekkoláskor áruljuk el nektek.

– Szerinted képesek elküldeni az Antarktiszra – kérdezte tőlem aggódva Jamie.

– Szerintem igen – válaszoltam kétségbeesve.

– Akkor kelleni fog a kabát – nevette el magát Jamie.

– Én ruhadarabot 10 napig látni sem akarok – mondtam határozottan.

– Legalább a repülőn, légyszi! – könyörgött Jamie.

– Legyen, de csak a repülőn! – makacskodtam.

– Oda-vissza?– nézett rám.

Mire feltette a kérdést, már annyira nevettünk, hogy erre már válaszolni sem tudtam.

Az olasz nagydíjat Alex nyerte hatalmas fölénnyel. Jaden műszaki okok miatt csak a 6. helyen fejezte be a futamot. A következő napokban Jadennek rengeteg teendője akadt, mind szponzori, mind üzleti ügyekben, így 3 nap alatt 3 országban jártunk. Csak most szembesültem vele, hogy Jadennek mennyi mindent kell kézben tartania, hogy a gépezet működő maradjon és éreztem magamban, hogy egyre jobban felnézek rá. Nagyszerű érzés volt egy ilyen tehetséges és okos ember feleségének lenni és mindennap egyre jobban tudatosult bennem, hogy őt szeretném a gyermekeim apjának. Rengeteget gondoltam akaratlanul is a gyermekre, akire közösen vágyunk. Elfogott az a vágy, ami minden nőt elfog, ha elkezd próbálkozni a fogantatással. Az ember mindig azt hiszi, hogy elsőre sikerülni fog és vágyik is erre a sikerélményre, mert minden ember eredendően megérdemelné, hogy legalább ez ne legyen nehéz az életében, ha már minden más az. Ebben én sem különböztem az átlagtól annak ellenére, hogy ismertem a tudományos adatokat, milyenek az esélyek és mikor jön el az idő, hogy aggódni kelljen. A terhet sokszorozta a szüleim múltja, de nem osztottam meg ezen balga gondolataimat Jadennel, mert nem akartam, hogy elvegyem a kedvét az egésztől. Ő egy igazi harcos és nem gurítok elé feleleges akadályt azzal, hogy nem bízom a saját genetikámban.

Jasonék csütörtökön küldték a csekkoló kódot, amiből kiderült, hogy az első állomás Görögország egyik magánszigete lesz. Őszintén szólva megkönnyebbültünk Jadennel, mert semmi kedvünk nem volt még csak mászkálni sem, nemhogy kabátban mászkálni. Fantasztikus hetet töltöttünk el kettesben, ami valóban arról szólt, hogy szeressük egymást. A 7. napon kaptuk a következő kódot, amiből kiderült, hogy aznap este már Párizsban vacsorázunk.

– Tökéletes – állapította meg Jaden.

– Ugyanezt akartam mondani.

Párizs elvarázsolt minket. Igaz nagyon meleg volt, de annyira élveztük az esti sétáinkat, hogy el sem akartunk onnan menni. Míg Görögországban egyáltalán nem kellett bujkálnunk, addig Párizs napközben okozott némi fejtörést számunkra, hogyan mozogjunk. A francia fővárosban töltött első éjszakánk után Jaden meggyőzött, hogy nekünk nincs mit takargatnunk, és itt az ideje normálisan egymást felvállalva élnünk. Ennek megfelelően Párizsban csak a napszemüveg maradt, mint álca és két eszméletlenül boldog ember, akik annyira rajonganak egymásért, hogy hiába súgtak össze mögöttünk, senki sem mert Jaden közelébe jönni, megzavarni minket. Estére a közösségi médiába rengeteg félreérthetetlen kép került megosztásra rólunk. Az egyik kifejezetten jól sikerült, amin éppen meghitten csókolóztunk egy padon, ami egy fantasztikus cukrászda előtt állt. Ezt még mi is lementettük, hogy örök emlék maradjon számunkra. A kommentek legtöbbje gratulációt tartalmazott, de voltak rosszindulatú megjegyzések is. Boldogságtól elvakultan éltük meg ezeket a napokat, nem hagytuk, hogy egy percig is rossz hangulatot okozzanak a kritikus hozzászólások. Minden percét élveztük az együtt töltött időnek és jobban szerettük egymást, mint azelőtt valaha. A párizsi napok viharos gyorsasággal teltek, arra sem volt időnk, hogy megbeszéljük, hogy hol is legyen a közös otthonunk, így Párizsból a következő nagydíj helyszínére, Miamiba utaztunk. Alexék már korábban megérkeztek, hogy szokják a klímát, ami ismét rekkenő hőséget jelentett. Jaden gyorsan alkalmazkodott, még az időeltolódást sem nagyon érezte meg.

Miamiba érkezésünk után konstatáltam, hogy az első próbálkozós hónapunk nem sikerült, ami miatt magányos perceimben el is sírtam magam, majd miután megkönnyebbültem, megygyőztem magam, hogy új hónap, újabb esély. Amikor Jadennek elmondtam, ő csak vállat rántott és megnyugtatott, hogy nem is számított rá, hiszen hozzá hasonlóan augusztusi gyereket akar, és ha most összejött volna, akkor nem jön neki össze ez az álma. Irigyeltem Jaden élethez való hozzáállását. Én hozzá képest egy feszület voltam, ő pedig egy rugalmas elnyűhetetlen gumiszalag. Titokban reméltem, ha egyszer összejön a gyermekünk, akkor rá fog hasonlítani. Egyszerűen egy pillantás elég tőle, hogy megnyugtasson. Ő az én váram.

Szerdán Alex, Jaden és én is rendkívüli megbeszélésre kaptunk meghívást, amit egyikünk sem tudott mire vélni. Csütörtökön reggel 8:00-kor kellett a paddockban megjelennünk, ami a hivatalos versenyhétvége előttre szólt, miután a versenyhétvége mindig 10:00-kor kezdődik.

Pontban nyolckor minden pilóta jelen volt a megbeszélésen, illetve a szövetség jó pár képviselője. Mint kiderült az egyik meg nem nevezett pilóta szerződésszegésre hívta fel a vezetőség figyelmét, amit azonnali hatállyal, még a nagydíj előtt tisztázni kell. Őszintén szólva senki sem sejtett semmit, hogy miről lehet szó, így tanácstalanul várakozott mindenki.

Pár perccel 8:00 után megjelent a szövetség egyik ügyvédje, aki felolvasta a szerződésszegésre irányuló nyilatkozatot.

– XY jelzi, hogy a jelenleg érvényben lévő szerződés 43. pontját Elena Jamie Giordano Potter MD. ez év július 17-én megszegte, melyre mind képi, mind videó bizonyíték rendelkezésre áll.

A képeket kivetítették, amik rólam és Jadenről készültek Párizsban, illetve az ezekről készült montázs videókat is. Jadennel egymásra néztünk és nem is hittünk a szemünknek, hogy mégis ezt kit érdekelhet ennyire, hogy megvádoljon szerződésszegéssel.

– A szerződés 43-as pontjának a. bekezdése határozza meg az orvos-beteg viszonyra vonatkozó szabályokat. Miszerint a szervezetnél dolgozó orvos semmilyen viszonyt nem folytathat az általa kezelt pácienssel. Miután a szerződés minden egyes pilótát megjelöl, mint potenciális beteget, így a helyzet mindenki számára egyértelműnek tűnik – mondta lekezelő stílusban az ügyvéd.

Jaden aggódva nézett rám.

– Amennyiben a szabályszegés valósnak minősül – folytatta hangosan –, akkor azonnali hatállyal felbontásra kerül a szerződés, ami azzal a vonzattal is jár, hogy Alex Giordanonak, nincs hivatalos orvosa ebben az idényben, miután a fentnevezett orvoson kívül senki más nem vállal érte orvosi felelősséget ilyen rövid idővel a baleset után.

Alex mély sóhajt vett.

– Kérdezem a jelenlévőket, hogy ki szerint történt a látottak és hallottak alapján szerződésszegés?

Hármunkon kívül mindenki feltette a kezét.

– Látom sok a jóakarótok, fiúk – jegyeztem meg halkan.

– Akkor a többség egyetértésével a szerződésszegést megállapítom és ennek következtében Alex Giordano idényének végét bejelentem – mondta az ügyvéd, mintha élete tárgyalását nyerte volna meg.

Halk moraj indult útjára, de nem hagytam mindezt kibontakozni.

– És mi van a módosított szerződéssel? – tettem fel határozottan a kérdést.

– Milyen módosított szerződéssel? – kérdezett vissza pökhendien az ügyvéd?

– Látom, nem készült – mondtam lassan, elnyújtva.

– Semmilyen módosítás nem történt – jelentette ki határozottan.

– Kedves ügyvéd úr! – szólítottam meg bátran. – Én az Ön helyében a tényekkel foglalkoznék, nem pedig azzal, amiről Ön tud, hiszen egyértelmű, hogy az Ön tudásában vannak hiányosságok – mondtam a lehető legnyugodtabban, ami az ellenfelet leginkább idegesíthette.

– Mégis mit képzel? Hogy beszélhet így velem? – kérdezte dühöngve.

– Én teljen mértékben tisztelettudóan beszélek Önnel. Ön az, aki nem egészen nyugodt ebben az Ön által kialakított helyzetben. Ha nem nagyközönség előtt szerette volna megmutatni a hatalmát és inkább utánanéz a valódi, érvényben lévő szerződésnek, akkor nem hozta volna magát ilyen kellemetlen helyzetbe ennyi ember előtt – még mindig nagyon nyugodtan és halkan beszéltem, hogy mindenki csak ránk figyeljen.

– Most már nagyon felbőszít engem doktornő.

– Egy ártatlan telefonhívással megnyugtathatja magát – mondtam.

– Mégis kit kéne nekem felhívnom?

– Samuel Reffist.

– Ne vicceljen már, biztos, hogy nem fogom maga miatt felhívni a nagyfőnököt. Maga egy szánalmas kis bukott orvos.

– Ha még egyszer így beszél vele, akkor nagyon meg fogja bánni – szólt közbe Jaden ingerülten.

– Ne is törődj vele Jaden, ha Ő gyáva felhívni Samuelt, majd felhívom én.

Tárcsáztam Samuelt, és kihangosítóra tettem.

– Jó reggel Jamie!

– Jó reggelt Samuel! Ne haragudj, hogy ilyenkor zavarlak, de az egyik ügyvéd nincs tisztában a szerződésemmel.

– Ki az az idióta? Azonnal kirúgom – mondta Samuel, akinek a hangja egyértelműsítette, hogy bármikor megtenné, ha okot adnék rá.

– Nem ezért hívtalak. Csak megtennéd, hogy közölnéd vele a nevem, mert sajnos még ezzel sincs tisztában.

– Jamie-nek, hívnak. Jamie Colt. Vagyis, hogy pontos legyek Jamie Colt MD.

– Köszönöm Samuel! Szerintem ezzel tisztáztál mindent! Legyen szép napod!

– Neked is Jamie és add át üdvözletem a férjednek meg az öcsédnek is! – mondta nyugodtabb hangnemben.

A teremben csend támadt. Az ügyvéd hitetlenkedve forgatta a papírokat.

– Ha jól emlékszem a szerződés 43. cikkely a. pontja arról szól, hogy nem folytathatok viszonyt a betegeimmel, viszont a b. kimondja, kivéve házastársi kapcsolat esetén. Ez az apró részlet, amiről Önnek hiányosak az értesülései, és az, hogy még a nevemet sem tudja, már említésre sem méltó. Bárki is küldte magának a szerződésszegési vádakat, magát csőbe húzta, még ha ezek alapján egyértelmű, hogy csak Alexnek akart keresztbe tenni, de itt, aki a munkáját elveszíti nem én leszek és nem is Alex – hosszú szünetet tartottam. – Mivel Samuel mindent tud és mindent lát – néztem ártatlanul az ügyvédre.

– Szerintem mehetünk – állapította meg Jaden és megfogta a kezemet.

– Ez mennyire szánalmas próbálkozás volt – sziszegte Alex úgy, hogy mindenki hallja. – Fogalmuk sincs, kikkel állnak szemben – de már csak nevetett.

Amikor csendes területre értünk Jaden csak akkor merte megkérdezni

– Számítottál rá?

– Igen, de nem ilyen hamar. Nagyon pöckölitek a többiek csőrét – állapítottam meg. A szerződés kimondja, hogy bármelyik adat megváltozása esetén azonnal jeleznem kell az illetékeseknek.

– És te jelezted – tapsolt Alex.

– Mégpedig számító módon annak az embernek, aki tartozott nekem. Ezért jó, ha betartjátok a szabályokat, mert akkor ezek a Rodrigez, McKeana fajták bármivel is próbálkoznak, nem tudnak nyerni.

– Szerinted is ők voltak? – kérdezte Alex.

– Biztos vagyok benne – és most rajtatok a sor fiúk!

A paddock hivatalos megnyitására már futótűzként terjedt az esküvőnk a híre. Amikor Jamie-vel megjelentünk a média fotósai csak úgy lökdösték egymást egy-egy jobban sikerült képért. Nem tettük meg nekik a szívességet, hogy sikerként éljék meg a helyzetet, ugyanis Jason készített rólunk egy hivatalos fotót, mellyel jogilag védett formátumban bejelentettük a közösségi médián keresztül hivatalosan is a házasságunkat. A képen a két tanú, Jason és Alex is szerepelt, hogy minél nagyobb hírverést képezzünk a hivatalos médiával szemben. Éreztem Jamie-n, hogy ha rajta múlt volna ez soha nem történik meg vele, annyira irritálta a média felhajtása. Ő bújócskázni szeretett, ő azáltal is elért mindet az életben.

– Nyugi, minden csoda 3 napig tart – nyugtattam. Két hét múlva már csak egy szokásos házaspár leszünk.

– Lehet, de nekem ez akkor sem tetszik. Ne érts félre, de én nem tudom felfogni, miért érdekel bárkit is, hogy ki, kivel van, mikor engem sem érdekel mások élete. Nem is ismernek, nemhogy engem, még téged sem. Mindennek ellenére, azt hiszik mindent tudnak, vagyis inkább minden jobban tudnak, mint mi.

– Az első éveimben ugyanezt gondoltam én is. Idő kellett, míg hozzászoktam az állandó kattintásokhoz és az értelmetlen kérdésekhez. De végül is hozzá tudtam szokni és most már fegyverként használom őket.– mondtam magabiztosan.

– De most azért borítottak rendesen a poháron – mondta Jamie ingerülten.

– Igen. Korábban fel kellett fednünk magunkat, mint szerettük volna. És még nem is tudjuk pontosan ki miatt is kerültünk ebbe a helyzetbe.

– Biztosíthatlak, hogy egy napon belül tudni fogjuk – mondta határozottan Jamie.

– Hogy érted?

– Samuelnek nem véletlenül nem neveztem meg az ügyvédet. Adtam a bugrisnak egy lélegzetvételnyi időt, hogy saját maga jelentse a hibáját Samuelnek. Remélem legalább önmagát képes lesz érdemi minőségben képviselni és ezáltal elárulja Samuelnek, hogy ki vagy kik húzták csőbe.

– Indulnunk kell – mondtam.

– Azt mondod napszemcsi és kapucni? – kérdezte fanyalogva.

– Én nem akarlak elrejteni. Én büszkélkedni akarok veled – mondtam kedvesen.

A paddock kávézójában hirtelen mindenki másképp fogadott minket, mint reggel. Rengetegen jöttek oda hozzánk gratulálni és sajnálkozni a reggeli történtek miatt. A legtöbbjük őszintének tűnt és voltak másféle gratulációk is. Jamie nem hagyta, hogy a külső körülmények befolyásolják a munkáját és gyorsan indult is a szokásos drogteszteket végeztetni a pilótákon. Nekem csak délutánra volt időpontom, így én Alexszel együtt a kötelező sajtómegbeszélésre mentem.

A riporterek a Miami nagydíjon az első órában sem a Miami, sem a nagydíj szót nem használták. Mindenki az évszázad titkos esküvőjéről kérdezgetett minket.

– Alex, Ön mit szólt ahhoz, hogy egyesült a két nagy rivális család? – kérdezte az egyik riportert.

Alex jobboldalára nézett rám, majd nevetni kezdett.

– Ez nem Shakespeare és a Rómeó és Júlia – válaszolt Alex.

– Jaden, Ön mit szól hozzá? – próbálkozott ugyanaz a riporter.

– Egyetértek Alexszel. És annyit tennék hozzá, hogy Ön vagy nem olvasta Shakespearet vagy rosszul olvasta – válaszoltam oktatólag.

– Igen – bólogatott Alex.– A nyelvezete nem olyan egyszerű, megfelelő előképzettség kell a mester műveihez – állapította meg Alex a maga nyugodt módján.

– Egyetértek, bár nekem így is meggyőző. Olvastad a Hamletet? – fordultam Alex felé kizárva ezzel a sajtó munkatársait.

A sajtó morajlani kezdett.

– Alex, mit szólsz a pálya módosításaihoz – tettem fel hangosan a kérdést.

– A 15-ös kanyarra gondolsz? – Ez nehéz kérdés. Úgy láttam a magasított rázókövekkel sokunknak gondja lehet – válaszolt

Alex a tőle telhető legprofibb módon, mozdulataival még illusztrálta is a kanyar módosulását.

A sajtótájékoztató vezetője megértette, hogy mi itt a versenyzéssel akarunk foglalkozni, és figyelmeztette a riportereket, hogy ennek megfelelően tegyék fel a kérdéseiket.

– Milyen érzés Alex, hogy csak egy orvos vállalja a felelősséget az Ön egészségügyi állapotáért? Nem érzi kritikusnak ezt a helyzetet?

Alex arcizma sem feszült. A sajtó tehát a reggeli incidensről is tud. Az én agyam másként működik. A kezeim megfeszültek és akaratlanul is ökölbe szorítottam őket.

– Az Önök szemében csak egy orvos, a szememben viszont egy orvos mindenek felett – válaszolta Alex.

Alex személye számomra is megnyugtató volt.

A sajtó elnémult, Alexet nem sikerült most sem kihozni a béketűréséből. A sajtótájékoztató vezetője véget vetett a cirkusznak.

– Úgy látszik nem adja fel a harcot ellenünk, bárki is legyen az – súgta a fülembe Alex.

Jamie-vel csak a délutáni drogteszten találkoztam újra, akkor meséltem el neki a történteket.

– Ma sikerült egy kicsit minden pilótát jobban megismernem – kezdte Jamie. Rodrigez kizárta magát.– folytatta.

– Hogy hogy? – kérdeztem meglepve.

– Annyira szánalmasan viselkedett. Biztos vagyok benne, hogy képtelen lenne ilyen cselszövésre.

– És mi van, ha direkt volt ilyen szánalmas? – kérdeztem.

– Rodrigez egy gyáva alak. Többet tudtam meg róla, ma, mint azt te gondolnád, viszont nem szegem meg a szavam vele szemben. A lényeg, hogy nem ő volt.

– McKeana lesz – állapítottam meg.

– Vagy a te csapattársad. Parker – mondta váratlanul Jamie.

– Parker? – lepődtem meg. Mi haszna lenne neki abból, ha Alex kiesik a versenyből, attól ő még nem fog nyerni.

– És mi van, ha nem is Alexet akarták eltüntetni a képből?

– Azt mondod, hogy Alex eltüntetése csak egy álca?

– Szerintem jobban szúrod a szemét, mint Alex bárki másnak.

– Nem vettem észre. Átlagos kölyök, átlagos képességekkel, gazdag családból. Még csak mentális hadviselésbe sem kezdett ellenem.

– És mi van, ha nem is akart? Lehet egy ilyen alkalomra várt, hogy a magánéletedet teszi piedesztálra, hogy az gyengítsen?

– Engem? Hogyan?

– Jaden, mégis ő honnan tudhatná, hogy te mennyire vagy labilis a kapcsolatunkban?

– Egyáltalán nem vagyok az.

– Én tudom, de ő nem.

– Akkor támadunk? – kérdeztem.

– Maradjunk a cselnél, hogy csak a végén jöjjön rá, hogy támadunk – Jamie szavaiban éreztem, hogy neki már kész haditerve van.

Este összeültünk a családdal és megvitattuk az Alex-et és engem fenyegető problémát. Mike és Lorenzó el sem akarták hinni, hogy ennyire gyermeteg módon próbálkoznak egyesek csak azért, hogy jobb autóba kerülhessenek.

– Nem lenne rá szükségük, ha tehetségesek lennének, de mivel nem azok végül is érthető, ha bármelyikőjük is így dönt – állapította meg Jason.

– Samuel tudja mi történik a színfalak mögött? – kérdezte Lorenzo.

– Csak a minimumot tudja, nem szeretném, ha feleslegesen emiatt aggódna, amit mi is meg tudunk oldani – válaszolta Jamie.

– És mi van, ha nem kap rá a csalira? – kérdezte Mike.

– Ha nem kap rá, akkor nem ő az – állapítottam meg.

– Vállalom a szerepet, amit rám osztottatok – határozta el magát Jason.

– Alapvetően rajtad áll vagy bukik a terv sikere, de ne érezd úgy, hogy hatalmas a felelősség rajtad öcsi, még ha így is vagy – cukkoltam Jasont.

– Köszi, megnyugtattál tesó – nevetett Jason.

– De mi van, ha mégsem reagál? – kérdezte aggódva Alex.

– Olyan nincs, értsd meg – nyugtattam. Most a te autód a leggyorsabb és a legmegbízhatóbb. A mi autónk hozzá képest egy középkategória. Ha te lennél a helyében és adódna egy lehetőséged, melyiket választanád? Ő ugyanolyan elszánt, mint mi, ugyanúgy világbajnok akar lenni és tudja, hogy lehet soha másik esélye nem lesz.

– Igazad van. Ha ő a támadónk, akkor beleugrik – állapította meg Alex.

– Fejjel – mutattam a fejemre.

– Martint beavatod? – kérdezte Mike. A csapatfőnöködnek tudnia kell róla.

– Apa, úgy gondoltam, hogy a legfeltűnésmentesebb az lenne, ha te beszélnél vele – válaszoltam.

Mike bólintott.

Másnap már mindenki készült a szabadedzésekre. Próbálkoztunk a különböző beállításokkal, tanácskoztam a mérnökömmel és vártam, hogy Jason akcióba lendüljön. Nem kellett sokat várnom, Jason a megbeszéltek szerint hangosan és feltűnően hozzám futott, majd elhadarta félhangosan a megbeszélt szöveget, mire mindketten gyorsan elhagytuk a garázst. Kb. fél óra múlva tértünk vissza jókedvűen, bizakodva, mintha esélyünk lenne a lottó főnyereményére. Én visszamentem a mérnökömhöz egyeztetni, míg Jason hátul megállt és hívásokat bonyolított. Jason úgy helyezkedett, hogy Parker a megfelelő szófoszlányokat biztosan megértse a hívásokból, majd letette a telefont. Parkernek sem kellett több, azonnal elindult Jason felé, hogy üdvözölje a régi jó cimboráját.

– Helló Jason! Mi ez a nagy izgatottság? – kérdezte Parker

– Helló Parker! Áh nem is tudom, hogy lehet-e róla beszélni vagy még felesleges.

– Mondjad! – sürgette Parker.

– Alex szerződése lejár év végén és úgy néz ki, nem szavaznak neki a továbbiakban bizalmat, mert a tesója nem vállalja a felügyeletét, más pedig eddig sem tette. Még nem hivatalos persze, de te is tudod Parker, hogy ez nagyon nagy lehetőség

Jaden előtt, hogy újra világbajnok legyen és megdöntse a hőn áhított rekordokat. Sajnos az idei autóval csak küszködtök és a mérnökök előrejelzése szerint jövőre sem lesz jobb a helyzet, akkora a lemaradás. Jaden pedig öregszik, nincs már annyi év előtte, mint például előtted.

– És ez már eldőlt, hogy Jadent akarják? – kérdezte Parker remegő hangon.

– Ki mást akarnának? – nézett rá Jason, mintha nem létezne a világon másik opció.

– Mondjuk olyat, akire lehet a jövőt alapozni és nem csak 1 max. 2 évet – magyarázkodott Parker.

– Nekik világbajnok kell, aki ki tudja hozni az autóból a maximumot. Egyedül csak a bérben nem történt megállapodás. Jaden jóval többet keres ennél a csapatnál, mint amit Johnatanék ajánlani tudnak.

Parker bólogatott.

– De ne tudj róla légyszíves! Nem akarjuk, hogy a csapat zúgolódni kezdjen, hogy Jaden annyi év után cserben hagyja őket – kérte Jason a terveknek megfelelően Parkert hallgatásra.

– Nem mondok senkinek semmit, csak ha már biztos lesz – ígérte meg Parker.

Parker azonnal telefonálgatni kezdett. Jason pedig egy hatalmas smile-t küldött a telefonomra. Miután Jason belekezdett az akcióba indult is a szabadedzés. Alex nagyon idegesen vezetett. Folyamatosan panaszkodott a gumikra, majd a túlkormányzottságra. 2 körönként állt ki a boxba, hogy állítsanak valamit a kocsiján. A rádióüzenetek egy részét mindenki hallhatta, amit Parker mosollyal üdvözölt. Alex viselkedése megerősítette, hogy valóban gondok vannak csapaton belül. Én végeztem a feladatomat, ahogy addig is tettem, de Parkeren láttam, hogy teljesen dekoncentrált. A pálya karakterisztikájától teljesen eltérő beállításokat kért a mérnökeitől, akik nem tudtak mit kezdeni a furcsán viselkedő Parkerrel.

– Mi van vele? – kérdezte a mérnököm.

– Nem tudom, ma még nem beszéltem vele – mondtam, mint akit egyáltalán nem is érdekel Parker viselkedése.

– Azt mondják a többiek, hogy mindenkivel lekezelően beszél és azzal fenyegetőzik, hogy itt hagyja az egész csapatot, ha nem azt kapja, amit ő érdemel.

– Csak nem ajánlatot kapott egy másik csapattól? – vetettem oda az egyetlen mondatot, ami rám volt bízva a játszmában.

– Érdekes, hogy ezt mondod, Martin említette, hogy igencsak érdekes hívást kapott és reméli, hogy csak koholmány az egész. De ha Parker tényleg itt akar hagyni minket, akkor hirtelen mindennek értelme van.

Alex a második szabadedzésen is csak panaszkodni tudott a rádióban. Semmivel sem volt megelégedve, majd a garázsban félreérthetetlenül kezdte a kamerák előtt dobálni a kesztyűit, amit a televízió élőben közvetített. Alex jobban játszotta a szerepét, mint gondoltam. Ha nem tudom, hogy ez csak a terv része, még én is elhittem volna, hogy nagy a baj, főleg annak tükrében, hogy McKeana autójával semmi gond nem volt az edzések alatt. Minden körön javítani tudott, mellyel végül az élen zárt. A történéseknek Johnatan hívása vetett véget, amikor Martint, a csapatfőnökömet tájékoztatta, hogy Parker ingyen, fizetés kérelme nélkül hajlandó Alex helyére szerződni. Láttam, amikor Martin leteszi a telefont, majd fájdalmasan rám néz és bólint.

Martin 60 fölötti, őszes hajú, napsütötte arcú ember volt, aki nem tudta volna letagadni, hogy az elmúlt 20 évben éjt nappallá téve a második családján dolgozott. Martin személye volt az, ami meggyőzött arról, hogy az ő csapatát válasszam és a kölcsönös bizalom több, mint 10 éve töretlen mindkettőnk részéről. Tökéletesen tisztában volt azzal, hogy ő mit tett a csapat sikeréért, mint ahogy azzal is, hogy én mit tettem érte. Amikor apa személyesen megkereste reggel és elmesélte a helyzetet, fogadkozott, hogy Parkerért a tűzbe tenné a kezét. Most, ahogy rám nézett, láttam a szemében, hogy súlyos égési sérüléseket szenvedett. Még telefonált egyet, melyből sejtettem, hogy Samuelt keresi, aki azóta tisztában van a válasszal, amit Martin keres. Miután újra letette a telefont magához hívatta Parkert. A beszélgetés rövid volt és egyoldalú. Parker falfehér arccal maradt ott egyedül, moccanni sem bírt.

Martin később felhívott és elmesélte, hogy köszöni, hogy időben felnyitottuk a szemét Parker jellemével kapcsolatban és a szerződés kiskapuit kinyitva Parkert a csapatunk azonnal menesztette. Helyére egy régi jó ismerős tesztpilóta került, aki korábban soha nem kapott esélyt verseny pilóta szerepre.

Este a család minden tagja nyugodtan feküdt le aludni. Örültünk, hogy az időmérő előtt sikerült tisztázni ezt a kellemetlen helyzetet.

– Nem gondoltam volna, hogy itt is ilyen játszmák zajlanak – mondta Jamie.

– Ilyen mértékű még nem zajlott ellenem. Hónapok óta együtt dolgoztunk, nyugodt szívvel mondhatom, hogy konfliktus nélkül. Képes volt mindenkit megvezetni. Én ugyanolyan megbízhatónak gondoltam Parkert, mint ahogyan Martin – mondtam. – Honnan jöttél rá?– kérdeztem Jamie-t.

– Az egyik sakkversenyen megismertem egy ilyen napraforgót. Én csak így nevezem az ilyen jellemű embereket. Mindenkivel kedves, mindenkivel elnéző és alamuszi módon indít támadást, úgy téve, mintha véletlenül lépett volna jól. Azt a napraforgót is a dán csellel vertem meg – mosolyodott el Jamie.

Megfogtam Jamie kezét és hozzábújtam.

– Ideje elkezdenem sakkozni – állapítottam meg nevetve.

A versenyhétvége a továbbiakban Parker azonnali szerződés bontásáról szólt és Alex újabb győzelméről. Mi pedig ujjongva üdvözöltük Jamie-vel a mondást, miszerint minden csoda, csak 3 napig tart.

A következő hetekben hozzákezdtünk a mi kis közös házaséletünkhöz. Szépen kialakultak a napi rutinok, a megszokások. Igaz a mieink inkább szóltak arról, hogy ki, mikor, hova csekkol be és ki milyen feladatot lát el, nem pedig, hogy ki hogyan issza reggel a kávéját és melyik könyvvel a kezében alszik el esténként, de szerettük ezeket a napokat. Minden nap szerettem vele lenni, mellette ébredni, bárhova is sodort minket az utunk, mert mindennap képes voltam valami apró részlet miatt újra és újra beleszeretni életem szerelmébe. Közeledett a 38. születésnapom, amire azt kívántam, hogy bárcsak már hármasban ünnepelhetnénk, de Jamie bánatosan jelezte, hogy nem így lesz. Még csak 2 hónapja próbálkoztunk, de nem tudtam nem arra gondolni, hogy mit érezhettek Jamie szülei, ha ezt több, mint 20 évig csinálták sikertelenül. Elképzelhetetlen volt számomra, hogyan tudták ép elmével kibírni azt a bizonyos gyötrődést, amit a gyermek iránti vágy kudarca okoz. Jamie-vel inkább kerültem ezt a témát, mert tudtam, hogy ő is csak erősnek akarja mutatni magát, holott ugyanúgy szenvedhet odabent, mint én. Vagy még jobban. Nekem fogalmam sincs róla, vajon mekkora fájdalom lehet, hónapokon keresztül azzal szembesülni, hogy a saját tested jelzi a sikertelenséget. Egyszerűen csak fáj, hogy nem tudom megajándékozni azzal, amit szeretne. Azokon a pokoli napokon mindig szótlanabb és mindig sokkal, de sokkal intenzívebb szeretetre van szüksége, mint általában. Erősnek kell lennem mellette, mert ebben a helyzetben nekem kell az ő támaszának lennem. És én az életemet rászánom erre a feladatra, ha kell. Érte igen. A következő hónap hasonlóan sikertelennek bizonyult, amit már Jamie sem tudott könnyek nélkül feldolgozni.

– Mondtam már, hogy augusztusi gyereket akarok, mint amilyen én is vagyok – súgtam neki, miközben a zokogva a nyakamba borult. – Egyszer megkérdeztelek és azt mondtad, ahhoz október november környékén kell összejönnie. Szerintem a kisasszony tudja, hogy mit szeretne az apja és ennek megfelelően várat magára, mint egy igazi hölgy – nyugtattam Jamie-t.

– Azt mondod lány lesz? – kérdezte szipogva Jamie.

– Biztos vagyok benne – töröltem le a könnyeket az arcáról. – Szép és okos lesz, mint te.

– Én sokkal jobban örülnék, ha olyan lenne, mint te – mondta Jamie és már nem sírt.

– Majd a második olyan lesz – suttogtam neki és olyan szorosan öleltem magamhoz, amennyire szerettem volna, hogy ez valóban megvalósuljon.

A futamok követték egymást, melyeket Alex sorra megnyert, így minden néző számára biztossá vált, hogy 4 kerékkel közeledik a második világbajnoki címe felé.

Alex élete Jason mellett a megfelelő mederbe terelődött. Soha azelőtt nem láttam ilyen boldognak és kiegyensúlyozottnak, mint az elmúlt hetekben, hónapokban.

– Jason szólt, hogy nagyon nagy bulit rendez a 28. szülinapodra – mondtam Alexnek.

– Igen. Lehet, hogy egy kicsit túlzásba is viszi, de egyszer élünk – legyintett Alex.

– Nagyon jót tett neked ez a baleset – jegyeztem meg.

– Szerintem mindannyiunk élete megváltozott – mondta határozottan Alex.

– És ez így nekünk tökéletes – mosolyogtam rá.

– Sosem gondoltam volna, hogy feladod a szakmád egy férfi miatt – mondta Alex halkan.

– Én sem, de Jaden minden hiányérzetemet pótolni tudja. Igazából nem is tudom, hogyan csinálja, de mellette minden más elveszíti a jelentőségét. Ő a legfontosabb az életemben – mondtam szerelmesen.

– Tavaly, ha láttad volna, hogyan versenyez, milyen céltudattal, milyen elemi erővel csap bele az újabb csatározásunkba. Olyan volt, mint az idei LA futamon. Minden futamot úgy teljesített. 110%-on és én őt testközelből figyelhettem. Idén viszont boldog. Érződik rajta, hogy képes még egy madárcsicsergésnek is örülni. És ez miattad van. Meggyőződésem, hogy ez Jaden igazi arca. Igazán kedvelem.

– Mondtam már, hogy szeretlek Alex? – kérdeztem.

– Az elmúlt több, mint 20 évben? Egy jó párszor – nevetett Alex.

– James Bond lesz a fő témája a születésnapi partidnak – jelent meg Jason boldogan.

– Nagyszerű, végre felvehetem a frakkomat – jegyeztem meg. Nevettünk.

– Mégis hány embert csődítesz össze? Egyáltalán hol fogjuk megtartani? – kérdezte Alex.

– A helyszín London lesz és kb. 300-350 embert hívunk meg.

– Uram atyám – fogta a fejét Alex.

– Mondjuk ezek tökéletes feltételei egy James Bond estnek – jegyeztem meg.

Alex 28. születésnapja október elsején volt, ami hétfőre esett volna, így magát a szülinapi partit előző szombatra szervezte Jason.

– Ki ez a jóképű gentleman? – kérdezte Jamie, miután felvettem a szmokingomat. Éppen a fülbevalóit helyezte be a füleibe.

– Uram atyám, de szexi vagy – jegyeztem meg, mikor megláttam a gyönyörű feleségemet. Majd Jamie mögé léptem és csókolgatni kezdtem a nyakát. Szerintem nem fognak megharagudni, ha késünk – búgtam a fülébe.

– Nem fogunk elkésni, biztosíthatlak – mondta Jamie határozottan.

– Biztos? – suttogtam a fülébe és még közelebb húztam magamhoz.

– Jaden, már így is várnak minket – mondta Jamie kedvesen.

– Az eszem érti, amit mondasz, csak a testem nem akar rá hallgatni – újra csókolgatni kezdtem.

– Rossz vagy – próbált meg ellenkezni, de már viszonozta is a közeledésemet és hevesen csókolózni kezdtünk. Ekkor kopogtatást hallottunk az ajtó felől.

– Hahó! – hallottuk Jason hangját.

Percekkel később már a rendezvény helyszínén voltunk az 5 csillagos hotel modern kialakítású báltermében, mely figyelembe vette Jason kérésére a helyiség díszlete, a világítása és a színei is mind régi James Bond filmeket idéztek, még a Margarita koktélos poharak sem maradhattak el. A pincérek, pincérnők is úgy mozogtak, mintha valóban egy James Bond film statisztái lennének. Az esemény hivatalos hangulatfelelőse egy ismert angol humorista volt, aki az eseménynek megfelelően igazán élvezetes műsorral indított. Majd Alex eddigi életének összefoglalása következett képekkel és videó anyaggal illusztrálva. Tökéletes munka volt, egyértelmű volt, hogy Jason éjt nappallá téve dolgozhatott ezen, mert nagyon alapos volt és élethűen mutatta be Alexet még egy kívülállónak is. Alex köszöntése után élőzenével folytatódott az est, mielőtt elkezdődött volna a vacsora. Jamievel imádtunk táncolni, annak ellenére, hogy egyikünk sem volt még csak amatőr táncos sem. Együtt ez is harmonikusan működött köztünk. Jamie mellettem nő volt, nőként is bántam vele minden pillanatban, a legnehezebbekben is. Nem ingatott meg sosem abban, hogy férfinak érezzem mellette magam és ez az első pillanattól kezdve így volt. Sosem gondoltam volna, hogy lesz olyan rendezvény, amire úgy fogok elmenni, hogy nem kell cipőmagasítót viselnem. Elképzelhetetlen volt számomra ennek még a gondolata is. Mára megváltozott a helyzet. Végre elértem, hogy minden általam vélt vagy képzelt hibám ellenére is szeret az a nő, aki számomra tökéletes.

– Te vagy itt a legszebb – jegyeztem meg neki tánc közben.

– Köszönöm, kedves vagy – mondta halkan.

– Te nem mondasz semmit? – csodálkoztam.

– Én veled táncolok és a te gyűrűdet viselem, ezek többet érnek minden bóknál – mondta halkan.

A zene lassított és mi is lassítani kezdtünk.

– Na jól van. Te vagy itt a legvonzóbb férfi, mind közül – tette hozzá jó adag gúnnyal.

– Na végre már – húztam magamhoz még közelebb. – Olyan mámorító az illatod.

– Jaden! Már megint rosszalkodni akarsz – jegyezte meg incselkedve.

– Szerintem senkinek sem tűnne fel, ha lelépnénk egy rövid időre – bújtam hozzá annyira közel, hogy szinte összeértek az ajkaink.

– Szóval csak egy rövid időre? – kérdezte szinte suttogva.

– Mindegy, csak menjünk – mondtam.

Jamievel lassan elhagytuk a táncparkettet és próbáltuk feltűnés nélkül elhagyni a rendezvénytermet is.

– És most hova? – kérdezte.

– Nekem van egy ötletem. Húztam magam után, miközben próbáltunk a legtermészetesebben járni a hotel szőnyeggel fedett padlóján. A Wellness részleg folyosója hosszú volt és sötét, ahova nem lehet belátni, miután aznapra már lezárták ezt a részleget.

Amikor elértük a Wellness szintjét, már Jamie-vel nem tudtuk visszafogni a vágyainkat. Minden egyes fordulónál nekitámasztottam a falnak és hevesen csókolóztunk. Mire elértük a biztonságot nyújtó sötét folyosót az ingemet Jamie letépte rólam, az övemet már előtte, útközben elhagytam. Jamie fekete ruhája magas oldalfelvágással rendelkezett, ami igencsak megkönnyítette a dolgom. Lehet az idegen hely, vagy csak a lebukás lehetősége okozta, de olyan hevesen estünk egymásnak, mint azelőtt még sosem. Jamie próbált irányítani, de az első orgazmusa után megadta magát és átvehettem az irányítást. Szorosan a falhoz nyomtam és minden erőmmel uraltam a testét, aminek hatására még szakavatatlan fülek számára is félreérthetetlen hangokat hallatott. Miután befejeztünk Jamie lábai remegni kezdtek, így én tartottam meg őt továbbra is a falhoz szorítva.

– Tönkretetted az ingem – mondtam neki, miután a vér visszaszállt az agyamba.

– Akkor is megérte – mondta kielégülten.

Pár perc alatt összeszedtük az eldobált ruhadarabjaimat és próbáltuk rendbehozni az ingemet, de a gombok szerte szét hevertek a padlón. Kínos nevetésbe torkollt a gombok keresése, majd Jamie visszament és szerzett számomra egy pót inget.

A soron következő futam rendkívül kedvezően alakult számomra, Alex viszont technikai okok miatt feladni kényszerült a versenyt, így újra közelebb kerültem hozzá a pontversenyben. Titkon reménykedtem benne, hogy némi szerencsével még utolérhetem az idei évben, de nem ragaszkodtam hozzá bármi áron. Még nem meséltem Jamie-nek, de elhatároztam, hogy egyedül tőle teszem függővé, induljak-e a következő idényben. Éreztem, hogy az életem teljesen megváltozott. Élveztem az eddigi életem minden percét. VVersenyzőként soha egy pillanatra nem mondtam le a 6. világbajnoki címről, de Alex balesete minden fontos másodpercben a szemem előtt lebegett és Jamie, illetve a Jamie-vel tervezett jövőm már nagyságrendekkel jobban motivált, mint a sportágban élő rekordok döntögetése. A józan eszem azt súgta, hogy töltsem ki az utolsó szerződéses évemet is a csapatnál, de a szívem már nyugalomra vágyott. Arra a nyugalomra, ami hónapokkal ezelőtt még csak reményként lebegett a szemem előtt, miszerint ketten Jamie-vel a televízió előtt Alexnek drukkolunk.

Másnap reggel Jamie sírására ébredtem, ami a fürdőszoba felől hallatszott. Tudtam mit jelent ez a sírás, hiszen megint a hónap közepénél jártunk. Jamie sosem sír, ha nincs rá súlyos oka. Felültem az ágyamon és azon gondolkodtam, hogy menjek-e be hozzá vigasztalni vagy tegyek úgy, mint aki meg sem hallotta és várjak, míg megnyugtatja magát. Ebből az egy szempontból Jamie tökéletesen olyan volt, mint minden nő, kiszámíthatatlan. Bármelyik megoldást is választom dönthetek jól és ugyanúgy rosszul is. Segíteni szeretnék neki. Mellette lenni, minden boldog és kevésbé boldog pillanatban, ahogy az esküvőnk napján megfogadtam neki. Mély sóhajt vettem és elindultam lassan a fürdő felé. Jamie megelőzött és ő nyitotta ki a fürdő ajtaját, gondolom hallotta, hogy megnyikordult az ágy alattam. Nagyon sírt. Én pedig magamhoz öleltem. Ezeket az érzéseket, amit ilyenkor átél egy férfi, senkinek sem kívánja az ember. A tehetetlenség olyan, mintha mellkasba ütnének százszor vagy talán ezerszer egymás után.

– Meg tudsz nekem bocsájtani? – kérdezte tőlem sírva Jamie.

– Miről beszélsz? Én nem haragszom rád semmi miatt – próbáltam megnyugtatni.

– Úgy tűnik nem tudom teljesíteni az álmod – folytatta, miközben szemmel láthatóan próbálta magát megnyugtatni. – Úgy tűnik mégsem augusztusi lesz – folytatta és újra sírni kezdett.

– Azt akarod mondani, hogy – de nem tudtam befejezni a kérdésemet, annyira elkezdtem sírni.

Jamie sem szólt már semmit, újra zokogni kezdett, csak a nyakamon éreztem, ahogy a fejével bólogatni próbál.

Jadennel megbeszéltük, hogy egy ideig még nem szólunk senkinek, csak ha már biztosat tudunk az állapotommal kapcsolatban. Két borzalmasan hosszú hét után végre ultrahanggal is láthattuk a közös gyermekünk szívdobogását. A vizsgálat után Jaden már nem akarta tovább titkolni a szülei elől a nagy hírt, így amellett döntöttünk, hogy a hétvégén bejelentjük a családnak.

– Jamie! Már rég óta szeretnék tőled tanácsot kérni, de eddig nem mertem – mondta Jaden egyik reggel.

– Valami baj van drágám? – kérdeztem.

– Nem. Semmi baj sincs, ne aggódj! Csak nem akarok nélküled döntést hozni – mondta nyugodt hangon, miközben lassan mögém lépett, mint, ahogy minden reggel, amikor a fürdőben együtt készülődünk.

Pár héttel ezelőtt kaptam tőle egy nyakláncot, melynek medáljára az ismerkedésünk dátuma volt gravírozva. Esténként segített levenni a nyakamból, reggelenként újra visszahelyezte. Ezek az apró mozzanatok teljesen természetesen szerepeltek a szürke napjaink rituáléjába és végre képes voltam megérteni az embereket, miért szeretik az emberek igazgatni szerettük gallérját. Már nem kell megjátszanom magam. Mellette felnőttem a feladathoz és élveztem minden apró érintését. Jadennek hála megtanultam őszintén szeretni és vele együtt szeretve lenni.

– Kíváncsian hallgatlak! – mondtam.

– Jövő év végén jár le a szerződésem, de rendkívüli okok miatt már az idény végén is felbonthatom azt.

– Nem akarsz már versenyezni? – kérdeztem.

– De, persze nagyon szeretnék. Még mindig bennem van az a Jaden, aki nem adja fel sosem. Viszont nem szeretnék olyan apa lenni, aki nincs a gyermeke mellett a fontos pillanatokban. És önző módon úgy gondolom, jár nekem, hogy nyugodt körülmények között veletek legyek. Mindig.

– Rám akarod bízni a döntést?

– Azt akarom, amit te szeretnél. Nekem te, vagyis ti vagytok a legfontosabbak. Semmi más nem számít – magyarázta.

– A szívem az egyiket súgja, az eszem a másikat – nevettem.

– Mit súg a szíved Jamie? – kérdezte kedvesen.

– Azt, hogy a következő év az utolsó lehetőséged és nem adhatod fel! Szükségem van arra a Jadenre, aki számára nincs lehetetlen. Nem lesz könnyű év, de veled mégis könnyebb lesz. Sokkal könnyebb.

– Akkor így lesz. Én mindig az akarok lenni, akire neked szükséged van – mondta megnyugodva Jaden.

Kiszámoltam, hogy pont az évadzáró futam környékén töltöm be az első trimesztert, ami azt jelenti, hogy utána már alkalmatlan leszek Alex orvosi felügyeletére egészségügyi okok miatt. Samuelt tájékoztattam a fejleményekről és megadtam az elérhetőségét egy londoni dokinak, aki mindamellett, hogy segített Alex kezelésében, örömmel vállalja Alexért a felelősséget, míg a balesettől számított egy év le nem telik. Samuel hozzá méltóan szűkszavúan gratulált és megköszönte, hogy biztosítottam a helyettesemet.

Már csak két verseny volt hátra, de már Alex világbajnokként érkezett mindkettőre. Az évadzáró futam előtt egy kis meglepetéssel készültünk Jadennek, aminek egy feltétele volt, hogy valahogy dobogóra álljon.

– Alex! Valahogy össze kell hozni neki a dobogót – szinte könyörögtem neki.

– Jamie! Ez szinte lehetetlen. Mi van, ha leáll alatta a kocsi? – kérdezte. Éreztem, hogy kissé őrültnek néz a kérésem miatt.

– Remélem nem fog.

– Mit tervezel? – kérdezte.

– Nem akarom elmondani.

– Te és a kis titkaid – mondta gúnyosan Alex.

– Kérdezd meg Jasont, ő tudja – nevettem.

– Kezdek féltékeny lenni rátok. Mégis mikor beszéltek ti meg mindig, mindent?

– Ez is a mi kis titkunk drága öcsém – mondtam mosolyogva.

A család nem volt beavatva, de mindenkinek kiadta Jason a feladatot, hogy ki, mit, mikor csináljon. Egyetlen buktatója volt az egész bulinak: Jadennek valahogy dobogóra kellette kerülnie. A kvalifikációt az év utolsó futamára az eső nagyban befolyásolta, így Alex csak a 3. helyről, míg Jaden a 8. helyről vághatott neki a másnapi futamnak. Az eredmény kissé kedvemet vette, de bíztam benne, hogy másnap a fiúk szerencsésebbek lesznek.

A futam napos időben kezdődött és mindkét fiú nagyszerűen kapta el a rajtot. Alex azonnal a második helyre jött fel, míg Jaden az ötödikre. A 10. kör környékén elkezdtek gyülekezni a felhők és a radarok is esőt jeleztek 7 körön belül. Aktívan mentek a rádióüzenetek minden csapatnál, ki mikorra jósolja az esőt, mennyire számítanak és a pálya melyik része lesz érintve leginkább. A jóslat bejött, a 17. körben elkezdett szemetelni az eső, de senki nem jött ki átmeneti esőgumikért, mert még slickeken is bőven végig lehetett menni. Az eső elállt és a pálya gyorsan felszáradt. Miután megtörténtek a tervezett kerékcserék mindenki az eredeti helyére érkezett vissza. 8 körrel a vége előttre újabb esőt jósoltak, mely zivatar formájában érkezett. Ekkor már nem volt min gondolkodni, mindenki, aki tudott azonnal érkezett az átmeneti esőgumikért. Jaden szerencsés volt, őt az eső a pálya azon részén kapta el, ahol már közel volt a boxbejárathoz, ehhez képest Alex, már jócskán túl volt rajta, így Jaden a 4. helyre tudott visszaérkezni, míg Alex a harmadikra csúszott vissza. 2 körrel a vége előtt már feladni kényszerültem a reményt, hogy Jaden bármiféle támadást indítson Alexszel szemben, hiszen tudtam, hogy világbajnokként kezeli és nem szeretné megfosztani a dobogótól. Ekkor Alex kicsúszott a pályáról, de még vissza tudott érni Jaden elé. Panaszkodott a rádión keresztül, hogy alig van tapadása a gumiknak és alig tudja pályán tartani az autóját. A következő körben ugyanott, ugyanúgy lesodródott a pályáról és Jaden könnyedén elment mellette. Alex már kiabált a rádióban a gumik miatt. A szívemben éreztem, hogy nincs semmi baja azoknak a gumiknak és láttam Jason-ön is, hogy ő ezt ugyanúgy tudja, mint én. Büszke voltam az öcsémre, hogy olyat képes értem tenni, amit senki más ezen a világon.

Jaden nagyon boldog volt, hogy dobogóra érkezett, de az interjúban is csak arról tudott beszélni, hogy rémisztő volt látni, ahogy Alex megcsúszott előtte az utolsó körben. Jaden nem tudta az igazat, mint ahogy 3 emberen kívül senki sem a világon. A dobogón, miután mindenki tiszteletteljesen meghallgatta a nyertes Rodrigeznek járó himnuszokat, elkezdték a dobogósok rázni a szokásos pezsgőket, de ahelyett, hogy Rodrigezt ünnepelték volna, mindenki Jadent kezdte el locsolni, ami szemmel láthatóan igencsak meglepte az öreg rókát. Úgy locsolták, hogy háttal kerüljön a közönségnek, majd mikor megtörölte magát, jelezték neki, hogy ideje megfordulnia. Csak a fordulás pillanatában kezdte el mind az 50 beépített ember kilőni az előre bekészített konfetti ágyúkat és a tér hirtelen rózsaszínbe borult.

FÜR AUTOREN A HEART FOR AUTHORS À L'ÉCOUTE DES AUTEURS MIA KAPΔIA ΓIA ΣΥΓΓ
FÖR FÖRFATTARE UN CORAZÓN POR LOS AUTORES YAZARLARIMIZA GÖNÜL VERELIM S
PER AUTORI ET HJERTE FOR FORFATTERE EEN HART VOOR SCHRIJVERS TEMOS OS AUT
ZÖINKÉRT SERCE DLA AUTORÓW EIN HERZ FÜR AUTOREN A HEART FOR AUTHORS À L'ÉCO
ВСЕЙ ДУШОЙ К АВТОРАМ ETT HJÄRTA FÖR FÖRFATTARE Á LA ESCUCHA DE LOS AUT(
MIA KAPΔIΑ ΓIA ΣΥΓΓΡΑΦΕΙΣ UN CUORE PER AUTORI ET HJERTE FOR FORFATTERE EEN
ÖN ET SZERZŐINKÉRT SERCE DLA AUTORÓW EIN HERZ FÜ
CORAÇÃO ВСЕЙ ДУШОЙ К АВТОРАМ ETT HJÄRTA FÖ

A szerző

Col O. Broox Magyarországon született. Egyetemi
tanulmányainak sikeres elvégzését követően a
gyógyításban találta meg a hivatását. Tapasztalásai
megjelennek műveiben.

A kiadó

*Aki feladja,
hogy jobbá váljon,
feladta,
hogy jobb legyen!*

E mottó alapján a novum publishing kiadó célja
az új kéziratok felkutatása, megjelentetése,
és szerzőik hosszútávú segítése. Az 1997-ben
alapított, többszörösen kitüntetett kiadó az egyik
legjelentősebb, újdonsült szerzőkre specializálódott
kiadónak számít többek között Ausztriában,
Németországban és Svájcban.

**Valamennyi új kézirat rövid időn belül egy
ingyenes, kötelezettségek nélküli kiadói
véleményezésen esik át.**

További információkat a kiadóról és
a könyvekről az alábbi oldalon talál:

w w w . n o v u m p u b l i s h i n g . h u